SUSAN MALLERY

Zwei Herzen, ein Gefühl

SUSAN MALLERY

FSC
MIX
Papier
FSC® C014496

Genehmigte Sonderausgabe 2018
für BEBUG mbH / vip Verlag

HarperCollins Germany GmbH
Valentinskamp 24
20345 Hamburg

Originaltitel: „Her Last First Date“
erschienen bei: Silhouette Books, Toronto
Übersetzung: Petra Frick

Originaltitel: „In Bed With The Devil“
erschienen bei: Silhouette Books, Toronto
Übersetzung: Roswitha Enright

Published by arrangement with
HARLEQUIN ENTERPRISES II B. V. / SARL

Umschlaggestaltung: HarperCollins Germany, Birgit Tonn
Umschlagabbildung: chechef / Getty images, MNStudio / shutterstock
Satz: GGP Media GmbH, Pößneck
Printed in Germany
Dieses Buch wurde auf FSC®-zertifiziertem Papier gedruckt.
ISBN 978-3-86789-615-3

Wie gut, dass
es dich gibt!

1. KAPITEL

Crissy Phillips war der festen Überzeugung, dass Schokolade gegen Liebeskummer half und körperliche Betätigung bei allen anderen Problemen. Sie glaubte auch daran, dass jeder Mensch eine zweite Chance verdient hatte. Jeder, nur nicht sie selbst. Das war wohl auch der Grund dafür, dass sie seit geschlagenen fünfzehn Minuten vor diesem kleinen Restaurant stand und sich nicht hineintraute. Durch diese Tür zu gehen würde bedeuten, sich endlich selbst zu vergeben, und dazu war Crissy noch nicht bereit.

Sie kannte jedes einzelne Argument. Sie war damals zu jung gewesen. Sie hatte die zum damaligen Zeitpunkt bestmögliche Entscheidung getroffen. Wenn sich ihre Freundin in der gleichen Situation wiederfände, würde ihr Crissy aus tiefstem Herzen den Rat geben, es hinter sich zu bringen und einfach mit ihrem Leben weiterzumachen.

Warum schien es nur so, als wären die Probleme anderer so viel leichter zu lösen als die eigenen? Und warum in aller Welt stand sie hier auf dem Parkplatz eines Restaurants und diskutierte mit sich selbst?

Sie ging einen Schritt Richtung Eingang und blieb erneut stehen.

Bring es hinter dich, ermutigte sie sich. Tu es! Tu es! Tu es! Da ihr kleines Mantra nicht funktionierte, warf sie den Kopf in den Nacken und spürte dabei, wie ihre frisch geschnittenen Haare ihren Nacken berührten. Die rot-goldenen Strähnchen und ihr topmodischer Haarschnitt hatten sie mal eben mehr als zweihundert Dollar gekostet. Aber sie musste zugeben, es stand ihr richtig gut.

Sie wollte doch der Welt ihr neues, ihr besseres Ich zeigen.

Oh, wie sie es hasste, unentschlossen und unsicher zu sein! Immerhin war sie eine erfolgreiche Geschäftsfrau. Jemand, der

Dinge ins Rollen brachte. Entscheidungen zu treffen fiel ihr leicht, und in ihrem erfolgreichen Leben war sie bisher lediglich an einer Sache gescheitert: stricken zu lernen.

Das hier war nur ein Treffen. So etwas konnte doch nicht so schwierig sein. Sie sollte sich wirklich ...

Die Tür zum Restaurant schwang auf, und ein großer, gut aussehender Mann trat auf sie zu. Er hatte rotbraune Haare, ihrer eigenen Haarfarbe überraschend ähnlich. Seine Augen erinnerten an dunkles Moos nach einem kühlen Sommerregen und waren umrahmt von dichten Wimpern.

„Hi", sagte er mit einem Lächeln. „Sind Sie die, auf die ich gewartet habe?"

Ein filmreifer Spruch, dachte sie und grinste frech zurück. „Sie haben vergessen, ‚mein ganzes Leben' hinzuzufügen. Sonst hat der Spruch nicht die gleiche Wirkung."

Sein Lächeln wurde breiter, und er schaute auf die Uhr. „Na ja, ich habe ja nicht mein ganzes Leben gewartet, sondern nur die letzten zehn Minuten. Sind Sie Crissy?"

Sie hatte den Teufel also nicht erst suchen müssen. Er hatte sie gefunden. Obwohl man Josh Daniels nur schwerlich als Teufel bezeichnen konnte. Er war ein sehr netter Mann, der auf den Vorschlag seines Bruders hin seine Hilfe angeboten hatte. Das Wort „Mittelsmann" war ab und an gefallen. Allerdings musste Crissy jedes Mal lachen, wenn sie dieses Wort in den Mund nahm. Es hörte sich doch sehr formell an.

„Hallo Josh", sagte sie. „Schön, Sie endlich kennenzulernen."

Er schaute sie mit hochgezogenen Augenbrauen an. „Ich bin mir nicht sicher, ob ich Ihnen das glauben kann. Sie haben die letzten zehn Minuten hier draußen gestanden und sich ganz offensichtlich überlegt, ob Sie überhaupt reinkommen. Sind Sie meinetwegen über den Parkplatz getänzelt?"

„Ich bin nicht getänzelt", gab sie steif zurück. Sie wollte

lieber nicht darüber nachdenken, dass er sie beobachtet hatte und vermutlich ihre Zweifel ahnte. „Ich habe nur …"

„Nachgedacht?", schlug er vor.

„Genau", erwiderte sie. Das war zwar untertrieben, aber entsprach ansatzweise der Wahrheit.

„Und jetzt haben Sie genug nachgedacht?", erkundigte er sich.

War sie bereit hineinzugehen und dieses Treffen hinter sich zu bringen? Jetzt oder nie. „Na klar. Gehen wir", antwortete Crissy.

Er hielt ihr die Tür auf. „Ich habe uns einen tollen Tisch besorgt, mit wunderbarem Blick auf den Parkplatz. Kommen Sie. Es wird schon nicht so schlimm werden."

Da sie es schließlich gewesen war, die dieses Treffen arrangiert hatte, hatte sie gar keine andere Wahl, als ihm zu folgen. Er steuerte zielstrebig auf einen Tisch im hinteren Teil des Restaurants zu, von wo man tatsächlich direkt auf den Parkplatz sehen konnte. Sie setzten sich.

„Dann haben Sie also mein Selbstgespräch verfolgt. Eigentlich ist es gut zu wissen, dass ich einen richtig schlechten ersten Eindruck hinterlassen habe. Immerhin kann es dann nur noch besser werden."

„Wenn das wirklich Ihre größte Schwäche war, dann sind Sie ja um einiges besser dran als so manch anderer." Er lehnte sich zurück und schaute sie an. „Okay, wir wissen beide, dass die Situation ungewöhnlich ist und vielleicht auch etwas unangenehm. Gehen wir es also langsam an. Reden wir erst mal ein bisschen über Gott und die Welt. Was halten Sie davon?"

„Das hört sich gut an", gab sie zu. „Ich weiß Ihre Hilfe wirklich zu schätzen. Es ist sehr nett, dass Sie sich die Zeit nehmen."

„Ich bin auch nett. Dazu sehr intelligent, unheimlich talentiert … Aber reden wir nicht über mich."

Sie lachte. „Wie erfrischend, einem Mann zu begegnen, der sich seiner Stärken bewusst ist."

Die Bedienung erschien mit zwei Speisekarten. Doch Crissy und Josh bestellten beide nur einen Kaffee. Als sie wieder allein waren, sagte Crissy: „Danke, dass Sie diesem Treffen zugestimmt haben. Pete und Abbey waren immer so offen und hilfsbereit. Aber irgendwie hat es sich bis jetzt nicht richtig angefühlt ..." Sie hielt inne und presste die Lippen zusammen.

Nein. Sie würde die Wahrheit sagen, auch wenn die nicht schön war und sie dabei nicht gut wegkam. „Noch bis vor Kurzem war Brandon eigentlich eher eine blasse Erinnerung für mich als tatsächlich das Kind, das ich damals zur Adoption freigegeben habe. Wenn mir Abbey einen Brief geschickt oder angerufen hat, wusste ich nie, was ich antworten oder sagen sollte. Es war einfacher, auf Distanz zu bleiben."

Die Bedienung kam mit zwei Tassen Kaffee zurück. Als sie wieder gegangen war, sagte Crissy: „Ich bin nicht hier, um irgendjemandem Schwierigkeiten zu machen. Ich dachte nur, es wäre schön, wenn ich ihn mal sehen könnte."

Insgeheim fragte sie sich, ob Josh sie gleich damit aufziehen würde, dass ihr dreißigster Geburtstag vor der Tür stand und so langsam ihre biologische Uhr zu ticken begann. Vielleicht würde er aber auch völlig ablehnend reagieren. Doch nichts von beidem geschah. Stattdessen schaute er sie aus seinen tiefgrünen Augen nachdenklich an.

„Was denken Sie?", fragte sie, als er immer noch schwieg.

„Ich denke, dass Sie sehr viel Zeit damit verbracht haben, sich wegen der Adoption Vorwürfe zu machen. Wie alt waren Sie damals? Siebzehn?"

Sie war siebzehn gewesen, als sie schwanger wurde, und achtzehn bei der Geburt. „Ich war schon fertig mit der Schule", entgegnete sie. Wollte sie ihm damit etwas erklären oder ihn dazu bringen, sie anzuschnauzen? Sie war sich nicht sicher.

Aber er hatte recht. Sie machte sich oft Vorwürfe. Ihrer Meinung nach hatte sie den einfachsten Weg gewählt. Anstatt das Kind zu behalten, hatte sie sich für ihr eigenes Leben entschieden, das sie schon so genau geplant hatte. Egal, aus welchem Blickwinkel man die Fakten betrachtete, sie war nicht stolz auf das, was sie getan hatte.

Josh sah sie weiter aufmerksam an. „Abbey kann keine Kinder bekommen. Das hat sie Ihnen gesagt, oder?"

Crissy nickte. „Schon bei unserem ersten Treffen. Sie hat mir erzählt, dass sie in einen Autounfall verwickelt war und aufgrund der Verletzungen von damals keine Kinder mehr bekommen kann. Sie und Pete haben sich wohl gleich nach ihrer Heirat mit dem Thema Adoption auseinandergesetzt. Meine Eltern kannten ihren Anwalt, und an ihrem ersten Hochzeitstag haben wir uns getroffen, um über Brandon zu sprechen."

Sie erinnerte sich nicht mehr an die Einzelheiten dieses Treffens, außer dass Pete und Abbey unglaublich nett und verständnisvoll gewesen waren. Sie hatte sich sofort wohlgefühlt und gewusst, dass die beiden genau die Richtigen für ihr Kind waren. Doch egal, wie viele Einladungen sie erhielt, sie hatte nie darauf reagiert. Sie konnte und durfte es sich nicht erlauben, ein Teil dieser kleinen Familie zu werden – das war ihre Strafe.

„Und jetzt sage ich Ihnen mal meine Meinung", erklärte Josh. „Pete und Abbey wollten schon immer eine ganze Horde Kinder haben. Und Sie haben ihnen das erste geschenkt. Warum sollte ich das also nicht total cool finden?"

Sie brachte es fertig zu lächeln, obwohl ihre Gefühle sie zu überwältigen drohten. „Total cool?"

Er grinste. „Na ja, Sie können sich gern ein anderes Wort dafür aussuchen."

„Nein, das passt schon."

Nervös griff sie nach der Serviette. „Okay, ich habe auch eine Frage. Warum sind die beiden so freundlich zu mir? Es ist fast dreizehn Jahre her. Nach all dieser Zeit möchte ich endlich Brandon kennenlernen. Haben sie denn keine Angst, dass ich irgendetwas Schreckliches tun könnte? Zum Beispiel ihn zurückfordern? Oder versuchen, die wichtigste Person in seinem Leben zu werden?"

„Ist es denn das, was Sie wollen?"

„Nein. Aber das können Pete und Abbey doch nicht wissen."

Er nippte an seinem Kaffee. „Doch, das wissen sie."

Weil sie einfach zu nett sind, dachte Crissy und dachte an ihr erstes Treffen mit dem Paar zurück. Sie hatte wirklich nichts gegen freundliche Menschen, aber unter den gegebenen Umständen war sie nicht sicher, ob sie dem Frieden trauen konnte.

„Ich möchte Brandon treffen."

Zum ersten Mal in ihrem Leben sprach sie die Worte tatsächlich aus. Sie hatte genau diesen Satz auch per E-Mail an Abbey geschickt, ihn aber bis jetzt noch nie laut gesagt. „Ich möchte ihn kennenlernen, aber ohne ihm zu nahe zu kommen. Ganz zwanglos."

„Das lässt sich einrichten"

„Aber ich möchte ihm nicht sagen, wer ich bin." Das tat sie Brandon zuliebe. Er wusste zwar, dass er adoptiert worden war und irgendwo auf der Welt eine leibliche Mutter hatte, aber wissen und kennen waren zwei komplett verschiedene Dinge.

„Abbey hat mir erzählt, wie Sie darüber denken und wieso. Wir sind alle einverstanden." Er beugte sich vor. „Pete und Abbey haben immer gehofft, dass Sie Brandon eines Tages kennenlernen möchten, Crissy. Es ist wirklich völlig in Ordnung."

„Ich habe dieses unbestimmte Gefühl, dass ich vielleicht bestraft werde", sagte sie laut, was sie dachte.

„Weil Sie das Kind wiedersehen möchten, das Sie zur Adoption freigegeben haben?"

„Vielleicht verdiene ich keine zweite Chance."

Josh sah sie an. „Ich habe den Eindruck, der einzige Mensch, der Sie verurteilen und bestrafen will, sind Sie selbst. Vielleicht ist es auch einfach an der Zeit, endlich loszulassen."

Das war ein vernünftiger Rat. Sie sollte ihn annehmen.

„Erzählen Sie mir etwas über sich", bat sie. „Ich weiß, dass Sie Petes Bruder sind, aber was machen Sie sonst?"

„Ich bin Arzt. Genauer gesagt Spezialist für krebskranke Kinder. Ich kümmere mich um die schwierigen Fälle – die, die sonst keiner übernehmen will. Ich bin den ganzen Tag auf der Suche nach Wundern."

„Das muss sehr schwierig sein", sagte sie.

Er zuckte mit den Schultern. „Die Erfolgsraten sind nicht so hoch, wie wir es gern hätten, aber ich bin fest entschlossen, diesen Kindern und ihren Eltern Hoffnung zu geben. Manchmal ist Hoffnung alles, was ihnen bleibt."

Sein Gesichtsausdruck und seine Stimme waren voller Mitgefühl. Das war wohl der Grund, warum er sie für die Adoption nicht verurteilte. In seiner Welt gab es Schlimmeres als eine Adoption, vor allem wenn man dadurch Kind und Eltern glücklich machen konnte.

Crissy entsprach überhaupt nicht der Vorstellung, die Josh sich von ihr gemacht hatte. Ihm war zwar bewusst gewesen, dass sie fast dreißig sein musste, aber irgendwie hatte er geglaubt, heute Abend einen verängstigten Teenager anzutreffen. Doch da Brandon sich vom Baby zum fröhlichen und sportlichen Zwölfjährigen entwickelt hatte, lag die Schlussfolgerung nahe, dass seine leibliche Mutter sich wohl auch etwas verändert hatte.

Josh kannte Crissys Lebenslauf zumindest ungefähr. Sie kam aus gutem Hause und hatte einen höheren Schulabschluss. Sie war nicht verheiratet und überwies jedes Jahr an Brandons Geburtstag Geld für seine Ausbildung. Wenn Josh an Crissy dachte, dann immer nur als „die leibliche Mutter". Bis heute war ihm irgendwie nicht in den Sinn gekommen, dass es da jemanden gab, der vielleicht Brandons Augen hatte und sein Lächeln.

„Er sieht Ihnen ähnlich", stellte Josh fest.

„Ist das gut oder schlecht?"

„Gut."

Sie lächelte, und er sah dabei nicht nur seinen Neffen vor sich, sondern auch Crissy. Sie war hübsch, mit ihren kurzen, glänzenden Haaren und den großen Augen. Ihm gefiel ihre Art, sich zu bewegen. Sie war sinnlich und ... Sinnlich? Seit wann fielen ihm denn solche Sachen auf?

„Abbey hat gesagt, dass er sehr sportlich ist", meinte Crissy. „Sein Vater hat in der Schule American Football gespielt und war ziemlich gut in Leichtathletik. Ich habe auch alle möglichen Sportarten ausprobiert und sogar ein Softballstipendium an der Universität bekommen. Ich nehme an, Sie kennen Softball. Es ist mit Baseball zu vergleichen. Ich dachte damals, ich wäre hart im Nehmen."

Er grinste. „Das waren Sie bestimmt."

„Schüchtert Sie das jetzt ein?"

„Ich zittere schon vor Angst."

„Das nehme ich Ihnen nicht ab, aber danke, dass Sie zumindest so tun." Crissy erwiderte sein Lächeln.

„Abbey hat erwähnt, dass Sie selbstständig sind."

„Ich betreibe Fitnessstudios für Frauen. Mittlerweile sind es sechs Stück. Alle hier in der Gegend."

„Sehr beeindruckend." Das erklärte auch ihren tollen Körper, der ihm bereits aufgefallen war, als sie hereinkam. Sie war nicht sehr groß, aber sie wirkte sehr sportlich, mit Kurven an genau den richtigen Stellen. Er musterte ihren Pullover und hatte auf einmal das Bedürfnis, sie in enger Sportbekleidung zu sehen.

Was hatte das nur zu bedeuten? War er nach vier Jahren Tiefschlaf auf einmal wieder aufgewacht? Pete versuchte seit zwei Jahren, ihn zu überreden, sich wieder zu verabreden, rauszugehen, Spaß zu haben. Aber Josh hatte sich bis jetzt hinter seiner Arbeit verschanzt. Der Gedanke, sich wieder auf einen anderen Menschen einzulassen, lag immer noch in weiter Ferne. Aber etwas ganz Zwangloses, ganz ohne Verpflichtungen, war vielleicht möglich.

„Sind Sie bereit für den nächsten Schritt mit Brandon?“, fragte er Crissy.

Sie zuckte zusammen. „Nein, bin ich nicht. Aber ich glaube, ich muss einfach ins kalte Wasser springen und hoffen, dass es die richtige Entscheidung ist.“

„Pete und Abbey haben gerade erfahren, dass die Adoption von ihrem dritten Kind, Hope, endlich gewährt wurde. Sie möchten die gute Nachricht mit einer Adoptionsparty feiern. Mit vielen Freunden und der Familie. Sie könnten doch einfach vorbeikommen und sich unter die Leute mischen.“

Crissy schluckte. „Das hört sich doch gut an. Wann ist die Party?“

„Am Samstag um drei.“

Sie legte die Hand auf ihr Herz. „Ich glaube, mir bleibt gerade die Luft weg. Ist es üblich, auf eine Adoptionsparty Geschenke mitzubringen?“

„Das ist nicht nötig.“

„Und wenn ich es aber möchte?“

„Abbey hat sich bei einem Kindergeschäft registrieren lassen. Das heißt, sie hat dort alle Produkte angegeben, die sie noch für ihr Baby gebrauchen könnte. Suchen Sie einfach was aus.“ Er nannte ihr den Namen des Geschäfts.

Crissy bekam plötzlich einen ganz wehmütigen Gesichtsausdruck. „Ich liebe Babysachen. Die sind einfach so süß. Wahrscheinlich können Sie das gar nicht nachvollziehen.“

„Na ja, so was ist eigentlich nicht mein Ding."

„Und was ist Ihr Ding? Was tun Sie gern?"

Das war eine interessante Frage. Vor vier Jahren hätte er eine ganze Liste aufschreiben können. Er und Stacey, seine verstorbene Frau, waren immer gern an der frischen Luft gewesen, sofern ihre Gesundheit es zugelassen hatte. Außerdem hatte sie es geliebt, zu kochen und im Garten zu buddeln.

„Ich arbeite ziemlich viel", sagte er schließlich. „Und Sie?"

„Ich auch", antwortete sie. „Eine eigene Firma zu haben, ist immer eine große Herausforderung, aber mir gefällt es. Ich gehe oft in den Bergen wandern und im Winter Ski fahren. Abgesehen davon stricke ich gerne, allerdings habe ich kein Talent dafür."

Josh lächelte. Er mochte Crissy, und er wusste, dass genau das Abbeys erste Frage sein würde. Ob er sie mochte.

Crissy holte tief Luft. „Okay. Dann komme ich also zu der Party. Sind Sie sich wirklich sicher, dass das in Ordnung ist?"

Er beugte sich über den Tisch und legte seine Hand auf ihre. Eigentlich wollte er ihr nur Mut zusprechen, und er war nicht darauf vorbereitet, dass die Berührung ihn wie ein Stromstoß traf.

„Es wird alles gut", versprach er und versuchte dabei, das intensive Gefühl, das sich plötzlich in seinem ganzen Körper ausbreitete, zu ignorieren. Schnell zog er seine Hand zurück.

„Aber das können Sie doch gar nicht wissen."

Er grinste nur. „Tief durchatmen."

„Das wird nicht helfen." Sie nahm ihre Handtasche und stand auf. Er erhob sich ebenfalls und legte fünf Dollar auf den Tisch.

„Ich werde da sein", versprach sie. „Punkt drei. Vielleicht eher zehn nach drei, damit ich nicht die Erste bin."

Er nahm eine Visitenkarte aus seiner Brieftasche und gab sie ihr. „Meine Handynummer", sagte er. „Rufen Sie mich an, wenn Sie noch fünf Minuten entfernt sind. Ich komme dann raus und warte auf Sie. So müssen Sie nicht allein hineingehen."

Ihre Augen strahlten. Sie war ihm so dankbar. „Das wäre wunderbar. Vielen Dank, Josh. Sie haben mir sehr geholfen."

Einen langen Moment sahen sie sich in die Augen, dann wandte sie sich ab und ging Richtung Tür. Er schaute ihr nach und bemerkte anerkennend ihren Hüftschwung und die Art, wie ihr glänzendes Haar sie umschmeichelte.

Auf einmal war das Leben richtig schön.

„Und? Magst du sie?", wollte Abbey wissen, als Josh zur Tür hereinkam. „Ich finde sie toll, aber was sagst du?"

Josh beugte sich zu seiner Schwägerin hinunter und gab ihr einen Kuss auf die Wange. „Ich mag sie."

„Wirklich?"

„Ehrenwort."

„Gut." Abbey strahlte Pete an. „Er mag sie."

„Ich hab's gehört."

Abbey hatte ihre langen blonden Haare locker hochgesteckt. Die heraussthehenden Enden hüpften munter herum, als sie sich umdrehte und in die Küche eilte. Sie gab ihm ein Zeichen, ihr zu folgen.

„Einige meiner Freunde raten mir ab, es zu einem Treffen zwischen Crissy und Brandon kommen zu lassen. Sie meinen, Crissy könnte Schwierigkeiten machen." Abbey öffnete den Backofen und nahm zwei frisch gebackene Brote heraus. Ihm lief das Wasser im Mund zusammen.

„Sie sucht Kontakt", erwiderte er.

„Das habe ich ihnen auch gesagt. Wir haben all die Jahre versucht, sie in unsere kleine Familie zu integrieren, aber sie wollte nie." Abbey stellte die heißen Bleche zum Kühlen ab und drehte sich um. „Sie hat zwar Familie, aber nicht hier in der Nähe. Ich habe mich immer gefragt, ob sie nicht einsam ist."

Pete seufzte und legte den Arm um seine Frau. „Du kannst nicht die ganze Welt retten. Crissy ist eine erfolgreiche Geschäftsfrau. Wir sollten uns da nicht einmischen."

„Ich mische mich ja auch gar nicht ein. Ich meine nur, sie könnte uns vielleicht brauchen."

Pete warf Josh einen Blick zu und verdrehte die Augen. „Immer mit der Ruhe. Crissy geht es gut."

„Sie kommt also zur Party?", fragte Abbey aufgeregt.

„Zumindest hat sie das gesagt", entgegnete Josh. „Sie möchte Brandon sehen."

Abbey lächelte. „Das freut mich. Wir werden eine richtige Großfamilie sein. Sie wird ihn treffen, wird lockerer werden, und dann erfährt er endlich, wer seine leibliche Mutter ist."

Eigentlich liebte Crissy ihre Wochenenden. Aber dieses Mal kam der Samstag einfach viel zu schnell. Sie hatte schon den ganzen Morgen vor dem Spiegel verbracht und überlegt, was man zu einer „Adoptionsparty" anziehen sollte. Sie wollte zwar einen guten Eindruck machen, aber nicht auffallen. Lässig, aber nicht zu lässig. Hübsch, aber nicht sexy.

Jedes Mal, wenn sie daran dachte, Brandon bald zu sehen, zog sich ihr Magen zusammen. Letztendlich entschied sie sich für Jeans, einen schönen, eng anliegenden Pulli und eine Lederjacke. Die hochhackigen Stiefel machten sie etwas größer. Alles in allem brauchte sie länger, um sich schick zu machen, als je zuvor für irgendein Date.

Nachdem sie noch einmal die Ohrringe gewechselt hatte, ging sie ins Wohnzimmer, streichelte zum Abschied ihre Katze King Edward und verließ das Haus.

Wenig später suchte sie vor einem großen Haus in einem hübschen Vorort von Riverside ein Parkplatz. Aber Crissy musste das Auto ein ganzes Stück weiter wegstehen lassen, da es keine freien Plätze mehr gab. Josh hatte nicht übertrieben, es war wirklich eine große Party. Es würde leicht sein, sich in der Menge zu verstecken.

Sie hatte Joshs Angebot, ihn anzurufen, angenommen. Als sie auf das Haus zuging, trat er auch schon auf die Veranda hinaus und kam ihr entgegen. Sie hatte ihn gar nicht so groß in Erinnerung. Und auch nicht so gut aussehend.

„Nervös?“, fragte er.

„Ich bin wie gelähmt. Ich glaube, mir wird gleich schlecht.“

Sie sahen sich lange an. Dann schob er die Hände in die Hosentaschen und lächelte. „Es ist alles in Ordnung. Tief durchatmen. Sie kriegen das hin.“

„Ich hab so ein Gefühl, als stünde mein Leben auf dem Spiel.“

„Nicht Ihr Leben. Es ist doch nur …“

Bevor er weitersprechen konnte, wurde die Haustür aufgerissen, und ein zwölfjähriger Junge rannte hinaus auf die Veranda.

„Onkel Josh, komm schon! Wir spielen gleich Football, und ich will, dass du in meiner Mannschaft bist.“

Crissy blieb schlagartig die Luft weg. Sie starrte das vertraute Gesicht an, das sie nur von Bildern kannte. Sie hatte ihn nur einmal gesehen, vor fast genau dreizehn Jahren, an einem Donnerstagmorgen. Die Krankenschwester wollte ihr das winzige, in Tücher gewickelte Etwas in den Arm legen. Crissy erinnerte sich genau, wie sie abgelehnt und auf eine weinende, aber freudestrahlende Abbey gezeigt hatte. „Das ist seine Mutter“, hatte sie gesagt und es auch so gemeint.

Glaubte sie das tatsächlich immer noch?

2. KAPITEL

Crissy versuchte, Brandon nicht anzustarren. Aber es war sehr schwer, sich normal zu verhalten. Ihr Herz klopfte so laut, dass sie glaubte, sogar die Nachbarn müssten es hören.

„Ich bin gleich da“, sagte Josh. „Geh schon mal vor, und fang ohne mich an.“

„Geht nicht“, widersprach Brandon. „Ich will, dass meine Mannschaft gewinnt.“

„Gewinnen ist nicht alles.“

„Das sagst du immer, aber wenn du dann verlierst, wirst du richtig sauer.“

Josh lachte. „Das ist leider eine Charakterschwäche. Du kannst das bestimmt besser.“

Crissy stand daneben und sagte nichts. Sie versuchte, sich auf Josh zu konzentrieren, aber ihr Blick wanderte immer wieder zu dem großen, schlanken Jungen hinüber, der mit seinem Onkel diskutierte. Es war so unwirklich, ihn dort stehen zu sehen. Und sie erkannte sich selbst in ihm wieder. Es waren kleine Dinge. Wie er den Kopf auf die Seite legte, sein Lächeln. Nie im Traum hatte sie daran gedacht, dass Brandon ihr ähneln könnte. Der Impuls, einfach wegzurennen, war mindestens genauso stark wie der, zu bleiben und mit ihm zu reden.

Josh trat näher und legte den Arm um ihre Schultern. Seine Nähe beruhigte sie.

„Das ist Crissy, eine Freundin“, erklärte er. „Crissy, das ist Brandon Daniels.“

„Hi“, sagte sie und versuchte, dabei möglichst natürlich zu wirken. „Freut mich, dich kennenzulernen.“

„Hi“, erwiderte Brandon und musterte seinen Onkel interessiert. „Du hast eine Frau mitgebracht?“

„Das kann schon mal vorkommen.“

„Hast du aber noch nie gemacht.“ Brandon war offensichtlich fasziniert von dieser Tatsache. „Ist sie deine Freundin?“

Josh brachte also nie Frauen mit? Crissy wusste, dass er und seine Familie sich sehr nahestanden. Sollte sie daraus schließen, dass er sich nie verabredete oder ausging? Er war Single – das hatte Abbey zumindest gesagt. Warum gab es dann keine Frauen in seinem Leben? Auf den ersten Blick war er geradezu perfekt – gut aussehend, humorvoll, charmant und auch noch Arzt. Was konnte man an ihm nicht mögen?

„Sie ist eine Freundin“, sagte Josh lachend. „Finde dich damit ab.“

Brandon beäugte Crissy und fing an zu grinsen. „Okay.“ Er kam näher und streckte ihr die Hand entgegen. „Freut mich, Sie kennenzulernen.“

Und dann schüttelte Crissy die Hand ihres Sohnes. Tausend Gedanken und Gefühle überfluteten sie gleichzeitig, als sie ihn zum ersten Mal berührte. Dieser Junge war ihr Kind. Er war in ihrem Körper herangewachsen. Sie hatte ihn in diese Welt gebracht und war dann einfach weggelaufen. Sie waren Fremde füreinander und doch so eng verbunden, wie es nur Mutter und Kind sein können.

Das geht alles zu schnell, dachte sie, während sich alles in ihrem Kopf drehte. Es ist mir zu viel.

Sie wandte sich Josh zu. „Gehen Sie ruhig Football spielen. Ich komm schon allein zurecht.“

„Du hast es gehört!“, rief Brandon und rannte schon zur Haustür. „Komm endlich!“

„Sind Sie sicher?“, fragte Josh. „Ich möchte Sie wirklich nur ungern allein lassen.“

„Sie kann doch zu meiner Mutter in die Küche gehen“, schlug Brandon noch vor, bevor er im Haus verschwand. „Es ist die erste Tür auf der linken Seite.“

Josh begleitete Crissy ins Haus. „Sind Sie sicher …?“, begann er.

„Gehen Sie schon." Crissy gab ihm einen kleinen Schubs Richtung Flur. „Wie Brandon ganz richtig erkannt hat, finde ich den Weg zur Küche allein."

„Okay. Aber ich komme bald zurück." Er verschwand den Flur hinunter. Crissy ging nicht sofort hinterher, sondern schaute sich aufmerksam die Fotos an der Wohnzimmerwand an. Dort hingen viele süße Babybilder von Brandon und seinen zwei kleinen Schwestern.

Es gab einige Familienfotos, aber auch etliche Schnappschüsse. Manche mit Abbey und Pete, manche ohne sie. Allerdings war auf jedem Bild die Vertrautheit und Liebe dieser Familie zu erkennen.

Hatte sie ein Recht, hier einfach aufzutauchen? Trotz Abbeys Ermunterungen, Brandon endlich kennenzulernen, fühlte sich Crissy wie ein Außenseiter, und sie hatte Angst, diese wunderbare Familie unglücklich zu machen.

„Das werde ich nicht tun", sagte sie leise, und es klang wie ein Schwur. Sie war hier, um ihren Sohn zu treffen, aber das sollte nicht auf Kosten anderer geschehen.

Sie ging den Flur hinunter zur Küche und fand sich in einem großen, hellen Raum wieder. Dort standen noch sechs weitere Frauen, die miteinander redeten und lachten.

In diesem Augenblick schaute Abbey von dem Holzbrett auf, an dem sie gerade Erdbeeren in feine Scheiben schnitt.

„Sie sind tatsächlich gekommen!", strahlte sie. „Das ist Crissy", sagte sie zu den anderen. „Sie ist eine Freundin von Josh. Crissy, das sind meine Freunde. Ich werde Ihnen gleich jeden einzeln vorstellen. Aber keine Sorge, wir erwarten nicht, dass Sie sich gleich alle unsere Namen merken."

„Aber natürlich tun wir das", rief eine hübsche Rothaarige und lachte. „Wir fragen Sie nachher ab. Wenn Sie sich nicht mehr an alle erinnern, wird das weitreichende Konsequenzen haben."

„Mach ihr doch nicht gleich am ersten Tag Angst", ergriff eine blonde Frau das Wort. „Warte bis zum zweiten Mal. Dann wird es spannender."

„Ignorieren Sie sie einfach", riet ihr Abbey. „Eigentlich sind alle sehr nett."

Das Gefühl hatte Crissy auch. Sie versuchte, die Namen den richtigen Gesichtern zuzuordnen, hatte aber wenig Erfolg damit. Wenig später unterhielt sie sich schon angeregt mit den anderen Frauen.

„Fängt das Spiel schon an?", fragte Abbey und warf einen Blick aus dem großen Erkerfenster. „Oje, ich glaube, wir sollten mal ein Auge auf das Spielfeld werfen."

Abbeys Freundinnen drängten zur Hintertür und verschwanden lachend im Garten. Als nur noch sie beide übrig waren, lächelte Abbey ihr zu. „Ich hab die anderen gebeten, uns eine Weile allein zu lassen, damit Sie ein wenig Zeit haben, um sich einzugewöhnen."

„Danke. Die kann ich gebrauchen. Es ist alles ziemlich viel auf einmal." Crissy atmete tief ein und versuchte, zur Ruhe zu kommen. „Sie sind wirklich sehr verständnisvoll. Sie hätten meine Bitte, Brandon zu sehen, auch ablehnen können."

„Aber wieso denn?", fragte Abbey und sah etwas verwirrt aus. „Je größer der Kreis, desto besser. Es ist wichtig für Brandon, über seine leibliche Familie Bescheid zu wissen. Ich freue mich so sehr, Sie hier zu haben. Aber wollen wir uns nicht duzen?"

Crissy nickte. „Sehr gern." Trotzdem war sie sich nicht sicher, ob sie Abbey so herzlich empfangen hätte, wenn die Rollen vertauscht gewesen wären. „Du bist eine ganz erstaunliche Frau."

„Überhaupt nicht. Ich möchte nur das Beste für Brandon. Ich finde, dein Plan, langsam an die Sache heranzugehen, ist für alle das Beste." Sie fuhr fort, die Erdbeeren zu schneiden und in eine Schüssel zu geben.

In diesem Moment kam ein hübsches Mädchen zur Küche hereingerannt. Crissy erkannte sie von den Bildern im Wohnzimmer wieder. „Hi Mom. Kann ich ein Glas Saft haben?"

„Klar." Abbey ging zum Kühlschrank. „Emma, ich möchte dir Crissy vorstellen. Sie ist eine Freundin von Josh."

Das Mädchen war ungefähr acht oder neun Jahre alt, groß und dünn, und auf ihren rosa Turnschuhen waren kleine Prinzessinnen abgebildet.

„Hi", sagte Emma etwas schüchtern. „Onkel Josh ist sehr nett."

„Ja, das ist er", antwortete Crissy und war dankbar, dass Josh ihr die Dinge so erleichtert hatte.

Abbey brachte den gewünschten Fruchtsaft, und das kleine Mädchen hüpfte ausgelassen aus dem Zimmer.

„Du hast wirklich alle Hände voll zu tun", meinte Crissy. „Ich könnte mir nicht vorstellen, drei Kinder großzuziehen."

„Na ja, ich habe mal mit einem angefangen. Das hat die Sache etwas erleichtert." Sie öffnete den Kühlschrank und nahm mehrere Schüsseln mit Salaten heraus. Schnell war der Tisch vollgestellt.

„Hast du das ganze Essen vorbereitet?"

Abbey zuckte mit den Schultern. „Ja. Ich nehme es ziemlich genau mit dem, was meine Familie isst. Ich versuche immer, auf gesunde Küche zu achten. Das heißt, dass ich meistens selber koche." Sie sah Crissy an. „Das klingt für eine erfolgreiche Geschäftsfrau wie dich wahrscheinlich sehr langweilig."

„Überhaupt nicht", erwiderte Crissy und überlegte, ob sie den Ofen in ihrer Küche schon jemals benutzt hatte. „Ich habe überhaupt keine hausfraulichen Talente. Ich wüsste nicht mal, wo ich anfangen soll. Ich habe noch nie in meinem Leben etwas gebacken. Ich kann nicht einmal richtig stricken und gehe schon seit Monaten zu einem Strickkurs."

„Dafür hast du andere Qualitäten", erwiderte Abbey. „Du stehst mit beiden Beinen im Arbeitsleben. Ich denke manchmal daran, mir wieder Arbeit zu suchen. Um unsere Finanzen steht es nicht gerade rosig, weil wir nur von Petes Einkommen leben. Und jede Adoption macht es natürlich schwieriger."

Crissy runzelte die Stirn. „Das verstehe ich nicht. Hope lebt doch schon seit zwei Jahren bei euch. Warum kostet sie euch mehr, wenn ihr sie adoptiert?"

„Als Pflegeeltern bekommen wir vom Staat einen Zuschuss. Und der fällt weg, wenn wir das Kind adoptieren." Abbey rümpfte die Nase. „Manche meiner Freunde raten mir, meine Kinder einfach als Pflegekinder zu behalten, mit der Begründung, dass sie dann ja trotzdem unsere sind. Aber Pete und ich möchten, dass unsere Kinder wissen, dass sie für immer zu uns gehören und dass niemand sie uns mehr wegnehmen kann."

„Das wusste ich überhaupt nicht", murmelte Crissy. Es gab bestimmt nicht viele Menschen, die wie Pete und Abbey bereit waren, ein festes Einkommen aufzugeben, nur um einem Kind Sicherheit zu geben.

Sie leben wirklich in einer anderen Welt, dachte sie und fragte sich, ob sie selbst imstande wäre, auch solche Opfer zu bringen.

Sie sah aus dem Fenster und verfolgte das Footballspiel. Brandon rannte gerade das Spielfeld hinunter, und Josh warf ihm den Ball zu. Brandon sprang hoch, fing den sich drehenden Ball mit Leichtigkeit, landete sicher und sprintete auf die Ziellinie zu.

Crissy ertappte sich dabei, wie sie lächelte. Er war so unbekümmert und ausgeglichen. Ihr gefiel sein Selbstvertrauen und wie er sich komplett auf das Spiel konzentrierte. So war sie früher auch gewesen.

„Er ist etwas Besonderes“, sagte Abbey und gesellte sich zu ihr. „In vielerlei Hinsicht. Du hast uns ein wunderbares Geschenk gemacht, als du uns erlaubt hast, ihn großzuziehen.“

Crissys Gefühle drohten sie zu überwältigen. „Ich bin wirklich nicht hier, um euch irgendwelche Probleme zu bereiten. Das schwöre ich.“

„Das weiß ich“, besänftigte Abbey. „Mach dir darüber keine Sorgen. Wir lassen es langsam angehen. Und wenn die Dinge sich gut entwickeln, sagst du ihm, wer du wirklich bist.“

„Das werde ich nur in Absprache mit dir tun.“

„Danke, das weiß ich zu schätzen. Mach dir keine Sorgen. Es kommt alles, wie es kommen soll.“

„Du bist viel zu vertrauensvoll“, sagte Crissy. „Die Welt ist nicht immer gut und gerecht.“

„Ich irre mich manchmal, aber nicht oft. Pete neckt mich damit, dass Gott auf die Naiven und die Unschuldigen aufpasst. Unsere Familie bedeutet uns alles. Wir haben Glück gehabt. Für Josh war es nicht so einfach.“

Die Möglichkeit, etwas über Josh zu erfahren, interessierte Crissy sofort. „Wie meinst du das?“

„Du weißt ja, dass er Witwer ist, oder?“

Fassungslos schüttelte Crissy den Kopf. „Nein. Ich hatte keine Ahnung davon. Seine Frau muss sehr jung gestorben sein.“

„Viel zu jung. Stacey war gerade mal siebenundzwanzig. Als Kind hatte sie Krebs, aber es war ihr gelungen, ihn zu besiegen. Aber sie wusste, dass er wiederkommen konnte. Und das tat er auch. Sie ist dann sehr schnell gestorben. Das ist jetzt vier Jahre her. Josh war am Boden zerstört. Eine ganze Weile waren wir uns nicht sicher, ob er ihren Tod überhaupt verkraften würde. Aber es geht jetzt endlich bergauf mit ihm. Er lacht mehr, fängt wieder an, das Leben zu genießen, hat wieder Dates.“

Crissy bemühte sich, all die neuen Informationen aufzunehmen. Wenn man sich mit Josh unterhielt, kam man absolut nicht auf den Gedanken, dass er bereits so viel durchgemacht hatte. Er war der Typ Mann, der …

Sie bemerkte, wie Abbey sie mit einem wissenden Lächeln beobachtete. Noch einmal gingen ihr die eben gehörten Worte durch den Kopf, und an einem blieb sie hängen: *Dates*.

„Hast du gerade mich gemeint?“, fragte sie und wich unwillkürlich einen Schritt zurück. „Josh und ich sind kein Paar!“

„Er lacht wieder“, erklärte Abbey. „Und, hast du einen Freund?“

Nun musste Crissy doch lachen. „Versuchst du, mich zu verkuppeln?“

„Er ist ein toller Mann“, meinte Abbey.

„Das ist mir auch aufgefallen. Aber trotzdem, nein danke.“

„Findest du ihn nicht sexy?“

Ohne darüber nachzudenken, warf Crissy einen Blick auf den Garten, wo Josh gerade über das Spielfeld sprintete. Er bewegte sich mit einer Leichtigkeit und Eleganz, die sie insgeheim aufseufzen ließ. „Er ist ganz okay.“

„Mehr nicht?“

„Nein“, log sie.

„Tja, dann muss ich dir wohl jemand anders suchen.“

Na toll. Eine Kupplerin. „Und was ist, wenn ich dir sage, dass ich im Moment keinerlei Interesse an einer Beziehung habe?“

Abbey lächelte verschmitzt. „Dann würde ich es dir einfach nicht abnehmen.“

Nach dem Essen sammelte Crissy die Teller ein und machte sich auf den Weg Richtung Küche.

„Crissy, da du gerade in die Küche gehst: Kannst du bitte die Eiscreme für die Törtchen mitbringen?“, rief Abbey ihr nach. „In der Tiefkühltruhe sind Keksbleche mit vorbereiteten Eiskugeln."

Wie hätte es auch anders sein können. Abbey dachte eben an jedes kleine Detail.

„Kein Problem", erwiderte Crissy.

„Super. Brandon, sei ein Schatz und hilf ihr."

„Klar, Mom."

Crissy versuchte, nicht in Panik zu verfallen. Sie lief in die Küche und stellte die Teller ab, während sie fieberhaft überlegte, was sie sagen könnte. Allein die Vorstellung, ein Gespräch zu beginnen, schien ihr vollkommen abwegig. Sie hatte einen totalen Blackout.

Okay, dachte sie hektisch. Wenn sie schon nicht mit ihm reden konnte, musste sie eben etwas tun. Sie ging zum Kühlschrank, öffnete die Gefriertruhe und runzelte dabei die Stirn.

„Hier ist gar keine Eiscreme."

„Die ist da drüben", antwortete Brandon und ging voraus in die angrenzende Waschküche, wo ein riesiger Gefrierschrank stand.

Er öffnete die Tür, und zum Vorschein kamen zwei Bleche, deren kleinen Vertiefungen jeweils mit einer perfekt geformten Kugel Eis gefüllt waren.

„Wow", flüsterte Crissy ehrfürchtig. „Deine Mom ist eine tolle Hausfrau. Das ist ja fast schon beängstigend."

Brandon lachte. „Sie mästet uns für ihr Leben gern."

Er nahm ein Blech heraus und reichte es an Crissy weiter. Er selbst nahm das zweite und ging wieder voraus.

„Ich bin keine große Köchin", gab Crissy zu. „Ein selbst gemachtes Essen bedeutet bei mir, dass ich mir auf dem Nachhauseweg selbst einen Salat mitnehme."

Brandon verzog das Gesicht. „Das ist typisches Mädchenessen."

Was jetzt? Typisches Mädchenessen? „Hey, du solltest mich nicht unterschätzen, nur weil ich eine Frau bin! Ich habe dich vorhin während des Spiels laufen sehen. Da nehme ich es allemal mir dir auf."

Er prustete los. „Ja klar."

„Bist du sicher, dass du es darauf ankommen lassen willst?"

Er warf einen Blick auf ihre Stiefel. „Willst du mit denen rennen?"

„Klar."

„Das schaffst du nie. Ich bin schnell."

„Und ich bin schneller."

„Wenn du meinst, dass du so gut bist, kannst du ja beim nächsten Spiel mitmachen. Nach dem Dessert geht's weiter."

„Darauf kannst du wetten."

Mit großen Augen sah Brandon sie an. „Ernsthaft?"

„Natürlich. Wir sehen uns auf dem Spielfeld."

Die Sonne würde bald untergehen, aber Pete hatte genug Lichter im Garten aufgestellt. Josh nahm sich ein Bier aus der Kühlbox und spazierte zu einem der gemütlichen Stühle am Rande des Spielfelds.

Als er es sich gerade bequem gemacht hatte, bemerkte er den neuen Spieler. Sein Blick fiel auf einen wohlgeformten Po, der ihm zugewandt war. Crissy und Football? Er sah weiter nach unten. In *den* Schuhen? Das war doch nicht möglich. Aber als die jeweiligen Teams ihre Taktik besprochen hatten, ging sie tatsächlich zur vordersten Linie. Pete positionierte sich ihr gegenüber. Sie lächelte.

„Du wirst mich nicht aufhalten", versicherte sie ihm.

„Das glaubst du."

Crissy lachte, drehte sich um und verfolgte konzentriert das Anspiel. Der Ball war im Besitz ihrer Mannschaft und wurde schnell weitergegeben. In der nächsten Sekunde flog Crissy förmlich über das Feld. Trotz ihrer Absätze, die bestimmt sieben Zentimeter hoch waren, rannte sie mit einer Gewandtheit, die Josh vor Verblüffung der Mund offen stehen ließ. Selbst Brandon konnte nicht mithalten, obwohl er normalerweise der Schnellste auf dem Feld war.

Auf einmal stoppte Crissy, wirbelte herum, fing den Ball aus der Luft, lief zwischen den Torstangen hindurch und schmetterte den Ball hinter der Linie auf den Boden. Dann ging sie auf Brandon zu.

„Was hattest du vorhin noch gesagt?"

„Das gibt es doch gar nicht", keuchte Brandon. „Das war obercool. Vor allem für ein Mädchen." Er wirkte völlig überwältigt.

Josh musste zugeben, dass es ihm nicht anders ging. Er hatte ja gewusst, dass sie die Inhaberin mehrerer Fitnessstudios war und dass sie somit wohl auch regelmäßig Sport trieb. Aber dass sie so gut Football spielen konnte? Wie schnell musste sie erst in Turnschuhen sein?

Abbey kam herüber und setzte sich neben Josh. „Ich fühle mich nur bestätigt", sagte sie. „Wir brauchen einfach mehr Crissys auf dieser Welt."

„Ich glaube, mit mehr als einer werden wir kaum fertig."

„Du weißt schon, dass sie dich auf dem Spielfeld mit Leichtigkeit plattmachen würde?"

„Klar weiß ich das. Aber du musst dich doch nicht so diebisch darüber freuen."

„Weibliche Solidarität." Sie lehnte sich gemütlich zurück. „Es läuft ziemlich gut bis jetzt."

Er nickte. „Vielleicht geht es ja reibungslos über die Bühne. Ihr habt es alle verdient."

„Meinst du damit auch Crissy?"

„Da bin ich mir noch nicht sicher."

„Du musst ihr vertrauen. Pete und ich vertrauen ihr."

Sie und Pete waren immer schon Träumer gewesen, die nur das Beste im Menschen sahen. In erster Linie hatte Josh seine Hilfe als Vermittler angeboten, damit er Crissy näher kennenlernen und eventuelle Probleme abwenden konnte. Allerdings musste er zugeben, dass ihm bis jetzt alles gefiel, was er so sah.

„Sie ist nicht verheiratet", unterbrach Abbey seine Gedanken.

Er stöhnte. „Lass mich bitte in Ruhe."

„Warum? Sie ist bezaubernd. Du kannst mir doch nicht erzählen, dass dir das entgangen ist!"

Er verzog das Gesicht. Was sollte er dazu noch sagen? Natürlich waren ihm Crissys Reize aufgefallen. Aber das hieß noch lange nicht, dass er in irgendeiner Weise darauf reagieren würde.

„Du kannst doch nicht für immer wie ein Mönch leben."

„Das werde ich auch nicht", versicherte er, obwohl er keinerlei Absicht hatte, seine derzeitige Lebenslage zu ändern.

„Sie steht vor dir. Nimm sie dir!"

Er wandte sich Abbey mit hochgezogenen Augenbrauen zu. „Das kann ja wohl nicht dein Ernst sein. ‚Nimm sie dir?' Wer sagt denn so was?"

„Ich! Du brauchst eine Frau."

Dies war ein Gespräch, zu dem er absolut keine Lust hatte. „Du schlägst also vor, ich soll mit Brandons leiblicher Mutter Sex haben?"

„Irgendwo musst du anfangen, und sie gehört ja praktisch zur Familie."

„Das ist für mich ein weiterer Grund, ihr aus dem Weg zu gehen. Mit Crissy zu schlafen bringt Komplikationen mit sich, die keiner von uns braucht."

„Von mir aus. Ist mir auch egal. Dann schlaf mit einer anderen. Aber du musst endlich etwas unternehmen. Warst du seit Staceys Tod überhaupt schon mal wieder mit jemandem im Bett?"

Die Frage war rhetorisch. Sie kannten beide die Antwort.

„Ich bitte dich ja nicht darum, dein Herz aufs Spiel zu setzen“, sagte Abbey. „Aber du kannst doch einfach mal ausprobieren, ob bei dir da unten noch alles funktioniert. Früher hat es dir doch bestimmt auch Spaß gemacht.“

„Ich bespreche doch nicht mein Sexleben mit dir.“

„Du hast kein Sexleben. Du hast gar kein Leben. Genau das versuche ich, dir zu sagen.“ Sie wandte sich ihm zu. „Josh, bitte. Es dauert schon viel zu lange. Du kannst doch nicht für immer alle deine Gefühle verdrängen.“

Aber genau das hatte er vor. Ein Leben ohne Emotionen, ohne Gefühle. Stacey zu lieben und sie dann zu verlieren, hätte ihn beinah umgebracht. Dieses Risiko würde er nicht noch einmal eingehen. Für niemanden.

3. KAPITEL

Als die ersten Gäste aufbrachen, schloss Crissy sich ihnen an. Sie wollte nicht noch länger bleiben und so vielleicht eine unangenehme Situation heraufbeschwören. Der Besuch war bis jetzt gut gelaufen. Warum sollte sie das aufs Spiel setzen?

Sie holte ihre Jacke und Handtasche aus der Küche und traf dort auf Abbey. „Benutzt du manchmal auch andere Räume in diesem Haus?“, stichelte Crissy.

„Nein, nur die Küche“, antwortete Abbey lachend.

Pete kam dazu. „Gehst du schon? Danke, dass du gekommen bist. Es lief richtig gut.“

„Das finde ich auch. Ihr beide wart einfach super.“

„Es ist schön, wenn du hier bist“, sagte Abbey. „Was wird dein nächster Schritt sein?“

Crissy hatte keine Ahnung. „Darf ich das später beantworten? Ich muss erst einmal in Ruhe nachdenken.“

„Aber natürlich. Du kannst uns jederzeit anrufen, wenn du reden möchtest", bot Abbey an.

Crissy nickte und ging zur Haustür. Sie hielt inne, als jemand sie am Arm berührte.

„Sie gehen schon?", fragte Josh.

„Ja. Aber ich möchte Ihnen für Ihre Hilfe danken."

„Kommen Sie. Ich bringe Sie noch zu Ihrem Wagen."

Sie verließen das Haus und schlenderten langsam zum Auto. „Heißes Geschoss", kommentierte er ihren BMW 330i.

„Meine Belohnung", gab sie zu. „Den habe ich mir geleistet, als ich endlich meine Kredite an die Bank zurückzahlen konnte."

„Kein Paar Schuhe, sondern ein Auto?"

„Ich bin anders als die meisten Frauen."

„Das habe ich gemerkt. Sie spielen Football."

Sie lachte. „Ja, das kann ich ganz gut. Ich bin relativ schnell."

Er sah ihr direkt ins Gesicht, und doch kam es ihr vor, als ob er sie von oben bis unten musterte. Aber das war doch verrückt. Josh war nur der Vermittler, er hatte nur geholfen. Mehr nicht. Abgesehen davon würde sie bestimmt nicht mit Brandons Onkel etwas anfangen.

„Es ist heute ganz gut gelaufen", sagte er.

Sie standen in der Dunkelheit. Crissy an den BMW gelehnt, Josh vor ihr, die Hände in den Hosentaschen seiner Jeans vergraben.

„Ja, fand ich auch."

Sie hatte all ihre Gefühle jetzt seit Stunden unterdrückt und würde ihnen nun in der letzten Sekunde nicht nachgeben.

„Ich hatte ziemliche Angst, und ich war sehr nervös, aber es ist gut gelaufen. Brandon ist fantastisch. Pete und Abbey sind wundervoll zu den Kindern."

„Na ja, vielleicht haben die Kinder auch einfach sehr gute Gene mitgebracht."

Vehement schüttelte Crissy den Kopf. „Brandons Charakter ist nicht mein Verdienst. Die Lorbeeren habe ich nicht verdient."

„Mach Sie sich deswegen immer noch Vorwürfe?"

„Regelmäßig. Das ist meine leichteste Übung."

„Das sollten Sie nicht."

„Leichter gesagt als getan. Ich weiß gar nicht, was ich denken soll, wenn ich ihn anschaue. Gibt es da eine Verbindung zwischen uns? Sollte es eine geben? Bin ich ein Störfaktor in seinem Leben? Ich habe das Gefühl, keine Kontrolle mehr über die Situation zu haben."

„Sie haben sich doch mit ihm unterhalten", meinte Josh. „Wie lief es?"

„Gut. Wir haben hauptsächlich über Sport geredet. Ich mag ihn wirklich."

„Hätten Sie ihm gern gesagt, wer Sie sind?"

Ohne das Auto im Rücken wäre sie instinktiv zurückgewichen.

„Nein! Und ich weiß auch nicht, ob ich das jemals tun werde. Es ist viel zu früh. Und die Situation, gelinde gesagt, zu kompliziert."

Sie versuchte, ihre aufgestauten Gefühle weiter zu ignorieren. Allerdings war da auf einmal der übermächtige Wunsch, sich in Joshs Arme zu werfen und trösten zu lassen. Es war allerhöchste Zeit zu gehen. Sie war stark und brach nicht einfach zusammen. Und falls doch, dann würde sie das gefälligst in den eigenen vier Wänden tun.

„Danke für alles", brachte sie hervor. „Ich weiß Ihre Unterstützung wirklich zu schätzen."

„Ich bin froh, dass ich helfen konnte. Rufen Sie mich an, wenn Sie reden wollen. Meine Telefonnummer haben Sie ja."

Das waren auch Abbeys Worte gewesen. Aber aus Joshs Mund hörte sich das Angebot viel verlockender an.

Crissy schaffte es gerade noch, das Auto zu parken und in die Küche zu laufen, bevor sie in Tränen ausbrach.

„Das ist doch bescheuert“, beschwerte sie sich. „Ich heule nie.“

Sie hatte seit Jahren nicht mehr geweint. Warum also heute damit anfangen? Es war schon zu spät, um noch ihre Eltern in Florida anzurufen. Zu blöd. Gerade jetzt hätte sie gern eine vertraute Stimme gehört.

Sie nahm die Flasche Weißwein, die sie gestern geöffnet hatte, und schenkte sich ein Glas ein. Das ließ sie auf dem Tisch stehen und ging in das kleine Arbeitszimmer nebenan. Sie öffnete die Schiebetür des Wandschranks und nahm einen Karton mit Andenken aus der Schulzeit von dem obersten Regal und machte es sich damit auf dem Boden gemütlich.

Ganz unten fand sie schließlich einen unscheinbaren Briefumschlag, der nur einige wenige Bilder enthielt. Es waren Fotos, die während ihrer Schwangerschaft gemacht worden waren. Und ein Bild von Brandon gleich nach der Geburt.

Sie breitete die Fotos auf dem Boden aus und fing an zu weinen. Sie hatte so jung ausgesehen, dachte sie und berührte eines der Fotos von ihr, auf dem sie ein furchtbares pinkfarbenes Schwangerschaftskleid getragen hatte. Jung und ängstlich. Aber auch entschlossen. Fest entschlossen, dass eine Nacht nicht ihr ganzes junges Leben ruinieren würde.

Tief in ihrem Innern wusste sie, dass es genau das war, was sie sich nicht vergeben konnte. Sie hatte ihre Entscheidung überhaupt nicht infrage gestellt. Sie hatte einfach beschlossen, das Problem so schnell und so einfach wie möglich zu lösen. Und die Lösung war, ein nettes Paar zu finden, das ihr Kind adoptierte.

Nicht eine Sekunde hatte sie eine andere Möglichkeit in Erwägung gezogen. Was sagte das über ihren Charakter aus? Den eigenen Sohn fortzugeben und sich zwölf Jahre lang nicht weiter um ihn zu kümmern. Hätte sie nicht am Boden zerstört sein sollen? Sich um ihn sorgen müssen? An ihn denken? Ihn vermissen?

Es gab einfach ...

Jemand klopfte an die Haustür. Crissy wischte die Tränen aus dem Gesicht und stand auf. Sie trat in den Flur und zog die Tür zum Arbeitszimmer hinter sich zu. Sie erwartete keine Gäste mehr, und für Hausierer war es eigentlich zu spät. Ein Blick durch den Türspion ließ sie überrascht blinzeln. Es war Josh.

Na super! Sie sah bestimmt total verheult aus. Aber das war jetzt nicht mehr zu ändern.

Sie machte die Tür auf und lächelte ihn an. „Was für eine Überraschung“, sagte sie. „Ist alles in Ordnung?“

„Das wollte ich eigentlich Sie fragen“, erklärte er ihr. „Ich wollte nur kurz vorbeischauen und fragen, wie es Ihnen geht.“

„Mir geht es super.“

„Sie lügen. Darf ich reinkommen?“

Sie trat zurück, um ihn einzulassen, und schloss die Tür hinter ihm.

„Kann ich Ihnen etwas anbieten“, erkundigte sie sich. „Ein Glas Wein vielleicht?“

„Das hört sich gut an.“

Sie ging in die Küche und schenkte noch ein zweites Glas ein. Dann nahm sie die Gläser und trug beide ins Wohnzimmer.

Josh wartete beim Kamin. Er nahm ihr ein Glas ab und ließ seinen Blick durch den Raum wandern. „Tolles Haus.“

„Danke.“ Sie zeigte auf das Sofa. „Setzen wir uns doch.“

Sie nahm ihm gegenüber Platz, kuschelte sich in die Kissen und sah ihn an. „Es geht mir gut“, erklärte sie noch einmal.

„Meine professionelle Meinung lautet anders. Das Treffen mit Brandon muss ein Schock gewesen sein. Es ist absolut verständlich, dass so was nicht spurlos an Ihnen vorbeigeht.“

„Es ist mehr als das“, murmelte sie und stellte das Glas auf den Couchtisch. „Ich fühle mich schuldig. Brandon ist so ein toller Junge. Ich mag ihn. Aber es ist noch nicht lange her, da habe ich ihn noch nicht einmal als reale Person wahrgenommen. Ich verstehe ja selbst nicht, warum ich so aufgebracht bin. Trauere ich um das, was ich nie hatte? Ich weiß nicht, ob ich ein Teil seiner Welt werden will, ob ich es überhaupt soll. Ich weiß nicht, ob ich mir je verzeihen kann, dass ich es mir so leicht gemacht habe.“

„Sie waren jung. Das ist ein großer Unterschied.“

„Es mag ein Unterschied sein, aber es ist keine Entschuldigung.“

Er trank einen Schluck Wein. „Ich erinnere mich, wie Abbey mir von Brandons bevorstehender Adoption erzählte. Als die beiden Brandon heimbrachten, bin ich gleich vorbeigefahren. Ich hatte keine Ahnung von Babys und Pete und ich hatten eine Riesenangst. Das war das einzige Mal, dass ich meine Entscheidung, Arzt zu werden, infrage gestellt habe.“

Crissy musste lächeln. „Weil Sie nicht wussten, wie man mit einem kleinen Baby umgeht?“

„Ja.“ Seine dunkelgrünen Augen funkelten belustigt. „Im Gegensatz zu Abbey. Sie ist ein Naturtalent. Sie hatte einfach alles im Griff. Manchmal denke ich, dass es einfach ihre Berufung ist.“

„Abbey ist eine wunderbare Mutter“, konnte Crissy nur zustimmen und dachte dabei an das ganze selbst gemachte Essen und die kleinen mit Liebe hergerichteten Eisportionen. „Da kann ich Ihnen nur zustimmen.“

„Es war ein grausamer Schicksalsschlag für Abbey, keine Kinder bekommen zu können. Sie wollte immer nur Mutter werden. Und Sie haben ihr das ermöglicht.“

Ihr Verstand sagte Crissy, dass er recht hatte, aber ihr Herz wollte sie nicht so einfach davonkommen lassen.

„Marty war mein erster richtiger Freund“, erzählte sie. „Wir waren auf derselben Schule. Er spielte Football und war sehr beliebt. Ich hatte auch viele Freunde, obwohl ich für ein Mädchen sehr viel Sport gemacht habe.“

„Ich wette, Sie waren richtig gut.“

„Ich war ziemlich schnell, und ich habe sehr viel trainiert. Mein Ziel war, mit einem Softballstipendium das Studium zu bezahlen und dann irgendwas Interessantes im Finanzbereich zu machen.“ Sie zuckte die Schultern. „Na ja, zumindest mein Traum vom Stipendium ging in Erfüllung. An dem Tag, an dem die Zusage kam, musste ich mir allerdings eingestehen, was ich wochenlang verdrängt hatte: Ich war schwanger.“

Sie schaute zur Seite und erinnerte sich an den besagten Tag zurück. Wie sie sich auf dem Bett zusammengerollt und das Kind weggewünscht hatte. Wie hatten sie und Marty nur so blöd sein können, kein Kondom zu benutzen?

„Marty war genauso schockiert wie ich“, fuhr sie fort. „Es war für uns beide das erste Mal gewesen, und wir hatten beide nicht viel Ahnung von Verhütung. Er brach gleich in Panik aus und sagte, er wolle kein Kind, zumindest jetzt noch nicht. Und mir ging es nicht anders.“

„Sie waren erst siebzehn. Das wäre sehr schwierig geworden.“

„Ich habe dann mit meinen Eltern geredet. Sie versprachen, mir zu helfen und mich zu unterstützen. Es hörte sich wirklich völlig vernünftig an.“

„Aber das war es nicht, was Sie wollten.“

Sie schüttelte den Kopf. „Nein. Marty unterschrieb alle nötigen Papiere, die ihn von jeglicher Verantwortung entbanden, und ich begann mit der Suche nach einem Paar, das mein Baby adoptieren würde.“

„Was ist daran so falsch?“, erkundigte er sich.

„Ich weiß es nicht. Es ist nun mal so. Ich habe ein schlechtes Gewissen, weil ich mich nicht schuldig genug fühle."

„Okay. Aber diese Aussage muss doch sogar in Ihren Ohren verrückt klingen."

Trotz der vertrackten Situation musste sie lächeln. „Okay, ich gebe es ja zu. Ich fühle mich einfach nur furchtbar, dass ich damals nicht mehr gelitten, nicht mehr gefühlt habe."

„Das heißt, Sie bereuen nicht Ihre Entscheidung, sondern Ihre mangelnden Schuldgefühle?"

Crissy zögerte. Sie suchte in ihrem Herzen nach der Antwort. „Ja", gestand sie schließlich.

Josh fand ihre Verletzlichkeit sehr anziehend. Besonders, da sie normalerweise eine ausgesprochen selbstsichere Person zu sein schien und es gewohnt war, ihr Leben im Griff zu haben. Sie war eine sehr erfolgreiche Geschäftsfrau mit nur einer Schwäche – sich selbst nicht vergeben zu können.

„Sie haben Ihr Baby an ein Ehepaar gegeben, dessen größter Wunsch es war, Kinder zu haben. Darin kann ich nichts Falsches sehen."

„Ich schäme mich, und ich fühle mich schuldig."

„Aber weswegen schämen Sie sich? Weil Abbey und Pete Ihren Sohn großziehen?"

Ärgerlich kniff sie die Augen zusammen. „Erstens schäme ich mich nicht dafür, und zweitens ist Brandon nicht mein Sohn. Er ist ihr Sohn. Sie sind wahrscheinlich die perfektesten Eltern, die ich je getroffen habe. Und meine Eltern waren schon fantastisch. Was denken Sie sich eigentlich?"

Ihre Augen funkelten wütend, ihre Wangen waren gerötet, und ihr Atem ging ziemlich schnell. Verdammt, sah sie gut aus. Er verspürte auf einmal pure Lust. Das Gefühl war ihm so fremd geworden, dass er die Hitze, die ihn durchflutete, erst gar nicht als Lust erkannte. Und als er endlich begriff, glitt ein Lächeln über sein Gesicht. Er fühlte sich auf einmal wieder lebendig. Und es war ein gutes Gefühl.

„Oh, Sie finden das also witzig?“, empörte sie sich und stand auf.

„Nein. Nicht witzig. Nur interessant. Wut ist doch viel produktiver als Selbstmitleid.“

Sie durchbohrte ihn mit Blicken. „Ich glaube es ja nicht. Machen Sie sich über mich lustig?“

Er stellte das Glas Wein zur Seite und erhob sich ebenfalls. „Vielleicht ein bisschen. Ich hatte ja keine Ahnung, dass in dieser Powerfrau so eine Hysterikerin steckt.“

„Hysterikerin? Ich glaube kaum.“ Chrissy kam näher und hielt ihm den Zeigefinger vors Gesicht. „Sie sind so typisch Mann. Sobald die Situation für euch ungemütlich wird oder ihr damit nicht umgehen könnt, sucht ihr die einfachste Lösung und beleidigt die Frauen. Fühlen Sie sich jetzt männlicher? Hat es geholfen?“

Sie platzte fast vor Zorn.

„Ja. Schon irgendwie“, gab er mit einem frechen Grinsen zu. Ohne lange nachzudenken, packte er sie, zog sie an sich und küsste sie.

Er merkte, wie schockiert sie war, und erwartete eigentlich, dass sie sich jeden Moment losreißen und ihn anschreien würde, während er die Wärme ihrer Lippen spürte. Aber sie stieß ihn nicht zurück. Stattdessen neigte sie den Kopf ein wenig und erwiderte den Kuss.

Nur ein Kuss, dachte er, mehr nicht. Und er genoss das Gefühl ihrer weichen Lippen auf seinen. Er atmete den Duft ihres Körpers ein. Sie roch nach frischem Gras, fruchtigem Wein und ihrem ganz eigenen weiblichen Parfum.

Langsam strich Josh mit den Fingern über ihren Rücken. Sie fühlte sich anders an als Stacey. Kleiner und kurvenreicher. Bei dem Gedanken an seine Exfrau rechnete er damit, dass jeden Augenblick Schuldgefühle in ihm aufsteigen würden. Aber da war nichts. Nur die Lust ergriff immer mehr Besitz von ihm.

Langsam ließ er seine Hände höher wandern und vergrub sie in Crissys kurzen, seidigen Haar. Sie drückte sich an ihn, und er spürte ihre Brüste an seinem Oberkörper. Alles in ihm schrie danach, sie zu berühren, berührt zu werden, ihren weichen Körper zu streicheln, sie zu liebkosen, ihr Stöhnen zu hören. Er küsste ihre Mundwinkel, ihr Kinn und glitt dann mit den Lippen bis zu ihrem Ohrläppchen. Er knabberte daran, hauchte ihr zart ins Ohr, bis sie aufseufzte und ihn noch näher an sich zog. Ihre Haut war weich und heiß und so verführerisch.

Mit dem Mund wanderte er ihren Nacken hinunter, ganz langsam und mit unendlich vielen Küssen, bis er den Ausschnitt ihres T-Shirts erreichte. Er spürte ihr Herz wie wild klopfen. Dann wandte er sich wieder ihren weichen, leicht geöffneten Lippen zu. Und als sich ihre Zungen berührten, durchfuhr es ihn wie ein Blitz.

Josh konnte sich kaum noch beherrschen. Er wollte Crissy. Jetzt. Auf der Stelle. Er wollte sie berühren und jeden Zentimeter ihres Körpers erkunden.

Crissy zog sich leicht zurück und sah ihn an. Ihre Augen funkelten vor Leidenschaft. „Wow“, flüsterte sie. „Was für ein toller Kuss.“

„Schön, dass er dir gefallen hat.“

„Gefallen ist nicht so ganz das richtige Wort.“ Mit den Handflächen strich sie über seine Arme. „Ich würde gern den Wein dafür verantwortlich machen, aber ich habe nur einen Schluck getrunken.“

„Ich auch.“

„Dann ist da also etwas zwischen uns? Eine gewisse Chemie?“

Er wusste nicht genau, was es war. Aber er wusste, dass sein Körper endlich wieder aus dem Winterschlaf erwacht war und dass es sich verdammt gut anfühlte.

„Bist du okay?“, fragte er.

„Klar. Ich bin noch etwas geschockt, aber das wird vorbeigehen."

„Du wirst dich daran gewöhnen, Brandon um dich zu haben."

„Eigentlich habe ich gerade von dir gesprochen."

Er lächelte. „Ach ja?"

„Oh ja. Beinah hätte ich geschrien: Nimm mich, und zwar hier und jetzt!"

„Wie viel hat denn noch gefehlt?", fragte er.

„Das brauchst du nicht zu wissen."

Doch da war er anderer Meinung. Er wollte von ihr hören, dass er nicht der Einzige war, der mehr wollte.

Sie legte die Hand auf seine Brust. „Du bist voller Überraschungen, Josh Daniels. Du bist ein guter Mensch, und du kannst unglaublich küssen. Im Ernst, man sollte dir einen Orden verleihen."

Er nahm ihre Hand und führte sie an seine Lippen. Dann küsste er jeden einzelnen Finger und beobachtete, wie ihre Augen sich langsam weiteten.

„Ich sollte jetzt wirklich gehen", murmelte er in ihre Handfläche.

„Ja, das solltest du."

Sie hörte sich aber nicht überzeugend an.

„Ich könnte aber auch bleiben." Kaum waren die Worte über seine Lippen, wusste er, dass er genau das wollte. Er wollte die Nacht mit Crissy verbringen, sich für eine Nacht wieder lebendig fühlen.

Sie holte tief Luft. „Du könntest natürlich auch bleiben."

Darauf hatte er nur gewartet. Er zog sie an sich und küsste sie. Sie schmiegte sich in seine Arme, drückte sich gegen seine Männlichkeit. Das tat gut. Er wollte mehr.

Verlangend ließ er seine Zunge zwischen ihre halb geöffneten Lippen gleiten. Sie schmeckte so süß.

Und Crissy erwiderte den Kuss mit der gleichen Leidenschaft.

Seine Hände glitten über ihren Rücken hinunter zu ihrem wohlgeformten Po. Fest drückte er sie an sich. Dann ergriff er den Saum ihres Pullovers und zog ihr das Kleidungsstück über den Kopf. Doch anstatt ihre schönen Brüste zu liebkosen, was er am liebsten sofort getan hätte, nahm er Crissys linkes Handgelenk und hob es an seine Lippen.

Langsam strich er mit der Zunge über die sensible Haut, bis er an der empfindlichen Innenseite ihres Ellbogens angelangt war. Wieder und wieder ließ er seine Zunge kreisen, nur unterbrochen von kleinen, zärtlichen Bissen, bis sie einen Laut von sich gab, der wie eine Mischung aus Stöhnen und Lachen klang.

Josh lächelte und wiederholte das Gleiche an ihrem anderen Arm.

Als sie immer heftiger atmete, fragte er: „Wo ist das Schlafzimmer?"

Sie nahm seine Hand und zog ihn den Flur entlang zur ersten Tür auf der linken Seite. Ihre Finger ertasteten den Lichtschalter an der Wand. Eine kleine Lampe auf dem Nachtisch beleuchtete das Schlafzimmer.

Der Raum war in verschiedenen Rosatönen gehalten. Es war das wohl mädchenhafteste Schlafzimmer, das Josh je gesehen hatte, und passte so gar nicht zu Crissys Ausstrahlung einer Powerfrau.

„Na, kriegst du jetzt Angst?", fragte sie und sah ihm tief in die Augen. „Rosafarbene Rüschen und ganz viel Tüll."

„Damit komm ich klar."

Sie zog sein T-Shirt hoch und fing an, seine Jeans aufzuknöpfen. „Kommst du auch mit mir klar?"

„Das werden wir herausfinden."

Er schob ihre Hände zur Seite, nahm Crissy in die Arme

und küsste sie. Seine Finger erkundeten ihren Rücken und hinterließen eine brennende Spur auf ihrer Haut. Er drängte sie sanft rückwärts, bis sie gegen das Bett stieß und darauf niedersank. Er kniete sich vor sie und öffnete den Reißverschluss ihrer Stiefel.

„Ich kann immer noch nicht glauben, dass du mit diesen Dingern Football gespielt hast", sagte er kopfschüttelnd, als er sie ihr von den Füßen zog. „Du hättest dir ein Bein brechen können."

Sie lächelte. „Du bist eben ein Mann. Frauen können alles Mögliche in hochhackigen Schuhen. Reine Übungssache."

Fast hätte er aufgestöhnt, als er ihre rot lackierten Zehennägel und den goldenen Zehenring bemerkte. Wie viele Überraschungen hielt sie wohl noch für ihn bereit?

Ihre zarte Haut steigerte seine Erregung ins Unermessliche. Er ergriff Crissys Hände und zog sie vom Bett hoch, damit er sie von ihren Jeans befreien konnte. Einen langen Moment kämpfte er mit dem Verlangen, sie auf der Stelle zu nehmen. Mit an Selbstverleugnung grenzender Beherrschung übersah er ihren wahnsinnig erotischen Tanga und ließ sie sanft wieder aufs Bett zurücksinken. Schnell schlüpfte er aus seinen eigenen Schuhen. Dann glitt er neben sie und schaute ihr tief in die Augen. „Du bist wunderschön", sagte er.

„Was Männer nicht alles sagen, wenn sie Sex wollen." Sie lachte. „Aber vielleicht glaube ich es dir ja sogar."

„Das solltest du."

Er ließ den Blick über ihren Körper wandern. Ihre vollen Brüste wurden nur mit Mühe von dem Spitzen-BH gebändigt. Er beobachtete das Spiel der Muskeln unter ihrer glatten Haut. Im Bauchnabel glitzerte ein kleiner goldener Ring, der ihm die Sprache verschlug. Crissys Beine waren atemberaubend lang.

Dann blickte er ihr wieder in die Augen, beugte sich über sie und küsste sie. Gleichzeitig schob er seine Hand unter ihren Rücken, um den BH zu öffnen. Doch sie legte die Hand auf seine Brust.

„Hey“, flüsterte sie. „Du bist noch nicht nackt. Nacktsein ist Pflicht.“

„Ich hab nur im Moment was Dringendes zu erledigen.“

„Das hört sich zwar gut an, aber hier wird fair gespielt. Ich zeig dir was, und dann zeigst du mir was.“

Er lachte. „Ich mag, wie du denkst.“

Es dauerte nur Sekunden, dann hatte er sich seiner Kleidung auch schon entledigt. Als er wieder bei ihr war, strich sie über seine Brust.

„Schön“, flüsterte sie.

Er küsste sie und schob dabei wieder die Hand unter ihren Rücken. Dieses Mal drehte sie sich ein wenig zur Seite, um es ihm zu erleichtern. Als der BH aufgehakt war, schob sie die Träger von den Schultern und warf ihn von sich. Ihre Brüste waren einfach perfekt: voll und schön.

Zwischen Crissys Beinen kniend, beugte Josh sich vor und umfasste ihren Busen mit beiden Händen. Er schloss die Augen und genoss ihre seidige Haut. Dann strich er mit den Daumen über die rosigen Spitzen.

Er brauchte alle Kraft, damit seine Erregung nicht die Übermacht gewann. Aber er genoss es einfach so sehr, Crissy zu streicheln und zu liebkosen.

Er öffnete die Augen, weil er sehen wollte, wie sie auf seine Zärtlichkeiten reagierte. Langsam ließ er seine Hand zu ihrem Bauchnabel gleiten, wo er den kleinen Ring umkreiste. Sie blickte ihn an und lächelte.

„Ein verfrühtes Geburtstagsgeschenk an mich selbst. Bald werde ich dreißig. Eine Erinnerung daran, im Herzen immer jung zu bleiben.“

„Brauchst du das denn?“, fragte er, während er ihren Slip auszog.

„Wahrscheinlich nicht."

Er beugte sich vor und nahm ihre linke Knospe zwischen die Lippen. Er saugte daran, umkreiste sie mit der Zunge und fuhr immer wieder darüber. Crissy stöhnte und legte ihm die Hände auf den Rücken. Der Druck ihrer Finger verriet ihm, was sie besonders mochte. Er leckte ihre Haut, um dann leicht darüberzuhauchen. Sie erzitterte.

Langsam fuhr er mit der Zungenspitze tiefer, drang in ihren Bauchnabel ein, bis sie aufstöhnte und ihm ihr Becken entgegenhob. Seine Hand glitt über ihre Hüfte und eroberte sanft, aber bestimmt das Tal zwischen ihren Schenkeln. Als sein Daumen über ihre empfindlichste Stelle strich, keuchte sie auf.

Es fiel ihm schwer, nicht sofort zu ihr zu kommen, aber er riss sich zusammen und ließ zunächst seine Zungenspitze dem Weg folgen, den seine Hand und vor allem sein Daumen bereits genommen hatten.

Crissy atmete schneller und schneller, sie fuhr ihm mit den Händen durchs Haar und presste sich stöhnend gegen seine Lippen. Er spielt mit ihr, bis sie sich laut stöhnend seiner Zungenspitze entgegenbog.

Sanft küsste er sie auf den Oberschenkel, dann auf den Bauch. Crissy öffnete die Augen und seufzte tief. „Eins zu null für dich", flüsterte sie.

„Es hat Spaß gemacht", sagte Josh und war selbst überrascht, wie sehr. Er hatte es zutiefst genossen, sie zu verwöhnen. Er hatte alles an ihrem Liebesspiel genossen.

„Spaß ist nicht das richtige Wort für das, was da gerade passiert ist", erklärte Crissy mit einem Lächeln. Sie streckte die Arme nach ihm aus. „Komm her, dann zeige ich dir, was ich meine."

Als ihre Hand zwischen seine Beine glitt, hätte er beinahe jede Selbstkontrolle verloren. Sie hatte eine unglaublich erotische Art, ihn anzufassen. Zu erotisch. Dann zog sie ihn auf sich.

Die weiche Hitze ihres Körpers brachte ihn fast um den Verstand, als er zu ihr kam.

Eigentlich hatte Josh vorgehabt, sie mit Ausdauer und Raffinesse zu beeindrucken. Doch dazu kam es nicht. Viel zu gut fühlte sie sich an, und viel zu sehr wollte er sie. Von Anfang an fanden sie einen gemeinsamen Rhythmus, bis sie gemeinsam den Gipfel brennender Lust erreichten und darüber hinweg ins scheinbar Bodenlose stürzten.

4. KAPITEL

Es war noch früher Morgen, als Josh von den ersten Sonnenstrahlen geweckt wurde. Er lag in Crissys Bett, den Arm um ihre Hüfte geschlungen, das Gesicht nahe an ihrer weichen Schulter.

Mit einer langsamen Bewegung, um sie auch ja nicht zu wecken, löste er sich von ihrem warmen Körper. Er drehte sich auf den Rücken und starrte zur Decke.

Er hatte mit einer anderen Frau geschlafen! Damals, als er Stacey kennenlernte, hatte für ihn festgestanden, dass er für immer mit ihr zusammen sein und mit ihr alt werden würde. Aber letzte Nacht hatte er so viel wildes Verlangen gespürt, so viel Lust und Erregung. Wie konnte das nur sein?

Er stärkte sich innerlich für die unvermeidliche Flut von Schuldgefühlen, die ihn jede Sekunde überrollen musste, weil er die Frau seiner Träume betrogen hatte.

Doch da war nichts. Keine einzige Gefühlsregung – bis auf die Sehnsucht, wieder mit Crissy zu schlafen.

Und was bedeutete das? War es ein Zeichen, dass er wieder sein Leben leben sollte? Wollte er das überhaupt? Abbey hatte schon Witze darüber gemacht, dass er gelegentlich mal wieder die Funktion seiner wichtigsten Körperteile testen sollte. Das hatte er nun getan, und sogar mehr als das. Er war froh, dass er endlich einen Schritt weitergekommen war, aber er spürte auch die Trauer darüber, dass er sich gleichzeitig einen Schritt weiter von Stacey entfernt hatte.

Das Bett bewegte sich, und Josh wandte den Kopf. Crissy hatte sich aufgesetzt, die Decke bis an die Schultern hochgezogen, und lächelte ihn schüchtern an.

„Hi“, sagte sie und seufzte. „Okay, das ist jetzt ein wenig unangenehm. Ich glaube, wir fühlen uns beide besser, wenn wir einfach zugeben, dass wir ja praktisch eine Familie sind. Du bist Brandons Onkel und ich seine leibliche Mutter, und wenn ich in Zukunft öfter in seiner Nähe bin, werden wir uns zwangsläufig über den Weg laufen. Das könnte zu Komplikationen führen.“

Crissy machte eine kleine Pause, um Luft zu holen, dann fuhr sie fort. „Eigentlich ist so was überhaupt nicht meine Art. Ich schlafe nicht mit Männern, die ich kaum kenne. Das war noch nie mein Stil. Es sind einfach viele Dinge zusammengekommen. Ich war so aufgewühlt gestern Abend, und ganz abgesehen davon bist du einfach unglaublich sexy. Es ist alles allein deine Schuld, und ich finde, du solltest dich entschuldigen.“

Er verschränkte die Hände hinter den Kopf und schaute zu ihr auf. „Du willst also, dass ich mich entschuldige, weil ich zu sexy bin?“

Sie nickte, obwohl ihre Mundwinkel schon verräterisch zuckten. „Genau. Es ist unfair und gibt dir einen Vorteil, den du bestimmt schon oft schamlos ausgenutzt hast. Wenn ich so darüber nachdenke, schuldest du mir eigentlich noch viel mehr als nur eine Entschuldigung. Was du getan hast, war einfach gemein.“

Er versuchte, sich das Lachen zu verkneifen. „Du bist an der ganzen Sache also vollkommen schuldlos?“

Ihre Augen weiteten sich. „Vollkommen. Ich bin doch hier die Leidtragende.“

„Ich verstehe. Die Tatsache, dass ich einfach nicht anders konnte, weil du so wunderbar riechst und schmeckst, fällt da wohl nicht weiter ins Gewicht?“

Sie errötete leicht. „Nein. Du bist ganz allein dafür verantwortlich.“

„Hm. Diese Anklage kann ich mit einem Satz zunichtemachen.“

„Dann streng dich mal an und erklär mir, warum ich schuld sein sollte. Du hast genau einen Satz.“

Er legte seine Hand auf ihre. „Seit dem Tod meiner Frau vor vier Jahren habe ich mit niemandem geschlafen.“

Crissys widerstreitende Gefühle standen ihr ins Gesicht geschrieben. Sie wusste nicht, was sie sagen sollte.

„Du brauchst nichts zu sagen“, erklärte Josh, der erkannte, was in ihr vorging. „Ich wollte damit nur deutlich machen, dass ich auch kein Mann für eine Nacht bin. Wir haben uns gestern einfach fallen lassen, ohne nachzudenken. Und vielleicht war das gar nicht mal so schlecht.“

„War es auch nicht“, flüsterte Crissy und drückte seine Hand. „Danke, dass du es mir gesagt hast. Wir müssen jetzt auch nicht darüber reden. Ich bin nur froh, dass du so offen zu mir warst. Du kannst mir nämlich vertrauen.“

„Ich weiß.“ Sie ist etwas Besonderes, dachte er. Sie hatte etwas, das ihn anzog wie das Licht die Motte.

Sie betrachtete ihn. „Wirklich? Vier Jahre? Das ist eine lange Zeit.“

Er zuckte mit den Schultern. „Reiner Sex hat mir noch nie etwas bedeutet. Ich hatte meine Arbeit und meine Familie. Das war genug.“

Sie lächelte. „Du willst also sagen, dass Sex überbewertet wird?"

„Nach letzter Nacht kann ich das nicht mehr guten Gewissens behaupten."

„Da bin ich aber froh." Sie ließ seine Hand los. „Okay, jetzt wird es ernst. Da du mein Gast bist, darfst du natürlich zuerst duschen. Ich mache schon mal Kaffee. Lass mich nur einmal kurz ins Badezimmer. Einverstanden?"

„Klar." Da sich keinerlei Kleidungsstücke in Reichweite des Betts befanden, würde sie das Zimmer nackt durchqueren müssen. Er konnte es kaum erwarten.

Sie ließ die Decke fallen und enthüllte ihre vollen Brüste. Dann drehte sie sich grazil um und ging langsam zum Kleiderschrank. Er konnte zwar nur ihren Rücken sehen, aber ihm gefiel jede einzelne Rundung. Sofort meldete sich das Verlangen zurück.

Doch Josh riss sich zusammen und genoss einfach das Gefühl, endlich wieder zu leben.

Crissy goss gerade den Kaffee ein, als Josh barfuß aus dem Badezimmer kam. Er trug Jeans und ein Hemd, das er noch nicht zugeknöpft hatte. Der Anblick seiner festen Muskeln und des rotbraunen Brusthaars, das in einer feinen Linie in seiner Hose verschwand, war mehr als verlockend.

Da stolzierte King Edward in die Küche. Froh über die Ablenkung, bückte Crissy sich und streichelte den Kater.

Sie war nicht sicher, was sie von Joshs Geständnis halten sollte, dass sie die Erste war, mit der er seit dem Tod seiner Frau geschlafen hatte. Sie wollte keine große Sache daraus machen, konnte sich aber des Gedankens nicht erwehren, dass es doch eine tiefere Bedeutung hatte.

„Was überlegst du?", fragte Josh.

„Dass ich auf diese Art von Komplikation nicht vorbereitet

war. Schließlich bist du nicht irgendjemand, sondern Brandons Onkel."

„Und deswegen warst du in Panik?"

„Das bin ich eigentlich immer noch. Und ich bin hin- und hergerissen, denn ich möchte dich schon gern wiedersehen." Wenn er auch Interesse daran hatte, aber das würde sie ihm natürlich nicht sagen. Sie war eine starke Frau, und starke Frauen gingen grundsätzlich davon aus, dass sie begehrt wurden. „Aber wenn es zwischen uns dann doch nicht läuft, wird das die Situation um einiges schwieriger machen. Wir sollten einfach Freunde bleiben und so tun, als wäre die letzte Nacht nie passiert."

Er hob eine Augenbraue. „Wenn es das ist, was du willst."

„Ja, das ist es." Sie sagte es mit Nachdruck. „Wir bleiben Freunde und haben einen kurzzeitigen Gedächtnisverlust."

„Okay, dann machen wir es so." Josh trank einen Schluck Kaffee.

Crissy starrte ihn nur an und versuchte, sich nicht aufzuregen. Das war's jetzt? Sie fragte, ob sie Freunde bleiben könnten, und er stimmte ihr zu? Einfach so? War sie ihm denn total egal?

Er stand auf. „Dann sollte ich jetzt gehen, damit du dich deinen Geschäften zuwenden kannst."

Was? „Natürlich. Klar."

Sie erhob sich ebenfalls und zog den Gürtel ihres Morgenmantels enger. Dann verließ sie die Küche, und er folgte ihr. Sie redete sich ein, dass sie erleichtert sein sollte. Anscheinend war Josh viel oberflächlicher, als sie gedacht hatte. Um genau zu sein, war er sogar ein richtig arroganter Idiot. Gut zu wissen. Besser jetzt als später.

Sie ging auf die Haustür zu. Da packte Josh sie auf einmal am Arm und drehte sie zu sich herum.

„Warte", sagte er bestimmt, seine Augen dunkel vor Leidenschaft. „Nur Freunde zu sein, ich fürchte, das wird nicht funktionieren."

„Und warum nicht?“

„Ich habe ein sehr gutes Gedächtnis.“ Mit diesen Worten zog er sie an sich und küsste sie.

Und Crissy konnte gar nicht anders, als sich an ihn zu schmiegen.

„Möchtest du wirklich, dass wir nur Freunde bleiben?“, murmelte er.

Sie zog ihm das Hemd aus und ließ es einfach auf den Boden fallen. „Offensichtlich nicht.“

Eine Stunde später fand sich Crissy in genau derselben verzwickten Situation wieder – nackt und glücklich, aber nicht sicher, ob sie das Richtige getan hatte.

„Und jetzt?“, fragte sie, als sie sich an Josh schmiegte, der sehr selbstzufrieden aussah.

„Machst du jetzt wieder mich dafür verantwortlich, was eben passiert ist?“

„Du bist einfach zu sexy. Es ist alles deine Schuld. Das haben wir ja schon erörtert. Und es bleibt kompliziert.“

„Ja, das bleibt es.“

„Und es macht dir nichts aus?“, fragte sie.

„Ich bin mir nicht sicher.“

Sie überlegte kurz. „Okay, dann vielleicht doch nur Freunde.“

„Ich glaube nicht, dass das klappen wird.“

Na super. Was blieb denn dann noch übrig? „Du wirst mich von Zeit zu Zeit sehen müssen. Wird das dann nicht unangenehm?“

„Ich bin mir sicher, dass wir damit umgehen können.“

Sie war sich da nicht so sicher. „Ich habe die Angewohnheit, mich von meinen Exfreunden zu distanzieren.“

„Damit habe ich nicht so viel Erfahrung“, gab er zu. „Sollen wir nicht einfach abwarten und sehen, was passiert?“

Crissy wusste, dass sie nicht anders konnte, als zuzustimmen. Josh war warmherzig, liebevoll und sexy, und er hatte offenbar keine Angst davor, sich zu verlieben. Die Tatsache, dass er vier Jahre ohne Sex gelebt hatte, war nur ein Beweis für seine Treue. Außerdem war er Arzt, und das würde ihre Eltern ausgesprochen glücklich machen.

Aber es gab auch genug Risiken. Es sprach ja nichts dagegen, ihr Verhältnis zunächst einfach mal weiterlaufen zu lassen. Was aber, wenn es zwischen Ihnen doch nicht klappen sollte? Würde das ihre Beziehung zu Brandon belasten?

Und dann war da natürlich noch ihr Herz. Josh war ein toller Mann. Aber obwohl er ziemlich nahe daran war, perfekt zu sein, konnte er eventuell einen großen Makel haben – vielleicht liebte er Stacey noch immer.

Sollte sie es wirklich riskieren, sich in jemanden zu verlieben, der ihre Gefühle gar nicht erwidern *konnte*? Vielleicht war es auch überhaupt viel zu früh für diese Art Selbstgespräch?

Josh setzte sich auf. „Okay, du brauchst entschieden zu lange für deine Antwort. Du willst also wirklich, dass wir nur Freunde sind."

„Es ist nicht das, was ich will", gestand sie, „aber ich glaube, es ist das Vernünftigste."

Sie hatte keine Ahnung, was er gerade dachte.

Er beugte sich zu ihr und küsste sie. Als seine Lippen sacht ihren Mund berührten, hätte sie am liebsten alles zurückgenommen, was sie gesagt hatte, und gleich noch einmal mit ihm geschlafen. Was sogar recht einfach gewesen wäre, da sie ja schon im Bett lagen.

„Es ist deine Entscheidung", sagte er. „Wir können auch nur Freunde sein. Aber ich weigere mich zu vergessen, was zwischen uns passiert ist."

Sie war völlig verunsichert. Zum einen war sie stolz darauf, eine so reife Entscheidung getroffen zu haben. Zum anderen war sie wütend auf sich, weil die Nacht nun lang und einsam werden würde.

„Das werde ich auch nicht vergessen", sagte sie leise und meinte es auch genau so.

Es war bereits früher Nachmittag, als Crissy endlich vor Noelles Haus stand. Ihr ganzer Körper prickelte noch von der vergangenen Nacht – und dem Morgen –, und sie versuchte, mit der Flut von neuen Gefühlen fertig zu werden.

Noch bevor sie klopfen konnte, wurde die Tür schon geöffnete, und Rachel strahlte sie an.

„Herzlich willkommen, meine nicht-schwangere Freundin", rief Rachel strahlend.

„Hallo Rachel. Ich halte deine Schwangerschaft ja immer noch für ein Gerücht. Bis jetzt habe ich noch keinerlei Beweis dafür gesehen, dass du ein Baby erwartest."

Rachel drehte sich zur Seite und hob den lose sitzenden Pullover hoch. Darunter war ihre Jeans aufgeknöpft, und der eindeutig gewölbte Bauch ließ sich nicht verbergen.

„Ja so was. Du hast zugenommen", feixte Crissy.

„Ich bin schwanger", korrigierte Rachel, während sie die Tür hinter ihrer Freundin schloss.

Crissy betrat das elegante Wohnzimmer und entdeckte Noelle. Sie lag mehr, als dass sie saß auf dem Sofa. Ihre Schwangerschaft war nicht zu übersehen, der Bauch zu einer Größe angeschwollen, die schon schmerzhaft wirkte. Aber trotz ihres Umfangs sah sie wunderschön und ausgesprochen zufrieden aus.

„Du siehst toll aus", sagte Crissy, ging zu ihrer Freundin und umarmte sie.

„Ich fühle mich auch toll", antwortete Noelle und tätschelte ihren Bauch.

Rachel kam mit einem Tablett, auf dem drei Gläser standen, und einer Karaffe mit Eistee herein. Crissy hob die Nase und schnupperte.

„Du hast doch nicht etwa Essen vorbereitet, oder?“, fragte sie Noelle. „In deinem Zustand?“

„Ich habe lediglich was Tiefgefrorenes auf ein Backblech geworfen und in den Ofen geschoben. Das war weiter keine Mühe.“

Crissy stellte ihre Handtasche neben ihren Stuhl und ging in die Küche, um das Essen zu holen.

Sie kannte Rachel und Noelle erst knapp zwei Jahre, aber die drei hatten in der kurzen Zeit, nachdem sie sich in einem Strickkurs kennengelernt hatten, eine innige Freundschaft aufgebaut. Trotz des Altersunterschieds und den sehr verschiedenen Lebensverhältnissen, oder vielleicht auch gerade deswegen, waren sie schnell Freundinnen geworden.

Crissy machte immer Witze darüber, dass die anderen so schnell schwanger geworden waren und sie hoffe, dass das nicht ansteckend sei. Obwohl sie ja eigentlich keinen Grund zur Sorge hatte, denn Sex existierte in ihrem Leben genau genommen nicht. Sie hatte mit keinem Mann mehr geschlafen, seit …

Sie nahm das Tablett mit den Mini-Quiches in die Hand, doch sie setzte es gleich wieder ab. Ihr Magen zog sich zusammen, und ihre Hände zitterten auf einmal wie Espenlaub.

Sie und Josh hatten dreimal miteinander geschlafen, und keiner von ihren hatte das Thema Verhütung überhaupt nur erwähnt.

Konnte sie womöglich schwanger sein?

„Nein“, sagte sie laut. „Das ist nicht möglich. Nicht so schnell.“

Sie warf einen Blick auf den Kalender an der Wand und rechnete schnell. Für ihre fruchtbaren Tage war es etwas zu früh. Also konnte auch nichts passiert sein. Sie, schwanger? Quatsch!

Crissy nahm das Tablett und ging ins Wohnzimmer zurück.

Rachel hatte auf einem der bequemen Sessel Platz genommen und Crissy und Noelle das Sofa überlassen.

„Tut es weh?“, fragte Rachel und musterte Noelles riesigen Bauch.

„Nein. Ich fühle mich nur ziemlich ausgestopft“, gab Noelle zu. „Aber nicht im negativen Sinn. Das Baby bewegt sich jetzt andauernd. Es ist faszinierend zu wissen, dass da ein kleines Leben in mir heranwächst. Manchmal habe ich natürlich auch eine Heidenangst.“

„Mutter zu werden?“, fragte Crissy.

Noelle nickte.

„Das brauchst du nicht“, ermunterte Crissy sie. „Du bist ein Naturtalent. Du wirst eine wunderbare Mutter sein.“

„Ich hoffe es“, seufzte Noelle.

„Wo wir gerade von Schwangerschaft sprechen“, meinte Rachel, „du musst uns alles genau erzählen.“

Crissy starrte sie an. Wie hatte Rachel erraten, dass es vielleicht ein Problem geben könnte?

„Brandon“, fügte Rachel hinzu. „Wolltest du ihn nicht gestern treffen? Wie ist es gelaufen?“

Crissy fühlte sich erleichtert und schob schnell alle Bedenken beiseite. Schließlich war sie nicht schwanger.

„Es ist gut gelaufen“, berichtete sie. „Es war seltsam und ziemlich beängstigend, aber alles in allem schön. Ich mochte ihn auf Anhieb.“

„Willst du ihn öfter sehen?“, fragte Rachel.

„Ja. Aber ich möchte uns Zeit lassen. Und ich weiß nicht, ob ich ihm erzähle, wer ich wirklich bin. Muss er das wirklich wissen?“

„Würdest du nicht wissen wollen, wer deine leibliche Mutter ist?“, entgegnete Rachel.

„Ich möchte nichts von dem zerstören, was er jetzt hat“, sagte sie. „Seine Eltern sind einfach fantastisch. Abbey ist mir unglaublich sympathisch.“

„Ich weiß, du machst dir Sorgen, dass du zu egoistisch bist“, meinte Noelle. „Aber daran ist nichts Egoistisches. In Brandons Leben ist sowohl für dich als auch für Abbey Platz.“

„Ich möchte nur nichts kaputt machen“, beharrte Crissy. „Abbey hat heute Morgen angerufen und mich zum Mittagessen eingeladen. Nur mit ihr und den Kindern. Ganz formlos. Ich möchte so gern zusagen, aber …“

„Du solltest hingehen.“ Rachel nahm zwei Quiches vom Teller.

„Genug von mir und meinen Problemen“, wechselte Crissy das Thema. „Was gibt es bei euch beiden Neues?“

„Meine Mom plant eine Babyparty für mich“, berichtete Noelle. „Ich würde mich unheimlich freuen, wenn ihr beide kommt.“

„Ich bin dabei“, platzte Rachel heraus. „Ich liebe Babypartys.“

„Ich auch“, stimmte Crissy zu. „Mir geht es nicht so sehr um die Party, aber zu dir komme ich immer gern.“

„Ich bin geschmeichelt“, sagte Noelle mit einem Lächeln und setzte sich bequemer hin. „Und da wir gerade beim Thema sind. Ich habe gestern mit meinem Mann Dev geredet. Er hat da einen Kollegen in der Firma. Sehr humorvoll und intelligent. Und er ist Single.“

Crissy unterdrückte ein Stöhnen. „Was hat das mit unserem Thema zu tun?“

„Nichts. Aber ich hab keinen besseren Übergang gefunden.“

„Vielen Dank, aber ich habe kein Interesse daran, verkuppelt zu werden."

„Wann bist du das letzte Mal ausgegangen?", forschte Noelle nach. „Hast du dieses Jahr überhaupt schon ein Date gehabt? Oder war das letztes Jahr?"

„Stellen wir doch mal eine interessantere Frage?", neckte Rachel sie. „Wann hattest du das letzte Mal Sex?"

Crissy wusste nicht, was sie sagen sollte. Gestern noch wäre die Antwort ziemlich deprimierend ausgefallen. Heute allerdings sah die Sache ganz anders aus.

Rachel griff nach ihrem Glas Eistee, setzte es aber sofort wieder ab und starrte Crissy an. „Oh mein Gott. Was ist denn mit dir los? Du wirst ja ganz rot."

Crissy legte unwillkürlich die Hände an ihre Wangen. „Nichts. Mir geht's gut."

Rachel beugte sich vor und betrachtete Crissy neugierig. „Du hattest Sex!", stellte sie fest. „Wer ist es? Fang ganz von vorn an, und bitte lass nichts aus."

Crissy öffnete den Mund und schloss ihn wieder. Sie konnte natürlich einfach sagen, dass sie darüber nicht reden wollte. Auf der anderen Seite interessierte sie die Meinung ihrer Freundinnen.

„Es war mit Josh", gab sie zu. „Brandons Onkel. Derjenige, mit dem ich mich anfangs getroffen hatte, um die Situation zu bereden. Er hatte mich zu der Adoptionsparty bei Abbey und Pete eingeladen. Josh war sehr süß an diesem Abend, und ich mochte ihn sofort."

„Sieht ganz so aus", kommentierte Noelle. „Kommen wir bald zum erotischen Teil?"

Crissy ignorierte sie.

„Die Party war sehr schön, aber auch anstrengend. Ich habe es gerade noch nach Hause geschafft, bevor es mir alles zu viel wurde. Und auf einmal stand Josh bei mir vor der Tür.

Er wollte sich erkundigen, ob ich in Ordnung wäre. Na ja, und so ist es dann gekommen."

„Und wie war es?", wollte Rachel wissen.

Crissy lächelte. „Fantastisch! Fabelhaft! Habt ihr das Erdbeben letzte Nacht gespürt? Das waren wir."

„Dann ist ja alles in Ordnung", meinte Noelle. „Du magst ihn, er mag dich. Wo ist das Problem?"

„Ich weiß es nicht", sagte Crissy. „Es ist eine schwierige Situation. Wenn wir wirklich etwas Ernsthaftes miteinander anfangen und es schiefgeht, wird das für alle Beteiligten ziemlich unangenehm. Ich habe vorgeschlagen, dass wir einfach nur Freunde bleiben."

„Also werdet ihr euch weiterhin sehen, aber nur als Freunde?", hakte Noelle nach.

„Aber ihr habt miteinander geschlafen", warf Rachel ein. „Es ist schwierig, dann wieder einen Schritt zurück zu machen."

„Ich komme damit zurecht", behauptete Crissy. „Josh ist toll, und es macht mir nichts aus, nur mit ihm befreundet zu sein. Wir verstehen uns prima. Ich bin da hart im Nehmen."

Noelle brachte ein klägliches Lächeln zustande. „Irgendwie habe ich das Gefühl, dieses Mal wird das nicht ausreichen, Crissy."

5. KAPITEL

Crissy sagte sich, dass es in Ordnung sei, wegen des Mittagessens mit Abbey und den Kindern nervös zu sein, solange sie es sich nicht anmerken ließ. Abbey hatte erklärt, dass es nur ein ganz zwangloses Mittagessen sei. Brandon und Emma waren daheimgeblieben, da heute an ihrer Schule eine Lehrerkonferenz stattfand. Das Ganze war also überhaupt keine große Sache.

Abgesehen von der Tatsache, dass sie eine Riesenangst hatte.

Trotzdem zwang sie sich, ganz ruhig zum Haus zu gehen und zu klingeln. Sie war gut vorbereitet. Zumindest dachte sie das ... bis die Tür aufging und Brandon sie anlächelte.

„Hi Crissy", strahlte er. „Ich habe meinen Freunden erzählt, wie abgefahren du Football spielst, aber sie haben mir nicht geglaubt." Er seufzte. „Von den High Heels habe ich ihnen allerdings nichts gesagt. Dann hätten sie mich total ausgelacht. Die können sich einfach nicht vorstellen, dass ein Mädchen beim Football gut sein kann."

Ihr Herz machte ein paar Hüpfer, als sie in ein Gesicht schaute, das dem ihren so ähnlich sah.

„Du kennst die Wahrheit", erwiderte sie mit einem Lächeln. „Ich werde einfach mal vorbeikommen und mitspielen. Wir beide gegen den Rest. Dann zeigen wir es denen."

„Ja, tolle Idee. Komm rein. Mom macht gerade das Essen."

Crissy folgte ihm in die Küche, wo Abbey dabei war, ein Backblech mit Brötchen in den Ofen zu schieben. Sie richtete sich auf und umarmte ihre Freundin. „Wie geht es dir?"

Da sich alle drei Kinder im Raum befanden, lächelte Crissy nur und antwortete: „Gut." Jetzt war nicht der richtige Zeitpunkt zu beichten, wie es um ihre Nerven bestellt war.

„Emma, erinnerst du dich noch an Crissy? Sie war auf Hopes Party."

Emma, eine hübsche Achtjährige, schaute von ihrem Malbuch auf und lächelte. „Ja. Sie ist Onkel Joshs Freundin. Darf ich das Blumenkind sein, wenn die beiden heiraten?"

Brandon gab einen verächtlichen Laut von sich, ließ sich auf einen der Küchenstühle plumpsen und griff nach dem Videospiel, das auf dem Tisch lag. „Onkel Josh wird nicht heiraten."

„Woher willst du das denn wissen?“, fragte Emma. „Ich könnte ein Prinzessinnenkleid anziehen.“

„Ja, das wäre bestimmt schön“, stimmte Abbey zu und warf Crissy ein entschuldigendes Lächeln zu. „Aber Onkel Josh und Crissy sind nur Freunde. Also wird es so bald keine Hochzeit geben.“ Ihr Gesichtsausdruck wurde schelmisch. „Zumindest nicht fürs Erste. Obwohl es Onkel Josh guttun würde, wieder zu heiraten.“

Emma zog ihr Näschen kraus. „Meinst du Tante Stacey? Ich kann mich kaum noch an sie erinnern.“

„Sie war okay“, sagte Brandon, ohne von seinem Videospiel aufzuschauen. „Sie hat aber Mädchen mehr gemocht als Jungen.“

Crissy fühlte sich dem Gespräch nicht gewachsen. Am liebsten wäre sie aus dem Raum gerannt, hätte sich die Hände auf die Ohren gepresst und laut irgendein Lied gesummt, bis das Thema endlich erledigt war. Zumindest bis zu Brandons letztem Kommentar.

„Das stimmt nicht“, protestierte Abbey. „Tante Stacey hat dich sehr geliebt.“

Brandon zuckte die Schultern. „Eher nicht. Sie war zwar ganz nett, aber Emma hat sie immer kleine Geschenke gemacht. Schleifen für die Haare und Haargummis. Mir hat sie nie irgendetwas mitgebracht.“

Ein heftiger Mutterinstinkt, von dem sie nicht einmal geahnt hatte, dass er überhaupt bei ihr vorhanden war, wallte in Crissy auf. Wie hatte Stacey es wagen können, Brandon zu vernachlässigen?

„Sie ist einfach immer besser mit Mädchen zurechtgekommen“, gab Abbey zu. „Aber das heißt nicht, dass sie dich nicht mochte. Ich bin mir sicher, wenn sie gewusst hätte, dass du auf bunte Schleifen stehst, hätte sie dir auch welche geschenkt.“

Brandon sah angeekelt auf. „Ich will keine Mädchensachen.

Ich bin ein Junge. J-U-N-G-E", buchstabierte er. „Vergiss das nicht."

„Natürlich nicht." Abbey wandte sich Crissy zu und breitete die Arme aus. „Willkommen in unserem Tollhaus. Magst du etwas trinken?"

„Gern."

„Wie wäre es mit einer Cola light?"

„Okay." Crissy setzte sich auf einen der Barhocker an der Kücheninsel.

„Hat Brandon dir erzählt, dass er mit deinen sportlichen Fähigkeiten angegeben hat?", fragte Abbey, während sie einen Apfel, mehrere Trauben und eine Schüssel zusammensuchte.

„Er meinte, seine Freunde würden nicht glauben, dass Mädchen nicht Football spielen können", sagte Crissy. „Und in High Heels schon gar nicht." Sie drehte sich zu Brandon um. „Ich habe schon immer viel Sport gemacht. In der Schule hat mein Softballteam sogar die Landesmeisterschaft gewonnen."

Er legte tatsächlich das Videospiel aus der Hand und schaute sie an. „Wow! Das ist cool. Auf welcher Position hast du gespielt?"

„Zweite Base. Ich war auch unter den besten drei Schlagfrauen."

„Warum hast du Softball und nicht Baseball gespielt?"

„Mädchen durften damals kein Baseball spielen."

„Das ist ja blöd."

Abbey stellte die Früchte auf den Tisch. Dann nahm sie Hope aus dem Laufstall und setzte sie in den Kinderstuhl. Brandon ging zur Spüle und wusch sich die Hände. Dann holte er Teller und Servietten.

„Wir gehen jeden Sommer zelten", sagte Brandon, während er den Tisch deckte. „In dem See, zu dem wir immer fahren, gibt es viele Fische. Dad und ich rudern mit dem Boot raus und angeln. Und Mom kocht den Fisch dann."

„Ich angle nicht", warf Emma ein. „Ich möchte den Fischen nicht wehtun."

„Das verstehe ich", antwortete Crissy. „Als ich klein war, sind wir auch oft zelten gegangen, aber nie angeln."

„Ja, was glaubst du denn, wo der Thunfisch herkommt?", fragte Brandon.

„Von Thunfischbäumen natürlich", meine Crissy. „Er wächst fertig in der Dose. Diese Thunfischplantagen sind riesig. Ich glaube, die sind irgendwo in Idaho."

„Ja, ich habe auch schon Bilder davon gesehen." Abbey lachte. „Pete liebt die freie Natur. Ein paar Mal im Jahr machen er und Josh ihre Männerwochenenden. Also mir reicht ein Camping-Trip pro Jahr."

„Nächstes Jahr darf ich mit", sagte Brandon ganz stolz. „Nur wir Männer."

„Cool." Crissy trank einen Schluck Cola. „Als Kinder haben wir auch immer nur mit meinem Dad gezeltet. Meine Mom ist zu Hause geblieben. Sie hatte gern ein bisschen Zeit für sich, um zu entspannen. Sie war der Meinung, dass es meinem Vater mal guttäte zu sehen, wie viel Arbeit drei Kinder machen." Sie schaute zu Abbey. „Das könntest du doch auch so machen."

„Hm, ich weiß nicht ...", erwiderte Abbey zögernd.

„Sie bleibt nicht zu Hause", fiel ihr Brandon ins Wort. „Sie und Dad schaffen es gar nicht, so lange getrennt zu sein. Die küssen sich auch ständig. Echt eklig."

Abbey lief rot an. „Dadurch, dass Pete so viel Zeit bei der Feuerwehr verbringt, sind wir viele Nächte getrennt. Bei unserer Heirat haben wir uns versprochen, dass wir außer an diesen Nächten und an seinen Wochenenden mit Josh keine Nacht getrennt voneinander verbringen. Und bis jetzt haben wir das eingehalten."

„Ich verstehe dich", sagte Crissy zu Brandon. „Es ist schon komisch, wenn sich die Eltern dauernd küssen. Meine Eltern können auch nicht die Finger voneinander lassen. Aber es macht mich auch froh zu wissen, dass die beiden sich lieben und Zeit miteinander verbringen wollen. Es gibt mir ein Gefühl von Sicherheit."

Brandon sah sie an. „Ja", sagte er langsam. „Mir auch."

Es war ein wunderbarer Moment gegenseitigen Verstehens. Sie hatte das Gefühl, dass er sie vielleicht lieb gewinnen könnte. Und ihr ging es umgekehrt nicht anders. Er war nicht nur ein guter Junge – er war ein guter Mensch. Und dies war ein guter Anfang.

Josh stand vor dem Fitnessstudio für Frauen und überlegte, ob er es überhaupt betreten durfte. Er war ja nicht hier, um zu trainieren, sondern um Crissy zu sehen. Die ganze Zeit musste er an sie denken, und das war für ihn sehr ungewöhnlich.

Er öffnete eine der beiden großen Glastüren und trat in einen hellen offenen Vorraum. Die junge Frau hinter dem bogenförmigen Schreibtisch hob eine Augenbraue.

„Möchten Sie jemanden abholen?", erkundigte sie sich dennoch freundlich. „Ich kann die Dame gern ausrufen lassen."

„Ich möchte zu Crissy Phillips. Ich bin ein Freund von ihr."

Der Gesichtsausdruck der Frau blieb professionell, aber ein kleines Lächeln umspielte ihre Lippen. „Natürlich. Gehen Sie ruhig nach oben. Ihr Büro ist die letzte Tür auf der linken Seite. Tina, ihre Assistentin, wird sie hineinlassen."

Josh stieg die Treppen hinauf in den zweiten Stock. Er fand Crissys Büro und meldete sich bei Tina an, die ihn auch gleich hereinwinkte. Dann öffnete er eine mächtige Holztür und betrat ein großes Büro.

Crissy hat viel erreicht, dachte er, als er die Fenster, den Ausblick, die Einbaumöbel und die Frau selbst betrachtete. Sie trug ein Headset und wanderte zwischen dem Schreibtisch und den Bücherregalen auf und ab.

Josh beobachtete jede ihrer Bewegungen und spürte, wie sein Körper darauf reagierte. Ihm wurde mit einem Mal klar, dass er sie wirklich vermisst hatte.

Sie drehte sich um und entdeckte ihn. Ihre Augen strahlten, und ihr Lächeln war so spontan und freudig, dass er sich wie ein Held fühlte. Verflixt, wie schaffte sie das nur?

Sie beendete das Gespräch und nahm das Headset ab. „Was für eine Überraschung!"

„Ich bin auf dem Weg zum Krankenhaus", sagte er, ging auf sie zu und küsste sie auf die Wange. „Ich war aber früh dran und dachte, ich schaue mal vorbei. Ich habe von dem Mittagessen mit Brandon gehört. Abbey sagte, es sei sehr gut gelaufen."

„Das stimmt." Crissy bot ihm einen Platz auf dem bunt gestreiften Sofa in der Ecke an. „Ich hatte richtig Angst, aber es war toll. Er ist ein wunderbarer Junge. Brandon erinnert mich an meinen kleinen Bruder. Ich sehe auch ein wenig von seinem Vater in ihm, aber das war ja zu erwarten."

Josh lehnte sich zurück. „Meinst du, deine Eltern würden ihn kennenlernen wollen, wenn du ihm tatsächlich sagst, wer du bist?"

„Sie wären begeistert." Ihr Lachen erstarb. „Ich glaube, sie hätten gern gewollt, dass ich ihn behalte. Meine Schwester und mein Bruder sind zwar beide verheiratet und haben auch Kinder, aber er war ihr erstes Enkelkind. Sie haben ihn nie vergessen." Crissy zuckte mit den Schultern. „Meine Eltern haben mir nie Vorwürfe gemacht. Sie wollten, dass ich für mich die richtige Entscheidung treffe."

„Was du ja auch getan hast."

„Danke, dass du das sagst. Sonst versinke ich wieder in meinem Selbstmitleid und erinnere mich daran, dass ich den einfachen Weg gewählt habe und für die nächsten hundertfünfzig Jahre bestraft werden sollte."

„Du bist die Einzige, die das denkt."

„Ich weiß. Ich muss mir was Neues einfallen lassen. Es ist nur, dass ich so viel erreicht habe und mich frage, ob ich das überhaupt verdient habe."

Er ließ seinen Blick durch den Raum schweifen. „Für mich sieht es so aus, als ob du hart geschuftet hättest. Hat dir jemand das Geschäft vererbt?"

„Wie? Natürlich nicht! Meine Eltern haben mir bei der Finanzierung für das erste Studio ein wenig unter die Arme gegriffen, aber ich habe das Geld mit einer hohen Verzinsung bereits zurückgezahlt. Und danach habe ich alles allein gemeistert."

„Dann sei stolz darauf, und lass den Rest endlich hinter dir."

Sie sah ihn an, und er spürte die Intensität ihres Blickes in seinem ganzen Körper.

Sie erhob sich. „Komm. Ich gebe dir eine kleine Führung, und dann darfst du noch beeindruckter sein."

Sie war auch jetzt schon sehr beeindruckend. Klug, schön, erfolgreich. Und wundervoll im Bett. Aber daran durfte er jetzt nicht denken. Er wollte sich keine Sorgen darüber machen müssen, dass jede Frau im Fitnessstudio auf den ersten Blick erkennen konnte, was gerade in seinem Kopf vorging.

Als Erstes zeigte Crissy ihm die Büros auf der oberen Etage. „In die Umkleideräume kann ich dich natürlich nicht lassen", erklärte sie, während sie die Treppen hinabstiegen.

„Das glaube ich auch", meinte er.

Sie lachte und deutete auf das vor ihnen liegende Zimmer. „Der Empfangsraum. Den Trainern gehört das Büro daneben."

Sie führte ihn durch einen kurzen Korridor, der vor einer Glastür endete, die wie ein großes, buntes Wandbild aussah und den Blick auf eine helle, fröhliche Kindertagesstätte freigab.

„Dieser Bereich macht mich ganz besonders glücklich“, erklärte sie. „Als ich mein erstes Fitnessstudio in Angriff genommen habe, war es mir sehr wichtig, dass wir auch Kinderbetreuung anbieten. Es war nicht einfach, aber mittlerweile verfügt jedes meiner Fitnessstudios über einen Hort, und sie sind etwas ganz Besonderes. Jedes Mitglied kann die Kinderbetreuung für bis zu vier Stunden täglich nutzen, und wir verlangen nur eine geringe Gebühr.“

Er runzelte die Stirn. „Seid ihr dann nicht ständig mit Kindern überlaufen?“

„Fast nie. Unsere Mitglieder wissen den Service sehr zu schätzen und nutzen ihn nicht aus. Ich wollte das schon immer machen, und es funktioniert. Des Weiteren zeichnen wir uns durch gezielte pädagogische Betreuung der Kinder und die Anzahl unserer Erzieher im Verhältnis zu den Kindern aus.“

Er warf einen Blick in den Raum und sah, was sie meinte. Fast alle Kinder hatten jeweils eine Betreuerin für sich und spielten mit ihr.

Josh wandte seine Aufmerksamkeit wieder Crissy zu. Sie war überhaupt nicht wie Stacey, was weder gut noch schlecht war, sondern einfach nur eine interessante Tatsache. Vor nicht einmal zwei Wochen hätte er schwören können, dass er sich nie wieder für eine andere Frau interessieren könnte. Jetzt war er sich da nicht mehr so sicher.

„Das ist eine tolle Idee“, erklärte er begeistert.

„Danke. Ich versuche mein Bestes. An der Uni habe ich als Hauptfach Finanzwesen studiert und mir nach dem Abschluss einen Arbeitsplatz bei einer Firma für Finanzverwaltung gesucht. Eines Tages kam eine Klientin vorbei. Ihr gehörte ein kleines Fitnessstudio, das sich in finanziellen Schwierigkeiten befand. Sie wollte Insolvenz anmelden. Während ich ihr zuhörte, wurde mir auf einmal klar, dass ich dieses Fitnessstudio kaufen wollte. Ich war der festen Überzeugung, es erfolgreich führen zu können."

„Und das hast du ja auch geschafft."

Sie sah ihn an. „Ich habe richtige Knochenarbeit geleistet, aber es hat sich gelohnt. Jetzt habe ich alles, was ich immer wollte." Sie hielt inne. „Zumindest fast alles."

Er fragte sich, was ihr wohl noch fehlte zu ihrem Glück. Sie war so dynamisch und lebhaft. Es war richtig ansteckend. Er sah auf seine Uhr und erkannte mit Bedauern, wie spät es schon war.

Sie hatte seinen Blick bemerkt. „Du musst gehen."

„Ja. Es tut mir leid."

Er sah ihr tief in die Augen und fühlte wieder die besondere Verbindung zwischen ihnen. Er wollte sie. Und auch das fühlte sich gut an. Das musste doch etwas zu bedeuten haben.

„Ich möchte dich wiedersehen", sagte er.

Sie zögerte einen Moment und lächelte dann. „Ich möchte gerne wiedergesehen werden."

„Ich ruf dich an."

„Das sagen Männer immer."

„Du denkst also, ich bin irgendein Mann", neckte er sie.

„Das weiß ich noch nicht so genau."

„Sagst du mir Bescheid, wenn du es weißt?"

„Du wirst der Erste sein, der es erfährt."

Die Bauzeichnung für das Puppenhaus hatte eigentlich recht einfach ausgesehen, dachte Josh, als er die Kanten jedes einzelnen winzigen Dachziegels schliff. Er und Pete hatten es zusammen ausgesucht und kalkuliert, dass sie für den Bau vielleicht zwei, maximal drei Wochen benötigen würden.

Das war vor einigen Monaten gewesen. Ursprünglich hatte es Emmas Weihnachtsgeschenk werden sollen, und nun waren die Brüder entschlossen, es zumindest für ihren Geburtstag fertigzustellen.

„Wie findest du Crissy?", fragte Pete, während er die Fensterläden grundierte, die Josh bereits mit Sandpapier bearbeitet hatte. „Vor ein paar Tagen war sie zum Mittagessen hier. Abbey meinte, es sei sehr gut gelaufen."

Josh zögerte. Er wusste nicht genau, was er seinem Bruder gegenüber zugeben wollte.

„Sie hat das Mittagessen erwähnt, als ich bei ihr im Fitnessstudio war."

Pete ließ den Pinsel sinken und starrte ihn an. „Du hast sie bei der Arbeit besucht?"

„Du kleckerst." Josh zeigte auf den Pinsel.

Schnell machte Pete sich wieder an die Arbeit. „Seid ihr ein Paar? Ich dachte, daran hast du kein Interesse."

„Hatte ich auch nicht. Das heißt, habe ich auch nicht." Er schüttelte den Kopf. Wen versuchte er denn hier zu überzeugen? „Wir sind Freunde."

Freunde, die Sex hatten. Wenn er doch nur diese eine Nacht ... und diesen einen Morgen ... mit ihr vergessen könnte. Aber irgendwie wollte er es überhaupt nicht vergessen.

„Du willst sie also öfter sehen?" Pete grinste. „Komm schon. Das wird dir guttun. Du musst mal wieder was anderes machen, als nur zu arbeiten und deine Zeit bei uns zu verbringen."

Josh nahm den nächsten Dachziegel in die Hand und fing an, ihn zu schleifen.

„Versuchst du, mich loszuwerden?"

„Ich versuche, dir ins Gedächtnis zu rufen, dass du immer noch lebst. Ich weiß, wie sehr du Stacey geliebt hast und dass du ihr Andenken in Ehren halten willst, aber kaum noch zu existieren, bringt niemanden weiter. Geh wieder raus in die Welt. Lern nette Frauen kennen. Wenn du nicht bald mal wieder Sex hast, wirst du es noch verlernen."

Josh konzentrierte sich auf den Dachziegel in seiner Hand, besserte die Seiten und die Oberfläche aus. „Hm, letzte Woche wusste ich noch, wie es geht."

Er widmete sich ganz seiner Arbeit, aber hörte das befriedigende *Klong*, als der Pinsel auf dem Boden landete, gefolgt von einer sehr kreativen Schimpfkanonade.

„Was? Wer ..." Pete hielt inne und fluchte dann wieder. „Crissy?"

Josh schaute seinen älteren Bruder an, dann zuckte er mit den Schultern.

„Nach eurer Party bin ich bei ihr vorbeigefahren, um zu sehen, ob bei ihr alles in Ordnung ist. War es aber nicht. Tja, und dann hat eins zum anderen geführt."

Pete sah beeindruckt aus. „Du machst wohl keine halben Sachen." Dann wurde er ernst. „Wie hast du dich am nächsten Morgen gefühlt?"

„Besser, als ich dachte", gab er zu und erinnerte sich, mit welchen Schuldgefühlen er gerechnet hatte. „Ich habe nicht damit gerechnet, dass meine Wunde heilen würde, aber es ist trotzdem passiert."

„Findest du das schlimm?"

„Ich dachte, Stacey würde für immer ein Teil von mir sein. Ich bin noch voller Erinnerungen an sie, aber in mir schreit alles danach, wieder zu leben, wieder lebendig zu sein. Trotzdem weiß ich nicht, ob ich das wirklich will. Oder ob ich das sollte."

„Staceys Tod ist jetzt vier Jahre her. Das ist eine lange Zeit." Pete schüttelte den Kopf. „Du hast sie geliebt, und du hast sie verloren. Das bedeutet aber nicht, dass du nicht für jemand anderen Gefühle entwickeln kannst."

Er mochte Crissy. Er war gern in ihrer Nähe, ob nun im Bett oder außerhalb. Er hatte nie geglaubt, dass eine andere Frau ihn jemals erregen könnte. Aber richtige, tiefe Gefühle entwickeln?

„An was Ernstem bin ich nicht interessiert", erklärte Josh.

„Es hat ja niemand behauptet, dass du sie gleich heiraten sollst“, berichtigte Pete ihn. „Geh mit ihr aus. Genieß den Moment. Erinner dich daran, wie es sich anfühlt, verliebt zu sein. Und was den Rest angeht? Probier es einfach aus, und warte ab, was passiert.“

Das hört sich gut an, dachte Josh. Er war bereit, Crissy nett zu finden, und er begehrte sie auch. Aber lieben würde er sie nie. Er hatte sein Herz einmal vergeben – an Stacey –, und er würde das Risiko, es noch einmal zu verlieren, nicht eingehen.

6. KAPITEL

Crissy fühlte sich rastlos, und das sah ihr so gar nicht ähnlich. Normalerweise freute sie sich, wenn sie einen ganzen Sonntagnachmittag für sich allein hatte. Aber nicht heute. Heute konnte sie sich für nichts so recht begeistern.

Der Grund dafür war nicht schwer zu erraten: Josh und all die Komplikationen, die er in ihr Leben gebracht hatte. Bis zu dem Moment, als er in ihrem Büro aufgetaucht war, hatte sie sich eingeredet, dass er ihr nicht so wichtig war. Aber als sie dann in sein Gesicht gesehen hatte …

Jetzt musste sie sich der Wahrheit stellen. Sie war verrückt nach einem Mann, der wahrscheinlich immer noch seine tote Frau liebte und der gleichzeitig auch noch der Onkel ihres Kindes war, das sie zur Adoption freigegeben hatte. Und darüber hinaus bestand die Möglichkeit, dass sie von ebendiesem Mann schwanger war.

Da klingelte das Telefon.

Crissys erster Gedanke, ihre Hoffnung war, dass es Josh sein könnte, und sie hasste sich dafür. Oh Mann, sie fühlte sich wieder wie sechzehn. Das war gar nicht gut.

„Hallo?“

„Hi Crissy.“

Es *war* Josh. Ihr wurde ganz heiß, und irgendwie blieb ihr die Luft weg. Aber es fühlte sich gut an.

„Ich bin gerade mit meinem heutigen Pensum an dem Puppenhaus für Emma fertig“, erzählte er. „Pete und ich arbeiten schon seit Monaten daran. Nur die Farbe fehlt noch. Wir wollen es ihr zum Geburtstag schenken.“

„Da wird sie sich aber freuen.“

„Das glaube ich auch“, meinte er. „Ich rufe an, weil ich dich gern heute Abend zum Essen einladen würde.“

Sie öffnete den Mund, schloss ihn aber gleich wieder. Was sollte sie antworten? Sie mochte ihn unglaublich gern, aber die ganze Sache brachte so viele Komplikationen mit sich.

„Es ist etwas kurzfristig. Ich hätte ein paar Tage vorher anrufen sollen“, fuhr er fort. „Aber ich weiß gar nicht mehr, wie man so was macht. Davon mal abgesehen, willst du ja auch gar nicht offiziell mit mir ausgehen.“

„Das habe ich nie behauptet.“

„Du hast gesagt, wir wollen nur Freunde sein. Das ist fast dasselbe.“

„Es ist nicht so, dass ich dich nicht mag“, murmelte sie, griff nach einem Kuli und malte wilde Muster auf eine Serviette.

„Ich mag dich auch“, sagte er.

Crissy wurde ganz warm, und sie holte tief Luft. Wie oft kam es schon vor, dass sie jemanden kennenlernte, den sie wirklich mochte?

„Ich würde auch kochen“, sagte er in die Stille.

„So was kannst du?“

„Es gibt da ein paar Rezepte, die ich ganz gut hinbekomme. Na ja, zwei oder drei.“

„Das ist schon mehr, als meine Kochkünste hergeben“, gab

sie mit einem Lächeln zu. „Ich bin Stammkundin aller Restaurants in der Stadt. Anrufen, bestellen, abholen."

„Bist du jetzt also beeindruckt genug, um Ja zu sagen?"

Sie wollte ihn so gern sehen, dass es ihr schon Angst machte. „Sag mal, ist das jetzt ein offizielles erstes Date?", fragte sie zögernd.

„Ich glaube schon. Allerdings nach dem, was neulich Nacht passiert ist, würde man das hier wohl nicht als ein erstes Date bezeichnen."

Sie lachte. „Gut. Ich hasse erste Dates. Die sind immer so verkrampft und schwierig. Lass uns also nie wieder ein erstes Date haben."

„Versprochen."

Sie holte tief Luft. „Um wie viel Uhr also?"

„Sieben."

„Ich werde pünktlich sein."

„Ich freu mich auf dich."

Crissy hatte keine Ahnung, was sie anziehen sollte. Jeans waren zu lässig, ein Kleid zu schick. Nachdem sie jedes Kleidungsstück im Schrank mindestens dreimal in der Hand gehabt hatte, entschied sie sich endlich für einen eleganten Pulli mit V-Ausschnitt und eine enge schwarze Hose. Ein dezentes Make-up vervollständigte ihr Outfit.

Als sie mit allem fertig war, schaute sie auf die Uhr und bemerkte, dass sie noch genug Zeit hatte, um so richtig nervös zu werden. Vielleicht sollte sie besser sofort das Haus verlassen und unterwegs noch eine Flasche Wein besorgen.

Drei Minuten vor sieben parkte sie vor Joshs Haus. Sie schnappte sich die Handtasche und den Wein, stieg aus dem Auto und ging zur Eingangstür.

Er öffnete, noch bevor sie klopfen konnte. „Schön, dass du gekommen bist", sagte er lächelnd.

Bei seinem Anblick wurden ihre Knie ganz weich. Die tiefgrünen Augen, die schon so vertrauten weichen Lippen, das gut geschnittene Gesicht.

„Ich freu mich auch“, murmelte sie. „Kochst du wirklich selbst, oder hast du Essen bestellt? Ich mag beides.“

„Heute koche ich.“ Er zuckte die Schultern. „Na ja, eigentlich ist es mehr grillen. Aber das ist ja fast dasselbe.“

Sie lachte. „Okay. Jetzt fühle ich mich besser. Ich hatte schon Angst, dass du mit Töpfen und Pfannen hantierst. Das hätte mich wirklich eingeschüchtert.“

„Und genau das wollte ich nicht.“

Sie reichte ihm die Flasche Wein. Er nahm sie, beugte sich vor und küsste sie auf den Mund.

Es war ein zärtlicher Kuss. Überhaupt nicht fordernd. Im Gegenteil. Aber die warme Berührung seiner Lippen barg verlockende Versprechungen.

Sie legte eine Hand auf seine Schulter. Seine Kraft gab ihr das Gefühl, dass sie bei ihm vielleicht nicht immer alles selbst unter Kontrolle haben musste. Ihr schien es, als ob dieser Mann eher an einer gleichwertigen Partnerin interessiert war als an jemandem, der sich um ihn kümmerte.

Der Gedanke kam so überraschend, dass sie einen Schritt zurückwich.

„Wo kann ich die abstellen?“, fragte sie, hob ihre Handtasche und schaute sich im Flur um.

„Im Wohnzimmer ist ein kleiner Tisch.“ Er legte die Hand auf Crissys Rücken und ließ sie vorangehen.

Wie kam sie bloß auf die Idee, in Josh einen möglichen Partner zu sehen? Weil er stark war? Sie ließ sich nie auf schwache Männer ein. Okay, einige katastrophale Ausnahmen hatte es gegeben, aber sie hatte ja auch schon mit sechzehn angefangen, ihre ersten Erfahrungen zu sammeln. Es war also völlig normal, wenn man in fast vierzehn Jahren den einen oder anderen Fehler machte. Deswegen war es ja noch lange nicht die Regel. Oder?

„Bist du okay?“, fragte Josh.

„Was? Oh, alles klar. Mir ist nur gerade was Komisches durch den Kopf gegangen.“ Sie schob den Gedanken bewusst beiseite. „Bin wieder voll und ganz bei der Sache.“

„Gut.“

Er führte sie in einen großen Raum, der fast schon schmerzhaft steril wirkte. Die Wände waren weiß und kahl, der Teppich in einem unspektakulären Beige gehalten. Es gab einen großen Fernseher, eine Couch, ein kleineres Sofa und mehrere kleine Tische mit Lampen darauf. Aber nirgends war irgendetwas Persönliches zu sehen. Keine Fotos oder Pflanzen. Keine Bilder. Noch nicht einmal eine Zeitschrift. Offenbar war Josh dorthin gezogen, nachdem Stacey gestorben war.

„Ihr hattet ein Haus, oder?“, fragte sie ohne nachzudenken.

Er runzelte die Stirn. „Ja. Woher weißt du …?“ Er ließ den Blick durch den Raum schweifen und sah Crissy dann wieder an. „Ist es so offensichtlich?“

„Wahrscheinlich nicht. Allerdings verfüge ich über ein sehr gutes Wahrnehmungsvermögen. Obwohl natürlich die Tatsache, dass in diesem Zimmer nichts Persönliches zu finden ist, recht schnell Schlussfolgerungen zulässt.“

Er schenkte ihr ein halbherziges Lächeln. „Du hast recht.“ Er zuckte mit den Achseln. „Unser Haus war wunderschön, aber nach Staceys Tod konnte ich dort einfach nicht mehr bleiben.“

„Ich habe noch nie jemanden verloren“, gab sie zu. „Ich wollte keine alten Wunden aufreißen.“

Er erwiderte ihren Blick. „Das hast du nicht. Es ist jetzt vier Jahre her.“

War das seine Art zu sagen, dass er darüber hinweg war? Sie wollte ihm gern glauben, aber sicher war sie sich nicht.

„Komm“, sagte er. „Lass uns in die Küche gehen. Es gibt Salat zum Steak.“

Sie sah ihn aus großen Augen an. „Steak …? Josh, ich mag nur gesunde Sachen. Ich esse kein Fleisch.“

Er machte ein bestürztes Gesicht. Crissy gab ihr Bestes, um möglichst erschrocken auszusehen.

Plötzlich musterte er sie misstrauisch. „Bei Petes Party hast du aber Hotdogs gegessen“, beschwerte er sich. „Das hab ich genau gesehen.“

Sie lachte. „Ich weiß. Ich liebe Steaks. Ich wollte dir nur einen Schreck einjagen.“

„Das hast du auch geschafft.“ Er nahm die Flasche Wein mit zur Kücheninsel. „Meine Mutter würde dich mögen.“

„Wirklich? Sie mag Frauen, die ihre Söhne quälen?“

Er öffnete die Flasche. „Sie mag Frauen mit Köpfchen, die sich nicht viel von Männern gefallen lassen. Eigentlich interessant, wenn man bedenkt, dass mein Vater Manager ist. Durch seinen Job waren wir viel unterwegs. Pete und ich sind in Europa und Asien groß geworden.“

„Dann seid ihr in die USA zurückgekommen, um zu studieren?“, erkundigte sie sich.

Er nickte. „Das war schon immer mein Plan gewesen. Ich wollte unbedingt Arzt werden, und Pete wusste auch, was er beruflich machen wollte. Meine Eltern haben zwar versucht, ihm auszureden, Feuerwehrmann zu werden, aber da sind sie auf taube Ohren gestoßen.“

„Dann seid ihr also beide ziemlich stur“, neckte sie ihn.

„Eher entschlossen“, erwiderte er und goss ihnen beiden ein Glas Wein ein.

„Aha.“ Sie trank einen Schluck. „Und wie hast du Stacey kennengelernt?“

Eigentlich hatte sie gar nicht vorgehabt, das zu fragen. Es war ihr irgendwie so herausgerutscht. Sie dachte nicht, dass

Josh überhaupt antworten würde. Stattdessen aber lehnte er sich gegen den Tisch und lächelte.

„Ich habe damals rotiert. Das heißt, man verbringt Zeit in den verschiedenen Stationen des Krankenhauses, um mehr darüber zu lernen. Ich hatte mir Kinderheilkunde ausgesucht und habe auf der Station für krebskranke Kinder gearbeitet. Eines Tages kam Stacey vorbei und besuchte die Kinder."

Sein Blick ging an ihr vorbei, und Crissy hatte den Eindruck, dass er in dem Moment in einer anderen Zeit, an einem anderen Ort war. Und bei einer anderen Frau.

„Stacey kannte in dem Krankenhaus niemanden. Sie wollte einfach nur bei den Kids vorbeischauen, um sie vielleicht etwas aufzumuntern. Sie fragte bei den Krankenschwestern nach, wer am wenigsten besucht wurde, und blieb und spielte dann den ganzen Nachmittag mit dem Kind. Das Mädchen hieß Wendy. Ich dachte, Stacey sei ihre Schwester, und ich wollte mit einem Familienmitglied über das Kind reden. Stacey erklärte mir, wer sie sei, und wir gingen spontan einen Kaffee trinken." Er schüttelte den Kopf. „Sie war so wunderschön. Ich konnte keine vollständigen Sätze hervorbringen, ohne zu stottern. Sie war intelligent und humorvoll. Ich fragte, ob sie mit mir ausgehen würde, und sie antwortete, dass sie nur noch sechs Monate zu leben hätte."

Crissy erstarrte. „Nur noch sechs Monate?"

„Es war ein Scherz gewesen. Sie erzählte mir, dass sie als Kind Krebs gehabt hatte. Es war die Art von Krebs, die früher oder später wiederkommt. Sie witzelte, dass sie schon morgen tot sein könnte. Oder in vierzig Jahren. Aber sie wusste, dass sie eine Zeitbombe in sich ticken hatte."

„Es war mir egal", fuhr er fort. „Ich wollte so viel Zeit wie möglich mit ihr verbringen, egal, wie viel es noch war. Sie wies mich immer wieder ab, aber irgendwann habe ich es dann geschafft, sie zu überzeugen, mit mir auszugehen. Als ich ihr dann einen Antrag machte, ging das gleiche Spiel von vorn los. Sie wollte nicht, dass ich mich an jemanden binde, der jederzeit krank werden konnte. Aber ich wollte nicht ohne sie leben." Er sah Crissy an. „Das ist wahrscheinlich ein bisschen zu viel auf einmal, oder?"

„Nein", antwortete Crissy automatisch, obwohl das genau ihrem Gefühl entsprach. Das Problem lag nicht nur darin, *was* er gesagt hatte, sondern *wie*. Josh liebte seine Frau immer noch. Crissy hörte es ganz deutlich.

„Hast du dich wegen ihrer Krankheit auf dein Fachgebiet spezialisiert?"

„Das war einer der Gründe, aber hauptsächlich wegen der Kinder, die ich bei meinem Praktikum kennengelernt habe. Ich wollte sie alle retten und war arrogant genug zu glauben, dass ich das schaffen würde."

„Lagst du falsch?"

Seine Augen verdunkelten sich. „Manchmal."

„Dir gelingt es immer wieder, mein Leben ins richtige Licht zu rücken", gestand sie. „Eigentlich habe ich kein Recht, mich über irgendetwas zu beschweren."

„Sag das nicht. Wir haben alle unser Päckchen zu tragen."

„Du kümmerst dich um die wichtigen Dinge im Leben", meinte sie. „Vielleicht sollten wir alle mal darüber nachdenken, dass die kleinen Schwierigkeiten des Alltags gar nicht so schlimm sind."

„Ich bin mir nicht sicher, ob diese Lektion lange anhält", mutmaßte er und nahm ihre Hand. „Komm. Ich zeige dir meinen Grill. Er ist groß und sehr männlich. Du wirst beeindruckt sein."

„Da bin ich mir sicher."

Crissy war dankbar, dass er sich um eine heiterere Stimmung bemühte. Sie hatte keine Lust, den ganzen Abend über Joshs verstorbene Frau zu reden oder über sie nachzugrübeln. Stacey war ohnehin immer bei ihnen. Sie war der Geist, der ruhelos in seinen Gedanken umherstreifte.

Als sie auf die kleine Veranda hinaustraten, überlegte Crissy, was es bedeuten würde, wenn sie wirklich schwanger war. Würde Josh ein neues Leben beginnen wollen, oder war er noch zu sehr in der Vergangenheit gefangen?

Und was war mit ihren eigenen Gefühlen? Er war ein toller Mann. Aber war sie fähig, ihr Herz einem Menschen anzuvertrauen, der möglicherweise eine andere liebte?

Die Situation mit Brandon war schon schwierig genug, und ein Baby würde alles nur noch schlimmer machen.

Es gibt kein Baby, schalt sie sich. Es durfte kein Baby geben. Als ob Wunschdenken da irgendetwas ändern könnte.

Nach dem Abendessen zogen sie sich ins Wohnzimmer zurück. Josh legte eine schöne Jazz-CD auf und gesellte sich zu Crissy auf die Couch. Bis jetzt war sein erstes Dinner bei ihm zu Hause recht gut gelaufen.

Außer Pete, der ihm damals geholfen hatte, den Fernseher zu installieren, hatte er noch niemanden bei sich zu Besuch gehabt. Das Haus war für ihn eigentlich nur Schlafplatz und Kleiderschrank. Es war kein Heim. Seit Staceys Tod hatte er kein Zuhause mehr gehabt.

Stacey. Er hatte nicht vorgehabt, so viel über sie zu reden. Aber Crissy war zumindest nicht schreiend aus dem Haus gelaufen. Immerhin.

Sie warf gerade die Haare in den Nacken und sah ihn an. Das Licht fing die vielen Farben in ihrem Haar auf und ließ ihr wunderschönes Gesicht strahlen.

Sie lächelte, und etwas in ihm regte sich. Etwas Heißes und Hungriges.

Anscheinend war er leicht zu durchschauen. Sie hob eine Augenbraue und fragte: „Woran denkst du gerade?“

„An nichts Besonderes."

„Das glaube ich nicht."

Anstatt vieler Worte beugte Josh sich zu ihr und küsste sie. Gleichzeitig vergrub er die Hände in ihren Haaren und ließ die weichen, seidigen Strähnen durch seine Finger gleiten. Crissy schlang beide Arme um seinen Nacken und zog ihn an sich. Ihr Körper war ihm bereits so vertraut. Er wusste, wie sich ihre wunderbaren Rundungen und ihre weiche Haut anfühlten.

Obwohl er am liebsten sofort auf der Couch mit ihr geschlafen hätte, ließ er sich Zeit und genoss es. Sich vorzustellen, wie er gleich mit ihr im Bett liegen würde, wie sie ihn anblicken, ihr Atem sich beschleunigen und ihr Körper sich ihm entgegendrängen würde, erregte ihn nur noch mehr.

Crissy verlor sich in Joshs Küssen. Sie war sich nicht sicher gewesen, ob sie bereits wieder hatte mit ihm schlafen wollen. Schließlich war noch nicht einmal geklärt, in welcher Beziehung sie denn nun zueinander standen, und außerdem wusste sie nicht, ob sie vielleicht schwanger war. Aber jetzt, da Crissy in seinen Armen lag, wollte sie ihn nicht mehr loslassen. Der Mann hatte etwas an sich, dass sie einfach schwach werden ließ.

Sie öffnete leicht die Lippen und spielte zärtlich mit seiner Zunge. Er schmeckte nach dem Wein, den sie zum Abendessen getrunken hatten. Crissy spürte, wie eine Hitzewelle durch ihren Körper raste.

„Oben ist es gemütlicher", flüsterte Josh und küsste sie in den Nacken.

Wo er sie berührt hatte, prickelte ihre Haut. Er nahm sie bei der Hand und ging voran.

Durch eine doppelflügelige Tür führte er sie in ein geräumiges Schlafzimmer mit einem großen Doppelbett. Das einzige Licht schien vom Flur herein.

Crissy zog die Schuhe aus, bevor sie sich zu ihm umwandte. Er riss sie an sich und küsste sie. Und wieder öffnete sie die Lippen und drängte sich ihm leidenschaftlich entgegen.

Sie waren aufeinander eingespielt, wie zwei Menschen, die sich schon lange liebten. Gerade wollte sie ihr T-Shirt abstreifen, da zog er auch schon daran. Sie griff nach den Knöpfen seines Hemds, als er es aus dem Hosenbund zerrte.

Endlich waren sie beide nackt. Jetzt erst unterbrachen sie ihren leidenschaftlichen Kuss, und er sank vor ihr auf die Knie.

„Du bist so wunderschön", flüsterte er, während er ihren Bauch küsste.

Seine Lippen waren warm und so erotisch. Seine Zungenspitze malte kleine Kreise auf ihre Haut. Seine kräftigen Hände glitten langsam die Rückseite ihrer Beine hinauf und wieder hinunter.

Crissy stöhnte auf, als sie seine Zunge an ihrer intimsten Stelle spürte. Und er schien genau zu wissen, was er tat. Crissy zitterte, und sie konnte sich kaum noch auf den Beinen halten. Sie wollte ihn bitten, endlich aufzuhören und zu ihr zu kommen. Aber das tat er nicht. Er liebkoste sie weiter, bis sie keinen klaren Gedanken mehr fassen konnte.

Behutsam drängte er sie, einen Schritt zurückzuweichen und dann noch einen, bis sie die Bettkante fühlte. Sie setzte sich und ließ sich dann nach hinten sinken. Josh kniete weiter zwischen ihren Beinen und verwöhnte sie. Mit den Fingerspitzen fuhr er an ihrem Körper empor und streichelte sanft ihre Brüste. Dann wandte er sich ihren harten, rosigen Spitzen zu.

Das ist zu viel, schoss es ihr durch den Kopf. Zu viel Genuss, zu viele Empfindungen. Alles in ihr war zum Zerreißen gespannt. Sie krallte ihre Hände in das Bettlaken, um den unweigerlich nahenden Höhepunkt noch ein wenig zurückzuhalten.

Doch es war zu spät. Sie erzitterte und schrie auf, als die Erlösung endlich kam und ihren ganzen Körper durchflutete.

Die Wellen der Lust brandeten durch sie hindurch, bis sie langsam abebbten und Crissy wieder normal atmen konnte.

Erst dann hob Josh den Kopf und küsste sie leicht auf die Hüfte. Endlich öffnete sie die Augen.

„Unglaublich", sagte sie und lachte über ihre krächzige Stimme.

„Hat es dir gefallen?"

Sie stützte sich auf einen Ellbogen und schaute ihn an.

„Machst du Witze? Musst du wirklich erst fragen?"

„Ein Mann braucht ab und zu Komplimente."

„Du nimmst deine Aufgabe ziemlich ernst, und ich bin dir dafür sehr, sehr dankbar. Ich glaube, dass ganze Teile meines Körpers einfach geschmolzen sind."

Er lachte. „Das hört sich gut an."

„Es ist mein Ernst."

Er stand auf und streckte sich.

Sie nahm sich einen Moment Zeit, seinen nackten Körper zu bewundern, und dachte daran, wie er sich in ihr anfühlen würde. Ihr Magen zog sich zusammen. Sie rollte zur Seite und machte ihm Platz.

Er beugte sich zum Nachttisch, öffnete die Schublade und holte ein Kondom heraus.

Für einen kurzen Moment fragte sie sich, ob es dafür nicht schon zu spät war, entschloss sich aber, jetzt nicht darüber nachzudenken.

„Sind die neu?", fragte sie.

„Ja." Er zuckte die Schultern. „Ich hätte schon vorher daran denken sollen. Es ist nur …"

Sie wusste genau, was er meinte. Er hatte vier Jahre keinen Sex gehabt. Warum sollte er Kondome mit sich herumtragen? Sie war diejenige, die daran hätte denken müssen. Aber mit Josh hatte sie nun mal nicht gerechnet. In mehrerlei Hinsicht.

Sie lächelte. „Na gut, großer Mann. Dann setz mal deinen Cowboyhut auf, und lass uns tanzen."

Er lächelte. „Du hast schon eine interessante Art, dich auszudrücken."

„Ich bin einfach charmant."

„Ja, das bist du."

Er glitt zwischen ihre Beine und sah ihr tief in die Augen, während er langsam in sie eindrang.

„Mehr", ermutigte sie ihn und hielt seinen Blick fest. Sie sah, wie der Hunger in seinen Augen wuchs.

Crissy hob ihm die Hüften entgegen, um ihm zu zeigen, wie bereit sie war. Nun gab es für ihn kein Halten mehr. Entschlossen trieb er sie beide dem Höhepunkt zu, und Crissy fühlte genau den Moment, als er die Kontrolle verlor. Er schrie auf und verlor sich in ihr, während sie seinen bebenden Körper umklammerte.

7. KAPITEL

Crissy summte vor lauter Zufriedenheit. Die Nacht war wunderschön gewesen. Sie parkte ihr Auto vor Noelles Haus, nahm das große Geschenk vom Beifahrersitz und stieg aus. Da entdeckte sie Rachel und winkte ihr zu.

„Hey, wie geht es dir?", rief sie.

Rachel legte die Hand auf ihren Bauch. „Gut. Ich freue mich schon auf meine eigene Baby-Party."

Crissy lachte. „Das dauert ja nicht mehr lange."

Sie umarmte ihre Freundin, hakte sich bei ihr unter, und zusammen spazierten sie zu dem großen, wunderschönen Haus.

Noch bevor sie klingeln konnten, öffnete Noelles Mann Dev und winkte sie herein.

„Wohnzimmer“, sagte er nur. „Zwei Frauen fehlen noch, dann darf ich endlich gehen.“

„Macht dich so viel Weiblichkeit nervös?“, fragte Crissy unschuldig.

„Du hast ja keine Ahnung. Alles ist rosa. Ich dachte schon, dass Noelles Mutter auch noch das Wohnzimmer rosa anstreichen würde, damit es farblich passt.“

„Da seid ihr ja“, rief eine hochschwangere Noelle von ihrem Ehrenplatz, einem dick gepolsterten Sessel am Fenster. „Ich habe mir schon Sorgen gemacht.“

„Nein, hast du nicht“, erwiderte Crissy, als sie zu ihr lief, sich hinunterbeugte und ihr einen Kuss auf die Wange gab.

„Na gut, stimmt“, gab Noelle zu. „Ich wusste, dass ihr die Party nicht verpassen würdet.“

Crissy ließ die beiden allein, um das Geschenk auf den schon jetzt überladenen Gabentisch zu legen, und ging dann in die Küche, um ihre Hilfe anzubieten.

Noelles Mutter begrüßte sie und deutete dann auf die vielen emsigen Frauen, die alles unter Kontrolle zu haben schienen.

„Ich bin beeindruckt“, gab Crissy zu. „Meine Qualitäten als Gastgeberin musste ich bis jetzt erst einmal unter Beweis stellen. Allerdings habe ich einen Partyservice bestellt und musste lediglich den Scheck unterschreiben.“

„Das hier mache ich im Schlaf. Wie geht es Noelle?“

„Sie ist ein wenig emotional, aber glücklich. Wir können es kaum erwarten, dass das Kind kommt.“

„Mir geht es auch so.“ Noelles Mutter seufzte. „Ich freue mich schon darauf, Großmutter zu werden.“

Crissy versuchte, sich Brandon vorzustellen, wenn er alt genug war, um zu heiraten und Kinder zu kriegen. Wie würde sich das wohl anfühlen?

Aber anstatt dieses Bild in ferner Zukunft vor Augen zu haben, schlug eine Welle von Sehnsucht über ihr zusammen.

Sie hatte das Gefühl, etwas Wichtiges verpasst zu haben. Etwas Unglaubliches. Auch wenn sie und Brandon eine wunderbare Freundschaft aufbauten, seine Mutter würde sie nie sein. Diese gemeinsame Zeit war für immer verloren.

Vor zwölf Jahren hatte sie ihre Freiheit zurückerhalten, aber um welchen Preis?

Als Crissy in ihr Büro kam, fand sie eine Nachricht von Josh auf dem Anrufbeantworter vor.

„Hi Crissy. Ich bin es, Josh. Ruf mich doch an, sobald du Zeit hast. Ich möchte dir einen Vorschlag machen."

Sie rief ihn gleich zurück und glühte vor Freude, als die Empfangsdame ihr mitteilte: „Er hat schon auf Ihren Anruf gewartet. Einen kleinen Moment, ich stelle Sie durch."

Keine Sekunde später war Josh am Apparat. „Da bist du ja. Ich hab dich vermisst", begrüßte er sie.

„Was gibt's?", fragte Crissy. „Du hast etwas von einem Vorschlag gesagt. Oder war das nur ein Köder?"

„Nein. Morgen Nachmittag hole ich einen Welpen ab. Ich dachte, vielleicht hast du Lust mitzukommen."

„Einen Welpen." Sie versuchte, sich das kleine Wesen in dem großen, weißen, sterilen Haus vorzustellen. „Die meisten Männer versuchen ihr Glück erst einmal mit einer Zimmerpflanze."

„Es ist nicht für mich, sondern für Alicia, eine meiner Patientinnen. Sie ist seit achtzehn Monaten krebsfrei, und die Eltern wollen ihr einen Hund schenken. Sie haben ihn schon ausgesucht, und ich muss ihn nur abholen."

„Gern", antwortete sie. „Um wie viel Uhr?"

Crissy wartete im Foyer des Fitnessstudios auf Josh. Er kam in einem großen Geländewagen angefahren, den sie in Petes und Abbeys Einfahrt hatte stehen sehen. Sie lief auf das Auto zu und lächelte, als sie die Beifahrertür aufriss.

„Du willst also keine kleine Welpenpfütze in deinem schicken Doktorauto riskieren?“, witzelte sie beim Einsteigen. Er schenkte ihr ein Lächeln, beugte sich zu ihr hinüber und küsste sie auf die Wange. „Es war Petes Idee. Ich hab sofort zugestimmt.“

Sie starrte ihn an, sah die tiefen Schatten unter seinen Augen.

„Josh, was ist los?“, fragte sie beunruhigt.

„Nichts. Es geht mir gut.“

„Bist du sicher? Du siehst komisch aus. Irgendetwas ist passiert.“

Er legte den Gang ein und fuhr los. Nachdem er einige Minuten geschwiegen hatte, sagte er: „Es tut mir leid. Ich dachte, ich könnte mich verhalten, als ob nichts wäre, aber das schaffe ich wohl nicht.“ Er sah sie an. „Oder du bist feinfühliger als andere Menschen.“

„Ich glaube, ich bin einfach nur fantastisch“, scherzte sie und hoffte, die Stimmung damit etwas aufzuheitern. „Du kannst froh sein, dass du mich hast. Was ist passiert?“

Seine Hände umklammerten das Lenkrad, und er atmete aus. „Eins von den Kindern, Joey ... er ist letzte Nacht gestorben.“

„Es tut mir so leid“, sagte sie mitfühlend. „Das muss immer wieder fürchterlich schmerzen.“

„Das tut es. Beinah hätte ich für heute abgesagt, aber Alicia wäre sehr enttäuscht gewesen. Und sie lebt, sie ist noch bei uns. Das Leben geht weiter.“

„Ja, aber es sind deine Patienten“, sagte sie. „Natürlich trauerst du um sie.“

„Dafür habe ich nicht immer Zeit. Jedes einzelne Leben bedeutet einen Kampf. Ich gegen den Krebs. Manchmal besiege ich das Monster. Manchmal schaffe ich es nicht. Letzte Nacht war ich bei Joey, zusammen mit seinen Eltern. Ich weiß nicht, ob es eine gute Idee ist, bis zum Schluss zu bleiben. Ob ich ihnen damit helfe oder es nur noch schlimmer mache."

„Ich bin mir sicher, seine Eltern waren dankbar, dass du da warst. Ich wäre es jedenfalls gewesen."

„Vielleicht. Ich weiß, was sie durchmachen. Es gibt immer Hoffnung – bis zum letzten Atemzug. Man hofft, dass Gottes Hand den geliebten Menschen noch rettet. Dass dieses eine Mal doch ein Wunder geschieht."

Er redet jetzt nicht mehr von dem Kind, dachte Crissy. „War es so mit Stacey?", fragte sie leise.

„So ähnlich", gab er zu.

„Das tut mir leid", sagte Crissy und fragte sich, wie man so einen Verlust überhaupt überleben konnte.

„Sie hatte immer gewusst, dass der Krebs zurückkommen würde", fuhr er fort. „Ich glaube, tief in ihrem Herzen wusste sie, dass es nur eine Frage der Zeit war. Als das Ende kam, hat sie versucht, es so leicht wie möglich für mich zu machen. Ist das nicht verrückt?"

Es waren zu viele widerstreitende Emotionen in seiner Stimme, dachte Crissy und fragte sich, ob er es später bereuen würde, sich so geöffnet zu haben. Außerdem hatte sie selbst das Bedürfnis, sich vor diesen Dingen zu schützen.

„Aber man lebt weiter", sagte er leise. „Man lebt weiter, und obwohl man nichts vergisst, kommt doch wieder langsam Farbe in die Welt. Man will es vielleicht gar nicht, aber es passiert von ganz allein. Manchmal erzähle ich das den Eltern von meinen Kindern, die sterben. Vor allem, wenn sie noch andere Kinder zu Hause haben."

Seine Kinder. Das war ihr vorher gar nicht aufgefallen. Er nannte sie *seine* Kinder. War er so eng mit ihnen verbunden? Oder gab es da einen anderen Grund.

„Es ist, als ob du sie wieder und wieder verlierst, oder?", fragte sie. „Wenn eins von den Kindern stirbt. Du durchlebst jedes Mal wieder Staceys Tod."

Er schaute sie an. „Manchmal." Er richtete die Aufmerksamkeit wieder auf die Straße. „Es tut mir leid. Ich sollte nicht darüber reden."

„Ich weiß, dass du schon einmal verheiratet warst, Josh. Ich weiß auch, dass du deine Frau sehr geliebt hast. Sie ist ein Teil von dir und wird es immer sein."

Crissy war sich all dieser Dinge bewusst, allerdings musste sie noch lernen, sie zu akzeptieren. Es war nicht so, dass sie sich wünschte, Josh hätte Stacey nie geliebt, aber sie wollte, dass er darüber hinwegkam.

„Ich hätte dich heute nicht mitnehmen sollen", sagte Josh. Das tat weh, aber sie versuchte, sich nichts anmerken zu lassen. „Weil du lieber allein sein willst?"

„Nein. Weil ich dich nicht mit meinen Problemen belasten sollte. Ich freue mich, dass du hier bist, aber es ist bestimmt nicht einfach für dich. Willst du, dass ich dich zurückfahre?"

Der Schmerz verblasste. „Ich bin froh, hier zu sein. Sieh mich einfach als deine heutige Ablenkung an. Zumindest, bis wir den kleinen Hund geholt haben. Dann hast du eine auf vier Pfoten, die dich bei Laune hält."

Er streckte den Arm aus, und als er ihre Hand ergriff, fragte sie sich, ob sie gerade einen Fehler machte.

Alicia war ein hübsches, rothaariges Mädchen mit großen grünen Augen und Sommersprossen. Sie zitterte förmlich vor Aufregung, als Josh ihr den Collie-Welpen in den Arm legte.

„Ihr Name ist Sashay", sagte er mit einem breiten Grinsen. „Sie ist sehr klug, also musst du auch eine sehr verantwortungsvolle Hundebesitzerin sein. Bist du bereit dafür?"

Alicia nickte ernst. Sie saß im Schneidersitz auf dem Boden im Wohnzimmer mit ihren Eltern direkt hinter sich auf der Couch. Crissy hielt sich im Hintergrund, um diesen Moment nicht zu stören. Es gab eine besondere Verbindung zwischen

Josh und dem kleinen Mädchen, ein Band, das, wie sie glaubte, durch den Kampf gegen den Tod geknüpft worden war.

Sashay schnüffelte zuerst an Alicia, dann schleckte sie ihr mit ihrer langen, rosafarbenen Zunge über das Gesicht.

„Ich hab sie jetzt schon lieb", flüsterte das Mädchen. „Fast so sehr wie dich, Dr. Josh."

Crissy lachte, als der Welpe das Wohnzimmer erkundete und mit Alicia herumtollte. Bald gingen die beiden mit Josh und Alicias Vater nach draußen, damit der kleine Hund sich erleichtern konnte. Crissy folgte Alicias Mutter, Jayne, in die Küche, um Kaffee zu kochen.

Jayne ging zum Fenster über der Spüle und starrte gebannt in den Garten. Sashay und Alicia rannten dort draußen im Kreis.

„Sie sprüht vor Leben", flüsterte Jayne. „Schauen Sie nur, wie sie rennt."

„Sie ist ein bildhübsches Mädchen", bemerkte Crissy. „Man könnte denken, dass sie nie krank gewesen ist."

„Ich weiß. Ist das nicht unglaublich? Ich danke Gott jeden Tag dafür. Ich hatte große Angst, als wir ihre Diagnose bekamen. Und es wurde nur noch schlimmer, als ein Arzt nach dem anderen sagte, dass man nichts mehr tun könne. Die Behandlung für die Art von Krebs, den sie hatte, ist zu aggressiv für Kinder, die Risiken zu hoch. Keiner konnte helfen. Dann trafen wir Dr. Josh. Er sagte, dass manchmal Wunder geschehen. Und so war es in Alicias Fall."

Sie schluchzte und blickte dann auf. „Wir hatten solche Angst. Aber er war immer bei uns. Ich kann mich nicht mehr erinnern, wie viele Nächte ich bei ihr im Krankenhaus verbracht habe. Nachts wachte ich in dem Bett neben ihr auf und sah Dr. Josh bei ihr sitzen. Ihre Hand in seiner, während er ihr Mut zusprach und sie aufmunterte. Wir haben ihm alles zu verdanken."

„Ich bin mir sicher, dass Josh das nicht so sieht", sagte Crissy, obwohl es sie überhaupt nicht überraschte zu hören, wie sehr er die Familie unterstützt hatte.

„Da haben sie recht", erwiderte Jayne. „Er macht das für alle seine Patienten. Er ist ein wunderbarer Mann, aber das wissen Sie wahrscheinlich."

„Ja, das weiß ich."

Crissy kannte Joshs Stärken. Aber waren sie vielleicht gleichzeitig auch seine Schwächen? Gab er den Kindern so viel, dass für niemanden sonst etwas übrig blieb? Verschanzte er sich hinter seiner Arbeit, weil es einfacher war, als sich um das eigene Leben zu kümmern?

Die nächsten Tage waren sehr schwierig für Crissy. Sie sah Josh nicht, und sie fragte sich, ob er wirklich so viel zu tun hatte, wie er sagte, oder ob es ihm einfach peinlich war, dass er sich ihr so geöffnet hatte.

Da sie offenbar noch nicht genug Sorgen hatte, machte sie sich einfach noch ein paar mehr und kaufte zwei verschiedene Schwangerschaftstests. Nur noch ein paar Tage, dann würde sie endlich wissen, ob sie ein Baby bekommen würde oder nicht.

In einem verzweifelten Versuch, sich abzulenken, fing sie an, die Badezimmer im Haus zu putzen. Auf einmal klingelte das Telefon.

Ihre Gedanken waren sofort bei Josh. Sie schaute auf die Uhr und kam zu dem Schluss, dass er wohl abends um Viertel nach acht nicht anrufen würde.

„Hallo?"

„Crissy? Ein Glück, du bist zu Hause. Ich bin es, Abbey. Es tut mir leid, dass ich dich störe, aber ich weiß nicht, wen ich sonst anrufen soll." Abbey hörte sich atemlos und völlig aufgelöst an.

„Du störst nicht. Was ist los? Wie kann ich dir helfen?"

„Es geht um Hope. Sie leidet an Asthma und hat gerade einen fürchterlichen Anfall. Ich habe schon den Notarzt gerufen, und er wird jeden Moment da sein. Wir müssen ins Krankenhaus. Pete ist bei einem Feuerwehreinsatz, und Josh ist nicht zu erreichen. Ich kann doch aber die anderen beiden Kinder nicht allein lassen."

„Gib mir deine Handynummer", bat Crissy und schrieb sie schnell auf ein Stück Papier. „Sag Brandon, er soll die Tür hinter dir zuschließen. Ich bin in fünfzehn Minuten da. Er kann so lange allein bleiben, oder?"

„Ja. Emma ist schon im Bett. Ich weiß nicht, wie ich dir danken soll."

„Brauchst du nicht."

Siebzehn Minuten nach dem Telefonat erreichte Crissy Abbeys Haus und sah, dass der Krankenwagen schon da war. Rot blitzende Lichter erleuchteten die Nacht.

Crissy parkte ihr Auto und rannte zum Haus. Die Tür war offen.

Hope lag auf einer Trage, eine Sauerstoffmaske auf dem kleinen Gesicht. Abbey war über sie gebeugt und redete beruhigend auf sie ein. Zwei Sanitäter bereiteten den Abtransport des kleinen Mädchens vor.

Crissy sah sich um und entdeckte Brandon und Emma zusammengekauert auf der Treppe. Sie eilte hinüber und hockte sich vor die beiden.

„Hallo, ihr zwei. Ganz schön beängstigend, nicht wahr?"

Sie nickten.

Crissy berührte Emmas Arm. „Weißt du noch, wer ich bin, Schätzchen?"

Emma starrte sie an. „Mamas Freundin Crissy."

„Genau. Ich bleibe heute Nacht bei euch."

Sie hatte keine Ahnung, wie lange es dauern würde, deshalb nannte sie erst gar keine Uhrzeit.

„Eure Mom wird mit Hope ins Krankenhaus fahren. Wir drei verbringen die heutige Nacht zusammen. Wir machen so eine Art Pyjamaparty. Klingt das gut?“

Emma sah nicht besonders überzeugt aus.

Abbey kam dazu. „Ich kann dir überhaupt nicht genug danken“, sagte sie.

„Das ist doch selbstverständlich. Ich bin froh, dass ich helfen kann.“

Abbey küsste ihre Kinder. „Seid lieb zu Crissy. Ich weiß nicht, ob wir heute Abend schon zurückkommen oder erst morgen früh. Daddy kommt nach Hause, sobald er kann. Okay?“

Die Kinder nickten.

Abbey lächelte. „Es wird alles wieder gut, und nur darauf kommt es an. Lasst mich noch einen Moment mit Crissy reden, okay?“

Sie zog Crissy in den Flur.

„Pete ist bei einem Einsatz“, flüsterte sie. „Er wird nach Hause kommen, sobald er meine Nachricht kriegt. Aber ich weiß nicht, wann das sein wird. Er löst dich so schnell wie möglich ab.“

Crissy schüttelte den Kopf. „Lass ihn zuerst ins Krankenhaus fahren und nach Hope sehen. Die Kinder und ich kommen schon zurecht.“

„Bist du sicher? Ich kann die Hilfe wirklich gut gebrauchen.“

„Aber klar.“

„Danke. Wenn es dir nichts ausmacht, könntest du mit den Kindern vielleicht im Wohnzimmer bleiben, dann könnt ihr es euch auf der Couch gemütlich machen. Sie werden bald einschlafen. Aber ich möchte sie nicht zurück in ihre Zimmer schicken.“

„Aber natürlich“, erwiderte Crissy.

„Wir sind jetzt so weit“, meldete sich einer der Sanitäter zu Wort.

Abbey nickte, küsste die Kinder noch einmal und verließ dann das Haus. Innerhalb von Sekunden plärrte die Sirene los und verklang dann schnell in der Ferne. Crissy wandte sich Brandon und Emma zu.

„Ich glaube, ein Film ist jetzt genau das Richtige“, meinte sie. „Irgendwas Lustiges.“ Und eine Ablenkung, dachte Crissy. Die brauchten sie jetzt alle. „Brandon, warum holst du nicht deine drei Lieblingsfilme, und wir wählen dann gemeinsam aus, welchen wir ansehen. Oh, und vielleicht kannst du noch ein paar Decken mitbringen, damit wir es uns gemütlich machen können. Komm, Emma, wir gehen in die Küche. Du kannst mir zeigen, wo deine Mom die Süßigkeiten versteckt. Macht sie euch manchmal heiße Schokolade?“

Das Mädchen schaute sie aus großen, angsterfüllten Augen an. Für einen Moment dachte Crissy, dass sie gleich anfangen würde zu weinen. Dann schniefte Emma aber nur, nahm Crissys Hand und führte sie in die Küche.

„Es gibt Schokolade und Marshmallows“, sagte sie. Ihre Stimme klang immer noch angespannt. „Darf ich zwei haben?“

„Klar.“

Eine halbe Stunde später lagen sie zusammengekuschelt auf der riesigen Couch und schauten sich einen Zeichentrickfilm an, der die Kinder zum Lachen brachte.

Crissy saß in der Mitte und hatte auf jeder Seite ein Kind. Emma schlief bald ein. Crissy warf einen Blick zu Brandon, der hellwach schien.

„Magst du noch ein bisschen?“, sagte sie und zeigte auf seine Tasse.

„Gern.“

Crissy stand auf und überzeugte sich, dass Emma gut zugedeckt war, bevor sie in die Küche ging. Als sie gerade den kleinen Topf wieder auf den Herd stellen wollte, hörte sie hinter sich ein Geräusch und wandte sich um. Brandon war ihr in die Küche gefolgt. Er sah verängstigt aus und verwirrt.

„Brandon? Was ist los?“, fragte Crissy und stellte den Topf ab. „Hast du Angst um Hope?“

Er zuckte die Schultern. „Ja, aber …“ Er räusperte sich und schaute ihr tief in die Augen. „Bist du meine Mutter?“

8. KAPITEL

Crissy schluckte. Sie spürte, wie Panik sie erfasste. Was sollte sie antworten?

Auf diese Frage war sie nicht vorbereitet. Sie fand nicht einmal die richtigen Antworten für sich selbst, ganz zu schweigen die für einen Zwölfjährigen.

Natürlich hatte sie gewusst, dass es irgendwann zu diesem Gespräch mit Brandon kommen würde. Aber nicht jetzt. Nicht ohne Vorwarnung und nicht wenn sie ganz alleine war.

Er schob die Hände in die Hosentaschen seiner Jeans und schaute zur Seite. „Ich habe gehört, wie Mom und Dad sich über dich unterhalten haben. Wie du an meinem Leben teilnimmst und dass sie sich das immer gewünscht haben. Dass es gut für mich ist, dich kennenzulernen.“ Er zuckte wieder mit den Schultern.

„Oh Brandon“, flüsterte sie und war sich nicht sicher, ob sie ihn umarmen oder besser Abstand halten sollte. Sie kannte ihn ja gar nicht richtig. Und das war ihre eigene Schuld. Warum hatte sie nicht früher am Leben ihres Sohnes Anteil genommen? Ihr Hals war wie zugeschnürt, und ihre Augen brannten.

Da sie nicht wusste, was sie anderes machen sollte, legte sie den Arm um seine Schultern. „Wie lange weißt du es schon?“, fragte sie.

„Ein paar Tage.“

„Das muss eine große Last auf deinen Schultern gewesen sein. Und jetzt ist auch noch Hope krank geworden …“

„Ich pack das schon.“

Es gab niemanden, der ihr jetzt helfen konnte. Sie würde es versuchen, so gut sie konnte.

„Komm“, sagte sie und ging zum Küchentisch. „Lass uns reden.“

Er folgte ihr und setzte sich.

„Ich weiß nicht genau, wie ich anfangen soll“, gab sie zu. „Vielleicht am besten mit der Wahrheit: Ja, ich bin deine leibliche Mutter.“

Er hatte in seine Tasse gestarrt und schaute jetzt auf. „Bist du sicher?“

Sie lächelte. „Ganz sicher.“ Ihr Lächeln erstarb. „Ich bin auf dieses Gespräch überhaupt nicht vorbereitet. Ich weiß nicht, was ich dir sagen soll oder was du wissen willst. Ist es dir lieber, wenn du fragst oder wenn ich einfach rede?“

Er schluckte und blickte sie dann an. „Du warst ziemlich jung, oder?“

Oh Gott. Was musste er nur von ihr denken?

„Ich war siebzehn“, erklärte sie mitfühlend und wusste nicht, wie sie es für ihn einfacher machen konnte. „Fünf Jahre älter als du jetzt. Ich war noch auf der Schule, sollte aber bald auf die Universität gehen. Dann fand ich heraus, dass ich schwanger war. Ich wusste einfach nicht, was ich tun sollte.“

„Waren deine Eltern böse auf dich?“

„Nicht böse, eher enttäuscht. Aber sie waren trotzdem für mich da. Ich glaubte nicht, dass ich schon bereit war, Mutter zu werden, und darum beschäftigten wir uns mit der Möglichkeit einer Adoption. Aber auch das war schwierig. Ich wollte die richtigen Eltern finden. Sie sollten perfekt sein." Sie lächelte. „Und dann habe ich Pete und Abbey kennengelernt."

Er schien sich ein wenig zu entspannen. „Mochtest du sie?"

„Vom allerersten Augenblick an. Die beiden waren so verliebt. Ich mochte alles an ihnen. Sie waren so aufgeregt bei dem Gedanken an dich. Ich wusste, dass sie die Richtigen waren."

Er lächelte ein wenig. „Cool."

„Das war es. Abbey war sogar dabei, als du geboren worden bist. Sie hat dich gleich auf den Arm genommen und dich vom ersten Augenblick an geliebt."

Er lächelte, sah aber gleichzeitig etwas unschlüssig drein.

„Was mir auch sehr gut gefiel, war, dass sie sehr offen mit dem Thema Adoption umgegangen sind", fuhr Crissy fort. „Sie wollten, dass du von Anfang an Bescheid weißt. Abbey hat mir Fotos geschickt und mir geschrieben, damit ich immer wusste, wie es dir geht, und sehen konnte, wie du aufwächst."

„Aber du hast mich nie besucht."

Jetzt musste Crissy vorsichtig sein.

„Ich wusste nicht, wie ich ein Teil deines Lebens sein konnte, ohne alles komplizierter zu machen", gab sie zu. „Abbey ist eine Frau, die einfach weiß, wie man eine Mutter ist. Ich nicht. Einer der Gründe, mich für Adoption zu entscheiden, war, dass ich panische Angst hatte, alles falsch zu machen. Ich war zu jung. Ich dachte, es wäre das Beste für dich, wenn du behütet und umsorgt aufwächst."

Sie machte eine Pause, dann fuhr sie fort. „Aber in den letzten Monaten hatte ich das Gefühl, dass jetzt der richtige Zeitpunkt gekommen ist. Ich habe mit deinen Eltern Kontakt aufgenommen, und sie haben zugestimmt, dass wir uns kennenlernen sollten. Wenn alles gut ging, wollten wir uns überlegen, wie ich dir sage, wer ich bin. Aber über den Teil brauchen wir uns jetzt wohl keine Gedanken mehr zu machen."

Er grinste etwas schief. „Das glaube ich auch."

„Es tut mir leid, dass du ihr Gespräch mitbekommen hast. Es war sicher nicht leicht, es auf diese Art zu erfahren und nicht darüber reden zu können."

Er zuckte mit den Achseln. „Ich wusste nicht, was ich meiner Mom sagen sollte. Ich wusste nicht, wie sie darüber denkt oder ob sie sauer sein würde. Es ist irgendwie komisch, weißt du? Diese ganze Elterngeschichte. Wenn ich meine Freunde anschaue, sehe ich, dass einer wie sein Vater aussieht oder wie sein Bruder. Bei mir war das nie so. Aber dann bist du gekommen …"

„Die gleichen Augen, das gleiche Lächeln."

„Und ich bin sportlich", sagte er eifrig. „So wie du."

„Du siehst meinem Bruder und meinem Vater unglaublich ähnlich", erzählte Crissy. „Ihr habt auch den gleichen Körperbau."

Seine Augen weiteten sich. „Du hast einen Bruder?"

„Und eine Schwester. Meine Eltern sind auch noch am Leben. Du hast jede Menge Familie, die du noch nicht kennst."

„Wissen sie denn von mir?"

„Natürlich. Sie wissen, dass ich dich jetzt sehe, und sie hoffen, dass sie dich auch bald kennenlernen dürfen."

Crissy wollte noch mehr sagen, aber sie wollte nicht zu viel versprechen. „Brandon", begann sie, „was vor zwölf Jahren passiert ist, hat nichts mit dir zu tun. Ich war jung und hatte furchtbare Angst. Ich wusste nicht, was ich tun sollte, und Pete und Abbey waren so wunderbar. Ich wollte nur das Beste für dich."

Bevor er etwas dazu sagen konnte, klopfte es an der Haustür. Brandon sprang auf, rannte in den Flur und riss die Tür auf.

„Onkel Josh", rief er und warf sich ihm in die Arme. „Wie schön, dass du da bist. Mom hat versucht, dich anzurufen, aber du bist nicht rangegangen."

„Es tut mir leid", antwortete er und drückte Brandon fest an sich. „Die Batterie von meinem Pieper ist leer. Es ist mir irgendwann aufgefallen, als er sich eine ganze Weile nicht mehr gemeldet hat." Er blickte über Brandons Kopf hinweg zu Crissy. „Alles okay?"

Alle Kraft schien in diesem Augenblick aus ihrem Körper zu weichen. Am liebsten wollte sie jetzt einfach in seinen starken Armen liegen und von ihm festgehalten werden.

„Hope ist krank geworden", erklärte Brandon. „Ihr Asthma war sehr schlimm, und sie hat keine Luft bekommen. Mom musste den Notarzt rufen. Dad ist bei einem Feuerwehreinsatz. Du hast dich nicht gemeldet, da hat sie Crissy angerufen. Emma hatte ganz schön Angst, als der Krankenwagen angefahren kam. Jetzt schläft sie zum Glück. Crissy ist vorbeigekommen, und wir haben einen Film angeschaut und heiße Schokolade getrunken."

„Hört sich an, als ob ihr alles unter Kontrolle habt", sagte Josh und beobachtete Crissy dabei. „Alles in Ordnung?"

Sie war nicht sicher, aber das wollte sie vor Brandon nicht zugeben. Deshalb nickte sie.

„Na gut." Josh ließ seinen Neffen los und lächelte ihn an. „Ich glaube, es ist Zeit, deinen Schlafanzug anzuziehen."

„Mom hat gesagt, wir dürfen auf dem Sofa schlafen. Wir alle zusammen, damit Emma keine Angst kriegt."

„Gute Idee. Zieh dich um, und dann machen wir es uns alle auf der Couch gemütlich."

„Super."

Brandon rannte in Richtung seines Zimmers.

Kaum waren sie allein, ging Josh auf Crissy zu und legte die Hände auf ihre Schultern. „Was ist los? Du siehst ganz verschreckt aus. Hat dich das mit Hope so mitgenommen?"

Crissy blickte sich um, um sicherzugehen, dass Brandon noch nicht zurückgekehrt war, und senkte ihre Stimme. „Er weiß, wer ich bin. Als Emma eingeschlafen ist, hat er mich gefragt, ob ich seine leibliche Mutter sei. Ich wusste nicht, was ich sagen sollte. Er hat Pete und Abbey vor ein paar Tagen darüber reden hören. Es tut mir so leid, dass er das Geheimnis so lange mit sich herumtragen musste."

Josh fluchte leise. „Armer Junge. Was hast du ihm erzählt?"

„Die Wahrheit. Dass ich seine Mutter bin. Wir haben geredet, aber ich bin mir nicht sicher, ob ich zu viel oder zu wenig gesagt habe. Ich weiß nicht, ob es ihm gut geht oder er jetzt noch verwirrter ist. Was ist, wenn ich alles nur noch schlimmer gemacht habe?"

„Das hast du nicht", versicherte Josh ihr mit Nachdruck. „Möchtest du, dass ich mit ihm rede?"

„Das wäre toll."

Josh sah die Sorgen in Crissys Augen.

„Ich komme gleich wieder", erklärte er und folgte seinem Neffen. Ein kurzer Blick auf die Uhr zeigte ihm, dass es kurz nach zehn war. In einer Stunde würde er das Krankenhaus anrufen und sich erkundigen, wie es Hope ging.

Er betrat Brandons Zimmer. „Na, bist du bereit für einen gemütlichen Abend?"

„Klar."

Josh setzte sich auf Brandons Bett und klopfte auf den Platz neben sich. „Setz dich zu mir."

Der Junge sah ihn besorgt an. „Was? Oh." Sein Gesichtsausdruck veränderte sich schlagartig. „Crissy hat es dir erzählt."

„Ja, das hat sie, und ich möchte sicher sein, dass du alles verstehst und dass es dir gut geht. Es war bestimmt ein bisschen viel auf einmal."

Brandon setzte sich aufs Bett. „Es war nicht so schlimm. Ich wusste ja, dass ich adoptiert bin. Es ist mir auch ab und zu durch den Kopf gegangen, dass ich irgendwo auf der Welt eine Mutter habe. Manchmal habe ich überlegt, ob sie schon tot ist. Aber ich habe nicht ständig darüber nachgedacht."

Josh konnte es sich so ungefähr vorstellen. „Crissy ist ziemlich cool."

Brandon lachte. „Zumindest für ein Mädchen."

„Lass sie das ja nicht hören."

„Ich weiß. Da ist sie ganz schön empfindlich. Aber ich mag sie auch so."

Josh wusste nicht so genau, was er sagen oder welche Fragen er stellen sollte. Aber er wollte Brandon auf jeden Fall klarmachen, dass er unendlich geliebt wurde. „Sie war sehr jung, als sie mit dir schwanger geworden ist."

„Das hat sie auch gesagt. Sie war noch in der Schule. Das ist ganz schön jung für ein Baby. Es ist besser zu warten, bis man älter ist und verheiratet." Er verzog das Gesicht. „Ich weiß nicht, ob ich mal heiraten will."

Josh verkniff sich das Lachen. „Das musst du ja zum Glück nicht heute Nacht entscheiden. Um was es hier wirklich geht, ist, dass Crissy dich aufgrund ihrer damaligen Situation zur Adoption freigegeben hat. Es hatte nichts mit dir zu tun."

„Das hat sie mir auch erzählt. Mensch! Ich weiß, dass Mom und Dad mich lieben, okay? Ich werde jetzt nicht irgendeinen Unfug machen, weil ich das Gefühl habe, nichts Besonderes mehr zu sein."

Josh packte ihn, drückte ihn auf den Rücken und kitzelte ihn erbarmungslos. „Du denkst, du bist richtig schlau. Du glaubst wohl, dass du alles weißt."

„Klar bin ich schlau." Brandon rang nach Luft, weil er so lachen musste, und versuchte, sich aus dem Griff seines Onkels zu winden. „Okay, okay. Ich gebe auf."

Josh ließ ihn los. „Du bist ein Wunschkind. Sie wollten dich vom ersten Moment an, als sie Crissy gesehen haben. Pete hat damals gesagt, er würde genau spüren, dass das Baby, dass Crissys Baby das Richtige war. Und das warst du, Junge."

„Ja, wirklich?", Brandon setzte sich aufrecht hin und straffte die Schultern. „Ich bin eben einzigartig."

Josh lachte. „Ja, das bist du. Ein wenig von dir selbst eingenommen, aber das werde ich schon aus dir herauskitzeln."

Brandon sprang schnell auf, um aus der Reichweite seines Onkels zu kommen.

„Sie lieben dich", sagte Josh mit Nachdruck.

„Das *weiß* ich."

„Wir werden dich alle nerven und das immer und immer wiederholen. Die Tatsache, dass Crissy deine leibliche Mutter ist, ändert nichts daran, wer du bist oder wo du hingehörst."

Brandon zupfte an seiner L. A.-Dodger-Bettdecke. „Sie hat Familie. Eltern. Einen Bruder und eine Schwester. Also sind die auch irgendwie mit mir verwandt." Er blickte auf, sein Gesichtsausdruck war angespannt. „Ist das okay?"

„Natürlich. Klar kannst du Blutsverwandte haben."

„Ja, schon, aber ich möchte nicht, dass Mom und Dad denken, dass sie weniger wichtig sind, weiß du? Oder du. Ich meine, ich habe jetzt noch einen Onkel, aber er wird nie so wichtig sein wie du."

Josh zog Brandon in seine Arme und drückte ihn ganz fest. „Du kannst so viele Menschen lieb haben, wie du willst. Das ist völlig in Ordnung. Familie zu haben, ist ein Segen, und ich bin mir sicher, deine Eltern sehen das genauso."

„Ich würde sie nie verletzen."

„Das wissen sie. Jetzt kannst du also Crissy näher kennenlernen und den Rest ihrer Familie auch. Sie werden ein Teil deines Lebens sein, aber das hier ist und bleibt immer dein Zuhause."

Der Junge entspannte sich sichtlich. „Versprochen?"

„Versprochen."

Später, als Brandon endlich auf der Couch eingeschlafen war, ging Josh zu Crissy in die Küche.

„Und?“, fragte sie gleich. „Ist alles in Ordnung?“

Sie sah besorgt aus und schöner als je zuvor. Er legte die Hände auf ihre Hüften und gab ihr einen sanften Kuss.

Sie schmeckte nach Schokolade und nach purer Lust.

Obwohl ihre Lippen sich kaum berührten und sie noch ein Stück auseinander standen, durchfuhr ihn plötzlich brennendes Verlangen. Aber er ignorierte es. Jetzt war weder die Zeit, noch war dort der Ort dafür. Aber später vielleicht …

„Es geht ihm gut. Sogar besser als gut“, berichtete Josh. „Er versteht, was du ihm gesagt hast, und er wirft dir nicht vor, dass du ihn weggegeben hast.“

Die Erleichterung war ihr anzusehen. „Bist du sicher?“

„Ich schwöre dir, es geht ihm wirklich gut.“

Sie atmete einmal tief durch. „Ich bin so erleichtert. Ich war wie vom Donner gerührt, als er mich einfach so gefragt hat, ob ich seine leibliche Mutter sei. Ich musste mich auf meinen Instinkt verlassen.“

„Deine Instinkte sind hervorragend“, versicherte er und berührte zärtlich ihr Gesicht.

„Das ist gut zu wissen. Ich möchte mit Abbey darüber sprechen. Ich habe wirklich großen Respekt vor ihr. Und ich bewundere sie. Ich möchte ein Teil von Brandons Leben sein, aber nicht als seine Mutter. Das wird immer Abbey sein. Aber vielleicht könnte ich eine andere Rolle übernehmen.“

„Sei einfach du selbst“, antwortete er und küsste sie erneut.

Und wieder spürte er das Verlangen nach ihr in sich aufsteigen. Aber anstatt ihm nachzugeben, führte er Crissy zum Tisch und setzte sich dann ihr gegenüber.

„Was für ein Abend.“ Sie lehnte sich in ihrem Stuhl zurück. „Was glaubst du, wie es Hope geht?“

„Ich bin kein Spezialist für Atemwegserkrankungen, aber ich denke, sie wird wieder ganz gesund. Sie hat eine Art von Asthma, das meistens von allein weggeht, wenn die Kinder älter werden. Es ist zwar manchmal beängstigend, aber nicht immer gleich lebensbedrohend."

Crissy lächelte. „Es ist praktisch, dich in Reichweite zu haben. Ich bin sicher, Pete und Abbey wissen es sehr zu schätzen, wie toll du mit den Kindern umgehst."

„Eine meine leichtesten Übungen", erwiderte er und beobachtete die Art, wie sich ihre Mundwinkel verzogen, wenn sie lächelte.

„Das kann ich von mir nicht behaupten. Ich bin nicht der mütterliche Typ. Aber du scheinst die richtigen Instinkte zu besitzen." Sie betrachtete ihn genauer. „Warum hast du keine eigenen Kinder? Wolltet ihr wegen Staceys Situation keine?"

Eine arglose Frage, dachte er. Seine gute Laune verflog. Eine verständliche Frage unter diesen Umständen. Aber trotzdem zog sich sein Herz zusammen.

„Ich wollte nie Kinder haben", erklärte er. „Meine Arbeit hält mich ständig auf Trab, und ich bin den ganzen Tag von Kindern umgeben. Stacey konnte keine Kinder bekommen, also war das für uns beide okay."

Josh redete weiter, aber Crissy hörte nicht mehr zu. In ihrem Kopf kreiste nur noch sein dahingeworfener Satz „Ich wollte nie Kinder haben". Das war doch nicht möglich. Sie weigerte sich, das zu glauben. Wie konnte er keine Kinder wollen? Er liebte Kinder. Er war der geborene Vater. Er arbeitete jeden Tag mit Kindern. Warum in aller Welt wollte er dann keine eigenen?

Sie fand keine passenden Antworten, und das erschreckte sie noch mehr.

Und wenn sie nun wirklich schwanger war? Würde das bedeuten, dass Josh nichts damit zu tun haben wollte? Und was war mit der Beziehung zu ihr? Sie hatte gedacht, er wäre jemand, den sie wirklich lieben, der eine große Rolle in ihrem Leben spielen könnte.

Aber wie sehr ihr auch das „Mutter-Gen" fehlte, sie hatte sich immer eine kleine Familie gewünscht. Sie konnte unmöglich mit einem Mann zusammen sein, der diesen Wunsch nicht teilte.

Das Telefon klingelte und riss sie aus ihren Gedanken. Josh nahm ab.

„Hallo?"

Er lauschte einen Moment, dann lächelte er. „Das ist gut. Ich bin froh, dass es ihr besser geht. Ich sage Crissy und den Kindern Bescheid. Ja. Natürlich. Dann bis später."

Er legte auf. „Hope ist in Ordnung. Sie und Abbey werden die Nacht im Krankenhaus verbringen, um auf Nummer sicher zu gehen. Sie kommen morgen früh wieder heim."

„Da fällt mir aber ein Stein vom Herzen", sagte Crissy.

„Sie hinterlässt Pete eine Nachricht, dass er seine Schicht in Ruhe beenden soll. Ich bleibe heute Nacht hier. Du kannst ruhig nach Hause fahren, wenn du möchtest."

Nach Hause? Richtig. Sie könnte nach Hause fahren.

Crissy stand da und fragte sich, was sie jetzt sagen sollte. Offensichtlich hatte Josh nicht bemerkt, dass er sie mit seiner Bemerkung verletzt hatte, da er einfach weiterredete. Das war wahrscheinlich besser so. Sie hatte keine Ahnung, was sie ihm sonst sagen sollte.

„Ich sollte jetzt gehen", sagte sie und erhob sich.

Er stand ebenfalls auf und zog sie zu sich heran. „Du hättest nicht herkommen und dich um die Kinder kümmern müssen."

„Das war selbstverständlich. Ich hätte diese Bitte nie abgeschlagen."

„Genau das mag ich an dir."

Sie blickte in seine Augen und fragte sich, ob es zu spät war, sich von ihm fernzuhalten. „Du solltest höhere Ansprüche haben."

„Ich habe sehr hohe Ansprüche. Und du erfüllst sie alle."

Sie zwang sich zu einem Lächeln und gab ihm einen Kuss, bevor sie das Haus verließ.

Als sie zum Auto ging, wurde ihr klar, dass er sich täuschte. Sie erfüllte nicht alle seine Anforderungen. Sie wollte Kinder und das laute, glückliche Chaos, das Kinder mit sich brachten.

Als sie mit Brandon schwanger gewesen war, war sie vielleicht noch nicht dafür bereit gewesen. Aber jetzt war sie es.

Sie hatte zwölf Jahre gebraucht, um endlich zu begreifen, dass sie sich ihre damalige Entscheidung vergeben musste und endlich glücklich werden durfte. Sie wusste jetzt, was sie wollte. Wenn Josh nicht die gleichen Dinge wollte wie sie – dann war er eben nicht der Richtige.

Leichter gesagt als getan, dachte sie traurig, als sie durch die dunkle Nacht fuhr. Er war der wunderbarste Mann, den sie je getroffen hatte. Wie sollte sie je einen besseren finden?

Zwei Tage später starrte Crissy auf die beiden geraden Linien auf den Plastikstäbchen.

Positiv!

Sie war schwanger.

9. KAPITEL

Samstagmorgen verbrachte Crissy mit Rachel und Noelle. Bei der hochschwangeren Noelle konnte es jetzt jeden Moment mit den Wehen losgehen, sodass keiner sie allein lassen wollte.

Crissy beobachtete, wie sie auf ihrem Sitz herumrutschte.

„Ich finde einfach keine gemütliche Position", beschwerte sich Noelle. „Ich möchte das Baby jetzt einfach draußen haben. Es ist mir egal, wie."

Crissy ging zu ihr, kniete sich vor den Fußhocker und nahm die Hand ihrer Freundin. „Ich weiß, dass du dich unwohl fühlst, aber es dauert nur noch ein paar Tage. Beiß dich durch. Es ist es wert. Du wirst schon sehen."

Noelles Augen füllten sich mit Tränen. „Ich weiß. Ich möchte sie nur endlich in meinen Armen halten. Reden wir über etwas anderes. Rachel, wie sieht es mit der Planung für deine Hochzeit aus?"

„Es geht nur sehr langsam voran", berichtete Rachel. „Wir haben noch kein Datum festgelegt, aber es wird definitiv nach der Geburt sein. Ich freue mich so darauf." Ihre Stimme brach ein wenig, als sie sprach, und sie wischte sich die Tränen aus dem Gesicht. Noelle sah auch aus, als ob sie weinen würde.

„Bin ich die Einzige hier, die die Vernünftige ist?", fragte Crissy besorgt. „Lasst uns über etwas reden, das nichts mit Emotionen zu tun hat."

Rachel trocknete die Tränen. „Tut mir leid. Du hast recht. Es muss schwierig sein für dich. Dieses ganze Schwangerschaftsgetue. Du bist immer für uns da gewesen. Wie können wir dir je dafür danken?"

Crissy öffnete den Mund, schloss ihn aber gleich wieder. Um ehrlich zu sein, hatte sie die letzten Tage im Land des Vergessens und der Verleugnung zugebracht.

Die Schwangerschaftstests hatten ihr zwar die Wahrheit gezeigt, aber die wollte sie noch nicht akzeptieren. Also hatte sie sie einfach ignoriert. Sie wusste immer noch nicht, was sie davon halten sollte.

Eigentlich wäre sie am liebsten vor Freude in die Luft gesprungen. Aber war das nicht völlig verrückt. Ein Baby? Sie hatte keine Ahnung davon, was es bedeutete, Mutter zu sein. Und dann war da noch das kleine Problem mit Josh, aber daran wollte sie jetzt nicht denken.

„Crissy?"

Sie blickte auf und sah, dass Noelle und Rachel sie aufmerksam beobachteten.

„Was ist los? Ist irgendwas mit Brandon?“, wollte Noelle wissen.

„Oder mit Josh?“, fügte Rachel hinzu.

„Ich …“

„Du hast Geheimnisse“, stellte Rachel enttäuscht fest.

„Es ist einiges passiert. Ich habe bis jetzt nichts erzählt, weil ich versucht habe, die Tatsachen zu ignorieren.“ Sie holte tief Luft. „Brandon weiß, dass ich seine leibliche Mutter bin.“

Noelle schaute sie fragend an. „Wie das?“

Crissy erzählte von Hopes Asthmaanfall und wie sie, Crissy, zu den Daniels gefahren war, um auf die Kinder aufzupassen.

„Er hat einfach gefragt“, sagte sie. „Ich wusste wirklich nicht, was ich sagen oder erklären sollte. Später, als ich mich mit Abbey darüber unterhielt, meinte sie, alles sei gut gelaufen und dass es Brandon gut gehe. Ich hoffe, dass sie recht hat.“

Rachel strahlte. „Dann weiß er also, dass du seine Mutter bist.“

Crissy lächelte. „Ja. Es ist schon merkwürdig. Ich habe all die Jahre vermieden, an ihn zu denken. Aber jetzt, nachdem ich ihn getroffen und gespürt habe, welche Verbindung zwischen uns besteht, möchte ich mehr. Ich möchte ein Teil seiner Welt sein.“

„Das ist doch wunderbar“, meinte Rachel. „Du solltest dich freuen.“

„Das tue ich auch, zumindest über diesem Punkt. Aber da gibt es noch etwas.“ Crissy holte tief Luft. Wie sollte sie das mit Josh erklären. „Ich … na ja. Es gibt noch andere Komplikationen … nicht nur Brandon.“

„Ich dachte, du magst Josh?“, hakte Noelle nach. „Oder nicht?“

„Doch. Sogar sehr. Er ist ein wundervoller Mann. Aber er liebt immer noch Stacey."

„Das kannst du nicht wissen", sagte Noelle entschieden.

„Er war mit niemandem intim seit Staceys Tod. Das ist jetzt vier Jahre her. Meint ihr nicht, dass das ein wenig zu viel Trauer ist?"

„Aber er ist jetzt mit dir zusammen", sagte Noelle. „Das muss doch etwas zu bedeuten haben."

„Das tut es auch ..."

„Aber?", hakte Rachel nach.

„Mein Instinkt warnt mich, dass dieser Mann gefühlsmäßig nicht bei der Sache ist. Ich glaube, er liebt seine verstorbene Frau noch immer", erklärte Crissy.

„Bist du denn bereit, ihn gehen zu lassen?", fragte Rachel.

Crissy schüttelte den Kopf. „Dafür ist es schon zu spät. Aber was ist, wenn er mich einfach nicht lieben kann?"

„Du gehst gerade vom schlimmsten Szenario aus", sagte Rachel. „Vielleicht solltest du ihm erst eine Chance geben, bevor du so hart mit ihm ins Gericht gehst."

„Er möchte keine Kinder."

„Was?", rief Noelle aufgebracht. „Das kann nicht sein. Er arbeitet mit Kindern."

„Ich weiß, aber er hat es mir gesagt, als ich ihn gefragt habe, warum er und Stacey keine Kinder hatten. Er meinte, dass sie keine haben konnte und er nie welche wollte."

„Oh, jetzt versteh ich", schaltete Rachel sich ein. „Er hat sich wahrscheinlich nie Gedanken um Kinder gemacht. Dann kam Stacey, die keine Kinder haben konnte, und er wollte ihre Gefühle nicht verletzen."

Das war genau das, was Crissy gern glauben wollte. „Ich weiß nicht, wie ich die Wahrheit über Josh herausfinden soll. Falls er aber wirklich keine Kinder will, ist das theoretisch für mich ein Trennungsgrund."

„Theoretisch?“ Rachel schaute sie an. „Du würdest also ernsthaft in Erwägung ziehen, seinetwegen auf Kinder zu verzichten?“

„Eigentlich nicht. Es gibt da noch ein Problem.“ Crissy holte tief Luft. „Ich bin schwanger.“

Ihre beiden Freundinnen starrten sie ungläubig an.

Rachel erholte sich zuerst von ihrem Schock. „Du kriegst ein Baby? Das ist wunderbar. Ich freue mich so für dich. Ich kann nicht glauben, dass wir alle drei gleichzeitig schwanger werden. Das gibt es doch nicht.“

Crissy umarmte ihre Freundin.

Noelle schniefte. „Ich komm’ nicht hoch. Ihr müsst zu mir kommen.“

Beide liefen zu dem großen Sessel, wo sie sich alle drei umarmten.

„Bist du glücklich?“, wollte Noelle wissen.

Ein Lächeln breitete sich auf Crissys Gesicht aus. „Ich freu mich sehr. Ich bin ein wenig überrascht, aber sehr, sehr glücklich. Dieses Mal fühle ich mich bereit dafür.“

„Aber“, sagte Rachel, „was ist mit Josh?“

„Tja, da ist das Problem mit Josh.“

„Vielleicht ist alles nur ein Missverständnis“, schlug Noelle vor. „Vielleicht hat er ja nur davon gesprochen, wie er das früher empfunden hat. Damals mit Stacey.“

„Das werde ich nicht wissen, bis wir uns darüber unterhalten haben“, sagte sie.

„Es wird alles gut. Du wirst schon sehen“, tröstete sie Rachel.

„Er wird seine Meinung bald ändern“, pflichtete ihr Noelle bei. „Er ist einer von den Guten.“

Crissy konnte nur hoffen, dass ihre Freundinnen recht behielten.

Drei Tage später dachte Crissy, dass sie sich wie ein absoluter Feigling benahm. Das war überhaupt nicht ihre Art. Sie war Josh aus dem Weg gegangen. Sie hatte Angst, dass sie die Wahrheit einfach hinausposaunen würde, wenn sie länger mit ihm Zeit verbrachte.

Allerdings war es ziemlich dumm von ihr, ihn weiter zu meiden. Entschlossen griff sie nach dem Telefonhörer und rief in seinem Büro an.

„Hi“, sagte sie, als die Empfangsdame den Anruf entgegennahm. „Crissy Phillips hier. Ich bin eine Freundin von Josh. Ich meine, Dr. Daniels. Ich habe mich gefragt, wie wohl sein Terminplan heute aussieht. Hat er die Mittagspause frei?“

„Oh, Sie sind das!“, quiekte die Frau erfreut. „Ich kann es nicht fassen, dass Sie anrufen. Wir konnten es ja gar nicht glauben, als Dr. Daniels uns gesagt hat, dass er jemanden kennengelernt hat. Endlich. Das ist ja so aufregend. Sie müssen unbedingt vorbeikommen. Ich weiß nicht, ob er Zeit für eine lange Pause hat, aber sicherlich doch für ein paar Minuten.“

Er redete über sie? Mit seiner Belegschaft? Das bedeutete offensichtlich, dass sie ihm wichtig war. Zumindest wollte sie es so sehen.

„Das klingt gut“, sagte sie. „Dann komme ich gleich vorbei.“

„Das freut mich. Es wird ihm sicher guttun. Er hatte einen ziemlich schwierigen Morgen.“

„Danke für die Information“, sagte sie. „Ich bin dann so in zwanzig Minuten da.“

Crissy parkte auf der anderen Straßenseite und ging hinüber in die Praxis. Alles war sehr hell und bunt. Sie ging zum Empfangstresen, wo ihr schon eine Frau entgegenlächelte.

„Oh mein Gott! Sie sind Crissy, oder? Ich bin Natalie. Ich freue mich so sehr, Sie endlich kennenzulernen!“ Dann drehte

Natalie sich um und rief laut: „Mädels! Sie ist da. Los, kommt schon!"

Drei weitere Frauen kamen nach vorn. Sie stellten sich so schnell vor, dass Crissy die Gesichter und die Namen gar nicht gleich zuordnen konnte.

„Wie schön, Sie kennenzulernen. Ich gebe Dr. Daniels gleich Bescheid, dass Sie da sind", sagte Natalie. „Sie können in seinem Sprechzimmer warten."

Crissy folgte der Krankenschwester in das große Eckzimmer. Hier waren die Farben eher gedämpft, aber der Raum war immer noch hell und offen. Anstatt der normalerweise üblichen Zertifikate und Zeugnisse an der Wand hingen dort Poster mit lauter Tieren.

Einen Moment nachdem sie den Raum betreten hatte, ging die Tür wieder auf, und Josh kam herein.

„Ich habe gehört, dass du hier bist", sagte er und griff nach ihrer Hand.

„Ich war gerade in der Gegend und dachte, ich sehe mal kurz vorbei. Wie geht es dir?" Während sie die Frage stellte, blickte sie ihm gleichzeitig tief in die Augen und erkannte die Schatten auf seiner Seele. „Schon gut", meinte sie. „Ich sehe, dass etwas Schlimmes passiert ist."

„Ein Patient", gab er traurig zu. „Er war gerade mal zwei Jahre alt. Das ist einfach nicht fair."

„Du hast alles getan, was du konntest", tröstete sie ihn und wusste, dass es so war.

Er drückte ihre Hand fester. „Ich muss noch mehr tun. Aber ich kann einfach nicht alle retten."

Ihr Herz zog sich zusammen. „Das erwartet doch auch niemand."

„Matts Mutter schon. Sie hat voller Hoffnung in diesem Raum gesessen und mich um ein Wunder gebeten. Ich hatte aber kein Wunder zur Hand."

Crissys Augen füllten sich mit Tränen.

„Ich war bis zum Schluss bei ihnen. Wir haben ihn beide im Arm gehalten, und irgendwann hat er uns verlassen." Er starrte an die Wand. „Ihm hat das Poster von den Meerkatzen am besten gefallen."

Wie konnte er das nur jedes Mal aufs Neue durchleben? Welchen Preis zahlte er dafür, dass er seinen Patienten so viel von sich gab? Erinnerte ihn jedes Kind, das er verlor, an Staceys Tod? Nachdem er so lange durch die Dunkelheit gewandert war, gab es da überhaupt noch Licht für ihn?

Er ließ Crissys Hand los und trat einen Schritt zurück. „Ich weiß, warum du mir aus dem Weg gegangen bist", sagte er tonlos. „Ich bin manchmal einfach zu heftig. Die letzten fünf Minuten waren das beste Beispiel dafür. Ich mache dir Angst und kann es sehr gut nachvollziehen, dass du vor mir wegläufst."

„Ich habe nicht vor wegzulaufen", sagte sie leise. „Es sei denn, du willst es so."

„Was? Nein. Crissy, mein Job ist manchmal der beste auf der Welt, und manchmal ist er die absolute Hölle. Ich kann mich von dem, was ich tue, nicht distanzieren. Manchmal möchte ich mich in mir selbst verkriechen und nie wieder etwas fühlen oder mir um jemanden Sorgen machen müssen. Aber ich kann meine Gefühle nicht verleugnen, weder für die Kinder noch für dich. Ich kann nicht aufhören, an dich zu denken, und Gott weiß, dass ich es probiert habe."

Das hörte sich wunderbar an. Es gab ihr Hoffnung.

„Ich komme damit zurecht", erklärte sie mutig.

„Bist du sicher?"

Sie nickte.

„Ich möchte dich in diese Abgründe nicht mit hinunterziehen", sagte er. „Da unten fühlt es sich nicht besonders gut an."

„Vielleicht solltest du dort weniger Zeit verbringen."

„Das wird automatisch so sein, wenn ich mit dir zusammen bin."

„Gut. Ich hatte daran gedacht, heute ein unschlagbares und wirklich delikates Abendessen zu bestellen. Möchtest du mir Gesellschaft leisten?"

Er beugte sich vor und küsste sie mit einer Leidenschaft, die ihr den Atem stocken ließ. Und das vor den Meerkatzen!

„Gegen sieben?", fragte er schließlich.

„Was? Oh, heute Abend. Ja. Sieben Uhr klingt gut."

Josh traf ein paar Minuten vor sieben bei Crissy ein. Das Verlangen, sie zu sehen, war einfach zu stark gewesen. Mit ihr in der Nähe war das Leben einfach schöner.

Sie öffnete die Tür, bevor er die Möglichkeit hatte zu klopfen, und winkte ihn herein.

„Ich habe was Chinesisches bestellt", sagte sie anstatt einer Begrüßung und deutete in Richtung des Wohnzimmers. „Erinnerst du dich an mein Haus, oder möchtest du eine kleine Führung?"

Er musste lächeln. „Ich erinnere mich noch an jedes Detail."

Sie gingen in die Küche, und Josh setzte sich auf einen der Barhocker.

„Ich habe heute Mittag mit Abbey gesprochen", erzählte Crissy, während sie das in Kartons verpackte chinesische Essen aus dem Kühlschrank holte. „Brandon geht es sehr gut. Wir haben uns darüber unterhalten, dass ich vielleicht mal einen Tag mit ihm verbringen könnte. Oder zumindest einen Nachmittag. Allein. Nur wir zwei." Sie biss sich auf die Lippe. „Schon der bloße Gedanke jagt mir Angst ein. Was meinst du? Kann ich das?"

„Das packst du mit links."

„Das hoffe ich."

Sie redete weiter, aber Josh hörte gar nicht mehr zu. Während er sie beobachtete, wurde ihm bewusst, dass er nicht wegen des Essens gekommen war. Auch nicht, um mit ihr zu schlafen, obwohl er, was das anging, für heute große Pläne hatte.

Nein, er war hier, weil er sie brauchte. In ihrer Nähe fühlte er sich wieder lebendig. Sie war das Licht und das Lachen, und er war es müde, in der Dunkelheit zu leben.

10. KAPITEL

„Drei Stunden", klagte Crissy und versuchte, sich ihre Panik nicht anmerken zu lassen. Drei lange Stunden? Das war doch eine halbe Ewigkeit!

Sie war zu Rachel gefahren, um mit ihr darüber zu beraten, was sie bei ihrem ersten gemeinsamen Nachmittag mit ihrem Sohn Brandon machen sollte.

„Ich habe mir gedacht, ich gehe mit ihm in einen dieser Vergnügungsparks. Der, der mir am besten gefällt, hat ein Laserdrom, Videospiele, Autoskooter, Gokarts und Minigolf." Sie hielt inne und zog eine Grimasse. „Wenn wir genug ausprobiert haben, gehen wir Pizza essen. Und danach könnten wir noch bei einem Baseball-Übungsplatz anhalten, damit wir Brandon für die nächste Saison fit bekommen."

Rachel starrte sie nur an und lachte lauthals. „Ist das alles? Wie wäre es noch mit einem Kinofilm?"

Daran hatte Crissy noch gar nicht gedacht. „Meinst du, das schaffen wir in der Zeit?"

„Nein, natürlich nicht, du verrückte Nuss. Wir reden hier von drei Stunden. Die vergehen wie im Flug."

„Ich habe noch nie längere Zeit mit ihm verbracht. Wir haben uns kaum unterhalten. Und jetzt weiß er auch noch, dass ich seine leibliche Mutter bin. Davor war ich bloß eine Erwachsene. Jetzt geht es um mehr. Er wird Erwartungen haben, und ich weiß nicht, welche das sind. Was ist nun, wenn ich ihn enttäusche? Was ist, wenn er mich dann hasst?"

„Warum sollte er? Du bist toll." Abbey schüttelte den Kopf.

„Und worüber soll ich mit ihm reden? Ich weiß nichts über ihn. Zumindest nicht viel."

„Dann frag ihn doch aus", sagte Rachel.

„Du bist viel zu rational."

„Das ist die Aufgabe einer Freundin."

„Ich bekomme keine Luft. Ich kann nicht klar denken. Ich kriege gleich eine Panikattacke."

Später, als Crissy zu ihrem Auto ging, versuchte sie, positiv zu denken, aber es gelang ihr nicht. Es gab so viele Stolperfallen. Sie brauchte einen besseren Plan.

Als sie dann auf der Schnellstraße unterwegs war, kam ihr auf einmal die zündende Idee: Sie aktivierte die Freisprechanlage ihres Handys und wählte eine Nummer.

„Hallo?"

Die tiefe männliche Stimme ließ sie lächeln. „Hi Josh. Was machst du am Samstagnachmittag?"

„Nicht viel. Aber triffst du dich da nicht mit Brandon?"

„Ja. Wir werden in einen dieser Vergnügungsparks gehen. Da gibt es ein Laserdrom, Gokarts, Videospiele, und man kann Pizza essen. Klingt gut, oder?"

„Bist du an meiner Meinung interessiert oder daran, ob Brandon das gefallen würde?"

„Beides. Ich dachte, es wird vielleicht für alle angenehmer, wenn du mitkommst."

„Dachtest du dir?"

„Ja. Ich weiß nämlich zufällig, dass du mich unglaublich sexy findest, und es würde auch eine Belohnung für dich herausspringen. Eine schöne Belohnung."

„Okay. Du hast gewonnen. Um wie viel Uhr?"

Crissy fühlte sich, als ob ein ganzer Schwarm Schmetterlinge in ihrem Bauch herumflattern würde. Sie hätte das Gefühl gern auf die morgendliche Übelkeit geschoben, aber bis jetzt hatte sie keinerlei Probleme mit der Schwangerschaft.

Sie parkte vor Abbeys und Petes Haus. Noch bevor sie die kleine Veranda erreicht hatte, ging auch schon die Haustür auf, und Brandon kam heraus.

Er sah so nervös aus, wie sie sich fühlte. Aber sie erkannte auch die Freude in seinen Augen und seine Unsicherheit. Zumindest das hatten sie gemeinsam.

„Hey", rief sie. „Bist du bereit für unser kleines Abenteuer?"

„Klar."

Sie starrten sich einen langen Moment an. Beiden war etwas unbehaglich zumute. Da sie nicht wusste, was sie sonst tun sollte, reichte sie ihm die Hand.

Brandons Erleichterung war ihm anzusehen. Er nahm die angebotene Hand und schüttelte sie.

Komisch, dachte sie. Aber ein Anfang.

Die Haustür öffnete sich erneut, und Josh trat auf die Veranda.

„Hi", sagte er, als ihre Blicke sich trafen.

„Hi."

Sein Lächeln sagte ihr, dass er sie vermisst hatte.

Sie liebte diesen Mann, dachte sie in dem Moment. Das Gefühl hatte sich so langsam entwickelt, und sie war von Brandon so abgelenkt gewesen, dass sie es nicht früher bemerkt hatte. Aber sie liebte ihn. Er war der Mann, auf den sie ihr ganzes Leben gewartet hatte.

Aber was, wenn er von dem Baby erfuhr? Würde alles gut werden, oder würde sie ihr Kind allein großziehen müssen?

„Onkel Josh kommt mit", erklärte Brandon. „Das ist doch okay, oder?"

„Das ist eine tolle Idee", stimmte Crissy zu und nahm sich

vor, im Moment nicht weiter über Josh nachzudenken. Stattdessen würde sie sich auf heute konzentrieren und auf die Zeit mit ihrem Sohn. „Zu dritt können wir beim Lasergame eine eigene Mannschaft bilden."

Seine Augen wurden ganz groß. „Wir gehen ins Laserdrom?" Brandon liebte dieses Spiel, bei dem man mit Laserwaffen in einer künstlichen Landschaft gegen andere Teams antrat.

„Oh ja. Ich glaube, wir werden es denen ganz schön zeigen. Was meinst du?"

„Ich bin dabei."

„Cooles Auto", meinte Brandon ehrfürchtig, als Crissy den BMW 330i abschloss. „Es war ein Geschenk von mir an mich. Eine Art Belohnung, dass mein Geschäft so gut läuft."

„Ganz schön viele PS", sagte er und hörte sich eher wie sechzehn an als wie zwölf.

„Mach dir keine Hoffnungen", bemerkte Josh, packte den Jungen spielerisch am Nacken und rieb die Knöchel über seinen Kopf. „Es dauert noch eine Weile, bis du Auto fahren darfst."

„Aber wenn ich alt genug bin, kann ich mir vielleicht das Auto leihen. Ich bin sehr verantwortungsbewusst", sagte Brandon mit einem Grinsen. „Du musst nur meine Mom fragen." Das Lächeln verschwand. „Äh ... meine andere Mom."

Na toll. Sie waren noch gar nicht losgefahren, und schon hatte es die erste unangenehme Situation gegeben.

Crissy legte eine Hand auf seinen Arm. „Brandon, Abbey ist deine Mutter. Sie wird immer deine Mutter sein. Ich bin Crissy. Es sei denn, du hast einen besseren Namen für mich." Sie hielt kurz inne. „Er muss mir natürlich gefallen."

Die Belohnung war ein süßes Lächeln. „Okay. Crissy passt fürs Erste."

Sie gingen in den Park, und nach einer langen Diskussion, womit sie anfangen sollten, fiel die Entscheidung für das Laserdrom. Sie bekamen Westen, Schutzbrillen, Laserpistolen und natürlich eine Karte.

Als sie sich endlich in den abgedunkelten Korridoren des Laserdrom befanden, war Crissy auf einmal Feuer und Flamme. Sie wollte die höchste Punktzahl erreichen.

Zielbewusst marschierten sie los und blieben eng zusammen. Der Gang gabelte sich in drei Richtungen. „Rechts", schrie Crissy, weil sie im Augenwinkel eine Bewegung gesehen hatte.

Josh und Brandon fuhren herum und feuerten. Crissy drehte sich instinktiv zur anderen Seite und schoss auf einen weiteren Angreifer.

Zwanzig Minuten später steckten sie ihre Köpfe über der Spielauswertung zusammen. Ihr Team hatte mehr als doppelt so oft getroffen wie die anderen.

„Unsere Gegner waren ja nicht allzu schwierig zu schlagen", meinte Crissy. „Brandon, du warst toll. Schau nur, wie oft du geschossen und getroffen hast. Du liegst bei über achtzig Prozent. Josh, du bist gerade mal bei sechzig Prozent."

„Ich habe andere Talente", murmelte er und nahm ihr das Blatt aus der Hand. „Und was ist mit dir, du vorlautes Weib? Du glaubst wohl, du bist die Allerbeste und ... oh ..."

Brandon grinste. „Siehst du, Onkel Josh. Sie ist uns total überlegen. Mensch, Crissy, du hast öfter getroffen als ich."

„Ich verliere nicht gern", meinte sie. „Bei einem Wettkampf ist nicht mit mir zu spaßen."

„Sieht ganz so aus", stimmte Josh ihr zu. „Ich finde, es ist Zeit, das Gleichgewicht wiederherzustellen. Jetzt spielen wir ein Spiel, bei dem ein Arzt geradezu gewinnen muss. Ein Spiel, das Geschick und Geduld erfordert. Ich verfüge über beides."

„Wovon redet er?", fragte Brandon.

„Golf“, seufzte sie. „Oder in diesem Fall Minigolf.“

Zwanzig Minuten später hatte Josh seine Drohung wahr gemacht. Er war sehr viel besser als die beiden anderen.

„Da können wir natürlich nicht mithalten. Ärzte und Golf. Pah!“, sagte Crissy zu Brandon. „Wollen wir nicht lieber etwas anderes spielen?“

Josh klopfte ihr leicht auf die Schulter. „Leider nein. Wir bleiben dabei, bis die Runde beendet ist. Eine Runde, die du, wenn ich das anmerken darf, gerade verlierst.“

„Ich hasse Minigolf. Es ist total blöd.“

Brandon grinste frech. „Komm schon, Crissy. Du musst lernen, wie man mit Anstand verliert.“

Crissy war so nervös gewesen, wie es sein würde, mit Brandon Zeit zu verbringen, aber jetzt lief alles hervorragend.

Es ist wirklich leicht, mit ihm auszukommen, dachte sie. Er ist so ein humorvoller, lustiger, intelligenter Junge. Ihr Junge.

Plötzlich zog sich alles in ihr zusammen. Ein Gefühl tiefer Wehmut überkam sie. Wenn doch nur …

Sie schüttelte den Kopf. Wenn nur was? Wenn sie nur Brandon behalten hätte? Er wäre wahrscheinlich heute nicht derselbe charismatische Junge. Er wäre jemand anders. Wie er sich entwickelt hatte, lag allein an Petes und Abbeys gutem Einfluss. Sie hatten so viel für ihn getan. Sie würde ihnen für immer dankbar sein.

Er bemerkte, wie sie ihn anblickte, und lächelte. Und Crissy lächelte zurück.

Die restliche Zeit flog nur so vorbei. Als Crissy auf die Uhr schaute, konnte sie nicht glauben, dass sie schon zehn Minuten Verspätung hatten. Sofort rief sie Abbey an, die hocherfreut war, dass der Nachmittag so gut verlaufen war. Dann trommelte Crissy ihre Männer zusammen, und gemeinsam machten sie sich auf den Heimweg.

Als sie das Haus erreichten, sprang Brandon als Erster aus dem Auto.

„Das hat Spaß gemacht", sagte er. „Können wir das wieder mal machen?"

„Aber klar."

Er rannte um das Auto herum und warf die Arme um Crissy. Sie umarmte ihn ebenfalls, langsam und vorsichtig. Er war groß für sein Alter und dünn. Nur Haut und Knochen. Kein kleiner Junge mehr, aber immer noch ihr Kind. Ein Feuerwerk der Gefühle durchfuhr ihren Körper – aber die meisten waren positiv. Es gab nur einen kleinen traurigen Beigeschmack, weil sie so vieles verpasst hatte. Dann löste Brandon sich auch schon von ihr und rannte ins Haus.

„Alles okay?", erkundigte sich Josh.

Crissy nickte und musste dann blinzeln. „Ich werde nicht weinen. Ich bin ja gar nicht traurig. Ich bin glücklich. Es war einfach nur ein langer Tag."

„Er mag dich."

„Ich mag ihn auch. Danke, dass du uns begleitet hast", sagte Crissy. „Ich hatte solche Angst."

Josh trat näher und küsste sie auf die Stirn. „Du machst das toll. Vertrau deinen Instinkten."

„Das werde ich."

Er riskierte einen Blick auf die Uhr. „Ich muss noch beim Krankenhaus vorbeifahren. Ich möchte nach ein paar meiner Kinder sehen. Was wirst du machen?"

„Ich bedanke mich noch bei Abbey. Und dann fahre ich nach Hause."

„Ich ruf dich später an."

„Das wäre schön."

Als er weg war, ging Crissy zum Haus und klopfte. Abbey ließ sie hinein.

„Brandon hört gar nicht mehr auf zu erzählen, wie toll der Tag war. Du hast einen neuen Fan."

Crissy umarmte Abbey. „Das ist allein dein Verdienst. Ich kann dir gar nicht genug danken. Du hast dich wunderbar verhalten."

Abbey erwiderte die Umarmung und winkte Crissy dann in die Küche. „Danke für das Lob, das nehme ich gern an. Aber es war wirklich nicht so wild. Ich habe nur getan, was jeder tun würde."

Sie wusch sich die Hände, rieb sie mit Mehl ein und begann, Teig zu kneten.

Crissy hatte schon davon gehört, wie man Brot backt, es aber noch nie selbst gesehen. „Du machst das öfter, oder?"

„Ein paar Mal die Woche. Das ist meine Art zu entspannen."

„Ich gehe joggen oder esse Eiscreme."

„Bei der Eiscreme könnte ich mich anschließen. Joggen allerdings …" Abbey hielt inne, runzelte die Stirn und schüttelte dann den Kopf. „Nein. Ich bin noch nie in meinem Leben joggen gewesen. Und ich habe auch nicht vor, das zu ändern."

„Ich habe eine Frage", sagte Crissy und überlegte, ob sie im Begriff war, zu persönlich oder unhöflich zu sein. „Aber du musst sie nicht beantworten, wenn du nicht möchtest."

„Das hört sich spannend an", neckte Abbey. „Da mein Leben nicht allzu spannend ist, gehe ich davon aus, dass die Frage nicht mich betrifft."

„Es geht um Josh."

„Und?"

Crissy blickte sie an. „Er ist wundervoll zu seinen Patienten. Ich habe beobachtet, wie er mit ihnen umgeht. Er ist toll zu deinen Kindern. Aber als er und ich uns neulich unterhielten, hat er gesagt, dass er keine eigenen Kinder möchte."

Abbey seufzte. „Hat er das?"

Crissy nickte.

„Ich bin jetzt mal richtig gemein", erwiderte Abbey. „Dass er keine Kinder will, stammt noch aus der Zeit mit Stacey. Sie konnte keine Kinder bekommen. Als Josh es mir erzählte, dachte ich nur, wie sehr uns das verbindet. Weißt du, eine gemeinsame Erfahrung oder ein Erlebnis, das einen einander näherbringt."

„Ihr habt euch nicht besonders nahegestanden?"

Abbey zögerte. „Eigentlich nicht. Ich konnte nicht ... Sagen wir einfach, Stacey war nicht gerade meine beste Freundin."

„Tatsächlich? Ich dachte schon, sie wäre eine Heilige oder so was Ähnliches. Josh hat sie kennengelernt, als sie kranke Kinder in der Klinik besuchte."

„Hysterische Tussi würde eher zutreffen", murmelte Abbey. „Okay, vergiss den letzten Satz. Stacey hat in ihrem Leben viel durchmachen müssen. Genug, um ein bisschen verrückt zu werden. Aber sie hat es einfach übertrieben."

Abbey verzog das Gesicht. „Ich weiß, das klingt alles nicht besonders nett. Stacey hat so viel in ihrem Leben ertragen müssen. Sie hat furchtbar gelitten, und am Ende ist der Krebs doch zurückgekommen und hat sie umgebracht. Es ist nur ... es ist, als ob ..." Sie blickte Crissy an. „Ich komme bestimmt dafür in die Hölle, aber es war fast so, als ob sie froh war, als der Krebs zurückkam. Als Beweis dafür, dass sie immer recht gehabt hatte."

„Und was hatte Josh über Staceys Verhalten gesagt?", wollte Crissy wissen.

„Er ist ein Mann." Abbey rollte mit den Augen. „Er war total verliebt in ihre zarte Seele und ihre Verletzlichkeit. Jeder Moment war etwas Besonderes, da es ja der Letzte sein konnte. Ganz ehrlich? Es hat mich verrückt gemacht. Bevor Stacey in seinem Leben aufgetaucht ist, hat Josh nie gesagt, dass er keine Kinder will. Aber dann hieß es auf einmal, er hätte nie Kinder haben wollen. Alles drehte sich nur um diese Frau."

Crissy versuchte, Abbeys Worte zu verdauen. „Ich weiß nicht, was ich jetzt denken soll. Ich hatte mich schon gefragt, ob seine Einstellung etwas mit Stacey zu tun hat, aber macht das jetzt die Sache besser oder schlimmer? Ist es ein Verrat an Stacey, wenn er zugibt, sich Kinder zu wünschen? Und falls das so ist, wird er es zulassen?"

„Ich weiß es nicht", gab Abbey zu. „Aber da du diese Frage stellst, nehme ich an, dass es ernst wird mit euch beiden."

„Ein wenig … vielleicht. Ich mag ihn. Er ist ein toller Mann. Ich möchte daran glauben, dass wir eine gemeinsame Zukunft haben."

„Das ist wunderbar. Ich hatte gehofft, dass aus euch beiden ein Paar wird."

Crissy lächelte kurz, dann wurde sie wieder ernst. „Aber es gibt so viele Schwierigkeiten. Seine Arbeit, seine Vergangenheit, die Kinder-Geschichte. Ich wünsche mir nun mal eine Familie."

„Ich glaube wirklich, dass es ihm auch so geht", tröstete Abbey sie. „Die große Frage ist nur, ob er es sich selber gegenüber zugibt. Ich kenne die Antwort nicht. Die gute Nachricht ist, dass du Zeit hast."

Weniger, als sie dachte. Crissy wollte es Josh nächste Woche erzählen.

„Was ist los?", fragte Abbey. „An was denkst du?"

„Es ist nicht wichtig."

„Es sah aber wichtig aus. Bin ich zu neugierig?"

„Nein, aber ich möchte dich da nicht mit hineinziehen."

„In was … Oh. Du und Josh. Aber in was denn?" Ihre Kinnlade fiel runter. „Oh! Du bist … bist du schwanger?"

Crissy wusste nicht, ob sie sich freuen sollte, dass Abbey es erraten hatte. „Du musst das noch eine Weile für dich behalten. Zumindest, bis ich es ihm verrate."

Abbey strahlte. „Du bist schwanger! Das ist ja wundervoll."

„Ich bin mir nicht so sicher", gab Crissy zu. „Ich meine,

ich freue mich riesig über das Baby. Ich möchte so gern eine Familie haben. Aber jetzt? So? Ich weiß nicht, was Josh davon halten wird."

„Mach dir darüber keine Sorgen. Er wird sich freuen."

Crissy war sich da nicht so sicher.

„Und dann ist da auch noch Brandon. Was wird er nur denken, wenn er herausfindet, dass ich schwanger bin und dieses Mal das Baby behalte?"

Abbey seufzte. „Daran habe ich noch gar nicht gedacht. Wir werden mit ihm darüber reden, und ich bin mir sicher, er wird es verstehen. Er mag dich wirklich."

Wie lange wohl noch? „Ich wollte niemandem Probleme machen."

„Ein Baby ist nie ein Problem", erklärte Abbey. „Es ist ein Wunder. Gib Josh eine Chance. Vielleicht wird er dich ja positiv überraschen."

„Das hoffe ich."

Sie unterhielten sich noch für ein paar Minuten. Aber dann musste Crissy gehen. Sie war kaum um die nächste Ecke gefahren, da klingelte ihr Handy.

„Hallo?"

„Crissy? Ich bin's, Dev. Wir sind im Krankenhaus. Noelle bekommt ihr Kind."

Rachel und ihr Verlobter Carter waren schon im Wartezimmer, als Crissy eintraf. Sofort kam ihre Freundin auf sie zugelaufen. „Es ist beinah so weit. Man hat sie schon in den Kreißsaal geschoben. Sie sah gut aus, und es ist anscheinend gar nicht so schlimm." Rachels Finger gruben sich in Crissys Arm. „Sag mir, dass es nicht so schlimm ist."

Carter nahm ihre freie Hand. „Na, komm schon. Entspann dich. Es dauert noch eine ganze Weile, bis du dein Baby bekommst. Es wird alles gut werden."

Rachel schaute zu Crissy. „Erinnerst du dich noch an Brandons Geburt?“

„Kaum. Es ging sehr schnell.“

„Es wird alles gut“, murmelte Rachel vor sich hin. „Es wird alles gut. Es wird alles gut werden.“

Carter schaute Crissy an und formte mit den Lippen das Wort „Hilfe“.

Crissy nickte und nahm Rachels Arm. „Komm mit. Lass uns einen kleinen Spaziergang machen.“ Bis sie die Säuglingsstation erreichten, lenkte sie ihre Freundin mit allen möglichen Themen ab. Dort angekommen, berührte Rachel die Glasscheibe, die sie von den Neugeborenen trennte.

„Schau sie nur an. Sie sind so wunderschön. Oh, ich möchte auch ein Baby.“

Ich auch, dachte Crissy. „Du wirst bald eins haben. Nur noch ein paar Monate.“

Rachel legte eine Hand auf ihren Bauch und sagte lächelnd: „Beeil dich, kleiner Fratz. Wir möchten dich bald sehen.“

„Besser?“, fragte Crissy.

„Viel besser. Die Panik ist komplett weg.“

In dem Moment kam Carter um die Ecke gerannt.

„Das Baby ist da. Es ist ein Mädchen. Und beiden geht es gut. Noelle lässt euch ausrichten, dass ihr bitte sofort kommen sollt, sobald sie in ihr Zimmer zurückgebracht wird. Dann könnt ihr die kleine Mindy begutachten.“

Es war früher Abend, als Crissy ihren Wagen vor Joshs Haus parkte. Die beiden hatten vor einer Weile telefoniert, und sie hatte ihm von dem Baby erzählt. Daraufhin hatte er sie zum Abendessen eingeladen.

„Du siehst glücklich aus“, sagte Josh, als er die Tür öffnete. „Ist mit der neuen Familie alles in Ordnung.“

„Alles perfekt.“ Sie trat ein und küsste ihn. „Noelle hatte

keinerlei Probleme bei der Geburt. Mindy ist bildhübsch und perfekt. Ich hatte keine Ahnung, dass Babys so gut riechen. Ich durfte sie halten und wollte sie gar nicht mehr zurückgeben."

Joshs Gesichtsausdruck änderte sich nicht, und sie fragte sich, was er wohl dachte. Eigentlich sollte sie ihn einfach fragen ... und ihm bei der Gelegenheit auch gleich die ganze Wahrheit erzählen.

„Ich muss dir etwas sagen."

Er ließ sie nicht aus den Augen. „Gut oder schlecht?"

„*Ich* finde es wunderbar. Und ich hoffe, du denkst genauso." Nachdem sie so lange gewartet hatte, wusste sie einfach nicht, wie sie anfangen sollte.

„Crissy?"

„Ja. Wir müssen reden ... Also, es ist so, dass niemand schuld ist daran. Wir sind einfach beide total überrascht worden von dem Moment. Wir hätten uns besser vorbereiten sollen ... haben wir aber nicht. Oh, verdammt. Ich finde einfach nicht die richtigen Worte. Aber ich glaube, das Wichtigste ist, dass ich glücklich bin. Sehr glücklich."

Sie nahm seine Hände in ihre. „Ich bin schwanger, Josh. Es ist in unserer ersten gemeinsamen Nacht passiert. Wir bekommen ein Baby."

11. KAPITEL

Josh starrte Crissy nur an. Er fühlte sich, als befände er sich unter Wasser. Er konnte sich nicht bewegen. Dann packte ihn eine mächtige Welle von Schuldgefühlen. Sie schlug über ihm zusammen, nahm ihm den Atem. Er konnte mit Crissy kein Kind bekommen. Es war falsch. Alles daran war falsch.

Obwohl er die Augen geöffnet hatte, sah er auf einmal Stacey im Zimmer. Den Schmerz in ihren Augen, die Traurigkeit auf ihrem Gesicht. Ein Kind mit einer anderen? Wie konnte er nur?

Die Zeit raste rückwärts, und er fand sich wieder in jenen Wochen vor der Hochzeit. Dreimal hatte er ihr einen Antrag gemacht, und jedes Mal hatte sie ihn abgelehnt.

Irgendwann hatte er sie zur Rede gestellt. „Was in aller Welt ist eigentlich dein Problem?“, hatte er sie frustriert gefragt.

Und sie hatte sich ihm gestellt, die lilablauen Augen voller Tränen. „Ich kann dir keine Kinder schenken“, flüsterte sie. Ihre Stimme war so leise gewesen, dass er sich hatte anstrengen müssen, um sie zu verstehen. „Ich bin körperlich nicht in der Lage, ein Kind auszutragen. Und ein Kind zu adoptieren, finde ich nicht richtig, wenn der Krebs doch jederzeit zurückkehren kann. Du wünschst dir eine richtige Familie, und die kann ich dir nicht bieten. Such dir jemanden, der das kann.“

In diesem Moment hatte er erkannt, dass ihre größte Angst darin lag, wegen ihrer körperlichen Schwächen abgewiesen zu werden.

„Ich möchte keine Kinder.“

Er hatte die Worte ausgesprochen, bevor er nachdenken konnte. Aber sobald sie heraus waren, wusste er, es war die Wahrheit. Sie fühlte sich richtig an.

Er hatte fast zwei Monate gebraucht, um sie davon zu überzeugen. Erst dann, als sie sicher war, sagte sie Ja.

Die Vergangenheit verschwamm, dann war er wieder in der Gegenwart. Er starrte Crissy immer noch an, sah den Ausdruck von Glück und Freude auf ihrem Gesicht.

„Nein“, erklärte er. „Ich möchte kein Kind mit dir.“

Sie schnappte nach Luft und trat unwillkürlich einen Schritt zurück.

„Was zum Teufel hast du dir dabei gedacht?“, fragte er. „Wie hast du das nur tun können? Hast du es geplant? Versuchst du, mich in eine Falle zu locken?“

„Was?“

Endlich verstand er es. Er hätte sich nie mit Crissy auf irgendetwas einlassen oder Gefühle für sie entwickeln dürfen. Er hatte kein Recht dazu.

„Bist du völlig verrückt?“ Zornig starrte sie ihn an. „Wieso in aller Welt sollte ich dich in eine Falle locken? Ich brauche keinen Mann in meinem Leben. Es ist einfach passiert. Erinnerst du dich nicht mehr an unsere erste Nacht? *Du* bist zu mir gekommen, um nachzusehen, wie es mir geht.“

Er wusste, dass sie die Wahrheit sagte – dass seine Anschuldigung vollkommen lächerlich war. Warum wollte er sie dann verletzen?

„Wenn hier jemand irgendwen benutzt hat, dann bist du es“, sagte sie, stützte die Hände in die Hüften und blitzte ihn wütend an.

„Crissy …“, begann er.

„Nein, Josh“, schnitt sie ihm das Wort ab. „Du kannst mir nicht einfach solche Sachen an den Kopf werfen und dann erwarten, dass alles gut wird. Wir bekommen ein Kind. Bedeutet dir das gar nichts?“

„Es bedeutet, dass du endlich kriegst, was du willst. Du bereust es, Brandon fortgegeben zu haben, und jetzt hast du jemanden, der ihn ersetzen kann.“

„Was?“

„Ich gebe gern zu, dass ich für die Schwangerschaft Verantwortung übernehmen muss. Meine Entschuldigung ist, dass ich mich fast zehn Jahre nicht mit Verhütung auseinandersetzen musste. Stacey konnte keine Kinder bekommen. Es war also nie ein Thema. Da ich mit niemandem geschlafen habe, seit sie gestorben ist, habe ich nicht daran gedacht, Kondome zu kaufen. Was ist deine Entschuldigung? Du lebst nicht so enthaltsam. Warum warst du also nicht vorbereitet?"

Sie bekam schmale Lippen. „Ich war es einfach nicht."

„Tolles Argument. Vielleicht denkst du dir mal ein besseres aus. Vielleicht hast du das wirklich als Möglichkeit gesehen, endlich dein Wunschkind zu bekommen. Offenbar ist das hier nur ein Spiel für dich. Aber ich spiele nicht mit."

„Ein Spiel? Das war es nie. So wie ich das sehe, sind wir beide dafür verantwortlich. Du willst keine Kinder? Gut. Dann musst du auch keine haben. Ich brauche dich nicht, um dieses Kind zu kriegen. Fühlst du dich jetzt besser?"

„So einfach ist das nicht." Obwohl es ihm ganz recht gewesen wäre.

„Aber klar ist es das. Ich bin mehr als bereit, eine alleinerziehende Mutter zu sein."

„Und für wie lange? Du bist perfekt darin, vor jeder emotionalen Verantwortung davonzurennen."

Sie zuckte zurück, als ob er sie geschlagen hätte, und wusste, er war zu weit gegangen.

„Ich verstehe es nicht", sagte sie langsam. „Ich dachte, du wärst der wunderbarste Mann, den ich je getroffen habe. Ich dachte, du wärst fantastisch, freundlich und liebevoll. Ich wusste, dass du immer noch Stacey liebst, aber ich dachte, dass du einfach nicht loslassen kannst. Jetzt sehe ich, dass alles nur Fassade war. In Wirklichkeit bist du ein grausamer, egoistischer Bastard. Ich bereue es nicht, schwanger zu sein. Ich möchte dieses Kind. Ich wünschte nur, du wärst nicht der Vater."

Sie griff nach ihrer Handtasche und lief aus dem Haus.

Es war Samstag, und Crissy wusste, dass sie irgendwie ihre schlechte Laune loswerden musste. Schon allein der Gesundheit des Babys zuliebe. Sie fühlte sich verloren und verwirrt, und da war ein Schmerz in ihr, der nicht weichen wollte.

Nachdem sie es irgendwann leid war herumzusitzen und sich den Kopf zu zerbrechen, ging sie in ihr kleines Badezimmer und schlüpfte in ihre Trainingssachen. Sie war fast schon aus der Tür, als das Telefon klingelte. Es war ihr Privatanschluss.

Sie hasste sich dafür, dass Hoffnung in ihr aufkeimte und dass sie Josh Stimme vermisste. Wo waren denn ihr Stolz und ihr Selbsterhaltungstrieb geblieben? Sie lief zum Schreibtisch und nahm den Hörer ab.

„Hallo?"

„Ich bin's, Abbey. Ich hoffe, ich störe nicht, aber hier steht ein gut aussehender junger Mann neben mir, der dich etwas fragen möchte."

„Mama!"

Der empörte Tonfall war nicht zu überhören und brachte Crissy zum Lächeln. Okay, es war zwar nicht Josh, aber trotzdem ein Anruf, über den sie sich freute.

„Ist dir das etwa peinlich?", fragte Abbey fröhlich.

„Das weißt du doch. Du blamierst mich gern."

„Irgendwie schon. Hier ist sie."

„Hey Crissy."

„Guten Morgen", antwortete sie, glücklich, die Stimme ihres Sohnes zu hören. „Wie geht es dir?"

„Gut, aber die Sache ist die: Emma ist heute bei einer Freundin, und Dad geht mit Hope in den Streichelzoo. Hast du nicht Lust, zum Mittagessen zu kommen? Wir haben noch Chinesisch übrig von gestern Abend, und es schmeckt ziemlich gut. Ich dachte, wir könnten ein bisschen abhängen."

Der Schmerz in ihrer Brust ließ etwas nach. „Das wäre toll."

Sie machten eine Zeit aus. Fünf Minuten später stand Crissy auf dem Laufband und stellte die Geschwindigkeit auf zehn Stundenkilometer. Bis zu ihrer Verabredung würde sie einfach vor ihren Problemen davonlaufen.

„Dad meint, ich sollte Arzt werden wie Onkel Josh“, murmelte Brandon mit Kung-Pao-Hühnchen zwischen den Zähnen. „Ich bin mir nicht sicher. Ich möchte am liebsten Baseball spielen. Ich glaube aber, das kann man nicht für immer machen. Danach könnte ich dann ja Medizin studieren.“

„Deine Kollegen werden sich freuen, wenn sie herausfinden, dass das deine Zweitkarriere ist“, neckte sie ihn. „Je nachdem, wie lange du Baseball spielst, bist du wahrscheinlich schon richtig alt, wenn du auf die Uni gehst. So um die dreißig.“

Brandon fuhr auf. „Dreißig? Kann man in dem Alter überhaupt noch etwas lernen?“

„Wir Leute über dreißig kommen gerade so zurecht“, antwortete Abbey. „Es gibt Leute auf dem College, die sind schon siebzig.“

Er rollte mit den Augen. „Wieso machen die das? Die bekommen doch sowieso keinen Job mehr.“

„Manche Menschen gehen gern zur Schule“, erklärte Abbey.

Verwirrt sah Brandon sie an.

„Magst du Schule nicht?“, hakte Crissy nach.

Er zuckte die Schultern. „Meistens schon. Ich mag Mathe und Naturwissenschaften. Geschichte ist blöd, und ich hasse Klassenarbeiten.“

„Typisch Junge“, murmelte Abbey und blickte zu Crissy. „Dafür mache ich dich verantwortlich. Du bist so athletisch.“

Brandon lachte. „Hör schon auf, Mom. Du liebst mich genauso, wie ich bin. Du willst mich doch gar nicht anders.“

„Da bin ich mir nicht so sicher. Ein Sohn, der sein Zimmer aufräumt, wäre zum Beispiel toll. Zumindest wäre es eine Abwechslung.“

Er seufzte tief. „Ich räume mein Zimmer ja auf. Versprochen.“

„Deine Frist verstreicht am Sonntag um dreizehn Uhr. Und ja, wir gehen am Sonntag in die Kirche. Glaub also nicht, dass du in der Zeit aufräumen kannst."

Brandon nahm seinen Teller und trug ihn zur Spüle. „Dann sollte ich das am besten wohl jetzt machen, oder?"

Abbey antwortete mit einem Achselzucken. „Das ist deine Entscheidung. Dein Zimmer – deine Verantwortung."

Er wandte sich an Crissy. „Siehst du, wie sie zu mir ist?"

„Du hast ziemliches Glück, und das weißt du auch."

Er lachte und rannte aus der Küche.

Crissy sah ihm nach. „Ich finde es toll, wie du mit ihm umgehst."

„Er macht es mir einfach. Und das ist auch dein Verdienst."

„Hm, danke für die Blumen, auch wenn ich sie nicht verdiene."

Abbey reichte ihr den Teller mit den chinesischen Frühlingsrollen. „Wie geht es dir? Du scheinst ... ich weiß nicht ... irgendwie müde."

„Mir geht sehr viel im Kopf rum. Und bevor ich es vergesse, ich wollte deinen Rat bezüglich Brandon und des Babys."

Crissy warf einen Blick auf die Küchentür, um sicherzugehen, dass sie noch allein waren. „Wann soll ich es ihm sagen? Ich dachte, ich warte, bis man etwas sehen kann. Was meinst du?"

„Da gebe ich dir recht. Es kann nicht schaden zu warten. Er wird noch genug Zeit haben, sich mit der Situation anzufreunden."

Crissy hoffte, dass sie recht behielt. „Hast du in letzter Zeit mit Josh geredet?"

„Schon eine Weile nicht mehr. Ich habe ihn seit ein paar Tagen nicht gesehen. Was ..." Abbey verzog das Gesicht. „Du hast es ihm erzählt, oder?"

„Es war eine Katastrophe." Crissy legte die Gabel zur Seite. „Ich verstehe es einfach nicht. Ich dachte, ich kenne ihn. Ich dachte, da ist etwas Besonderes zwischen uns. Er ist völlig ausgeflippt. Er hat mir vorgeworfen, dass ich absichtlich schwanger geworden bin. Und was noch schlimmer ist, er hat mir ins Gesicht gesagt, dass er kein Kind mit mir wolle."

Sie versuchte, ihre Gefühle unter Kontrolle zu halten.

„Das hat er nicht so gemeint", versuchte Abbey sie zu trösten.

„Er hat sich sehr überzeugend angehört."

„Er glaubt nur, dass er das meint. Und das ist nicht dasselbe. Du weißt hoffentlich, dass er nur auf die Schatten seiner Vergangenheit reagiert und nicht auf dich."

„Selbst wenn das so ist: Was ändert es? Wenn er die Vergangenheit nicht loslassen kann, haben wir keine Chance miteinander."

Tränen füllten ihre Augen. Sie versuchte sie wegzuzwinkern.

„Ich dachte, er wäre ein toller Mann", fuhr Crissy fort. „Der Mann, auf den man sein ganzes Leben wartet. Habe ich mir eine Fantasie zusammengeträumt, jemanden, den es gar nicht gibt? Jeder hat Probleme – das ist ja auch okay. Aber ich bin mir nicht sicher, ob ich mit Joshs umgehen kann. Ich werde nie Stacey sein. Und wenn er nicht bereit ist, sie endlich loszulassen, kann er für mich nicht der Mann sein, den ich liebe, und auch nicht der Vater unseres Kindes."

Abbey biss sich auf die Unterlippe. „Es tut mir so leid. Ich finde es furchtbar, was da passiert. Tief in meinem Herzen weiß ich, dass Josh sich über dieses Baby freut."

„Wenn das stimmt, dann verbirgt er es sehr erfolgreich."

„Gib ihm Zeit", meinte Abbey. „Ich glaube, dass er bald zur Besinnung kommt."

„Ich hoffe es", murmelte Crissy. Sie wünschte sich, dass Josh eine wichtige Rolle im Leben des Kindes einnahm, ganz zu schweigen von ihrem eigenen. Aber nur, wenn er es aus ganzem Herzen konnte und wollte.

„Bist du schon nervös wegen des Babys?“, erkundigte sich Abbey.

„Ein bisschen. Bis jetzt denke ich kaum an die Schwangerschaft. Es ist noch alles so neu, dass ich …“

Sie verstummte, als Abbey die Hand hob und leise zur Tür ging. Nach einem kurzen Blick in den leeren Flur kam sie zurück.

„Entschuldigung“, sagte sie. „Ich dachte, ich hätte ein Geräusch gehört. Brandon hat erfahren, dass du seine Mutter bist, indem er ein Gespräch zwischen Pete und mir belauscht hat. Es ist eine schlechte Angewohnheit von ihm, und wir arbeiten daran.“

„Ich bin froh, dass du nachgesehen hast“, sagte Crissy. „Ich möchte nicht, dass er auf diesem Weg von seinem Halbbruder oder seiner Halbschwester erfährt.“

„Ich bin ganz deiner Meinung. Wo waren wir stehen geblieben? Du hast gesagt, dass du es dir selbst gegenüber noch leugnest, dass du schwanger bist.“

„Eigentlich nicht leugnen, aber ich denke einfach nicht daran. Ich habe mich damit abgefunden, mein Kind allein großzuziehen. Zumindest in meinem Kopf. Ich bin finanziell abgesichert. Ich habe Familie und Freunde, die für mich da sind und mich unterstützen. Ich habe mein eigenes Geschäft und kann meine Arbeitszeiten flexibel einteilen.“

„Und du hast mich“, erklärte Abbey. „Ich hoffe, du nimmst meine Unterstützung an. Ich habe drei Kinder großgezogen. Ich habe also Erfahrung mit Neugeborenen.“

„Ich bin froh, das zu hören. Du bist mein absolutes Vorbild als Mutter.“

Abbey lächelte. „Das ist lieb, dass du das sagst, aber ich habe auch Fehler gemacht. Pete ist mir eine große Hilfe. Er kann toll mit Kindern umgehen.“

„Ich wünschte, Josh wäre auch so“, gab Crissy zu. „Ich

möchte, dass er sich freut und auch mit einbezogen ist. Ich kann es nicht fassen, dass er sich von seinem eigenen Kind abwendet."

„Das wird er auch nicht tun", erklärte Abbey. „Wie ich schon sagte – lass ihm Zeit. Bist du bereit, ihm noch eine Chance zu geben?"

„Natürlich. Ich liebe ihn. Aber er muss auch gewillt sein, ein Risiko einzugehen."

Tommy war sieben Jahre alt und liebte Flugzeuge. Er wollte an seinem achten Geburtstag unbedingt zu einer Flugshow gehen.

Joshs Aufgabe war es, alles in seinen Möglichkeiten Stehende zu tun, damit Tommy seinen Geburtstag auch erleben würde.

Er sah Tommys medizinische Werte durch und ging dann zu ihm. An der Wand hingen Flugzeugposter, und auf dem Bett lagen mehrere Kuscheltiere. Tommys Mutter schlief auf einem zweiten Bett neben ihm. Josh versuchte, möglichst leise zu sein, da er beide nicht stören wollte. Als er die Hand ausstreckte, um sanft Tommys Gesicht zu berühren, machte er sich schon auf das brennende Fieber gefasst, das von der aggressiven Chemotherapie herrührte, die er angeordnet hatte.

Es war die klassische Wahl zwischen dem kleineren Übel. Falls Tommy keine Chemo bekam, würde der Krebs ihn töten. Aber die Chemo selbst war schon beinahe ein Todesurteil. Die Symptome waren von Fall zu Fall unterschiedlich. Tommys Körper reagierte mit heftigen Fieberanfällen und sehr hohen Temperaturen.

Ein Eisbad stand immer bereit, falls das Fieber zu hoch wurde. Die Schwestern hatten es bereits zweimal innerhalb der letzten sechsunddreißig Stunden einsetzen müssen.

Joshs Finger berührten kühle, feuchte Haut. Josh runzelte die Stirn. Feucht? Warum sollte …

Vorsichtig schlug er die Bettdecke zurück und sah, dass Tommys Schlafanzug am Körper klebte und das Bettzeug nass war.

„Heiliger Strohsack", sagte er lauter als beabsichtigt. Tommys Mutter öffnete die Augen und setzte sich auf.

„Was ist los?", fragte sie und war schon auf den Beinen. Er packte ihre Hand und legte sie auf die dünne Brust ihres Sohnes. In dem weichen Licht, das vom Flur ins Zimmer strahlte, sah er, wie das Entsetzen in ihrem Gesicht grenzenlosem Staunen wich.

„Er hat kein Fieber mehr", flüsterte sie. „Es ist weg. Das ist gut, nicht wahr?"

„Das ist mehr als gut. Es bedeutet, dass er mit der Chemo fertig geworden ist und dass er es schaffen wird. Ich rufe die Schwester, damit sie das Bettzeug wechselt und die Temperatur misst, aber sie ist gesunken."

„Danke", sagte Tommys Mutter und schlug sich die Hand vor den Mund, während Tränen über ihre Wangen rollten. „Danke. Niemand wollte es wagen, ihm zu helfen. Sie haben ihm das Leben gerettet."

„Noch nicht", erklärte Josh. „Aber unsere Chancen sind enorm gestiegen."

Er wollte aufstehen.

Doch die Frau hielt ihn am Ärmel seines Kittels zurück. „Sie sind immer für uns da", begann sie. „Ich möchte Ihnen sagen, wie viel uns das bedeutet. Ich bin mir sicher, dass es Ihre Frau in den Wahnsinn treibt. Bitte danken Sie ihr von mir und meinem Mann. Und wenn Sie schon dabei sind, sagen Sie Ihren Kindern, was sie für einen wundervollen Vater haben."

Er nickte. Er sah keinen Sinn darin, ihr zu erklären, dass er nicht verheiratet war und keine Kinder hatte. Stattdessen ging er zum Schwesternzimmer und bat darum, dass Tommys Bettzeug gewechselt wurde.

Es war spät, und im Krankenhaus herrschte Stille. Josh war erschöpft. Er hatte nicht viel geschlafen, seit Crissy ihm von dem Baby erzählt hatte. Anstatt aber in Richtung Garage zu gehen, trat er in den Aufzug, fuhr zwei Stockwerke abwärts und ging zur Säuglingsstation.

Er sah mehrere Babys, die schlafend in ihren Krippen lagen. Genau hinter der Glaswand sah er die Nachtschwester, wie sie behutsam eines der Kinder in den Schlaf wiegte.

Josh hatte seine Frau mit einer Leidenschaft geliebt, von der er dachte, dass sie das ganze Leben überdauern würde. Ihr Tod hatte ihn beinahe zerstört.

In der Dunkelheit, wenn er allein war, konnte er zugeben, dass er sich durchaus noch ein Kind wünschte. Sein Kind. Crissys Kind.

Wenn er sich eine Frau aussuchen könnte, die die Mutter seines Kindes werden sollte, dann wäre es ohne Zweifel Crissy.

Sie war die Leidtragende in dieser Geschichte, und er schuldete ihr eine Erklärung und eine Entschuldigung. Seine Vorwürfe waren nicht gerechtfertigt gewesen und außerdem niederträchtig.

Aber wie sollte er das, was zwischen ihm und Crissy geschehen war, mit seiner Beziehung zu Stacey vereinbaren? Er hatte Stacey erzählt, dass er keine Kinder wolle, und er hatte es auch so gemeint. Aber wenn er zugab, sich ein Kind von Crissy zu wünschen, machte das nicht seine ganze Ehe zu einer einzigen Lüge? Wie konnte er nur mit dieser Schuld leben und gleichzeitig Frieden finden? Wie konnte er der Mann sein, den Crissy und das Baby verdienten?

Die Nacht brachte ihm keine Antworten. Aber er sehnte sich danach, Vater zu werden. Zum Teufel mit den Konsequenzen.

12. KAPITEL

Josh wartete bis zum nächsten Morgen, bevor er an Crissys Haustür klopfte. Es war sieben Uhr dreißig, und er brachte heißen Kaffee von Starbucks und eine Tüte Brötchen mit.

Crissy öffnete schon nach dem ersten Klingeln.

Sie sah wundervoll aus, wie sie da in ihrem Bademantel vor ihm stand. Er wollte sie so sehr, dass es wehtat. Nicht nur in seinem Bett, sondern in seinem Leben. Er wollte mit ihr reden und seine Träume mit ihr teilen.

„Ich habe ein Meeting heute Morgen", sagte sie zur Begrüßung. „Ich habe nicht viel Zeit."

„Dann werde ich schnell reden. Darf ich reinkommen?"

Sie warf einen Blick auf den Kaffee. „Koffein ist nicht gut für mich."

„Ich habe dir entkoffeinierten mitgebracht."

„Hm", brummte sie und nahm ihm den Kaffee ab. Er folgte ihr in die Küche und legte die Tüte auf den Tisch.

„Was willst du?"

Es war nicht gerade die Reaktion, die er sich erhofft hatte, aber er wusste, dass er sich den Weg zurück zu ihr erst verdienen musste.

„Ich möchte mich entschuldigen", sagte er und versuchte, so viel Überzeugungskraft wie möglich in seine Worte zu legen. „Ich weiß, dass du nicht absichtlich schwanger geworden bist. Es war eine lächerliche Anschuldigung. Ich hatte kein Recht zu sagen, dass du vor der Verantwortung davonläufst. Ich bin mir sicher, dass es noch mehr Dinge gibt, die ich dir an den Kopf geworfen habe, und ich entschuldige mich von ganzem Herzen dafür. Es tut mir leid, Crissy. Und das meine ich wirklich."

Sie blickte ihn lange an, dann schaute sie auf ihren Kaffee. „So einfach ist es nicht, Josh. Ich weiß, ich sollte deine Entschuldigung annehmen und alles vergessen. Aber das wäre eine Lüge. Was du gesagt hast, war gemein, und ich finde es furchtbar, dass du so etwas überhaupt denken konntest."

„Tu ich ja nicht. Meine Reaktion hatte überhaupt nichts mit dir zu tun, sondern nur mit meiner Vergangenheit. Mit meinen Problemen mit Stacey. Es ist alles über mich hereingebrochen."

Sie hob den Kopf und sah ihn an. „Genau da liegst du falsch. Alle diese Dinge haben etwas mit mir zu tun. Deine Vergangenheit macht dich zu dem Mann, der du heute bist."

Sie hatte recht.

„Ich kann meine Vergangenheit nicht ändern, aber ich kann lernen, besser damit umzugehen", erklärte er. „Und zu deiner Schwangerschaft selbst: Ich weiß, dass wir beide die Verantwortung dafür tragen. Keiner von uns hat sich Gedanken über Verhütung gemacht. Jetzt hat das Konsequenzen, und ich bin bereit, meinen Teil davon zu tragen."

Sie setzte den Becher ab. „Es sind keine puren Konsequenzen. Hier geht es um ein Leben. In acht Monaten werden wir ein Baby haben. Entweder bist du richtig dabei oder gar nicht. Falls du mich glauben machen willst, dass du überhaupt Interesse an dem Kind hast, dann musst du schon ein wenig mehr Einsatz zeigen."

Wut stieg in ihm auf. Was zum Teufel wollte sie von ihm? Er war zu ihr gekommen und hatte sich entschuldigt. Und er hatte es auch so gemeint. Jedes einzelne Wort. Er war bereit zuzugeben, dass er sich falsch verhalten hatte, dass sie jetzt ein Baby erwarteten, und er wollte am Leben des Babys teilhaben.

„Das ist ein großer Schritt für mich", sagte er bedächtig und versuchte, seinen Ärger zu zügeln. „Ich wollte nie Kinder, habe nie daran gedacht. Auf einmal ist alles anders. Ich gebe mein Bestes, mit dieser neuen Situation klarzukommen. Es gibt genug Männer, die hätten das nicht einmal versucht. Ich verdiene zumindest ein bisschen Anerkennung dafür, dass ich hergekommen bin."

Sie verschränkte die Arme vor der Brust. „Oh, natürlich. Ich rechne es dir sehr hoch an, dass du da bist. Was für ein fantastischer Mann du doch bist. Der wunderbare Dr. Josh Daniels lässt sich bei mir sehen. Wenn du mir vorher Bescheid gegeben hättest, hätte ich noch eine Band organisieren können."

Ihre Worte trafen ihn hart, und er hätte am liebsten in gleicher Weise zurückgeschlagen. Aber instinktiv wusste er, dass das nicht gut gehen würde. Deshalb suchte er nach Worten, um sich besser verständlich zu machen.

Aber noch bevor er den Mund öffnen konnte, sagte sie: „Ich werde jetzt wahrscheinlich Probleme kriegen, aber das ist mir auch egal. Ich will die Wahrheit, Josh. Es ist mir egal, ob sie wehtut. Geh einfach nach deinem Bauchgefühl. Bist du sicher, dass du nie Kinder wolltest, oder hast du das entschieden, nachdem du Stacey kennengelernt und herausgefunden hast, dass sie keine bekommen konnte? War es deine eigene Entscheidung, oder wolltest du nur, dass sie sich deswegen nicht schlecht fühlt?"

Die Frage traf ihn mit voller Wucht. Er schaffte es gerade noch, aufrecht stehen zu bleiben und das Bedürfnis zu unterdrücken, alles zu leugnen. Dann sagte er aufrichtig: „Ich weiß es nicht."

Verblüfft starrte Crissy ihn an. „Ich schätze deine Ehrlichkeit", flüsterte sie schließlich. „Ich hätte nie gedacht, dass du das sagst."

„Ich auch nicht. Schade, dass die Band nicht hier ist. Jetzt wäre es Zeit, ein Lied anzustimmen."

Sie zuckte zusammen. „Tut mir leid. Ich werde ein wenig sarkastisch, wenn ich sauer bin. Und ich vermisse meine tägliche Dosis Koffein."

„Kann ich mir vorstellen."

„Mit mir ein Kind zu haben, hat überhaupt nichts mit

Stacey zu tun“, sagte sie. „Hat sie wirklich von dir erwartet, nach ihrem Tod nicht weiterzuleben? Es ist jetzt vier Jahre her. Darfst du nicht endlich dein Leben genießen?“

„Es ist nicht so einfach“, antwortete er.

„Was würde es einfacher machen?“, fragte Crissy. „Soll die ganze Welt zum Stillstand kommen, weil sie gestorben ist? Soll ich dafür bezahlen, dass ich am Leben bin? Soll ich alles aufgeben, was ich liebe?“

„Natürlich nicht.“

„Warum solltest du es dann tun?“

Interessante Frage, dachte er grimmig. Nur schade, dass er darauf keine Antwort parat hatte.

„Stacey wird immer ein Teil von mir sein“, erklärte er. „Das kann ich nicht ändern.“

„Das erwartet auch niemand von dir“, antwortete sie. „Aber mach sie zum besten und nicht zum schlechtesten Teil von dir. Du kannst so wunderbar sein, aber irgendwann verschwindest du wieder und kümmerst dich nur noch um deine Patienten. Bedeuten sie Sicherheit für dich? Du fühlst dich ihnen nahe, aber nicht zu nahe? Ist es weniger kompliziert als eine richtige Beziehung?“

Er dachte an Tommy und an all die anderen Kinder, für die er sein Möglichstes gab, um sie am Leben zu halten. „Sie sind nicht Teil dieser Diskussion“, stellte er klar.

„Warum nicht?“, wollte sie wissen. „Du kannst dich nicht auf jemanden einlassen und dann um bestimmte Bereiche deines Lebens Mauern errichten. Wir dürfen keine Geheimnisse voreinander haben.“

Er wollte ihr sagen, dass sie doch nicht zusammen waren – aber sie waren es. Und auch wenn alles andere fehlschlug, sie würden immer noch ein Baby zusammen haben.

Er starrte sie an und wusste, dass sie mehr verband als nur das Kind. Sie war ihm wichtig, und das war der Kern des

Problems. Als Stacey starb, hatte er ihr und sich versprochen, dass er nie wieder jemand anders lieben würde.

„Ich kann das nicht", brachte er hervor und hatte das Gefühl, einfach nur fliehen zu wollen.

„Du gehst? Einfach so? Und du wirfst mir vor wegzurennen?"

„Du verstehst das nicht." Sie konnte es nicht verstehen. Sie hatte nicht das Gleiche durchgemacht wie er.

„Dann erklär es mir. Erklär mir, warum das, was nicht mehr existiert und auch nie wieder zurückkommen wird, wichtiger ist als das, was du genau vor deiner Nase hast."

„Ich habe sie geliebt. Ich liebe sie immer noch."

„Keiner sagt, dass du sie nicht mehr lieben sollst. Aber es gibt einen Unterschied zwischen der Liebe zu ihr und dem Respekt vor eurem gemeinsamen Leben."

„Aber ich ..."

Crissy schüttelte den Kopf und unterbrach ihn. „Weißt du was? Vergiss es. Ich bin es müde, gegen Gespenster anzukämpfen. Ich kenne Stacey nicht. Anscheinend muss sie wirklich etwas Besonderes gewesen sein, da du vier Jahre danach lieber im Tod mit ihr zusammen sein möchtest als lebendig mit einer anderen."

Es quälte ihn, ihren Schmerz zu sehen. „Crissy, es tut mir leid."

„Warum? Du bekommst genau das, was du wolltest. Du darfst jetzt wieder allein sein mit deinen Erinnerungen. Mir tut es leid. Ich neige dazu, mir Männer auszusuchen, die nicht fähig sind, mir ein gleichwertiger Partner zu sein. Sie hatten alle so offensichtliche Probleme, dass ich irgendwann einfach die Suche aufgegeben habe. Und dann kamst du. Du warst ... perfekt."

Sie hob die Arme und ließ sie wieder fallen. „Ziemlich dumm, oder? Du bist nicht perfekt. Du bist nur ein ganz normaler Typ. Du hast das Potenzial, ein wunderbarer Partner zu sein, aber du entscheidest dich dagegen. Du fühlst dich sicherer dabei, dich zu verstecken, als dabei, es zumindest zu versuchen."

Sie lächelte schwach. „Weißt du was? Ich sage dir genau, was ich denke. Ist wahrscheinlich keine gute Idee, aber zum Teufel damit. Ich glaube, einer der Gründe, warum du dich in Stacey verliebt hast, war ihre Krankheit. Die Tatsache, dass sie womöglich kein ganzes Leben bei dir bleiben würde, machte es sicher für dich und deine Beziehungsangst. Du hast dich völlig auf ihre Krankheit konzentriert und darauf, was passieren oder auch nicht passieren könnte. Es war einfacher, als dein Herz tatsächlich zu verlieren."

„Was zum Teufel lässt dich glauben, dass du irgendetwas über Stacey und mich weißt?", wollte er wissen.

„Ich sage dir nur meine Meinung", erwiderte sie. „Ich bin mir sicher, dass du sie ignorieren wirst. Aber genau da liegt das Problem. Sich in der Vergangenheit zu verlieren, ist einfach. Tote stellen keine Forderungen. Die Lebenden sind es, die anstrengend sind. Ich habe Erwartungen, Josh. Komplizierte, dein Leben verändernde Erwartungen. Du magst Beziehungen mit Distanz. Du gibst deinen Kids einhundert Prozent. Du bist fast schon ein Gott für ihre Eltern, aber du bist immer nur da, wenn es akut wird. Du bist nicht dabei, wenn die Kinder wieder nach Hause gehen. Du bist der Mann der großen Gesten. Genauso war es mit Stacey."

„Ich muss mir diesen Mist nicht länger anhören", sagte er und verließ die Küche.

Blinde Wut erfüllte ihn. Sie wusste rein gar nichts über ihn und Stacey. Sie war überhaupt nicht wie seine verstorbene Frau. Nicht mal in ihren Träumen konnte sie sich vorstellen, wie groß ihre Liebe gewesen war.

„Es geht nicht nur um mich", fuhr Crissy fort, während sie ihm folgte. „So wird es auch mit dem Kind sein. Unser Kind wird von dir erwarten, da zu sein. In guten wie in schlechten Tagen. Und was machst du dann? Du sagst, du bist für die Verantwortung bereit. Da hast du recht. In Krisensituationen bist du genau der richtige Ansprechpartner. Womit du nicht umgehen kannst, ist, wenn alles gut läuft. Was wirst du machen, wenn alles gut geht?"

Er war schon zur Haustür raus und lief zum Auto. Wütend sprang er hinein und fuhr los. Doch kurz darauf fuhr er wieder rechts ran. Sein Zorn wütete wie ein wildes, lebendiges Tier in ihm. Er wollte jemandem wehtun. Egal wem. Er wollte kämpfen, schlagen, zertrümmern. Er wollte etwas vernichten. Er wollte …

Verdammt! Warum konnte sie nicht einfach verstehen, dass er … Er war …

Die Vergangenheit kam auf ihn zugerast, verschluckte ihn und zerrte ihn mit sich. Stacey hatte sich entschieden, zu Hause zu sterben. Sie hatte um eine Pflegerin gebeten, aber Josh hatte sich bis zum Schluss selbst um sie gekümmert.

Diese letzten Tage, die er ihr Leiden mit ansehen musste, hatten ihn innerlich zerrissen. Sie wollte nicht mehr, dass er das Zimmer verließ. Nicht mal für wenige Minuten. Sie hatte ihn so sehr gebraucht.

„Versprich mir, dass du mich immer lieben wirst", hatte sie kaum hörbar geflüstert. „Du darfst niemanden lieben außer mir."

„Das werde ich nicht", versprach er und streichelte ihre eingefallene Wange.

„Nicht einmal auf eine andere Art lieben", sagte sie. „Du darfst keine andere lieben und sagen, dass es etwas anderes ist. Versprich es mir!"

Er hatte es versprochen, weil er daran geglaubt hatte. Wie hätte er je wieder lieben können?

Allerdings später, als er sich einige Minuten in der Ecke

ihres Krankenzimmers ausruhen konnte, dachte er über ihre Worte nach. Er fragte sich, warum sie unbedingt wollte, dass es nie wieder jemand anderen in seinem Leben gab. Wäre er an ihrer Stelle gewesen, hätte er ihr gewünscht, wieder glücklich zu werden und einen neuen Partner zu finden.

„Es war nicht falsch von ihr“, sagte er laut vor sich hin. „Das war es nicht.“

Er verschloss sich allen weiteren kritischen Fragen, doch neue Erinnerungen stürmten auf ihn ein. Ihre Gespräche über Adoption. Wie sie darauf bestanden hatte, dass es falsch war, ein Kind aufzunehmen, wenn es die Mutter ein paar Jahre später schon wieder verlieren konnte.

Er erinnerte sich auch daran, dass sie jedes Mal krank wurde, wenn es etwas gab, was sie nicht tun wollte. Wie sie es manchmal unmöglich gemacht hatte, Pete und Abbey zu besuchen.

Er stieg aus dem Auto und stand neben der Straße. Nein! Er würde nicht weiter darüber nachdenken. Stacey lag nicht falsch. Sie war kein schlechter Mensch. Sie war bildhübsch gewesen und stark und mutig, und er hatte sie geliebt.

Sie war auch eine richtig bösartige Furie, wenn sie nicht bekam, was sie wollte.

Er fluchte leise und schob den verräterischen Gedanken beiseite. Stacey war … nicht perfekt gewesen, gestand er sich ein. Nicht böse. Einfach nur ein Mensch mit Stärken und Schwächen.

Eigentlich kein weltbewegender Gedanke, aber einer, den er sich nie gestattet hatte zu denken. Für ihn war sie immer wie ein Engel auf Erden gewesen.

Aber wenn er sie als etwas darstellte, das sie unmöglich gewesen sein konnte, änderte das, wer sie gewesen war? Seine Frau. Sein Freund. Einen Menschen, den er immer lieben würde. Aber bedeutete das auch, dass er die restliche Zeit, die ihm auf Erden blieb, opfern musste, bloß weil sie vor ihm gegangen war?

Crissys Worte kamen ihm wieder in den Sinn. Ging er wirklich immer auf Nummer sicher? Hatte er irgendwann auf seinem Lebensweg gelernt, dass es besser war, nicht mit dem Herzen voran zu stürmen? Er hatte Stacey von ganzem Herzen geliebt, aber er hatte immer gewusst, dass ihre Zeit zusammen begrenzt war.

War das wirklich ein Anreiz für ihn gewesen? Er hasste den bloßen Gedanken, aber vielleicht war etwas Wahres dran. Crissy lag komplett falsch mit ihrer Einschätzung über das Engagement für seine Patienten, aber es bestand die Möglichkeit, dass sie mit einigen anderen Dingen recht hatte.

Sein Bauchgefühl hatte ihm immer versucht zu sagen, was sein Kopf nicht akzeptieren wollte. Es war falsch von Stacey gewesen, ihm eine neue Liebe zu verwehren. Crissy würde das nie tun.

Crissy. Sie war ein strahlendes Licht in seiner dunklen, kalten Welt. Er wusste, was sie wollte, was sie erwartete, was sie brauchte. War es möglich? Konnte er es schaffen? Gab es für ihn einen Weg, die Vergangenheit mit der Gegenwart zu vereinbaren? Und wenn er den Weg fand, hatte er noch eine Chance mit Crissy, oder hatte er dieses Band zu ihr unwiderruflich zerrissen?

„Sie ist wunderschön“, sagte Crissy bewundernd, als sie die kleine Mindy in den Armen hielt und in die großen blauen Augen blickte. „Vielleicht sogar das hübscheste kleine Mädchen auf der ganzen Welt.“

Noelle schenkte ihr ein müdes Lächeln. „Ich bin so erschöpft. Ich genieße es einfach, so dazuliegen. Halt sie nur weiter.“

Crissy setzte sich in den Schaukelstuhl. „Bist du glücklich?“

Noelle sank in die Kissen zurück und seufzte. „Ich bin mehr als glücklich – ich schwebe förmlich!"

„Ich freu mich so für dich."

Noelle schaute sie an. „Du scheinst … ich weiß nicht … irgendwie traurig. Ist es Josh?"

Crissy nickte. „Ich möchte, dass er endlich Gefühle zeigt und sich engagiert. Er denkt aber, das sei Verrat an seiner verstorbenen Frau. Ich möchte, dass er sich über sein Baby freut."

„Braucht er vielleicht einfach mehr Zeit?"

„Ich glaube, er braucht eine Gehirntransplantation." Crissy schüttelte den Kopf. „Ich weiß, dass ich nicht ganz fair bin. Er muss viele Dinge aus seiner Vergangenheit bewältigen. Ich glaube ganz ehrlich, dass Stacey mit seinen Gefühlen gespielt hat. Es tut mir leid, das zu sagen, aber ich glaube, ich hätte sie nicht gemocht."

„Menschen haben zu unterschiedlichen Zeiten unterschiedliche Bedürfnisse", sagte Noelle.

„Leider bin ich aber *jetzt* schwanger."

„Bist du bereit, auf ihn zu warten? Ist er es wert?"

„Ich liebe ihn", erklärte Crissy, während sie das Baby in ihren Armen wiegte. „Ich kann mir nicht vorstellen, irgendjemand anderen zu lieben. Also warte ich erst einmal ab. Aber es ist sehr schwierig für mich und schmerzhaft."

Es war Sonntagmorgen, und Josh tat so, als ob er die Zeitung lesen würde. Doch er konnte einfach nicht aufhören, an Crissy zu denken und an ihr letztes Gespräch. Er hatte nur das Falsche gesagt, alles falsch gemacht. Er wollte es wiedergutmachen, aber wie? Wie konnte er erklären, was in ihm vorging, wenn er es nicht einmal selbst verstand?

Noch schlimmer, als nicht in ihrer Nähe zu sein, war die Tatsache, dass er sie verletzt hatte. Das war nicht seine Absicht gewesen. Sie war …

Er hörte ein Geräusch und sah auf. Die Büsche an seiner Veranda bewegten sich, und plötzlich tauchte Brandon zwischen ihn auf. Sein Fahrrad zog er hinter sich her.

Josh konnte nicht glauben, dass sein Neffe vor ihm stand. „Sag mir bitte, dass du nicht mit dem Fahrrad hierher gefahren bist“, sagte er zu dem Jungen.

Brandon schaute zu Boden und zuckte mit den Schultern.

Josh verspürte auf einmal Angst. Er wohnte fast fünf Meilen von Pete und Abbey entfernt, und das Kind hatte mindestens drei Hauptstraßen überqueren müssen. „Brandon, wissen deine Eltern, wo du bist?“

Der Junge schaute Josh immer noch nicht an und schüttelte den Kopf. „Ich weiß, dass ich etwas Falsches gemacht habe, aber ich musste etwas unternehmen.“ Er hob den Kopf. Tränen traten in seine Augen. „Ich muss mit dir reden, Onkel Josh. Ich weiß, dass ich nicht allein hätte kommen dürfen, aber es ist wichtig.“

Josh war wütend, aber er entschied sich, erst einmal nicht zu schimpfen. Erst musste er seine Schwester anrufen, die sich bestimmt große Sorgen machte.

„Du kannst dein Fahrrad hier draußen lassen“, sagte er und nahm den Jungen mit ins Haus. Dann griff er zum Telefon. „Abbey. Hi. Brandon ist bei mir. Ja, es geht ihm gut.“

Josh starrte seinen Neffen finster an, während er Abbey erneut versicherte, dass es ihm gut ginge, und versprach, dass er ihren Sohn später abliefern würde. Als er auflegte, ließ sich Brandon in einen Stuhl plumpsen. „Ich weiß, dass ich jetzt Ärger kriege“, begann der Junge mit leiser Stimme. „Aber es musste sein.“

„Dann erzähl mir doch endlich, wieso.“

Brandon blickte ihn an, und Josh sah wieder die verblüffende Ähnlichkeit mit Crissy. Die Augen, der Mund. Das war ihr Kind. Wie würde ihr gemeinsames Kind aussehen? Wem würde es mehr ähneln?

Dies ist kaum der richtige Zeitpunkt für solche Überlegungen, ermahnte er sich.

„Okay", begann Brandon. „Aber du darfst nicht böse sein."

„Einverstanden, ich spare mir meine Wut bis zum Schluss auf. Ich werde dich sowieso noch ausschimpfen, dass du mit dem Fahrrad hierher gefahren bist. Dann können wir auch einfach alles fürs dicke Finale aufheben. Was hast du also getan?"

Brandon holte tief Luft. „Ich habe etwas gehört, was ich nicht hätte hören sollen. Letzte Woche. Ich weiß, dass es falsch war."

„Was hast du gehört?", fragte Josh den Bruchteil einer Sekunde bevor ihm dämmerte, worum es ging. Verdammter Mist, wusste der Junge etwa, dass ...

„Crissy ist schwanger." Brandon starrte auf den Küchentisch. „Sie bekommt ein Baby, und dieses Mal wird sie es behalten."

Da war so viel Bestürzung und Schmerz in seiner Stimme.

„Es ist komisch", fuhr Brandon fort, während er immer noch auf den Tisch vor sich starrte. „Crissy ist richtig cool, weißt du? Ich bin gern mit ihr zusammen. Aber ist das in Ordnung? Was ist mit meiner Mom? Macht es ihr etwas aus, dass ich Crissy mag? Ich habe so viel darüber nachgegrübelt, und dann habe ich von dem Baby erfahren. Sie behält das Baby, aber mich hat sie nicht behalten. Wieso, Onkel Josh? Wieso?"

Josh hörte die unterdrückten Tränen in der Stimme des Jungen und umarmte ihn. Brandon drückte ihn mit all seiner Kraft und schluchzte.

Josh wusste nicht, wie er ihn trösten konnte. Wenn er es nur nicht gehört hätte. Die Familie hatte bestimmt geplant, es ihm zusammen zu sagen. Aber das Leben lief selten nach Plan.

„Ich hab dich lieb, Junge", sagte er. „Weißt du das?"

Brandon schniefte und nickte.

„Deine Mom und dein Dad haben dich auch unsagbar lieb."

„Das weiß ich doch", sagte Brandon ungeduldig.

„Dann wärst du vielleicht lieber nicht ihr Sohn?"

Sein Neffe sah ihn schockiert und wütend an. „Was? Klar bin ich ihr Sohn. Sie lieben mich. Ich weiß, dass sie mich lieben."

„Es sagt ja keiner, dass sie das nicht tun. Ich war dabei, als sie dich nach Hause gebracht haben. Ich habe noch nie zwei so glückliche Menschen gesehen. Die beiden hatten das kostbarste Geschenk ihres Lebens bekommen, und dessen waren sie sich bewusst."

Er wurde mit einem kleinen Lächeln belohnt. „Und?"

„Ich sage also nicht, dass du den beiden nichts bedeutest. Ich frage dich, ob du lieber andere Eltern hättest. Wäre es besser, wenn Crissy dich behalten hätte?"

Brandon starrte ihn aus weit aufgerissenen Augen an. „Nein", flüsterte er. „Ich mag Crissy. Ich mag sie sehr, aber sie ist nicht meine Mom. Ich will nicht, dass sie meine Mom ist."

„Dann bist du ein Glückspilz, weil du genau das bekommst. Du bleibst, wo du bist, hast die Eltern, die du möchtest, und kannst Crissy trotzdem in deinem Leben behalten."

Brandon dachte einen Moment darüber nach. „Okay ... aber das Baby. Sie behält es."

„Ihr Leben ist heute anders als damals. Sie kennt dieses Kind ja gar nicht. Sie hat es sich nicht ausgesucht. Es hat nur etwas mit dem richtigen Zeitpunkt zu tun. Wenn sie ein anderes Baby gehabt hätte und sie jetzt mit dir schwanger wäre, würde sie dich behalten."

„Okay", murmelte Brandon. „Ich glaube, das verstehe ich."

„Crissy liebt dich. Dich aufzugeben, hat ihr ganzes Leben verändert. Sie hat dich seit deiner Geburt vermisst. Das war sehr hart."

„So habe ich das noch nie gesehen. War sie wirklich traurig darüber?“

„Unsagbar traurig.“ Er dachte an all die Dinge, die sie ihm anvertraut hatte. „Sie wollte es sich nicht verzeihen, dass sie dich fortgegeben hat.“

„Aber sie war nicht schuld“, sagte Brandon. „Sie war jung, und es war schwierig für sie. Mädchen sollten erst Kinder bekommen, wenn sie älter sind.“

„So ungefähr Crissys Alter?“

„Genau. Oh.“ Brandon lächelte. „Okay. Ich verstehe. Jetzt ist sie bereit dafür.“

„Ja, das ist sie. Es hat nichts mit dir zu tun. Verstehst du das?“

Er nickte.

Josh zog ihn wieder an sich heran. „Es tut mir leid, dass du dieses Gespräch gehört hast, Junge. Das ist nicht die beste Art zu erfahren, dass du bald einen Halbbruder haben wirst.“

Brandon setzte sich auf. „Halbbruder? Ach so. Crissy ist meine leibliche Mutter. Ich bin mit dem Baby verwandt.“

„Es wird noch ein bisschen komplizierter“, gab Josh zu. „Ich bin der Vater.“

Brandon sprang auf die Füße und jubelte. „Ehrlich? Dann sind wir ja alle verwandt. Du und ich und Crissy und meine Mom und Dad und die Mädchen. Wir alle. Das Baby ist ein Teil von uns allen.“

„So ist es.“

„Das ist ja total cool, Onkel Josh“, rief Brandon. „Ich freue mich so, dass du wieder heiratest. Crissy ist die Beste, und wenn ihr verheiratet seid, wird sie immer in meiner Nähe sein.“

Heiraten? Crissy? Josh hatte noch nicht weiter als bis zur Geburt des Kindes gedacht. Heirat? Liebe?

„So weit sind wir noch nicht ganz“, gab Josh etwas überrumpelt von dem Gedanken zu.

„Aber ihr müsst doch heiraten, wenn ihr ein Baby erwartet, oder?“

Mussten sie das? Heiraten?

Brandon packte seinen Arm. „Liebst du sie, Onkel Josh? Du musst sie lieben, weißt du. Das ist das Allerwichtigste.“

Josh wuschelte ihm durch die Haare. „Du bist ein sehr kluger Bursche.“

„Klug genug, um zu kapieren, dass du die Frage nicht beantwortet hast. Liebst du sie?“

Josh dachte an all das, was er und Crissy bereits miteinander erlebt hatten. Die Art, wie sie sein Leben erfüllte und Licht in die dunkelsten Ecken brachte. Ihr großes Herz, das sie durchs Leben leitete. Wie sie den schwierigen Weg wählte, weil er der richtige war. Sie war ehrlich, fürsorglich, klug und humorvoll, entschlossen und liebevoll. Sie war diejenige, auf die er sein ganzes Leben gewartet hatte.

„Ich liebe sie“, sagte er laut.

Der Friedhof lag auf einem Hügel mit Blick über das Tal. Stacey hatte sich den Ort und den genauen Platz ausgesucht, lange bevor der Krebs zurückgekehrt war. Einmal hatte sie im Scherz gesagt, dass er ja den Grabplatz als Hochzeitsgeschenk kaufen könne.

Der Vorschlag hatte Josh schockiert, und sie hatte sich entschuldigt. Allerdings hatte er es nie vergessen. Als er jetzt auf den einfachen Grabstein zuging, überlegte er, ob sie nicht beide darauf gewartet hatten, dass sie starb. Vielleicht hatten sie beide aus unterschiedlichen Gründen nicht gewagt, wirklich zu leben.

Crissy hatte recht – er hatte immer Angst gehabt, sich zu binden. Stacey hatte ihm den perfekten Ausweg ermöglicht. Er hatte sie bedingungslos geliebt, in dem Wissen, dass es nur für eine begrenzte Zeit war.

Als sie starb, hatte er sich in seiner Trauer verloren. Nicht nur, weil er sie geliebt hatte, sondern auch, weil es so leichter war, das wirkliche Leben zu meiden.

Er sprach nicht. Stacey war nicht mehr hier. Gräber waren für die Lebenden, nicht für die Toten. Und er war am Leben, auch wenn er das eine ganze Weile vergessen hatte. Er war lebendig und unglaublich verliebt in eine komplizierte Frau, die von ihm erwarten würde, dass er sich immer von seiner besten Seite zeigte. Vielleicht würde sie ihm seine Worte nie verzeihen. Vielleicht würde sie ihn nicht einmal mehr sehen wollen. Aber egal, er würde nicht aufhören, es immer und immer wieder zu versuchen. Es war Zeit, sein Leben zu beginnen.

Crissy stieg vom Laufband. Sie versuchte ihr Möglichstes, um Josh einfach aus ihrem Herz zu laufen.

Sie zog ihr Schweißband vom Kopf und griff nach dem Handtuch. Dann ging sie in den vorderen Teil des Gebäudes, wo eine Treppe zu ihrem Büro hinaufführte. Sie würde sich noch eben etwas zu essen bestellen und dann wieder arbeiten gehen. Vielleicht gab ihr Kopf nun endlich Ruhe, da ihr Körper erschöpft war.

Sie hatte gerade die ersten zwei Stufen erklommen, als jemand ihren Namen rief. Sie kannte die Stimme nur zu gut. Sie war männlich.

Einerseits freute sie sich unbändig, Josh endlich wiederzusehen. Auf einmal schien es egal, dass ihre letzten Gespräche immer in absoluten Katastrophen geendet hatten. Sie vermisste ihn so sehr, dass sie nicht wusste, wie ihr Leben je wieder normal verlaufen sollte.

Andererseits war sie sich bewusst, wie furchtbar sie nach dem Training aussah. Warum musste er gerade jetzt auftauchen?

Sie wischte sich mit dem Handtuch übers Gesicht und drehte sich um. In dem Moment, in dem sie ihn ansah, machte ihr Herz einen Satz.

Er sah gut aus, dachte sie, während sie ihn musterte. Müde, aber äußerst attraktiv.

„Ich muss mit dir reden“, sagte er.

„Wir können in mein Büro gehen“, antwortete sie.

Als sie die Tür hinter ihnen geschlossen hatte, wandte sie sich ihm zu. „Ich gebe dir zehn Minuten oder bis ich sauer werde. Je nachdem.“

„Du hast eine interessante Laune heute Morgen“, stellte er fest. „Das gefällt mir.“

„Ich bin gerade dreizehn Kilometer gelaufen. Ich könnte meine Laune natürlich auch an dir auslassen, wenn ich wollte.“ Sie lehnte sich gegen den Schreibtisch. „Warum bist du hier?“

„Weil ich zu dir gehöre.“

Sie blinzelte. Was? Hatte er gerade gesagt, was sie dachte, dass … *Was*?

Er trat einen Schritt auf sie zu. „Crissy, ich kann dir gar nicht sagen, wie unendlich leid es mir tut, dass du das alles durchmachen musstest. Du warst immer liebevoll und hast mich unterstützt, und ich habe dir das Leben oft genug zur Hölle gemacht.“

Passierte das gerade wirklich, oder war sie vor lauter Liebe verrückt geworden? Hoffnung stieg in ihr auf. Hoffnung und Liebe und Freude.

Er nahm ihre Hand in seine und blickte ihr lange in die Augen. „Du hattest recht, dass ich mich nicht binden wollte und dass das mit ein Grund war, warum ich Stacey geheiratet habe.“

„Josh, nein“, unterbrach sie ihn. „Ich war sauer und verletzt, und ich habe einfach nur um mich geschlagen. Es tut mir leid, was ich gesagt habe.“

„Das braucht es nicht. Du hast die Wahrheit gesagt."

„Aber nicht im Bezug auf deine Patienten. Du gibst ihnen so viel. Du hilfst ihnen, wenn niemand mehr ihnen helfen will. Das war unter der Gürtellinie, und ich entschuldige mich dafür."

Er berührte ihr Gesicht. „Wie kannst du so großzügig sein, wenn ich dich immer und immer wieder verletze? Crissy, du machst mir Angst. Du bist so lebensfroh und entschlossen. Nichts kann dich erschrecken."

„Da liegst du falsch. Ich habe oft Angst. Brandon hat mir Angst eingejagt, und wenn ich daran denke, dass ich bald ein Baby haben werde …" Sie schüttelte den Kopf. „Was ist, wenn ich alles falsch mache?"

„Das wirst du nicht."

„Was ist, wenn mein Baby mich hasst?"

„Unmöglich."

„Lass uns dieses Gespräch noch einmal führen, wenn er oder sie sechzehn ist."

„Teenager können niemanden leiden."

Sie lächelte. „Du willst ja nur, dass ich mich besser fühle. Das ist nett von dir." Das war mehr als nett. Er war gekommen, um den Riss in ihrer Beziehung zu kitten. Das war sehr viel wert. Vielleicht würde er auch irgendwann sein Herz für sie öffnen.

„Ich liebe dich", sagte er.

„Wirklich?" Anscheinend brauchte er doch keine Zeit mehr. „Das sagst du jetzt aber nicht, weil du dich schuldig fühlst, oder?"

Er beugte sich vor und küsste sie. „Nein, überhaupt nicht. Es ist echte Liebe. Liebe, die für immer hält. Die Eltern meiner Patienten sagen immer wieder, dass ich ihr Wunder bin. Das habe ich nie richtig verstanden. Bis jetzt. Weil du mein Wunder bist."

Ihre Augen fingen an zu brennen, aber dieses Mal waren es Freudentränen.

Josh küsste sie wieder. „Ich liebe dich, Crissy. Ich möchte mein Leben mit dir verbringen. Ich möchte mit dir alt werden. Ich möchte eine Vergangenheit und eine Gegenwart haben und eine Zukunft, auf die wir uns beide freuen können. Willst du mich heiraten?"

Der Schmerz, der so lange in ihr rumort hatte, verschwand, als ob er nie da gewesen wäre. Tiefe Zufriedenheit erfüllte sie. Dann rollte eine Träne ihre Wange herunter. „Ich kann es nicht fassen, dass ich gerade total verschwitzt bin und du mir ausgerechnet jetzt einen Antrag machst."

Er lächelte. „Du bist wunderschön."

Trotz der verschwitzten Klamotten und seines sauberen Hemds warf sie sich in seine Arme. „Ich liebe dich, Josh. Ich werde dich immer lieben."

„Ich liebe dich auch. Ich freue mich so sehr auf das Baby. Ich freue mich auf *unser* Baby. Machst du einen ehrlichen Mann aus mir?"

„Ja", sagte sie glücklich. „Ich werde dich heiraten. Ich werde vielleicht sogar deinen Namen annehmen."

„Du könntest ja einen Doppelnamen tragen. Phillips-Daniels. Das hört sich doch sehr schick an."

Er küsste sie. Sie verlor sich in dem wunderbaren Gefühl, ihm nahe zu sein. Jetzt hatten sie alle Zeit der Welt. Sie hatten ihr ganzes Leben vor sich. Es würde eine wundervolle gemeinsame Reise werden. Sie konnte es kaum erwarten.

– ENDE –

Du küsst so teuflisch gut

1. KAPITEL

Vor elf Jahren …

Ausgerechnet am Nachmittag ihres siebzehnten Geburtstags lag Meredith Palmer auf ihrem Bett und weinte bitterlich. Ihr ganzes Leben war ein einziges Desaster. Nie würde es besser werden. Eigentlich sollten doch gerade die Collegejahre die beste Zeit des Lebens sein. Aber offensichtlich nicht für sie.

Am besten, sie stürzte sich gleich aus dem Fenster ihres Zimmers im Studentenwohnheim, dann war wenigstens alles ein für alle Mal vorbei. Allerdings wohnte sie nur im dritten Stock, da würde sie wohl am Leben bleiben und als Krüppel enden.

Langsam richtete sie sich auf und wischte sich mit dem Handrücken über die Wangen. „Bei der Entfernung zum Boden und der Geschwindigkeit des Aufpralls …“, überlegte sie halblaut und schniefte leise, „und je nachdem, wie ich aufkomme …“ Sie griff nach einem Stück Papier und einem Stift. „Wenn ich mit den Füßen zuerst lande, was unwahrscheinlich ist, aber immerhin sein kann, dann würde der Aufprall …“

Sie notierte schnell ein paar Zahlen. Die Knochendichte spielte eine Rolle und natürlich der Untergrund, ob weiche Rasenfläche oder harter Beton …

Frustriert warf sie Papier und Stift zur Seite und ließ sich wieder auf das Bett fallen. „Ich bin wirklich nicht ganz normal“, stöhnte sie. „Anstatt es einfach zu tun, stelle ich mathematische Berechnungen an. Vollkommen blödsinnig. Kein Wunder, dass ich keine Freunde habe.“

Sie schluchzte. Es war aussichtslos. Sie war nun einmal ganz anders als die anderen und würde es immer bleiben. Ein einsames Leben lag vor ihr.

Sie hörte, wie die Tür geöffnet wurde, und presste das Gesicht nur umso fester in das Kissen. „Geh weg!“

„Ich denke nicht daran."

Oh, diese Stimme! Sie kannte sie nur zu gut. Ihr Besitzer war der Traum ihrer schlaflosen Nächte, der Held ihrer romantischen und sexuellen Fantasien. Groß, dunkel und mit mitternachtsblauen Augen …

Meri stöhnte tief auf. „Ich will nicht mehr leben. Kann mich nicht einfach jemand umbringen?"

„Das wird nicht passieren." Jack setzte sich auf die Bettkante und legte Meri seine warme große Hand auf den Rücken. „Aber, Mädchen, was ist denn los? Heute ist doch dein Geburtstag."

„Ja, und das ist furchtbar. Ich hasse mein Leben, es ist schrecklich. Ich bin schrecklich. Und außerdem bin ich fett und hässlich, und das wird sich nie ändern."

Sie hörte, wie Jack tief Luft holte. Er war so wunderbar. Nicht nur, dass er hinreißend aussah, er hatte immer Zeit für sie. Er redete mit ihr, als sei sie eine vollkommen normale Person. Nach ihrem Bruder Hunter war er für sie der wichtigste Mensch auf der Welt.

„Du bist nicht schrecklich", sagte er leise.

Natürlich fiel ihr sofort auf, dass er nicht sagte, sie sei nicht fett. Mit ihren 1 Meter 60 war sie nicht besonders groß und wog sicher mindestens dreißig Pfund zu viel. Außerdem hatte er nicht widersprochen, als sie meinte, sie sei hässlich. Jack war nett, aber leider log er nie.

Ihre Nase war einfach zu groß, und mit der Zahnspange und der unreinen Haut konnte sie nun wirklich keinen Schönheitswettbewerb gewinnen. Eher würde ein Zirkus sie für seine Freakshow engagieren.

„Ich bin abartig", stieß sie dumpf hervor, das Gesicht immer noch im Kissen vergraben. Durch die Heulerei waren ihre Augen verquollen, und den Anblick wollte sie Jack nicht auch noch zumuten. „Ich wollte mich umbringen, und stattdessen fing ich an zu berechnen, wie sich der Sturz ... ach, ist ja auch egal. Auf alle Fälle bin ich nicht normal."

„Du hast recht, Meri. Du bist nicht normal. Aber das ist ja gerade das Besondere an dir. Du bist viel besser als die normalen Menschen. Du bist ein Genie. Im Vergleich mit dir sind wir anderen Idioten."

Er war kein Idiot, er war absolut vollkommen.

„Seit ich zwölf bin, bin ich nun schon auf dem College. Da müsste ich doch allmählich mal fertig sein. Ich meine, wenn ich wirklich intelligent wäre."

„Aber du hast doch schon mindestens zwei Abschlüsse gemacht und bist schon bei deiner Doktorarbeit."

„Und wenn schon ..." Sie drehte sich auf die Seite. Ihr Herz zog sich zusammen, wie immer, wenn sie ihn ansah. Schnell schlug sie die Hände vors Gesicht. „Ich muss irgendwie mein Gehirn abschalten."

„Aber warum denn? Damit du so bist wie wir alle?"

„Ja." Sie nahm die Hände herunter und sah ihn an. „Ich möchte so sein wie alle anderen auch, ein ganz normales Mädchen."

Er schüttelte lächelnd den Kopf. „Tut mir leid, aber du wirst immer etwas Besonderes sein."

Oh, sie liebte ihn so! Wenn sie doch mehr für ihn sein könnte als die kleine Schwester seines besten Freundes. Wenn er sie als Frau betrachten könnte, als die wunderschöne Frau, nach der er sich sehnte. Wie gern würde sie ihm gestehen, dass sie ihn liebte und ihn immer lieben würde.

„Ich habe keine Freunde", sagte sie stattdessen. „Ich bin immer die jüngste gewesen, viel jünger als die anderen in meinem Semester. Die betrachten mich als eine Art Wunderkind und warten nur darauf, dass ich ausgebrannt bin und nichts mehr bringe."

„Das wird aber nicht passieren."

„Ich weiß. Aber da ich hier auf der Uni vollkommen isoliert bin und mir außerdem seit dem Tod meiner Mutter ein weibliches Vorbild fehlt, werde ich nie ein normales Mitglied der Gesellschaft sein. Zumindest ist die Wahrscheinlichkeit nicht sehr groß. Wie gesagt, ich bin eben eine Außenseiterin und werde es immer bleiben." Sie konnte die Tränen nicht länger zurückhalten. „Ich werde nie einen Freund haben", schluchzte sie.

„Aber natürlich! Du bist doch noch so jung. Hab Geduld."

„Nein, ich werde immer allein bleiben. Und selbst wenn jemand mal aus Mitleid mit mir ausgeht, muss er schon betrunken oder vollkommen zugedröhnt sein, damit er mich küsst, geschweige denn mit mir schläft. Ich werde als Jungfrau ster… sterben."

„Aber nein!" Jack zog sie hoch und nahm sie in die Arme. „Was für ein Unsinn. Das ist wirklich kein schöner Geburtstag für dich."

„Das kann man wohl sagen." Sie schmiegte sich an ihn. Wie wohl sie sich in seinen starken Armen fühlte. Und er roch so gut. Wenn er jetzt noch verrückt nach ihr wäre, dann wäre das die Gelegenheit …

Aber anstatt ihr ewige Liebe zu schwören und ihr die Kleider vom Leib zu reißen, tätschelte er ihr nur kurz den Rücken und ließ sie dann los. „Ich weiß, Meri, du bist momentan in einer sehr schwierigen Lage. Du bist viel zu jung für deine Kommilitonen, und für die Jugendlichen deines Jahrgangs bist du zu erwachsen."

Sie wollte schon einwenden, dass sie doch nur vier Jahre jünger sei als er und deshalb gut zu ihm passe. Aber sie wusste, dass Jack so jemanden wie sie nicht nötig hatte, denn bei ihm standen die Frauen Schlange. Und alle waren sie jung und hübsch und schlank. Oh, wie sie diese Frauen hasste!

„Diese Phase wird vorbeigehen. Du wirst sehen, in ein paar Jahren sieht alles besser aus."

„Das glaube ich nicht. Ich werde immer anders sein als die anderen. Ich werde nie dazugehören."

Er strich ihr kurz über die Wange. „Quatsch. Es wird sich alles regeln. Davon bin ich fest überzeugt."

„Aber wenn du dich nun irrst? Wenn ich doch als Jungfrau sterben muss?"

Er lachte leise. „Das wird bestimmt nicht geschehen. Versprochen."

„Du willst mich doch nur trösten."

„Kann sein." Er beugte sich vor, und bevor sie wusste, wie ihr geschah, hatte er sie geküsst. Auf den Mund! Sie spürte seine warmen weichen Lippen auf ihren, und dann war schon alles vorbei.

Das durfte nicht sein. „Nein, nicht so!", stieß sie atemlos hervor und packte ihn beim Sweatshirt. „Jack, bitte. Ich möchte, dass wir zusammen sind!"

Mit einem Ruck machte er sich frei. Gerade noch hatte er auf ihrem Bett gesessen, in der nächsten Sekunde stand er bereits an der Tür.

Sie wurde knallrot vor Scham. Warum hatte sie das bloß gesagt? Sie würde alles dafür geben, die Worte zurücknehmen zu können. Wie wahnsinnig peinlich. Nie würde sie diesen Augenblick vergessen. Er durfte nicht wissen, was sie für ihn empfand. Sicher hatte er geahnt, dass sie irgendwie in ihn verknallt war. Aber jetzt hatte er Gewissheit.

„Jack, ich …"

Er schüttelte den Kopf. „Tut mir leid, Meri, aber es geht nicht. Du bist Hunters kleine Schwester. Da könnte ich nie … ich meine, ich sehe in dir etwas ganz anderes."

Das überraschte sie nicht. Warum sollte er sich auch mit einem unansehnlichen Mädchen wie ihr abgeben, wenn die schönsten Frauen sich ihm an den Hals warfen. „Ist schon klar, verstehe. Geh jetzt bitte."

Er griff nach der Türklinke, drehte sich dann aber noch einmal nach ihr um. „Ich möchte, dass wir Freunde bleiben, Meri. Du bist eine gute wertvolle Freundin für mich, die ich nicht verlieren möchte." Mit diesen vernichtenden Worten verließ er den Raum.

Meri saß auf der Bettkante und starrte vor sich hin. Wann würde endlich dieser brennende Schmerz nachlassen? Wann würde sie sich endlich nicht mehr als Außenseiterin fühlen? Wann würde sie endlich aufhören, Jack zu lieben? Wann würde sie endlich mit anderen zusammen sein können, ohne sich zu wünschen, der Boden tue sich unter ihr auf und verschlinge sie?

Unwillkürlich langte sie unter das Bett und zog eine Plastikschachtel hervor, in der sie Süßigkeiten aufbewahrte. Sie holte sich einen Schokoriegel heraus und wickelte ihn aus.

Schlimmer konnte es nicht kommen. Sie hatte keinerlei Hoffnung mehr, dass sich jemals etwas zum Besseren wenden könnte.

Sie biss ab. Kaute hastig und schluckte. Der Zucker und das Fett würden sie trösten. Zumindest tat es dann nicht mehr so weh. Sie würde sich nicht mehr so einsam fühlen und nicht mehr so sehr darunter leiden, dass Jack Howington III. sie zurückgewiesen hatte. Dieser Mistkerl.

Warum liebte er sie nicht? Sie war doch ein guter Mensch. Aber sie war nicht blond und zierlich und hatte keine tolle Figur so wie die Mädchen, mit denen er ins Bett ging.

„Ich bin zu intelligent", flüsterte sie, „das schreckt die Männer ab."

Doch noch während sie es aussprach, wusste sie, dass das nicht ganz stimmte. Nicht nur ihr außergewöhnlicher IQ war schuld daran, dass sich kein junger Mann für sie interessierte. Auch ihr Aussehen hatte viel damit zu tun. Immer wieder hatte sie sich mit Essen getröstet, vor allem, seit ihre Mutter vor vier Jahren gestorben war. Als ihr Vater den Vorschlag machte, sich vielleicht die Nase operieren zu lassen, hatte sie ihren Vater angeschrien. Wenn er sie wirklich lieben würde, hatte sie ihn empört und verletzt angefahren, dann würde er dieses Thema nie wieder anschneiden. Aber eigentlich hatte sie nur Angst gehabt, Angst davor, sich zu verändern, aber auch Angst davor, dieselbe zu bleiben.

Schwerfällig stand sie auf und starrte die Tür an, durch die Jack verschwunden war. „Ich hasse dich, Jack“, sagte sie dumpf, und die Tränen liefen ihr über die Wangen. „Ich hasse dich, und das werde ich dich spüren lassen. Warte nur, bis ich so hübsch bin, dass du einfach mit mir schlafen musst. Und danach werde ich dich verlassen und dir das Herz brechen. Du wirst schon sehen!“

Elf Jahre später

Jack Howington III. war zwei Tage durchgefahren. Er hätte auch mit seinem Privatjet fliegen und sich dann am Flugplatz ein Auto mieten können, um zum Lake Tahoe zu fahren. Denn einen Wagen brauchte er in dem Monat, den er in Hunters Landhaus verbringen musste. Aber er hatte diese zwei Tage genutzt, um sich über so einiges klar zu werden.

Seine Assistentin war außer sich gewesen, dass sie ihn zwei Tage lang nicht erreichen konnte, aber er hatte es genossen, ohne Fax, Telefon und Computer zu sein. Schon lange hatte er nicht diese Art der Ruhe empfunden, sein Leben in den letzten Jahren war mehr als hektisch gewesen. Und selbst wenn er allein war, hatte er sich nicht wirklich entspannen können, denn die Vergangenheit ließ ihn nicht los.

Eine lange Einfahrt führte zu dem großen Haus, das offenbar ganz aus Holz gebaut war. Durch die Bäume, die das Haus umgaben, schimmerte der blaue See. Große Steinstufen führten zu einer schweren Holztür.

Jack parkte den Mercedes dicht vor dem Haus und stieg aus. Die Lodge war erst kürzlich erbaut worden, zehn Jahre nach dem Tod des Freundes. Aber Jack hatte das Gefühl, als habe Hunter detaillierte Anweisungen hinterlassen. Er hatte wohl eine sehr genaue Vorstellung davon gehabt, wie das Haus einmal aussehen sollte. Alles hier erinnerte Jack an Hunter, was einerseits gut, andererseits aber auch traurig war.

Es ist ja nur ein Monat, versuchte er sich zu beruhigen, während er sein Gepäck aus dem Kofferraum nahm. Nach diesem Monat, so hatte der Freund testamentarisch hinterlassen, würde die Lodge zu einem Erholungsheim für Krebspatienten umgebaut. Außerdem sollten zwanzig Millionen aus seinem Nachlass der Stadt oder irgendeiner wohltätigen Vereinigung übergeben werden, die für das Heim zuständig war. So genau erinnerte Jack sich nicht mehr, die Einzelheiten hatten ihn nicht weiter interessiert. Er wusste nur, dass der Freund ihn um einen letzten Gefallen gebeten hatte, nämlich diesen einen Monat hier zu verbringen. Und da Jack ihn oft genug enttäuscht hatte, musste er ihm diesen letzten Wunsch einfach erfüllen.

Er ging auf das Haus zu und blieb abrupt stehen, als sich die Eingangstür öffnete. In dem Brief des Testamentsvollstreckers war Jack eine ruhige Zeit zugesichert worden, außerdem ein gut ausgestattetes Büro und eine Haushälterin.

Hört sich gut an, hatte Jack damals gedacht. Als aber jetzt die kleine zierliche Frau auf die oberste Treppenstufe trat, war er nicht mehr so sicher. Neben Hunter, der sein Gewissen belastete, aber schon lange tot war und deshalb keine Gefahr mehr darstellte, war sie der letzte Mensch, dem er in seinem Leben hatte wiederbegegnen wollen.

„Hallo, Jack“, sagte sie.

„Meredith.“

Sie sah ihn aus großen blauen Augen erstaunt an. „Du hast mich erkannt?“

„Sicher. Warum denn nicht?"

„Wir haben uns doch schon ewig nicht mehr gesehen und uns beide ziemlich verändert."

„Ich würde dich überall wiedererkennen." Über die Jahre hatte er zwar versucht, ihre Spur nicht zu verlieren, denn das wenigstens war er Hunter schuldig. Schließlich hatte er dem Freund versprochen, auf dessen kleine Schwester aufzupassen. Allerdings hatte er sich mit ihr nicht persönlich in Verbindung gesetzt und sie auch schon lange nicht mehr gesehen. Das erleichterte ihm die Situation. Er war immer regelmäßig über ihren Werdegang informiert worden und war deshalb auch nicht erstaunt über ihr Aussehen. Sie wirkte irgendwie anders, sehr viel weiblicher, als er sie in Erinnerung hatte. Er wusste, dass sie vorübergehend in Kalifornien bei JPL arbeitete, einem Unternehmen, das sich mit der Entwicklung von Raketenantriebsstoffen beschäftigte. Was genau sie da getan hatte, war ihm nicht klar. Und vor allem hatte er keine Ahnung gehabt, dass sie auch hier sein würde.

Sie murmelte irgendetwas vor sich hin. „Gut zu wissen", sagte sie dann lauter.

Ihre Augen waren immer noch so blau, wie er sie in Erinnerung hatte. Hunters Augen hatten die gleiche Farbe gehabt und auch die gleiche Form. Auch ihr Lachen war ähnlich, doch davon abgesehen hatten die Geschwister nicht viel gemein.

Er hatte Meredith schon seit Jahren nicht mehr gesehen. Das letzte Mal wahrscheinlich bei Hunters Beerdigung. Und davor …

Entsetzlich, er wollte nicht an ihr herzergreifendes Geständnis denken, damals, als sie siebzehn gewesen war, und vor allem nicht daran, wie ungeschickt, ja, brutal er darauf reagiert hatte. Aber seitdem war viel Zeit vergangen, versuchte er sich zu beruhigen.

Sie ist jetzt wirklich eine erwachsene Frau, stellte er fest, als sie die Stufen herunterkam und vor ihm stehen blieb. Der Babyspeck war weg, und sie hatte sich zu einer hübschen und attraktiven Frau entwickelt, die selbstbewusst war und zu wissen schien, wo ihr Platz in dieser Welt war.

Unter anderen Umständen wäre er durchaus an ihr interessiert gewesen. Aber bei Meri war das anders. Schließlich hatte er sein Wort gegeben.

„Offenbar hast du auch einen Brief von dem Anwalt bekommen", sagte sie lächelnd. „Denn sonst wärst du wohl nicht hier. Du musst einen Monat hierbleiben. Nach dieser Zeit werden das Haus und das Geld in einer feierlichen Zeremonie der Stadt übergeben. Dazu sind auch die anderen, die alle schon einen Monat hier verbracht haben, eingeladen. Und nach eurem Wiedersehen kannst du Hunter's Landing verlassen, bist also wieder ein freier Mann." Sie warf einen kurzen Blick auf seinen Koffer und die Tasche mit dem Laptop. „Du reist ja mit erstaunlich leichtem Gepäck."

„Ja, man ist beweglicher."

Sie neigte leicht den Kopf und sah ihn skeptisch an. Diese Geste erinnerte ihn sehr an die Meri von früher. Das junge Mädchen hatte er immer sehr gern gehabt. Aber er hatte nicht damit gerechnet und auch nicht die Absicht gehabt, die Frau, zu der sie geworden war, kennenzulernen.

Er blickte sie langsam von oben bis unten an und runzelte die Stirn. Bildete er sich das nur ein, oder war ihre Shorts nicht viel zu kurz? Nicht, dass sie es sich nicht leisten konnte, bei den Beinen. Außerdem musste er zugeben, dass ihm der Anblick gefiel. Aber dies war Meredith, Hunters kleine Schwester. Und musste die Bluse wirklich so durchsichtig sein?

„Ich wohne übrigens auch hier", sagte sie mit leiser tiefer Stimme.

Bei jeder anderen Frau hätte er das als Einladung verstanden. Aber nicht bei Meredith, da durften ihm diese Gedanken nicht kommen. „Warum denn das?", fragte er barsch.

„Ich bin die Haushälterin, die dir versprochen worden ist. Ich bin hier, um dir das Leben … angenehmer zu machen."

„Ich brauche keine Haushälterin!"

„Tut mir leid, du hast keine Wahl. Ich gehöre zum Haus dazu, bin also Teil des ganzen Deals."

„Das ist doch lächerlich." Was soll das? fragte er sich. Er wusste, dass sie zu einem Think Tank in Washington gehörte und momentan in der Forschung von JPL arbeitete. Und hier wollte sie also die Haushälterin spielen?

„Tz, tz …", sie schüttelte lächelnd den Kopf. „Wie kannst du so etwas sagen? Es ist Hunters Wunsch. Sind wir nicht beide seinetwegen hier?"

Die Geschichte kaufte er ihr nicht ab. Eine Wissenschaftlerin mit ihren Qualitäten sollte einen Monat lang für ihn kochen und putzen? Das konnte doch nicht in Hunters Sinn gewesen sein. Aber auch die anderen Freunde hatten hier auf Hunters Wunsch hin einen Monat verbracht. Vielleicht wollte er auch seine Schwester hier haben? Das war immerhin möglich. Wahrscheinlich passte es ihr auch nicht, diesen Monat hier gemeinsam mit ihm verbringen zu müssen. Ganz sicher hatte sie sein Verhalten an ihrem siebzehnten Geburtstag nicht vergessen.

Er hatte sie sehr verletzt. Das war zwar nicht seine Absicht gewesen, aber es war nun einmal geschehen. Und hinterher hatte er nicht gewusst, wie er sie hätte trösten können. Dann war Hunter gestorben, und seit seinem Tod war sowieso alles anders.

Vielleicht aber bildete er sich das alles nur ein. Vielleicht war es Meri vollkommen egal, was damals geschehen … oder eben nicht geschehen war.

„Lass uns reingehen."

Die große Eingangshalle, die sie nun betraten, hatte einen Steinboden. Eine breite Holztreppe führte in die oberen Stockwerke. Der Raum wirkte eindrucksvoll, aber nicht überladen. Wahrscheinlich hätte Jack sich ein solches Haus nie gebaut, aber er war froh, dass er es nicht mit üppigen Vorhängen und Fransen und Schalen voll getrockneter Blüten zu tun hatte.

„Dein Schlafzimmer ist im ersten Stock."

Er blickte sich um. „Dann schläfst du hier unten?"

„Nein. Mein Zimmer ist auch im ersten Stock, gleich neben deinem. Wir sind nur durch eine Wand getrennt." Unter halb geschlossenen Lidern sah Meri Jack schmachtend an. Sie wollte, dass er gleich wusste, woran er war. Schließlich hatte er sie vor elf Jahren so schnöde abgewiesen. Das konnte sie auch und auf jeden Fall noch besser.

Bevor er noch reagieren konnte, wandte sie sich ab und ging auf die Treppe zu. „Oben unter dem Dach ist ein Büro", warf sie ihm über die Schulter hinweg zu, „das kannst du gern benutzen. Es hat Internetanschluss und ein Fax. Ich werde mich im Esszimmer ausbreiten. Wenn ich arbeite, brauche ich Platz. Denn ich gehöre zu den Leuten, die sehr ... engagiert sind, wenn sie sich mal auf etwas *einlassen*."

Sie betonte das letzte Wort derartig stark, dass sie fast losgeplatzt wäre vor Lachen. Die ganze Sache fing an, ihr riesigen Spaß zu machen. Sie hätte Jack schon vor Jahren für das bestrafen sollen, was er ihr damals angetan hatte.

Als sie die Treppe hinaufstieg, schwang sie bewusst verführerisch mit den Hüften und beugte sich etwas vor, damit die sowieso schon kurze Shorts noch etwas höher rutschte. Auch bei dem knappen Top brauchte man nicht viel Fantasie, um sich vorzustellen, was darunter war. Sie hatte fast zwei Tage in verschiedenen Boutiquen zugebracht, um das richtige Outfit zu finden, aber das Ergebnis konnte sich wirklich sehen lassen.

Die Shorts war so knapp geschnitten, dass man den Ansatz ihres Pos sehen konnte. Das war vielleicht etwas ordinär, aber sehr wirksam. Die hohen dünnen Absätze der Sandaletten ließen ihre Beine endlos lang erscheinen, ein alter Trick von kleinen Frauen, wie sie eine war. Natürlich hatte sie sich auch geschminkt, und die lang herunterhängenden Ohrringe berührten beinahe die fast nackten Schultern.

Wenn ihre Kollegen aus dem Entwicklungslabor sie so sehen würden, wären sie wahrscheinlich schockiert. Normalerweise trug sie nur Hosenanzüge und darüber meist einen Kittel. Aber in diesem Monat würde sie sich so aufreizend wie möglich zurechtmachen und jede Minute genießen.

Oben im Flur blieb sie so plötzlich stehen, dass Jack gegen sie stieß. Um sein Gleichgewicht zu halten, streckte er die Arme vor. Meri, die damit gerechnet hatte, drehte sich lächelnd zu ihm um, sodass er unabsichtlich ihre linke Brust berührte.

Er erstarrte und zog sich so schnell zurück, dass er fast gefallen wäre. Hm, auch nicht schlecht, dachte Meri. Jack Howington III. als hilfloses Häufchen auf dem polierten Holzfußboden …

„Pardon …“, murmelte er.

„Aber, Jack“, sagte sie mit honigsüßer Stimme, „war das ein Annäherungsversuch? Ich muss schon sagen, das war ein bisschen plump. Ich hätte dir mehr zugetraut.“

„Das war kein Annäherungsversuch.“

„Nein?“ Sie stemmte die Hände in die Hüften und sah ihn herausfordernd an. „Warum denn nicht? Bin ich nicht dein Typ?“

„Was soll das, Meri? Worum geht’s hier eigentlich?“

„Ach, Jack, das ist kompliziert. Wo soll ich nur anfangen?“

„Am besten am Anfang. Normalerweise macht man das so.“

Beim Anfang? Aber was war der Anfang? Vielleicht die Empfängnis, als aus irgendwelchen unerklärlichen Gründen ein Mädchen mit einem außergewöhnlichen IQ entstand? Oder der Tag, an dem Meri begriff, dass sie immer eine Außenseiterin bleiben würde? Oder der Nachmittag vor elf Jahren, den sie nie vergessen würde? Als der Mann, den sie liebte, sie so grausam zurückgewiesen hatte?

„Wir müssen hier nun mal diesen Monat gemeinsam verbringen“, sagte sie leichthin. „Warum sollten wir uns die Zeit nicht auf angenehme Weise vertreiben und auch ein bisschen Spaß haben?“

Er wich zurück. „Was ist los mit dir? Das sieht dir gar nicht ähnlich.“

„Woher weißt du das so genau? Du hast mich doch schon lange nicht mehr gesehen. Ich bin jetzt erwachsen.“ Langsam drehte sie sich einmal um die eigene Achse. „Gefällt dir nicht, was du hier vor dir siehst?“

„Du siehst sehr gut aus, und das weißt du auch. Also, was soll das Ganze?“

Was es sollte? Sie wollte, dass er vor ihr auf Knien lag, dass er sich nach ihr verzehrte. Sie würde einmal nachgeben und ihn dann fallen lassen. Das war ihr Plan, immer schon.

„Ich werde nicht mit dir schlafen“, sagte er entschieden. „Du bist Hunters Schwester. Ich habe ihm versprochen, auf dich aufzupassen. Das bedeutet, dich zu beschützen, aber nicht, mit dir ins Bett zu gehen.“

Sie hatte sich fest vorgenommen, sich nicht aus der Ruhe bringen zu lassen, aber sie konnte sich einfach nicht zurückhalten. „Mich beschützen? Dass ich nicht lache! Zwei Sekunden nach Hunters Beerdigung warst du schon wie vom Erdboden verschluckt und mit dir all deine Freunde. Von denen hatte ich auch nichts anderes erwartet, wohl aber von dir. Hunter hatte mir gesagt, dass du immer für mich da sein würdest, was auch geschehe, aber das war nicht so. Du warst weg. Ich war noch sehr jung, Jack. Mein Vater war ein hoffnungsloser

Fall, ich war allein und hatte keine Freunde, und du warst verschwunden. Weil das für dich einfacher war, als sich der Verantwortung zu stellen."

Er stellte sein Gepäck ab. „Deshalb bist du also hier? Um mir Vorwürfe zu machen?"

Er hatte ja keine Ahnung. „Das ist nur ein Teil des Vergnügens."

„Würde es dir helfen, wenn ich mich entschuldige?"

„Nein." Nichts konnte etwas an der Tatsache ändern, dass er sie im Stich gelassen hatte, so wie jeder, den sie bisher geliebt hatte.

„Meri, ich weiß, dass zwischen uns nicht alles so gelaufen ist, wie es hätte laufen sollen. Aber da wir hier nun einen ganzen Monat lang zusammengesperrt sind, müssen wir irgendwie eine Möglichkeit finden, miteinander auszukommen."

„Du meinst, wir sollten Freunde werden?" Sie musste daran denken, wie er ihr damals seine Freundschaft angeboten hatte, gleich, nachdem er sie als Frau zurückgewiesen hatte.

„Wenn du willst."

Sie atmete einmal tief durch. „Nein, Jack. Entweder wir werden ein Liebespaar oder gar nichts."

2. KAPITEL

Als Meri am nächsten Morgen aufwachte, fühlte sie sich sehr viel besser. Sie hatte Jack am Abend zuvor etwas zum Essen hingestellt und war dann in ihr Zimmer geflohen. Im angrenzenden Badezimmer hatte sie sich erst einmal ein heißes Bad eingelassen und lange Zeit einfach nur geweint. Eine ganze Menge Tränen hatte sie für ihren Bruder vergossen, den sie sehr geliebt hatte. Aber am meisten hatte sie sich selbst bedauert. Was für ein Schwächling war sie gewesen. Was hatte sie alles mit sich machen lassen. Aber sie hatte auch einiges ertragen müssen.

Nach Hunters Tod war ihr Vater zu nichts mehr zu gebrauchen gewesen. Nach einem Jahr fing er an, sich neunzehnjährige Freundinnen zuzulegen, und so war es bis heute geblieben.

Sie war ganz auf sich gestellt gewesen, und sie hatte es überlebt. Kam es darauf nicht im Leben an? Dass man sich Hilfe da holte, wo man sie bekam, und schließlich das erreichte, was man wollte?

Sie stellte das Radio an und begann sich zur Musik zu bewegen. Sie war noch nie in einer Disco gewesen. Sie hatte zu viel damit zu tun, sich durchs Leben zu kämpfen. Während sie die Hüften schwenkte, bürstete sie sich das Haar und flocht sich zwei Zöpfe. Dann zog sie ein knappes Tanktop über ihren Sport-BH und schlüpfte in Joggingshorts. Tennisschuhe ergänzten ihr Outfit – und schon war sie fertig.

Während sie immer noch den Discosound vor sich hinsummte, ging sie die breite Treppe hinunter und spielte in Gedanken noch einmal ihren nächsten Schachzug durch.

Jack war in der Küche. Sie ging auf ihn zu und strahlte ihn an. „Guten Morgen“, sagte sie und griff an ihm vorbei nach der Kaffeekanne. Dabei berührte sie ihn fast. „Wie hast du geschlafen?“

Seine dunklen Augen musterten sie kurz und sahen dann an ihr vorbei. „Gut.“

„Ich auch.“

Sie goss sich einen Kaffee ein, nahm einen Schluck und blickte Jack dann über den Rand des Bechers hinweg an. „So“, sagte sie, „wir haben also einen ganzen Monat. Das ist eine lange Zeit. Was wollen wir damit anfangen?“

„Nicht, was du vorhattest.“

„Hast du das nicht schon mal gesagt? Wiederholst du dich immer? Früher warst du sehr viel wortgewandter. Damals war ich allerdings jünger, und da ist man leicht zu beeindrucken und bewundert ältere Männer sowieso immer."

Er verschluckte sich fast an seinem Kaffee. „Ältere Männer?"

„Tja, inzwischen ist schon einiges an Zeit vergangen. Du musst doch jetzt fast vierzig sein, oder?"

„Ich bin zweiunddreißig, das weißt du ganz genau."

„Tatsächlich, du bist erst zweiunddreißig? Dann ist das Leben mit dir wohl nicht immer gut umgegangen, was?" Das war gemein, und sie wusste es. Aber ihn zu ärgern, machte einfach zu viel Spaß. In Wirklichkeit sah Jack fantastisch aus, absolut fit und sehr sexy. Mit ihm zu schlafen musste ein Vergnügen sein.

„Hast du es aufgegeben, mich zu verführen?", fragte er leise und drohend.

„Keineswegs. Aber es macht auch viel Spaß, dich zu ärgern."

„Ich schlafe nicht mit dir."

Sie blickte sich in der Küche um und sah ihn dann eher abwesend an. „Entschuldige, hast du was gesagt? Ich habe nicht zugehört."

„Du bist unmöglich. Die reinste Nervensäge."

„Aber doch eine ziemlich hübsche Nervensäge". Sie strich sich langsam über die Brüste, während sie ihn herausfordernd ansah. „Okay, anderes Thema. Zieh dich um. Ich zeige dir das Fitnesscenter hier ganz in der Nähe. Du kannst auch für nur einen Monat Mitglied werden. Dann können wir immer zusammen Sport machen."

„Was? Gibt es denn hier im Haus keine Fitnessgeräte?"

„Leider nicht. Hunter hat wohl nicht an alles gedacht. Wie gut, dass du mich hast."

Er starrte sie wütend an. „Du glaubst wohl, du kannst mich hier herumkommandieren?"

„Allerdings.“

Vorsichtig setzte er seinen Kaffeebecher ab, machte einen Schritt auf sie zu und sah ihr in die Augen. „Sei vorsichtig, Meri. Du spielst mit dem Feuer und weißt nicht, wie du damit umgehen sollst. Du kannst bei dieser Sache nicht gewinnen.“

Er forderte sie heraus? War er verrückt geworden? Sie hatte immer gewonnen, und so würde es auch diesmal sein. Allerdings fing ihre Haut an zu kribbeln, als sie seinen Blick auf sich fühlte. Er war sicher kein Mann, der mit sich spaßen ließ.

Aber er ist auch nur ein Mann, sagte sie sich schnell. Je eher sie ihn ins Bett bekam, desto eher konnte sie ihr altes Leben wieder aufnehmen.

Jack folgte Meri in das große Fitnesscenter, von dem aus man einen Blick auf den See hatte. Die Räume waren hell und sauber. Nur wenige Menschen trainierten hier. Wahrscheinlich hat gegen Mittag kaum jemand Zeit, dachte Jack, während er die verschiedenen Geräte musterte und sich in Gedanken seinen Übungsplan zusammenstellte.

Zu Hause in Dallas hatte er seinen eigenen Trainingsraum, der nach seinen Bedürfnissen eingerichtet war. Aber dies hier würde auch gehen.

„Wir können ja zusammen trainieren“, sagte Meri fröhlich, während sie sich dicht vor ihn hinstellte und ihn frech angrinste. „Das macht bestimmt Spaß.“

Sie versuchte, ihn aus der Fassung zu bringen, das war ihm sonnenklar. Aber er würde nicht reagieren, das hatte er sich fest vorgenommen, egal, was sie tat oder sagte. Meri bewegte sich auf dünnem Eis, das war ihr nur nicht bewusst. Er hatte sich vielleicht nicht so um sie gekümmert, wie er es hätte tun sollen. Aber er hatte versucht, sie zu schützen. Und das würde er auch weiterhin tun.

„Wollen wir erst ein paar Aufwärmübungen machen?", fragte sie. „Vielleicht auf dem Laufband? Ich gebe dir auch einen Vorsprung."

„Den brauche ich nicht." Er ging zu den Laufbändern, ohne sich nach ihr umzusehen.

„Das glaubst aber auch nur du."

Sie trat auf das Laufband direkt neben seinem und stellte es an. Er tat das Gleiche und kümmerte sich nicht darum, wie schnell sie das Band eingestellt hatte. „Du bist doch früher nie ins Fitnesscenter gegangen", bemerkte er, als er nach wenigen Minuten das Laufband schneller stellte und anfing zu joggen.

Meri stellte ihr Band auf die gleiche Geschwindigkeit wie seins. „Das stimmt. Ich habe lieber gegessen als Sport gemacht. Essen war mein einziger Freund, was nicht weiter verwunderlich war."

„*Wir* waren Freunde", sagte er. Das hatte er eigentlich nicht sagen wollen, auch wenn es die Wahrheit war. Er hatte Meri sehr gern gehabt. Sie war Hunters kleine Schwester und gehörte für ihn irgendwie mit zur Familie.

„Essen war der einzige Freund, auf den ich mich verlassen konnte", sagte Meri und stellte ihr Laufband schneller. Sie atmete etwas schwerer, aber schien überhaupt nicht zu schwitzen. „Es verschwand nicht einfach, wenn ich es am dringendsten brauchte."

Eins zu null für sie. Sie hatte recht, er war gleich nach Hunters Beerdigung abgehauen. Der Verlust des Freundes und sein schlechtes Gewissen Meri gegenüber hatten ihn so sehr bedrückt, dass er geflüchtet war. Ein paar Monate später hatte er an das Versprechen gedacht, das er dem Freund gegeben hatte, und einen Privatdetektiv engagiert. Alle zwei bis drei Monate erhielt er einen Bericht über Meris Leben. Ein Jahr später, mit einer eigenen Firma, hatte er auch seine eigenen Leute gehabt, die Meris Spur verfolgten. Er erfuhr, dass sie sich zu einer Schönheit entwickelt und offensichtlich ihr Leben selbst in die Hand genommen hatte.

„Leider hat es auch hässliche Nebenwirkungen, wenn Essen der beste Freund ist", fuhr sie fort. „Dennoch konnte ich nicht aufhören, mich mit Essen zu trösten. Erst als ich neue Freunde fand, konnte ich diese schädliche Angewohnheit abstellen." Sie grinste Jack kurz von der Seite her an. „Okay, die Therapie mag auch eine Rolle gespielt haben."

„Du hast eine Therapie gemacht?" Jack war überrascht, davon hatte er nichts gewusst.

„Ja, sogar ein paar Jahre lang. Ich habe mich besser kennengelernt. Ich habe herausgefunden, dass ich zu intelligent bin und auch ein bisschen verrückt, aber ich kann damit jetzt umgehen."

„Du bist nicht verrückt", warf er sofort ein. Sehr intelligent, ja, das war sie, wahrscheinlich sogar genial.

„Das kannst du gar nicht beurteilen", sagte sie. „Aber ich mag mich jetzt so, wie ich bin. Ich akzeptiere die guten und die schlechten Seiten an mir."

Verstohlen betrachtete er ihre schlanke Gestalt mit den Kurven an den richtigen Stellen. Das Gute schien durchaus zu überwiegen …

Die nächsten fünf Minuten liefen sie schweigend nebeneinander her. Als Meri die Geschwindigkeit ihres Bandes erhöhte, tat Jack nicht nur sofort das Gleiche an seinem Band, sondern stellte auch einen steileren Winkel ein.

„Du hältst dich wohl für unbesiegbar", stieß sie keuchend hervor. Ihr Atem kam jetzt schnell und hart.

„Du kannst nicht gewinnen", gab er zurück. „Ich habe längere Beine und mehr Muskelmasse."

„Das bedeutet, dass du mehr Gewicht mit dir herumschleppen musst."

Sie rannte noch drei Minuten weiter, dann verlangsamte sie das Tempo und blieb schließlich stehen. Sie wischte sich den Schweiß vom Gesicht und trank in großen Zügen aus der mitgebrachten Wasserflasche. Danach drückte sie wieder auf „Start“, lief aber jetzt sehr viel langsamer.

Jack fuhr die Geschwindigkeit auch herunter. Als das Band hielt, stieg er ab und blickte Meri anerkennend an. „Du bist gut in Form.“

„Ja, ich weiß. Wollen wir jetzt zu den Gewichten gehen? Ich kann gut mit Hanteln umgehen. Das wird auch etwas für dich sein, denn da kommt dir dein muskulöser Oberkörper zugute. Aber im Verhältnis gesehen, stemme ich sicher genauso viel wie du. Soll ich dir die Berechnungskurve mal aufzeichnen?“

Er lachte. „Nein, danke. Du suchst ja nur schon im Voraus nach einer Entschuldigung.“

Sie grinste. „Du willst nur nicht zugeben, dass ich recht habe.“ Sie holte sich verschiedene Hanteln und setzte sich auf eine Bank. „Erst muss ich meine Hände noch trocknen. Mir wäre beinahe mal eine Hantel aus der Hand gerutscht und auf mein Gesicht gefallen.“

„Du solltest vorsichtiger sein.“

„Ja, vor allem, da ich für meine neue Nase viel Geld bezahlt habe. Du hast noch gar nichts gesagt. Wie findest du sie?“

Er hatte nichts von der Nasenoperation gewusst. Vielleicht sah sie mit der kleineren Nase etwas hübscher aus, aber er konnte keinen großen Unterschied entdecken. „Okay.“

„Nur ‚okay‘? Meine Nase war riesig, und nun sieht sie normal aus.“

„Du machst dir zu viele Gedanken darum, dass du nicht der Norm entsprichst. Warum willst du unbedingt so sein wie jeder? Das ist doch kein erstrebenswertes Ziel.“

Sie schüttelte lächelnd den Kopf. „Was weißt du schon von der Norm? Du hast selbst nie dazugehört. Du bist reich geboren und bist immer noch reich.“

„Du doch auch.“

„Ja, aber hier geht es nicht um mich. Für Männer gibt es ganz andere Anforderungen, denen sie genügen müssen. Wenn du Geld hast, wirst du auch als totaler Losertyp dein Mädchen kriegen. Für Frauen ist das anders. Glücklicherweise konnte ich mir die Operation leisten."

Sie stand auf, drehte sich vor dem großen Spiegel zur Seite und betrachtete sich im Profil. „Manchmal denke ich, nachdem ich so viel abgenommen habe, ich sollte mir vielleicht auch noch die Brüste vergrößern lassen. Was meinst du?"

Sosehr er sich auch bemühte, sie nicht anzusehen, er konnte nicht widerstehen. Unwillkürlich wandte er den Kopf zur Seite und betrachtete ihre Brüste. Meri hob ihr Top an und gab den Blick auf ihren Sport-BH frei. „Findest du sie in Ordnung, Jack?"

Ein junger Mann kam vorbei und grinste. „Sie sind super, Schätzchen."

Meri zog das Top wieder herunter und lächelte den jungen Mann an. „Danke."

Jack hätte ihm am liebsten den Hals umgedreht.

„Nun mach doch nicht so ein böses Gesicht." Sie legte ihm die Hand auf den Arm. „Ich genieße es einfach, eine Frau zu sein."

„Du spielst immer noch deine Spielchen mit mir", sagte er düster und entzog ihr seinen Arm. „Aber ich werde dich in Zukunft vollkommen ignorieren."

„Wenn du meinst, dass du das schaffst ...", meinte sie schmunzelnd. „Aber lass uns das Thema wechseln. Wir wollen über dich sprechen. Männer sprechen normalerweise sehr gern von sich selbst."

Er griff nach zwei Hanteln und setzte sich auf die Bank. „Oder wir konzentrieren uns auf unser Work-out."

„Dabei können wir uns doch unterhalten." Sie hatte sich lang hingelegt und drückte abwechselnd zwei schwere Hanteln hoch. „Was hast du denn in den letzten zehn Jahren getrieben? Du warst beim Militär, sogar bei einer Spezialeinheit, soviel ich weiß."

„Ja."

„Und dann hast du eine Firma gegründet, die mit Unternehmen zu tun hat, deren Geschäfte sie in unsichere Gegenden der Welt führen."

„Ja." Offenbar hatte nicht nur er Nachforschungen angestellt.

„Und du sollst mit deiner Firma sehr erfolgreich sein."

„Ich bin ganz zufrieden." Fünfhundert Millionen hatte er im letzten Jahr umgesetzt. Seine Finanzberater beschworen ihn, an die Börse zu gehen. Aber Jack wollte seinen Einfluss auf die Firma nicht verlieren. Geld hatte er sowieso genug.

„Bist du verheiratet?", fragte sie.

Er warf ihr einen kurzen Blick zu. Sie hatte sich wieder hingesetzt und trainierte jetzt ihren Bizeps. Ihre honiggoldene Haut glänzte vom Schweiß, ihr Gesicht war leicht gerötet. Offenbar konzentrierte sie sich total auf das, was sie gerade tat.

Ob sie so auch im Bett war? Sich hundertprozentig auf den Sex konzentrierte?

Schnell schob er diesen unerwünschten Gedanken beiseite. Meri konnte für ihn nie mehr sein als Hunters kleine Schwester. Und wenn sie nackt um ihn herumtanzte und ihn anflehte, sie zu nehmen. Es würde nicht geschehen.

„Jack? Willst du die Frage nicht beantworten?"

Welche Frage? Ach so, ja. „Nein, ich bin nicht verheiratet."

„Du bist aber auch nicht schwul, oder? Hunter war da immer nicht so sicher."

Er ging nicht darauf ein. Wenn er sie einfach ignorierte, würde sie sicher bald mit der blöden Fragerei aufhören.

Sie lachte leise. „Entschuldige, das sollte ein Witz sein. Also, du bist nicht verheiratet, aber du hast eine feste Freundin?"

„Nein."
„Auch früher nicht?"
„Es gab eine Menge Frauen in meinem Leben."
Sie warf ihm einen tadelnden Blick zu. „Du weißt genau, wie ich das meine. Ich denke an eine Beziehung, bei der man nicht nur Körperflüssigkeiten austauscht. Warst du jemals verliebt?"
„Nein." Die Frauen hatten zwar meistens versucht, mehr daraus zu machen, aber er hatte sie erfolgreich abgewehrt.
„Ich auch nicht. Das finde ich richtig tragisch, denn ich möchte mich gern so richtig verlieben. Einmal war ich nahe dran. Damals dachte ich, ich sei verliebt, aber jetzt bin ich nicht mehr so sicher. Ich habe Probleme, mich wirklich auf jemanden einzulassen, habe immer Angst, ihn wieder zu verlieren. Das war mit meiner Mutter so und dann mit Hunter. Ist es nicht seltsam, dass man eine bestimmte Verhaltensweise nicht ändern kann, auch wenn man genau weiß, woher sie kommt?"
Er wusste nicht, was er darauf sagen sollte. In seiner Welt sprach man nicht über Gefühle.
„Du hast doch auch einen Bruder verloren, als du noch ziemlich jung warst", fing sie wieder an. „Das hat dich sicher auch schwer getroffen."
Er wollte nicht darüber nachdenken und noch weniger darüber sprechen. Abrupt stand er auf. „Ich gehe jetzt duschen."
Auch Meri stand auf. Sie trat dicht an ihn heran. „Wollen wir zusammen duschen?", fragte sie leise.
Kurz sah er sie vor sich, wie sie nackt vor ihm stand und das Wasser ihr über den schlanken Körper lief. Wie sie sich wohl anfühlte, wenn er sie berührte? Unwillkürlich krümmte er leicht die Finger, als bedecke er ihre Brüste mit den Händen. *Schluss jetzt! Er würde sie nicht gewinnen lassen. Es wurde Zeit, dass er mal andere Seiten aufzog.*
Er machte einen Schritt auf sie zu und drängte sie gegen die

Bank, sodass sie sich hinsetzen musste. Dann hockte er sich vor sie hin und sah sie ernst an.

„Du solltest wirklich mit diesen Spielchen aufhören“, sagte er leise und drohend. „Ich bin nicht einer von deinen Intellektuellen, die ihre Weisheit aus Büchern haben. Ich habe Dinge gesehen und Situationen überlebt, die du dir noch nicht einmal vorstellen magst. Du bist sehr intelligent, aber darum geht es hier nicht. Wenn du so weitermachen willst, bitte. Aber irgendwann wirst du die Konsequenzen dafür tragen müssen. Ist dir das klar, Mädchen?“

„Ich bin kein Mädchen mehr.“

Er griff nach ihrem Pferdeschwanz und zog gerade so stark daran, dass sie den Kopf nach hinten legen musste. Dann legte er ihr die andere Hand auf den Hals und strich ihr über die Kehle.

Sie war ihm ausgeliefert, und ihre Augen weiteten sich. Er sah, dass sie gegen ihre Furcht ankämpfte, aber da war auch noch etwas anderes. Etwas Sexuelles.

Das spürte er genau, denn auch er empfand diese verzehrende Spannung. Heiß stieg das Begehren in ihm auf, bis er nur noch daran denken konnte, was er alles mit ihr machen wollte.

Dann grinste sie. „Na, allmählich lasse ich dich wohl nicht mehr so kalt, was?“

Er ließ sie sofort los. „Du hast zu viel Fantasie, mein Kind.“

Später in ihrem Zimmer ließ Meri sich auf das Bett fallen und atmete ein paarmal tief durch. Bei Jacks Berührung hatte sich plötzlich etwas verändert. Er hatte bedrohlich gewirkt und konnte sicher auch gefährlich sein.

Schnell sprang sie wieder auf und verscheuchte den beunruhigenden Gedanken. „Das kann mich gar nicht beeindrucken“, sagte sie laut, während sie sich ein leichtes Sommerkleid überzog. „Ich bin hart im Nehmen.“ Ziemlich wenigstens.

Jack hatte recht. Die Dinge, die er durchgemacht hatte, konnte sie sich kaum vorstellen. Sie hatten sich beide in den vergangenen Jahren verändert, äußerlich, aber sicher auch innerlich. Hatte der Jack von heute noch irgendetwas mit dem jungen Mann von damals gemein, den sie gleichzeitig geliebt und gehasst hatte?

Während sie noch darüber nachdachte, hörte sie das dumpfe Vibrieren eines Lastwagenmotors. Sie blickte auf die Uhr. Genau pünktlich!

„Es ist da! Es ist da!“, jubelte sie, stürzte aus dem Zimmer und rannte die Treppe hinunter. „Jack, los, komm mit, und sieh dir das an. Es ist wahnsinnig cool!“

Schnell stieß sie die schwere Holztür auf und lief zum Lastwagen. „Waren Sie auch vorsichtig? Sie waren doch vorsichtig, oder? Es ist sehr teuer und empfindlich, und ich bin schon so gespannt, wenn es aufgebaut ist. Sie können es doch aufbauen und entsprechend einstellen? Sie wissen doch, wie? Sie haben das doch gelernt, oder?“

Der Mann hinter dem Steuer kletterte schwerfällig aus der Fahrerkabine. Er hatte ein Clipboard in der Hand und schüttelte jetzt langsam den Kopf. „Sie sind Wissenschaftlerin, was?“

„Ja. Woher wissen Sie das?“

„Kein normaler Mensch kann wegen eines Teleskops so außer sich geraten.“ Er wies auf das Auto, das hinter dem Lastwagen stand. „Er kann es einstellen. Ich liefere nur aus.“

Jack kam aus dem Haus und lief auf Meri zu. „Ein Teleskop?“

„Ja, es ist einfach super. Es war sehr teuer, aber sehr gute Teleskope sind nun mal teuer. Du wirst deinen Augen nicht trauen, wenn du hindurchsiehst. Es ist unglaublich, was man alles sehen kann, vor allem hier in der klaren Luft. Wann geht denn die Sonne unter?“ Sie blickte in den Himmel. Das würde wohl noch etwas dauern.

Jack starrte sie verblüfft an. „Du hast ein Teleskop gekauft?“

„Ja.“

„Aber es gibt hier bereits eins.“

Sie rümpfte die Nase. „Das ist doch kein Teleskop, das ist ein Spielzeug. Dieses hier ist ein fantastisches Instrument.“

„Aber du bist doch nur einen Monat hier.“

Vielleicht sogar kürzer, wenn ihre Rechnung aufging. „Ich weiß, aber ich muss unbedingt die Sterne beobachten.“

„Und du hast vor, es hierzulassen?“

„Ja. Die Menschen, die sich hier später von ihrer Krankheit erholen werden, können sich auch daran freuen.“ Aufmerksam beobachtete sie, wie die Ladefläche des Lastwagens sich senkte. „Ich werde eine kurze Bedienungsanleitung aufschreiben. Man braucht eigentlich nur einzutippen, was man sehen will, alles andere geht automatisch. Aber ich brauche das Programm natürlich nicht. Ich finde auch so alles, was ich will.“

„Daran zweifle ich nicht.“

Sie sah ihn stirnrunzelnd an. „Was?“

„Nichts.“

Was meinte er damit? Aber sie wusste, er würde es ihr nicht sagen, wenn sie fragte. „Hunter hätte große Freude daran gehabt“, sagte sie leise. Sicher hätte er sich zuerst über sie lustig gemacht, aber dann hätte man ihn kaum mehr von dem Teleskop weglocken können.

Die Gedanken an den Bruder waren schön und schmerzhaft zugleich. Sie hatte so viele wunderbare Erinnerungen, aber gleichzeitig wurde ihr immer wieder bewusst, dass er nicht mehr da war. Das war eine Wunde, die nie heilen würde.

„Ich denke jeden Tag an ihn. Wie schön wäre es, wenn er hier wäre. Denkst du auch manchmal an ihn, Jack?“

Er wandte sich ab. „Nein. Ich denke nie an ihn.“

Sie wusste, das war gelogen. Hunter und Jack waren sehr

eng befreundet gewesen, hatten sich wie Brüder verbunden gefühlt. Das konnte Jack nicht vergessen haben.

Einerseits tat er ihr leid, weil er seine Gefühle verleugnete. Auf der anderen Seite ärgerte sie sich darüber. Der Ärger überwog.

„Die meisten Menschen werden reifer mit dem Alter", sagte sie spitz. „Schade, dass das bei dir nicht der Fall ist. Du hast nicht nur dein Versprechen nicht gehalten, du bist auch ein Lügner."

3. KAPITEL

Jack verschwand einige Stunden in dem Büro oben unterm Dach, um zu arbeiten. Als Erstes rief er seine Assistentin in Dallas an.

„In Afghanistan werden mehr Straßen gebaut", teilte Bobbi Sue ihm mit. „Man denkt an einen Vertrag mit uns über achtzehn Monate. Aber normalerweise dauern diese Sachen länger. Und dann hat Schwester Helena angerufen. Sie erwarten eine neue Großlieferung von Medikamenten."

Jacks Unternehmen übernahm Schutzfunktionen in gefährlichen Teilen der Welt. Seine Leute sorgten zum Beispiel dafür, dass die Bautrupps in Ruhe arbeiten und dann das Land wieder verlassen konnten, aber auch, dass die Lastwagenkonvois für die Krankenhäuser nicht überfallen wurden. Diese Aufgaben waren sehr gefährlich, erforderten eine sehr genaue Planung, und ihre Ausführung wurde überdurchschnittlich gut bezahlt. Aber die Auftraggeber waren bereit, fast jede Summe für eine einigermaßen sichere Arbeitsatmosphäre zu zahlen.

Die Gewinne des Unternehmens kamen Organisationen zugute, die sich um Gegenden in der Welt kümmerten, in denen Armut und Hunger herrschten und für die selten etwas getan wurde. Jack Howington konnte sich keine andere Arbeit vorstellen. Denn die Howington-Stiftung für die Armen der Welt, die bereits sein Großvater gegründet hatte, hatte seine Moralvorstellungen geprägt.

Und obwohl viele ihn für verrückt erklärten, konnte er dieses Pflichtbewusstsein nicht abschütteln. Er war einfach der Meinung, dass es besser war, etwas Sinnvolles mit seinem Geld anzufangen, als es einfach zu verschleudern.

Es gab immer wieder Neider, die bemängelten, dass es für jemanden wie ihn, der einen Treuhandfonds von einer Milliarde Dollar geerbt hatte, leicht wäre, großzügig zu sein. Aber sie wussten nicht, dass er dieses Geld nie angerührt hatte. Denn er hatte sich geschworen, dass er es selbst aus eigener Kraft schaffen würde.

„Setzen Sie einen Vertrag für Ron auf", wies er seine Assistentin an, „mit den üblichen Klauseln. Und sagen Sie Schwester Helena, sie soll uns die günstigsten Daten für den Transport schicken und wir würden versuchen, den Zeitplan einzuhalten."

„Aber sie will möglichst bald los, auf alle Fälle noch in den nächsten Wochen, während Sie Urlaub am Lake Tahoe machen."

„Ich mache keinen Urlaub."

„Ein Monat in einem schicken Haus ohne Arbeit? Das hört sich für mich sehr nach Urlaub an."

„Ich arbeite hier."

„Aber sicher!!"

Bobbi Sue war manchmal etwas vorlaut und nahm sich allerlei heraus. Aber Jack nahm es hin, weil sie so gut war in ihrem Job. Vom Alter her hätte sie seine Mutter sein können, ein Umstand, den sie mit schöner Regelmäßigkeit erwähnte. Und wie eine Mutter beschwor sie ihn immer wieder, doch endlich eine Familie zu gründen.

„Dann muss jemand anderes sich um Schwester Helena kümmern“, sagte er. „Fragen Sie Wade, ob er Zeit hat.“ Wade war einer seiner besten Männer.

„Mach ich. Sonst noch etwas?“

„Nicht dass ich wüsste.“

„Eine Sache wäre da noch. Ich habe über Hunter’s Landing im Internet nachgelesen. Der Ort liegt ziemlich dicht an etlichen Kasinos.“

„Das weiß ich.“

„Dann sollten Sie auch mal ein paar Kasinos aufsuchen. Spielen Sie, gehen Sie gut essen, reden Sie mit Leuten, amüsieren Sie sich. Sie sind einfach zu oft allein.“

Er musste an Meri denken, deren Schlafzimmer direkt neben seinem lag. „Momentan nicht.“

„Soll das heißen, dass Sie eine Freundin haben?“

„Nein.“

Bobbi Sue seufzte. „Sie sollten heiraten.“

„Und Sie sollten sich nicht um Sachen kümmern, die Sie nichts angehen.“

„Okay. Vorübergehend.“ Sie lachte leise und legte auf.

Jack blickte auf den Bildschirm des Computers, aber er hatte erstaunlicherweise keine Lust, etwas zu tun. Ruhelos ging er in dem großen Raum hin und her, doch nicht einmal der atemberaubende Blick auf den See konnte seine Aufmerksamkeit fesseln. Also ging er nach unten, um sich der Frau zu stellen, die offenbar eine ausgesprochen schlechte Meinung von ihm hatte.

Eigentlich sollte es ihm egal sein, was sie von ihm hielt. Aber hier ging es um Hunter.

Meri saß in der Küche auf der Arbeitsplatte und löffelte Eis direkt aus einer riesigen Packung.

„Lunch?“

„So was Ähnliches. Ist nicht sehr gesund, aber mir war im Augenblick nach Sahne und Zucker.“

Jack wies auf den winzigen Löffel, den sie in der Hand hatte. „Was ist das denn?“

Sie wedelte mit dem Löffelchen. „Den benutze ich nur zum Eisessen. Ich versuche, Essen möglichst nicht mehr zur Kompensation für andere Dinge einzusetzen. Aber manchmal ist Eis die einzige Rettung. Dann benutze ich den kleinen Löffel, damit es länger dauert. Und meistens höre ich dann relativ bald auf. Von diesen Tricks, um mein Gewicht zu halten, habe ich eine ganze Menge auf Lager.“

„Und jetzt brauchtest du Trost?“

Sie leckte das Löffelchen ab, und Jack wurde ganz heiß, als er sie dabei beobachtete. Diese kleine flinke Zunge ... „Du hast dich unmöglich benommen“, sagte sie leise.

Er hatte ihr wehgetan. Hunter war immerhin ihr Bruder, und es schmerzte zu hören, dass er von seinen Freunden vergessen war.

Er lehnte sich gegen den Tresen, unschlüssig, was er tun sollte. Sein erster Impuls war zu verschwinden. Gefühle waren ihm gleichgültig, sollten es zumindest sein. Aber er hatte die Pflicht, sich um Meri zu kümmern. Auf keinen Fall wollte er die Situation für sie verschlimmern. Vielleicht sollte er ein kleines Zugeständnis machen.

„Ich *will* nicht über Hunter nachdenken“, gab er zu. „Ich habe mir die größte Mühe gegeben, ihn aus meinem Gedächtnis zu streichen. Aber ich kann es nicht. Ich muss dauernd an ihn denken.“

Sie betrachtete ihn misstrauisch. „Das glaube ich nicht.“

„Mir egal.“

„Gut. Wenn du versucht hättest, mich zu überzeugen, hätte ich gewusst, dass du mir nur etwas vormachst. Danke.“

Er schüttelte irritiert den Kopf. Was sollte das? War sie immer so kompliziert gewesen?

„Hast du viel geschafft?“, fragte sie und blickte auf ihre

Armbanduhr. „Ich leider nicht“, sagte sie dann, ohne seine Antwort abzuwarten. „Es gibt einfach zu viel zu tun, und ich sollte mich unbedingt auf eine Sache konzentrieren. Aber das ist nicht einfach. Das Teleskop, das Haus hier, du, mein Plan, dich zu verführen, wie soll ich das alles unter einen Hut bringen?“

„Hör doch endlich auf mit dem Quatsch!“

„Was meinst du? Das Teleskop? Oder den Plan, dich zu verführen?“ Sie lachte. „Nein, damit höre ich auf keinen Fall auf. Denn da mache ich Fortschritte. Zum Beispiel im Fitnessstudio, da bin ich dir ganz schön unter die Haut gegangen.“ Sie hielt ihm den Eisbehälter hin. „Willst du was, schöner Mann?“

Sie machte sich über ihn lustig. Sie war selbstbewusst, furchtlos und entschlossen – alles gute Eigenschaften, aber nicht in dieser Lage. Sie hatte recht, er wollte die Situation beherrschen. Und da fiel ihm nichts anderes ein als ...

Er nahm ihr den Behälter mitsamt dem Löffel aus der Hand und stellte ihn auf den Tresen. Dann strich er über ihre Wangen und küsste sie.

Er nahm sich einfach, was er wollte. Es wurde Zeit, dass sie begriff, mit wem sie es hier zu tun hatte. Und dass sie ihren Plan nicht bis zum Ende durchdacht hatte.

Kurz wurde sie steif in seinen Armen und hielt vor Überraschung die Luft an. Das nutzte er und zwang sie, die Lippen zu öffnen. Ihr Mund war kühl vom Eis, und sie schmeckte nach Schokolade. Er versuchte, die Zartheit ihrer Haut, die erregende Weichheit ihres Mundes und die Hitze, die ihn durchfuhr, zu ignorieren.

Doch sie stieß ihn leicht zurück und blickte ihm in die Augen. „Das ist alles?“, fragte sie. Dann legte sie ihm die Arme um den Nacken, zog ihn an sich und erwiderte seinen Kuss mit einer Leidenschaft, die ihn total überraschte.

Sie öffnete den Mund weit und ließ ihn ein, während sie gleichzeitig die Beine spreizte. Jack drängte sich zwischen ihre Schenkel und spürte ihre Erregung.

Sofort wurde er hart, und ein wildes Verlangen überfiel ihn, Verlangen nach einer Frau, die er nicht haben konnte. Verdammt.

Doch war seine Reaktion auf eine attraktive Frau nicht etwas völlig Normales? Dass es Meri war, die er begehrte, war mehr oder weniger Zufall. Er war lange mit keiner Frau zusammen gewesen, denn die kurzen Bettgeschichten hatten ihn gelangweilt. Kein Wunder also, dass er so auf sie reagierte. Er hatte doch auch Bedürfnisse. Das war es, nichts anderes.

Er trat zwei Schritte zurück. „Nicht schlecht."

„Es war sehr viel besser als ‚nicht schlecht', das weißt du ganz genau."

„Wenn du das unbedingt glauben willst, bitte."

„Du machst es mir nicht gerade leicht", sagte sie und sah ihn lächelnd an. „Aber das macht nichts, im Gegenteil. Umso süßer wird mein Sieg sein." Sie griff nach dem Eisbehälter und verschloss ihn wieder. „Ich habe genug gehabt."

„Dann ist dein Bedarf an Fett und Zucker gestillt?"

„Ich brauche keinen Trost mehr. Meine schlechte Laune ist weg."

Typisch Frau, dachte er. Dann lehnte er sich gegen den Tresen. „Weil ich dich geküsst habe?"

„Weil es dir gefallen hat", sagte sie, als sie zum Gefrierschrank ging.

Dagegen konnte er nichts sagen.

Sie stellte den Eisbehälter wieder zurück und schloss die Tür mit einem Hüftschwung. „Erzähl mir von deinen Frauen."

„Da gibt es nicht viel zu erzählen."

„Es ist nicht so einfach, jemanden zu finden, was?" Sie lehnte sich an den Tisch und sah Jack an. Diesmal blickten ihre

Augen nicht spöttisch oder herausfordernd. „Für Menschen wie uns, meine ich. Es ist schwer, den Richtigen zu treffen. Wegen des Geldes, meine ich."

Sie kamen beide aus sehr wohlhabenden Familien. Beide waren in dem Bewusstsein erzogen worden, bei der Partnerwahl sehr vorsichtig sein zu müssen. Zu groß sei die Gefahr, dass jemand sich nur wegen des Geldes für sie interessierte.

Und sofort fiel Jack das Gespräch zwischen Hunter und Meredith ein, bei dem er Zeuge hatte sein müssen. Der Freund hatte es so gewollt, damit er sicher sein konnte, dass seine Schwester auch zuhörte. „Die Männer werden sehr schnell herausbekommen, wer du bist und dass deine Familie Geld hat", hatte Hunter gesagt. „Du musst sehr wachsam sein und darfst nicht nur deinem Herzen vertrauen, sondern musst auch deinen Verstand einschalten."

Meri war damals sechzehn gewesen. Sie war unruhig auf ihrem Stuhl hin und her gerutscht, war dann schließlich aufgestanden und hatte den Bruder verzweifelt angesehen. „Aber wer will mich denn haben, wenn nicht wegen meines Geldes? Ich bin nicht hübsch, ich werde nie hübsch sein. Ich habe eine Zahnspange und eine große Nase und …", sie lachte verächtlich, „bin leider übermäßig intelligent. Solche Mädchen heiratet man nicht aus Liebe. Ich werde mir einen Mann kaufen müssen."

Hunter hatte den Freund ratlos angesehen, aber auch Jack wusste nicht, was er dazu sagen sollte, wie er Meri trösten konnte. Sie waren selbst noch zu jung gewesen, hatten kaum Erfahrungen gemacht, um einer Sechzehnjährigen zu sagen, wie sie ihr Leben führen sollte.

„Für mich ist es einfacher als für dich", sagte er leise und versuchte, die Erinnerung an Hunter und dessen Gespräch mit Meri zu verdrängen und daran, dass er beide hängen gelassen hatte. „Die Frauen, mit denen ich ausgehe, wissen nicht, wer ich bin."

„Das ist interessant. Ich spreche nie über meine Familie, aber irgendwie kriegen die es immer raus. Ich bin jetzt schon so weit, dass ich über die Männer, mit denen ich ausgehen will, vorher Nachforschungen anstellen lasse. Ich hasse das."

„Und dennoch ist es richtig." Sie war nicht die Einzige, die über die Männer Erkundigungen einzog. Denn auch Jack fühlte sich verpflichtet zu wissen, mit wem sie sich einließ. Wenn er den Eindruck hatte, es sei etwas Ernstes, setzte er sogar seinen Privatdetektiv auf den Mann an.

Sie sah auf die Uhr.

„Hast du noch eine Verabredung?", fragte er.

„Nein, eher eine Überraschung."

„Noch eine?"

„Allerdings." Sie lachte. „Aber um auf dich und deine Frauen zurückzukommen, es wartet wirklich keine süße kleine Frau auf dich in Dallas?"

„Ich habe dir doch schon gesagt, ich habe nichts übrig für süße kleine Frauen."

„Natürlich nicht. Du liebst die Herausforderung, ich weiß. Deshalb bist du ja auch von mir so angetörnt."

Offenbar hatte der Kuss sie nicht eingeschüchtert. Zumindest hatte sie ihren Plan nicht aufgegeben. Und da er keine Lust hatte, ihr in den nächsten dreieinhalb Wochen aus dem Weg zu gehen, musste er selbst einen Plan machen. Er hatte bisher immer das erreicht, was er wollte, und das würde auch jetzt so sein.

„Aber ich erwarte etwas mehr von den Männern in meinem Leben", fuhr sie fort. „Ich bin wahrscheinlich anspruchsvoller geworden. Ich suche nach jemandem, der einen normalen IQ und viel Humor hat, auf keinen Fall ein zweites Genie. Wer weiß, was für Missgeburten ich sonst zur Welt brächte."

Er lachte leise. „Dann willst du also deine eigene Gentechnikerin sein?"

„So ungefähr. Ich habe eine Liste der Charaktereigenschaften aufgestellt, die wichtig für mich sind, habe auch schon ein Computerprogramm für diesen Zweck entwickelt. Aber das schien mir dann doch irgendwie zu berechnend zu sein. Eine Liste ist besser. Außerdem brauche ich kein Extraprogramm, um zu wissen, dass Andrew ein toller Typ ist."

„Andrew?"

„Ja. Wir gehen schon eine Weile miteinander aus. Die Ergebnisse meiner Nachforschungen waren sehr positiv, und ich habe den Eindruck, die Sache wird ernst."

Andrew? Jack runzelte die Stirn. Warum wusste er nichts über diesen Mann? „Wie ernst denn?"

„Ich werde ihn wahrscheinlich heiraten", meinte Meri, hob dann plötzlich den Kopf und rannte zur Küchentür. „Hast du gehört? Sie sind da!"

Ihn heiraten?

Kopfschüttelnd folgte Jack Meri zur Haustür, die sie weit aufriss. Ein Shuttlebus hielt, die Tür wurde aufgeschoben.

„Wer ist da?", fragte Jack hinter ihr, aber Meri achtete nicht auf ihn. Sie hüpfte von einem Bein auf das andere, lief dann die wenigen Stufen hinunter und warf sich in die Arme der ersten Person, die aus dem Auto stieg. Der Mann war klein, dünn und trug eine Brille mit dicken Gläsern. Er wirkte in keiner Hinsicht bedrohlich, und trotzdem hätte Jack ihn am liebsten erschlagen.

„Endlich seid ihr da!", jubelte Meri und umarmte den Mann wieder. „Ihr habt mir so gefehlt."

Er machte sich behutsam von ihr frei. „War doch nur eine Woche, Meri."

„Stimmt." Meri lachte und umarmte den nächsten Besucher mit der gleichen Begeisterung.

Okay, dann ist der dünne Mann mit der Brille nicht Andrew, dachte Jack. Gut zu wissen.

Nacheinander stiegen acht Personen aus, die Meri alle strahlend begrüßte. Dann wandte sie sich zu Jack um. „Hört mal alle her. Das ist Jack. Jack, das ist mein Team."

„Team? Was für ein Team?"

Sie grinste. „Würdest du mir glauben, wenn ich sage, mein Poloteam?"

Die Neuankömmlinge sahen blass und schmal aus, nicht gerade sportlich. Wahrscheinlich hatte keiner von ihnen je ein echtes Pferd gesehen, geschweige denn, darauf gesessen. „Nein."

„Ist es auch nicht. Das sind meine Mitarbeiter bei JPL. Wir arbeiten daran, dass der Antriebsstoff für Raketen die Umwelt weniger belastet und trotzdem effizienter wird. Ich könnte dir das Ganze jetzt technisch genau erklären, aber ich möchte dich nicht langweilen."

„Das ist sehr nett. Aber was wollen sie alle hier?"

„Keine Panik, bitte. Sie werden nicht alle hier wohnen, lediglich Colin und Betina. Die anderen haben sich in umliegenden Hotels eingemietet."

Die Vorstellung, dass überhaupt jemand außer ihm und Meri noch in der Lodge wohnte, behagte Jack gar nicht. Er musste sich unbedingt auf seine Arbeit konzentrieren. Andererseits, wenn Meri von ihren Mitarbeitern in Anspruch genommen war, wurde das Leben hier für ihn einfacher.

„Aber warum sind sie überhaupt hier?", fragte er unwillig.

„Wir wollen zusammen arbeiten. Da ich hier nicht weg kann, sind sie eben hergekommen." Meri stieß Jack leicht in die Seite und flüsterte: „Wahrscheinlich wirst du es nicht glauben, aber normalerweise ist es sehr lustig mit ihnen."

Jack musterte die acht, die mit leicht zusammengekniffenen Augen in den Himmel starrten und nicht sehr glücklich aussahen. „Hm, schwer vorzustellen."

Meri ging auf die Älteste der Gruppe zu, eine etwas füllige

Blonde, die sehr stilvoll angezogen war. Lächelnd hakte sie sie unter und führte sie zu Jack. „Dies ist meine Freundin Betina. Ohne sie wären wir verloren, denn sie steht mit beiden Beinen auf der Erde und kümmert sich um alles, was wir Wissenschaftler so leicht vergessen. Sie ist meine beste Freundin und dafür verantwortlich, dass ich einigermaßen normal geworden bin."

Jack streckte die Hand aus und fragte sich, wie gut diese Betina Meri wohl wirklich kannte. Laut sagte er: „Willkommen. Ich freue mich, Sie kennenzulernen."

Betina nahm seine Hand und schüttelte sie kurz. „Und ich Sie. Endlich."

Endlich?

Meri sah die Freundin mit einem triumphierenden Lächeln an. „Habe ich es dir nicht gesagt?"

Gesagt? Was hatte sie ihr gesagt? Doch Jack kam nicht mehr dazu zu fragen, denn die Gruppe betrat das Haus. Er stand nur da, sah ihr sprachlos hinterher und fragte sich, seit wann er sein Leben nicht mehr im Griff hatte.

Meri saß im Schneidersitz auf dem Bett, während die Freundin auspackte. „Er ist doch einfach hinreißend, findest du nicht?"

Betina lächelte. „Ja, er sieht sehr gut aus, wenn man auf große dunkle Typen mit einschüchternder Ausstrahlung steht. Aber er schien nicht sehr glücklich über unsere Ankunft zu sein."

„Wahrscheinlich nicht. Ich hatte ihm auch nichts davon gesagt." Sie klatschte vergnügt in die Hände. „Es war einfach wunderbar, zumal ich ihm noch kurz vorher gesagt hatte, ich würde möglicherweise Andrew heiraten. Das war ein doppelter Schock für ihn. Herrlich!"

„Aber, Meri." Betina trug ihr Schminktäschchen in das angeschlossene Badezimmer. „Du weißt doch genau, dass du Andrew nicht heiratest. Du willst Jack nur ärgern."

„Ja, und das macht mir einen Heidenspaß." Meri ließ sich rückwärts auf das Bett fallen. „Warum sollte ich ihn nicht ärgern? Er verdient es, er war gemein zu mir."

„Das ist doch schon ewig her. Damals war er noch auf dem College, und in dem Alter sind Männer nicht gerade übermäßig sensibel. Eigentlich sind sie das nie ... Für seine Reaktion darauf, dass du ihm deine Gefühle offenbart hast, verdient er schon eine gewisse Strafe. Aber du übertreibst es, Meri."

Meri liebte Betina wie eine Schwester, manchmal sogar wie eine Mutter. Die Freundin war nur zwölf Jahre älter als sie, hatte aber ungleich mehr Lebenserfahrung.

Betina war Assistentin des Projektmanagers in dem Thinktank gewesen, für den Meri anfangs gearbeitet hatte. In Meris zweiter Woche war Betina in ihr Labor gekommen und hatte die Tür fest hinter sich zugemacht. „Haben Sie eigentlich irgendeine Art von Humor? Können Sie sich auch mal amüsieren?", fragte sie die neue Mitarbeiterin. „Ich weiß, dass Sie in Ihrem Fach ein Genie sind, aber wenn Sie hier mit den Leuten zurechtkommen wollen, müssen Sie Humor haben, so wie in jeder menschlichen Beziehung."

Meri hatte nicht gewusst, was sie dazu sagen sollte. Sie war achtzehn Jahre alt und hatte fürchterliche Angst davor, allein in einer fremden Stadt zu leben. Geld war nicht das Problem, denn sie wurde sehr gut bezahlt und hatte außerdem das Geld aus ihrem Treuhandfonds. Das letzte Drittel ihres Lebens hatte sie am College verbracht und hatte keine Ahnung, wie man außerhalb des Campus lebte. Wie richtete man eine Wohnung ein? Was musste man bedenken, wenn man sich ein Auto kaufte? Wie und wann bezahlte man seine Rechnungen?

„Ich weiß nicht, ob ich Humor habe", sagte sie nachdenklich. „Was ist mit Sarkasmus?"

Betina hatte ihr den Arm um die Schultern gelegt. „Sarkasmus ist sogar sehr gut."

Seit dem Augenblick waren sie befreundet.

Betina war gerade dreißig geworden und lebte schon seit zehn Jahren allein. Sie hatte Meri beigebracht, wie man allein klarkam, und hatte ihr zugeraten, sich eine Wohnung in einer hübschen Gegend von Washington zu kaufen.

Auch nach der Schönheitsoperation hatte sie sich um Meri gekümmert, hatte ihr Kleidungstipps gegeben und ihr einen Trainer gesucht, der für Meri ein Fitnessprogramm zusammenstellte. Auch in Liebesdingen fragte Meri sie oft um Rat.

„Warum ist es ein Fehler, wenn ich mich an ihm rächen will?" Meri richtete sich wieder auf und sah die Freundin an. „Er verdient es."

„Weil du das Ganze nicht bis zu Ende durchdacht hast. Du wirst in Schwierigkeiten kommen, und davor möchte ich dich bewahren. Denn deine Beziehung zu Jack ist ganz anders, als du glaubst."

„Wie kommst du darauf? Ich weiß genau, was ich Jack gegenüber empfinde. Ich war mal fürchterlich in ihn verknallt, er hat mich verletzt, und das hat mich lange Jahre davon abgehalten, mich ernsthaft auf jemand anderen einzulassen. Wenn ich mit ihm schlafe, werde ich schnell herausfinden, dass er auch nur ein Mann ist wie jeder andere. Dann bin ich geheilt. Und außerdem drehe ich sozusagen den Spieß um, wenn ich ihn sitzen lasse. Dann ist er derjenige, der leidet."

Betina setzte sich neben sie und fuhr sich durch das kurze Haar. Sie blickte Meri ernst an. „Du warst nicht in Jack verknallt. Du hast ihn geliebt, und du liebst ihn immer noch. Du bist ihm gefühlsmäßig eng verbunden, und wenn du mit ihm schläfst, wird alles nur noch komplizierter. Ich bin ziemlich sicher, dass *du* es sein wirst, die leidet."

Meri schüttelte heftig den Kopf und nahm Betinas Hände. „Ich liebe dich, und ich bewundere dich. Aber in diesem Fall bist du vollkommen auf dem Holzweg."

„Ich hoffe es."

„Mach dir keine Sorgen, ich weiß, was ich tue. Aber jetzt zu etwas anderem." Meri zwinkerte der Freundin zu. „Colin schläft gleich nebenan. Was werdet ihr denn nachts so machen?"

Betina wurde rot. „Nicht so laut", flüsterte sie. „Er könnte dich hören."

„Ach was! Und wenn die ganze Welt explodiert, er lässt sich nicht stören, wenn er ein Problem am Wickel hat. Ich habe vorhin durch die angelehnte Tür geschaut, da hatte er bereits seinen Laptop vor sich stehen. Er hört uns nicht. Findest du es nicht gut, dass ich nur euch zwei hier im Haus untergebracht habe?"

„Ja, schon." Betina wirkte unsicher, was für sie sehr ungewöhnlich war. „Ich weiß, es muss bald irgendetwas geschehen. Er ist so ein netter Mann. Und ich mag ihn wirklich. Aber ich fürchte, ich bin nicht sein Typ."

Meri stöhnte. „Unsinn, er hat gar keinen Typ. Er ist ein absoluter Kopfmensch. Meinst du, dass er viel mit Frauen ausgeht?"

„Er sollte, intelligent und witzig und wunderbar, wie er ist."

Dich hat es aber erwischt, dachte Meri glücklich. Sie war absolut sicher, dass Colin von Betina auch sehr beeindruckt war. Normalerweise zögerte Bettina nicht lange, wenn sie ein Mann interessierte, aber mit Colin war es irgendwie anders. Er verunsicherte sie.

„Er hat Angst, zurückgewiesen zu werden", sagte Meri. „Das kann ich nur zu gut verstehen."

„Ich würde ihn doch nicht zurückweisen", erwiderte Bettina sofort. „Aber das mit uns wird nichts. Ich bin zu alt für ihn und viel zu dick."

„Du bist nur sechs Jahre älter als er, und du bist überhaupt nicht dick. Deine Kurven sind genau an den richtigen Stellen. Männer mögen das."

„Aber nicht Colin. Er spricht ja kaum mit mir."

„Weil er gehemmt ist. Er spricht doch sonst mit jedem." In Betinas Gegenwart bekam Colin kein Wort heraus. Wenn das kein gutes Zeichen war …

Als die Freundin ihr das erste Mal von ihrem Interesse an Colin erzählte, hatte er Meri leidgetan. Denn ganz sicher würde Betina ihn fallen lassen, wenn sie genug von ihm hatte. So hatte sie es bisher mit allen Männern gemacht. Und das würde Colin das Herz brechen. Aber dann hatte Betina ihr gestanden, dass sie für ihn sehr viel mehr empfand, und hatte sogar von Liebe gesprochen.

Also hatte Meri sich überlegt, wie sie der Freundin helfen könne. Die Lodge jetzt bot die ideale Gelegenheit. „Ihr seid ganz allein auf dieser Etage. So könnt ihr ganz in Ruhe und ohne Druck miteinander reden."

Betina legte der Freundin den Arm um die Schulter. „Was ist das denn? Normalerweise ist es doch *mein* Job, *dich* aufzurichten."

„Ich weiß. Es gefällt mir, auch einmal die weise und reifere Freundin zu sein. Bisher konnte ich die Rolle nicht oft spielen."

„Du machst das aber schon ganz gut."

Meri umarmte die Freundin. „Ich bin wirklich froh, dass ich dich habe."

„Ich auch."

Als er Schritte auf der Treppe hörte, sah Jack auf. Sekunden später öffnete sich die Bürotür, und Meri trat ein.

Sie hatte sich umgezogen und trug jetzt einen engen Rock und ein kurzes Top. Das Haar fiel ihr in Locken auf die Schultern, und sie hatte sich geschminkt. Auch sonst war sie sehr hübsch, aber jetzt sah sie aufreizend sexy aus.

Jack hatte sich im Internet nach diesem Andrew erkundigt und schnell herausgefunden, dass er kein Wissenschaftler war, sondern in Washington für einen Lobbyisten arbeitete. Also war er einige Tausend Meilen entfernt. Eigentlich sollte Jack das egal sein. Er hatte auch nur nachgesehen, weil er Meri vor eventuellen Enttäuschungen bewahren wollte. Schließlich hatte er das Hunter versprochen.

Obwohl er im Internet nichts Negatives über diesen Andrew gefunden hatte, war er irgendwie verärgert darüber, dass sie diesen Mann heiraten wollte.

„Wir gehen zum Essen aus“, sagte sie und blieb vor dem Schreibtisch stehen. „Und auch wenn du es nicht glaubst, wir haben normalerweise viel Spaß miteinander. Willst du nicht mitkommen?“

„Danke, nein.“

„Soll ich dir irgendetwas mitbringen?“

„Nein, es ist genug hier.“

Sie drehte sich um und ging zur Tür, blieb aber stehen, als er ihr hinterherrief: „Du hättest mir sagen sollen, dass du verlobt bist.“

Langsam drehte sie sich um. „Warum denn? Du willst doch sowieso nicht mit mir schlafen. Da kann es dir doch egal sein, ob ich verlobt bin oder nicht.“

„Ist es mir aber nicht. Wenn ich es gewusst hätte, hätte ich dich nicht geküsst.“

„Nein? Dann bin ich aber froh, dass du es nicht gewusst hast.“ Ihre blauen Augen funkelten vor Vergnügen. „Und jetzt? Wie fühlst du dich jetzt? Übt die Tatsache, dass ich zu jemand anderem gehöre, vielleicht einen besonderen Reiz auf dich aus? Verbotene Früchte und so?“

„Nein. Tut mir leid.“

„Es tut dir überhaupt nicht leid. Und um ehrlich zu sein, wir sind noch gar nicht richtig verlobt, zumindest nicht offiziell. Wenn es so wäre, hätte ich nie versucht, dich zu verführen.“ Sie grinste.

Er versuchte, sich seine Erleichterung nicht anmerken zu lassen. „Dann hast du Nein gesagt?"

„Ich habe gar nichts gesagt, weil Andrew nämlich noch gar nicht offiziell um meine Hand angehalten hat." Sie sah kurz zu Boden und trat verlegen von einem Fuß auf den anderen. „Ich habe eigentlich nie daran gedacht zu heiraten. Aber mir war klar, dass wir beide noch einiges zu klären haben. Deshalb bin ich hier. Um dich zu verführen."

„Aber du schläfst mit Andrew." Das war eine Feststellung und keine Frage.

„Und das ärgert dich? Es macht dich wütend, wenn du dir vorstellst, wie ich mit einem anderen Mann im Bett liege? Ihn umarme? Wie ich mich unter ihm winde und ihn anflehe zu kommen?" Sie richtete sich auf und fächelte sich mit der Hand Luft zu. „Mann, ist das plötzlich warm hier. Wahrscheinlich, weil wir so dicht unterm Dach sind."

Er zwang sich, nicht zu zeigen, was er empfand. Denn sie hatte mit ihren Worten genau das erreicht, was sie wollte. Ihm wurde heiß vor Verlangen. Doch sie durfte nicht gewinnen.

„Also kommst du nicht mit zum Dinner?", fragte sie.

„Ich muss arbeiten."

„Auch gut. Möchtest du, dass ich dir einen Abschiedskuss gebe?"

Oh ja! Er wollte ihre Lippen spüren, wollte ihren Körper fest an sich pressen, ihre nackte Haut liebkosen, sie reizen und erregen, bis sie vor Lust stöhnte.

„Nein, danke", sagte er kühl.

Sie musterte ihn kurz, dann lächelte sie. „Wir wissen ja wohl beide, dass das nicht stimmt."

Dann drehte sie sich auf dem Absatz um und verließ das Büro.

4. KAPITEL

Meri war leicht beschwipst, als sie vom Essen in die Lodge zurückkam. Sie hatten den Shuttlebus genommen, sodass keiner zu fahren brauchte. So hatten sie alle zum Essen Wein getrunken, wenn auch nicht übermäßig viel. Es war ihnen allen lieber, einen klaren Kopf zu behalten, um die Fachsimpeleien und Diskussionen miteinander richtig genießen zu können.

Meri allerdings hatte sich eine Margarita bestellt und dann noch eine zweite. Und das spürte sie auch, als sie die Stufen zu ihrem Schlafzimmer hinaufstieg. Als sie an Jacks Zimmer vorbeikam, blieb sie stehen. Sie starrte auf die geschlossene Tür. Sicher lag er auf dem Bett, las oder sah fern. Aber wer weiß, vielleicht lag er auch nackt in der großen Badewanne gegenüber vom Kamin und wartete auf sie. Sie stellte sich vor, wie er sich vor Verlangen nach ihr verzehrte und an nichts anderes denken konnte. In ihrer Fantasie tat es ihm wahnsinnig leid, dass er ihr damals wehgetan hatte. Und seit elf Jahren liebte er sie und sehnte sich nach ihr und hatte nur mit Mühe überlebt in seiner Einsamkeit.

„Na ja, das ist vielleicht etwas übertrieben", murmelte sie vor sich hin. Aber dass er sie begehrte und mit ihr schlafen wollte, war durchaus eine Möglichkeit.

Entschlossen ging sie zur Tür, klopfte einmal und trat schnell ein, insgeheim befürchtete sie nämlich, dass er sie wegschicken könnte. Schnell sah sie sich in dem Raum um. Leider saß Jack nicht nackt in der Wanne, sondern angezogen in einem Sessel in der Ecke und hatte die Füße auf einen Polsterschemel gelegt. Als sie plötzlich in seinem Zimmer stand, ließ er das Buch, in dem er gerade gelesen hatte, sinken und blickte sie erwartungsvoll an.

Sie schwankte ein wenig, als sie auf das Bett zuging und sich auf die Bettkante sinken ließ. Wohlig seufzend zog sie sich die hochhackigen Schuhe aus. „Hm, das tut gut. Schade, dass du nicht mit warst. Das Essen war sehr gut, und wir haben eine Menge Spaß gehabt."

„Diesen Verlust werde ich verschmerzen müssen."

Sie lächelte. „Gut gekontert. Manchmal vergesse ich, dass du auch komisch sein kannst. Wahrscheinlich, weil du meistens so ernst und machomäßig wirkst. Und so gefährlich. Du warst immer gefährlich, auch früher schon. Das hat sich anscheinend nicht geändert."

Er musterte sie streng. „Du bist ja betrunken."

Sie wedelte abwehrend mit der Hand. „Betrunken ist zu viel gesagt. Ich bin beschwipst, ein bisschen angetrunken vielleicht, denn ich hatte noch eine zweite Margarita. Das war ein Fehler, ich weiß. Ich kann Alkohol nicht besonders gut vertragen, weil ich normalerweise sehr wenig trinke. Und ich bin ziemlich klein, und die Körpermasse spielt auch eine große Rolle. Es gibt eine Formel, mit der man berechnen kann, welche Alkoholmenge pro Kilo Körpergewicht tolerierbar ist. Soll ich das mal für dich ausrechnen?"

„Ein verführerisches Angebot. Dennoch, nein."

Sie grinste. „Wegen der Mathematik? Die meisten Menschen haben Angst vor Mathematik. Keine Ahnung, warum. Dabei ist die Mathematik sehr verlässlich. Sie beruht auf bestimmten Gesetzen, und wenn man die einmal gelernt hat, hat man keine Schwierigkeiten mehr. Denn die Gesetze ändern sich nicht. Literatur ist eine ganz andere Sache. Da kommt es auf die Interpretation an. Aber Mathematik ist ganz klar und logisch. Entweder du liegst richtig oder du liegst falsch. Und ich liege gerne richtig."

„Du liebst die Herausforderung."

Sie schwankte leicht auf dem Bett hin und her. „Glaubst du, dass bei mir das Konkurrenzdenken besonders ausgeprägt ist?"

„Ja. Das liegt dir im Blut."

„Wahrscheinlich. Ich muss immer recht behalten und bin dann sehr hartnäckig. Ich weiß, das kann sehr nervig sein." Sie warf ihm ein freches Lächeln zu. „Macht mich das nicht noch unwiderstehlicher?"

„Oh ja! Ich muss mich wirklich sehr beherrschen, um nicht über dich herzufallen."

„Du lügst. Aber trotzdem vielen Dank." Sie sah ihn eindringlich an, um herauszufinden, was in ihm vorging. Wenn die Augen wirklich die Fenster zur Seele waren, dann war Jacks Seele dunkel und undurchschaubar.

Er hatte Geheimnisse wie jeder andere auch, aber welche? Ganz sicher würde er sich ihr nicht offenbaren. Doch wenn er sich einmal entschloss, jemandem zu vertrauen, dann war das eine Entscheidung fürs Leben. So schätzte sie ihn zumindest ein.

„Du musst mir mit Betina und Colin helfen", sagte sie. „Die beiden müssen unbedingt zueinanderfinden."

„Ich glaube nicht, dass ich da mitmachen will", sagte er sehr bestimmt.

„Ach, sei doch nicht so. Das macht sicher Spaß. Willst du nicht etwas dafür tun, dass zwei Liebende glücklich werden?"

„Colin und Betina?" Er sah sie zweifelnd an.

„Ja. Betina ist ernsthaft in Colin verliebt. Ich war zuerst skeptisch, weil sie ihre Männer wie die Hemden wechselt. Wenn sie eine Woche lang mit einem Mann zusammen ist, ist das schon erstaunlich lang. Normalerweise lässt sie keine echten Gefühle für einen Mann zu, weil sie schon einmal verheiratet war und diese Ehe die Hölle war. Aber sie mag Colin schon lange sehr gern, und diese Sympathie ist mit der Zeit immer stärker geworden."

Sie schwieg, um ihm Gelegenheit zu geben, zu verstehen, wie wichtig es war, dass sie den beiden halfen. Leider zerstörte er ihren Plan, indem er ziemlich unwirsch sagte: „Ich mische mich da nicht ein."

„Aber du musst. Du hast doch sonst nichts zu tun."

„Nichts? Ist meine Arbeit und meine Anstrengung, dir aus dem Weg zu gehen, etwa nichts?"

„Doch, das ist allerdings hart. Eine wunderschöne Frau möchte, dass du mit ihr schläfst. Armer Jack. Du hast es wirklich schwer."

Zu ihrer großen Überraschung lächelte er. „Du hältst dich selbst für wunderschön?", fragte er leise, offenbar erfreut.

„Das ist nur so eine Redensart."

„Als wir das letzte Mal über dein Aussehen sprachen, hast du noch gedacht, du seist hässlich."

Sie hatte eigentlich nicht über die alten Zeiten sprechen wollen, aber da er das Thema anschnitt ... „Als wir das letzte Mal über mein Aussehen sprachen, hast du meine Gefühle mit Füßen getreten und mich in tiefster Seele verletzt."

„Es tut mir wirklich sehr leid. Ich hätte ganz anders reagieren sollen."

„Aber du hast es nicht getan. Und es ging mir ja nicht darum, sofort mit dir ins Bett zu gehen. Aber was soll's." Sie wollte nicht darüber sprechen. Selbst die bloße Erinnerung an die Situation war demütigend. „Was ich jedenfalls sagen wollte, Betina ist verrückt nach Colin. Und ich bin ziemlich sicher, dass er sie auch sehr gern hat. Aber da ich das nicht genau weiß, brauche ich deine Hilfe."

„Ich soll den Mann aushorchen? Kommt nicht infrage."

„Warum denn nicht? Ihr seid beide Männer. Du kannst ihn doch einfach fragen, ob er Betina mag."

„Soll ich dir die Information dann heimlich unter der Tür durchstecken?"

„Sei nicht albern. Mir ist vollkommen gleichgültig, wie ich es erfahre. Ich brauche nur die Bestätigung."

„Von mir kriegst du sie nicht."

Auch früher war er schon stur gewesen. „Du bist wirklich unmöglich."

„Wieso?"

„Aber, Jack! Die beiden sind großartige Menschen. Sie verdienen es, glücklich zu sein. Ich will doch nur ein klein wenig nachhelfen."

„Musste bei dir und Andrew auch jemand nachhelfen?"

Sie seufzte leise. „Ich habe schon darauf gewartet, dass du wieder damit anfängst."

„Das ist doch kein Wunder. Du bist so gut wie verlobt. Ist doch klar, dass mich das neugierig macht."

War er wirklich nur neugierig? Oder stand noch etwas anderes dahinter? Doch wie üblich verrieten weder sein Tonfall noch seine Miene, was in ihm vorging.

„Wir haben uns bei einer Wohltätigkeitsveranstaltung kennengelernt. So absurd es klingt, es ging um Hundemode. Irgendwie hatte ich mich in den Leinen verschiedener Hunde verfangen und wäre beinahe hingefallen. Andrew hat mich gerettet. Es war sehr romantisch."

„Das kann ich mir vorstellen."

Den leichten Sarkasmus in seiner Stimme ignorierte sie einfach. Vielleicht würde er sich etwas weniger überheblich verhalten, jetzt, da er wusste, dass es einen anderen Mann in ihrem Leben gab?

„Er war witzig und charmant, und ich mochte ihn sofort. Wir haben viele Gemeinsamkeiten. Wir mögen die gleichen Filme, haben die gleichen Urlaubsziele. Es ist sehr schön mit ihm."

Es *war* sehr schön, korrigierte sie sich gleich selbst, als sie an die Erlebnisse dachte, die sie mit Andrew teilte. Aber jetzt lebte sie seit fast einem halben Jahr an der Westküste. In der Zeit hatten sie zwar regelmäßig miteinander telefoniert, sich aber nur wenige Male gesehen. Ihre Beziehung schien irgendwie zu stagnieren, was Meri nichts weiter ausmachte. Vielleicht sollte sie darüber irgendwann einmal genauer nachdenken?

„Ist er auch ein Genie?“, fragte Jack.

„Nein, er ist glücklicherweise vollkommen normal. Intelligent, aber nicht überintelligent. Das mag ich bei Männern.“

„Was weißt du von ihm? Hast du Erkundigungen eingezogen?“

„Selbstverständlich. Er ist einfach ein ganz normaler Mann. Und er ist nicht hinter meinem Geld her.“ Sie blickte Jack stirnrunzelnd an. „Verblüfft dich das? Dass jemand mich vielleicht nur um meiner selbst willen will?“

„Natürlich nicht. Ich möchte nur, dass du glücklich wirst.“

„Ich bin glücklich, sehr sogar. Andrew ist der Mann meines Lebens. Sowie ich nach Washington zurückkehre, werden wir uns verloben.“ Was nicht ganz der Wahrheit entsprach, aber es hörte sich gut an.

„Herzlichen Glückwunsch.“

Sie stand langsam auf. Jack hatte alles verdorben, ihre gute Laune, den schönen Abend. „Dass du nichts von Gefühlen hältst und dir nicht erlaubst, etwas für andere zu empfinden“, sagte sie bitter, „bedeutet ja nicht, dass es diese Gefühle nicht gibt. Es gibt eben Menschen, die sehnen sich nach einer funktionierenden Beziehung.“

„Ja, und ich hoffe, dass du dazugehörst. Und dass ein Leben mit Andrew das ist, was du dir erträumst.“

„Das klingt so, als glaubtest du selbst nicht daran.“

„Ich habe meine Zweifel. Denn wenn Andrew dir so wichtig ist, warum seid ihr dann jetzt schon fast ein halbes Jahr getrennt?“

„Wie kommst du darauf, dass wir uns zwischendurch nicht gesehen haben?“ Sie warf ihm einen letzten hochmütigen Blick zu und verließ dann den Raum.

Glücklicherweise lag ihr Zimmer gleich nebenan. Sie machte das Licht an, trat dann ans Fenster und starrte in den Himmel.

Es war die perfekte Nacht, um Sterne zu beobachten, klar und dunkel. Aber Meri hatte keine Lust dazu, auch nicht mit ihrem brandneuen Teleskop. Sie war traurig und niedergeschlagen und wusste nicht recht, warum.

Vielleicht hatte Jack recht. Wenn Andrew ihr so wichtig war, dann hätte sie es ohne ihn nicht so lange ausgehalten. In Wahrheit war es ihr nicht einmal besonders schwergefallen. Wenn sie ihn wirklich liebte, hätte sie dann nicht alle Hebel in Bewegung gesetzt, um in seiner Nähe zu sein?

Als er davon gesprochen hatte, sich mit ihr zu verloben, war sie verwirrt gewesen. Einerseits war sie glücklich gewesen, andererseits war ihr klar, dass sie zuerst die Sache mit Jack zu Ende bringen musste. Dass sie es nicht länger hinausschieben konnte.

Sie wusste, dass Hunters Freunde nacheinander die Lodge bewohnen würden. Deshalb hatte sie den Beraterjob in Kalifornien angenommen, hatte sich dann hier als Haushälterin verdingt und darauf gewartet, endlich mit dem Mann zusammenzustoßen, der sie bis heute in ihrer individuellen Entfaltung hemmte. Wenn sie sich an ihm gerächt hatte, würde sie endlich frei von ihm sein.

„Bisher läuft es nicht gerade nach Plan“, flüsterte sie vor sich hin. „Ich warte immer noch auf die Gelegenheit, ihn zu bestrafen. Wenn das erledigt ist, kann ich mich ganz auf Andrew konzentrieren. Es wird nur noch eine Woche oder so dauern. Dann bin ich endlich frei und glücklich.“

Jack hatte in dieser Nacht kaum geschlafen. Er redete sich ein, er habe zu spät Kaffee getrunken, aber wenn er ehrlich war, musste er sich eingestehen, dass ihm Meris Worte nicht aus dem Kopf gingen. Ließ er wirklich nicht zu, etwas für andere Menschen zu empfinden? Hatte er Angst vor Gefühlen?

Als er am nächsten Vormittag oben im Büro saß, zog er die Schreibtischschublade auf. Da war er, der Briefumschlag mit der kurzen Notiz.

Er hatte ihn gleich am ersten Tag gefunden. Die charakteristische Handschrift gehörte ganz eindeutig Matt. Matt ... er musste lächeln. Der Freund konnte die kompliziertesten Computerprogramme schreiben, war aber absolut unfähig, was das praktische Leben betraf.

Aus irgendeinem Grund hatte Jack den Brief bisher noch nicht gelesen. Doch nun öffnete er den Umschlag und zog das Blatt Papier heraus.

Jack, als ich Ryans Notiz las, der die Lodge als „Liebeslaube" bezeichnete, habe ich nur verächtlich gelacht. Was für ein Quatsch, dachte ich. Aber jetzt habe ich meine Meinung geändert. Denn wir waren absolut auf dem Holzweg, als wir meinten, über Frauen alles zu wissen.

Was mich persönlich betrifft, so habe ich etwas ganz Entscheidendes gelernt. Die wichtigste Aufgabe, die du zu bewältigen hast, hat nichts mit deinem Job zu tun. Und du kannst es nicht allein schaffen. Aber wenn du jemanden findest, dem du vertrauen kannst, und ihr beide die Sache gemeinsam anpackt, dann ist das befriedigender als jede berufliche Karriere.

Alles Gute für dich, mein Freund.

Matt

Jack las den Brief wieder und wieder. Er wusste schon lange, dass er keine Ahnung hatte, was in Frauen vorging. Aber das war auch nie wichtig für ihn gewesen, da er sich sowieso auf keine feste Beziehung einließ. An Matt und die anderen hatte er hingegen schon ab und zu gedacht. Irgendwie fehlten sie ihm. Wenn Hunter nicht gestorben wäre, wäre sicher alles anders gekommen. Er hatte die *Sieben Samurai* zusammengehalten. Ohne ihn hatten sie sich in alle Richtungen zerstreut. Manchmal ...

Verärgert schüttelte er den Kopf und stand auf. Schluss mit der Grübelei. Wahrscheinlich brauchte er noch einen Kaffee. Er ging in die Küche und goss sich einen Becher ein. Meri und ihr Team saßen im Wohnzimmer und diskutierten.

Jack verstand nicht, worum es da ging.

„Das ist alles sehr interessant", sagte Meri jetzt mit erhobener Stimme. „Aber es hat wenig mit unserem augenblicklichen Projekt zu tun. Wir sollten uns lieber wieder an die Arbeit machen."

Kurz schwoll das Gemurmel an, dann aber beruhigten sich alle und schienen sich wieder ihrem eigentlichen Thema zuzuwenden. Jack nahm den Becher Kaffee mit hinaus auf die Terrasse. Hunter wäre stolz auf seine Schwester gewesen. Sie hatte sich zu einer beeindruckenden Frau entwickelt.

Er zog sein Handy aus der Tasche und drückte auf „Wahlwiederholung". Bobbi Sue meldete sich sofort.

„Sie sollen mich doch nicht immer anrufen", war ihre Begrüßung. „Allmählich gehen Sie mir auf die Nerven. Wir sind sehr wohl in der Lage, in Ihrer Abwesenheit die Sache am Laufen zu halten. Sie langweilen sich doch nur, und ich habe keine Lust, Ihre jeweiligen Launen zu ertra..."

„Ich möchte, dass Sie Erkundigungen über einen Freund von Meri einholen. Er heißt Andrew Layman, er lebt in Washington. Ich möchte alles über ihn wissen. Offenbar wird die Sache ernst, und ich möchte sicher sein, dass er nicht zu den Männern gehört, die nur hinter Meris Geld her sind", unterbrach er sie.

„Aber, Jack, wann hören Sie endlich auf, hinter dem Mädchen herzuspionieren? Wenn Sie so an ihr interessiert sind, machen Sie sich doch selbst an sie ran. Andernfalls sollten Sie sich wirklich aus ihrem Leben raushalten."

„Das kann ich nicht. Sie ist eine reiche Erbin. Das macht sie zum begehrten Ziel für alle möglichen zwielichtigen Typen. Außerdem habe ich mein Wort gegeben."

„Das beeindruckt mich nicht im Geringsten. Die ganze Sache ist irgendwie ungesund." Bobbi Sue seufzte tief auf. „Ich werde es tun, aber nur, weil es mein Job ist und ich, wenigstens meistens, Respekt vor Ihnen habe."

Er musste grinsen, als er daran dachte, wie gut sich Meri und Bobbi Sue verstehen würden. „Danke für die Blumen!"

„Nun werden Sie nur nicht übermütig. Also, ein bisschen dauern wird es schon."

„Das macht nichts. Ich bin ja hier."

„Ja, das fürchte ich auch. Dabei sollten Sie unbedingt mal ausgehen. Suchen Sie sich eine Frau. Das ist mein völliger Ernst, Jack. Entweder freunden Sie sich mit Meri an, oder Sie lassen das arme Kind in Ruhe. Sie haben kein Recht, sie auszuspionieren."

„Oh doch, ich habe jedes Recht." Auch wenn es Meri vielleicht nicht klar war, sie brauchte ihn. Irgendeiner musste für ihre Sicherheit sorgen.

Er beendete das Gespräch und ging in die Küche, um seinen inzwischen leeren Becher wieder aufzufüllen. In dem Augenblick kam Meri aus dem Wohnzimmer.

„Hallo!" Sie ging an Jack vorbei in die Speisekammer. „Hast du die Schachtel mit Bleistiften gesehen, die ich hier deponiert habe? Colin besteht darauf, nur mit einem neuen Bleistift arbeiten zu können. Betina findet das süß, aber mir gehen seine Marotten ziemlich auf den Wecker, muss ich dir sagen. Trotzdem, ich könnte schwören, dass hier irgendwo eine neue Schachtel war."

Er hörte, wie sie in der Speisekammer herumsuchte, dann stieß sie einen überraschten Schrei aus.

Stille.

Vorsichtig steckte er den Kopf in die Speisekammer. Meri saß auf dem Boden und starrte auf das unterste Regal.

„Was ist?“, fragte er. „Hast du dir den Kopf gestoßen?“

„Nein.“ Sie stand langsam auf. In der Hand hielt sie einen Schuhkarton, der über und über mit Stickern von Einhörnern, Sternen und Regenbögen beklebt war, die Kinder gern sammeln.

„Die gehört mir“, sagte sie leise. „Ich habe sie schon ewig nicht gesehen und hatte sie vollkommen vergessen. Wie sie wohl hierhergekommen ist?“

Sie blickte Jack fragend an, doch er zuckte nur mit den Schultern.

Ihre Augen füllten sich mit Tränen. „Es sind Fotos drin von Hunter und meiner Mutter und von uns allen.“

Sie stellte die Schachtel auf den Küchentresen und hob vorsichtig den Deckel ab. Obendrauf lag ein altes Polaroidfoto von Hunter, der höchstens fünfzehn war und vor einer Kirche stand. Wahrscheinlich war das Bild irgendwo in Europa aufgenommen worden. Er hatte den Arm um seine kleine Schwester gelegt und lächelte in die Kamera.

„Oh, er fehlt mir so“, stieß Meri unter Tränen hervor.

Betina kam in die Küche. „Wo bleiben denn die Bleistifte? Kannst du die Schachtel nicht …“ Sie stockte und sah die Freundin an. „Was ist los?“ Wütend wandte sie sich an Jack. „Was haben Sie mit ihr gemacht?“

„Nichts“, sagte Meri schnell und wischte sich über die Wangen. „Das hat nichts mit Jack zu tun. Sieh mal.“

Betina nahm das Foto, das Meri ihr hinhielt. „Das bist du. Und ist das Hunter?“

„Ja. Ich glaube, es wurde in Frankreich aufgenommen.“

Meri hob einen ganzen Packen Fotos aus der Schachtel. „Das ist ja nicht zu fassen. Sieh doch nur, wie dick ich damals war. Warum hat mir eigentlich nie jemand gesagt, dass ich weniger essen sollte?"

„Mit Essen kann man sich nun mal gut von vielen Dingen, die nicht perfekt laufen, ablenken", meinte Betina und breitete die Bilder vor sich aus. „Du siehst süß aus, und Hunter erst. Was für ein gut aussehender Junge."

Allmählich versammelten sich nun alle Mitglieder von Meris Team in der Küche. Sie alle betrachteten die Fotos, und bald sprachen sie über Hunter, als hätten sie ihn persönlich gekannt.

Jack blieb im Hintergrund. Auch er wollte sich die Bilder seines alten Freundes gern ansehen, aber er hatte Sorge, dass die Erinnerungen zu schmerzhaft sein würden. Kurz dachte er daran, Meri zu trösten. Doch dann sah er, dass sie von ihren Freunden umringt war. Sie brauchte ihn wirklich nicht. Und das war sicher gut so. Denn es war ungefährlicher für ihn, sich gar nicht erst zu sehr auf Meri einzulassen.

Meri gab dem Boten, der das Essen angeliefert hatte, ein Trinkgeld, dann trug sie die Tüte mit den Pappbehältern ins Haus. „Essen!", schrie sie auf gut Glück in Richtung Treppe. Sie wusste nicht, ob Jack herunterkommen würde. Aber wenige Minuten später trat er in die Küche.

„Warum bist du nicht mit deinen Intelligenzbestien zusammen?", fragte er.

Sie nahm ein paar Teller aus dem Geschirrschrank. „Intelligenzbestien?" Sie lachte. „Das hören sie alle sicher gern. Ach, ich hatte heute keine Lust. Sie wollten in irgendeinen Klub in Tahoe. Außerdem wusste ich, dass du allein bist, und wollte dich in deiner Einsamkeit trösten."

„Ich bin nicht einsam", sagte er schnell und beinahe etwas wütend.

Meri musste lächeln. Er war so einfach aus der Fassung zu bringen. Wenn er nur nicht immer die Kontrolle behalten müsste, könnte er ein vollkommen normaler Mann sein. Andererseits hatte dieses Machogetue ja auch etwas Anziehendes …

Meri stellte Teller, Gläser, Besteck und zwei Flaschen Bier auf den Tisch.

Sie setzten sich, und während Meri die Schachteln öffnete, fragte sie: „Stören wir dich sehr?"

„Würde dir das etwas ausmachen?"

Sie überlegte. „Nein", sagte sie dann ehrlich. „Aber aus Höflichkeit wollte ich wenigstens fragen."

„Das ist nett. Ich komme mit meiner Arbeit ganz gut voran."

„Deine Firma arbeitet für Unternehmen, die in Krisengebieten arbeiten, oder?"

Er nickte.

„Das hört sich spannend an. Bestimmt haben all deine Mitarbeiter eine Spezialausbildung."

Wieder nickte er nur.

Sie reichte ihm die Schachtel mit der Ente süßsauer. „Hast du die Sprache verloren?"

„Nein." Er räusperte sich. „Ja, du hast recht, wir arbeiten in Krisengebieten. Nach der Army wollte ich mein eigenes Unternehmen haben. Nur als Berater zu arbeiten, befriedigte mich nicht. Außerdem hatte ich zu wenig Einfluss. Irgendjemand muss ja die Straßen in Gegenden wie dem Irak wieder aufbauen, und unser Job ist es, für die Sicherheit dieser Leute zu sorgen."

„Das hört sich gefährlich an."

„Wir wissen, was wir tun, und können die Gefahr einschätzen."

„Wolltest du nicht mal Rechtsanwalt werden?"

„Nach Hunters Tod bin ich gleich zum Militär gegangen."

Eine seltsame Methode, mit Kummer fertig zu werden, dachte Meri. Aber wahrscheinlich wollte er einfach so viel zu tun haben, dass er nicht zum Nachdenken kam. „Was haben denn deine Eltern dazu gesagt?"

„Sie hoffen immer noch, dass ich irgendwann mal die Howington-Stiftung übernehme."

„Und? Wirst du das tun?"

„Höchstwahrscheinlich nicht. Ich bin nicht der Typ für so etwas."

Meri auch nicht, aber bisher kam das für sie auch nicht infrage. Ihr Vater gab sein Geld mit vollen Händen für immer jüngere Frauen aus. Hunters Stiftung lief gut, und sie hatte das Geld aus ihrem Treuhandfonds, das sie allerdings noch nie angerührt hatte. Da sie ein gutes Gehalt bekam, konnte sie problemlos davon leben. Wenn Hunter noch da wäre ...

„Irgendwann musst du dich dem Ganzen stellen", meinte sie.

„Der Stiftung?"

„Nein, deiner Trauer um Hunter."

Jack presste kurz die Lippen zusammen. „Das habe ich bereits getan."

„Das glaube ich nicht. Da schwelt noch viel unter der Oberfläche." Meri blickte Jack nachdenklich an. Er hatte nicht gehalten, was er seinem besten Freund versprochen hatte. Dieses Wissen musste ihn quälen. Er hatte auch sie im Stich gelassen, aber zum ersten Mal war sie deshalb nicht wütend auf ihn. Wahrscheinlich hatte es ihr gutgetan, sich ordentlich auszuheulen, als sie die Bilder in dem Schuhkarton fand.

„Wenn ich schlecht drauf bin, bist du für mich ein selbstsüchtiger Mistkerl, der uns alle betrogen und enttäuscht hat. Wenn ich gut drauf bin, sage ich mir, dass du bleiben und das halten wolltest, was du versprochen hast, dass aber der Verlust des Freundes zu schwer zu ertragen war. Was stimmt denn nun?"

„Wahrscheinlich beides."

Meri wartete bis kurz vor Mitternacht, dann ging sie die Treppe zum Büro hinauf. Von dem Balkon dort hatte man sicher einen fantastischen Blick auf den Nachthimmel. Zu ihrer großen Überraschung saß Jack immer noch vor seinem Laptop.

„Was machst du denn noch hier?“, sagte sie, als er überrascht hochsah. „Es ist schon spät, und du brauchst deinen Schlaf.“

„Hast du deine Verführungsstrategie geändert?“ Er grinste. „Nicht uninteressant, aber nicht so wirksam, muss ich sagen.“

„Ich bin nicht hier, um dich zu verführen. Ich habe Besseres zu tun.“

„Ach so.“ Er blickte durch die Balkontür in den sternenklaren Himmel. „Und dabei störe ich dich?“

„Du würdest wahrscheinlich eine Menge Fragen stellen, was mich wahnsinnig machen würde. Und auch wenn ich mir Mühe gebe, irgendwann ist auch meine Geduld zu Ende, und dann bist du beleidigt.“

Stattdessen wollte sie den Himmel betrachten. Die klare Schönheit der Sterne war Balsam für ihre Seele. Sicher, Jack zu verführen war ihr eigentliches Ziel, aber das konnte warten.

„Ach, ich glaube, so ein kleines Donnerwetter von deiner Seite würde ich gerade noch überstehen. Ich kann mich ganz gut zusammennehmen“, meinte er lächelnd.

„Das glaube ich nicht. Du wirst wimmern wie ein kleines Mädchen, damit ich wieder nett zu dir bin.“

Das hätte sie wahrscheinlich lieber nicht sagen sollen, das war ihr sofort klar. Sie hatte auch gar nicht die Absicht gehabt, ihn herauszufordern, sondern wollte das Gespräch nur möglichst bald beenden. Denn sie wollte endlich ihr neues Teleskop ausprobieren.

Schweigend stand er auf, ging um den Schreibtisch herum und blieb dicht vor Meri stehen. Da er so groß war, musste sie den Kopf in den Nacken legen, um ihm in die Augen sehen zu können.

„Du glaubst also, ich könnte dir nicht widerstehen?“, fragte er leise. Seine Stimme klang dunkel und gefährlich. Plötzlich wurde ihr bewusst, dass er sehr viel größer und stärker war als sie und dass sie hier oben keiner hören konnte, wenn sie um Hilfe rief.

„Nein, nein, das wollte ich nicht sagen“, behauptete sie schnell. „Das ist mir nur so herausgerutscht. Entschuldige. Du willst jetzt bestimmt erst mal deine Ruhe haben. Geh nur, ich versteh das.“

Doch er dachte nicht daran, sondern nahm eine ihrer weichen Haarsträhnen zwischen die Finger und drehte sie leicht. „Spielst du mit allen Männern, denen du begegnest?“

„So ziemlich.“

„Hat es die Wirkung, die du dir erhoffst?“

„Ja, meistens.“

„Diesmal nicht.“ Damit legte er ihr die Hand an den Nacken, beugte sich vor und küsste sie.

Sie hatte das geahnt und hätte eigentlich Zeit gehabt, sich darauf vorzubereiten. Es war ja nur ein Kuss, was war schon dabei? Sie hatten sich schon einmal geküsst, und auch da hatte sie äußerlich ziemlich gut die Fassung bewahren können, auch wenn der Kuss sie einigermaßen durcheinandergebracht hatte.

Aber diesmal war es anders. Sowie sie seine Lippen spürte, schien sie innerlich dahinzuschmelzen. Rein technisch war das natürlich nicht möglich, aber genauso fühlte es sich an. Ihr wurde heiß, und unwillkürlich kam sie ihm näher. Auch das war vollkommen widersinnig, denn je dichter sie an ihn herankam, desto stärker nahm sie seine Wärme und seinen Duft wahr. Auch das ließ sich problemlos erklären, denn …

Da drückte er ihr den Mund fester auf die Lippen, und sie dachte nicht mehr an rationale Gründe. Denn der Kuss war ganz anders als der damals im Fitnesscenter. Es war kein wütender Kuss, mit dem er etwas beweisen wollte. Er war sanfter und gab Meri die Möglichkeit, selbst zu entscheiden, wie es weitergehen sollte.

Sie legte ihm die Arme um den Nacken und schmiegte sich eng an ihn. Sein Körper war hart und muskulös, ihrer dagegen weich und anschmiegsam, ein Erlebnis, das Meri sehr erotisch fand.

Jetzt schob er ihr eine Hand ins Haar, mit der anderen strich er ihr langsam über den Rücken, wieder und wieder. Die Berührung allein ...

Währenddessen küsste er sie, seine Lippen strichen federleicht über ihre. Aber gerade diese tastenden Liebkosungen erregten sie so stark, dass sie ihn am liebsten geschüttelt hätte, damit er endlich weitermachte.

Als er mit der Zunge über ihre Unterlippe strich, hätte Meri beinahe vor Erleichterung gestöhnt. Endlich. Dennoch beherrschte sie sich und kostete den Moment aus, bevor sie die Lippen öffnete.

Sobald sie seine Zunge spürte, konnte sie sich nicht mehr zurückhalten. Ihr Herz klopfte wie verrückt, ihr Puls raste, und ihr ganzer Körper fing an zu prickeln und schien sich nach Jacks Berührung zu sehnen.

Auch mit seiner Beherrschung war es vorbei. Leidenschaftlich küsste er sie, zog sich wieder zurück, erforschte ihren Mund und verführte sie mit sinnlichen Bewegungen.

Sie erwiderte den Kuss voller Verlangen, denn sie wollte ihn genauso stark erregen, wollte, dass er genauso vor Sehnsucht verging wie sie. Nicht, um damit etwas zu beweisen, sondern weil es sich so wunderbar und so richtig anfühlte.

Sie hätte gern gewusst, was er in diesem Augenblick fühlte. Wie um ihm zu zeigen, dass sie die Situation beherrschte und alles genau nach ihrem Plan ablief, küsste sie ihn nun noch wilder.

Er begehrte sie, das spürte sie genau. Eigentlich war es genau das, was sie hatte erreichen wollen. Fast hatte sie es geschafft. Sie sollte ihn von sich stoßen und ihren Triumph auskosten.

Aber stattdessen löste sie sich nur zögernd von ihm und blickte ihm dabei ernst in die Augen, während sie noch atemlos vor Verlangen nach ihm war.

Dann tat sie etwas, das in ihrem Plan nicht vorkam. Sie drehte sich um und floh.

5. KAPITEL

Wenn nicht zwanzig Millionen für einen wohltätigen Zweck auf dem Spiel gestanden hätten, wäre Jack schon am nächsten Morgen auf dem Weg zurück nach Texas gewesen. Aber er war gezwungen, hierzubleiben. Die anderen *Samurai*, wie sich die alten Freunde früher genannt hatten, hatten die Zeit auch überstanden. Da würde Jack Howington III. es wohl auch noch schaffen. Aber er ging jede Wette ein, dass ihre Zeit in der Lodge sehr viel leichter zu ertragen gewesen war als seine.

Auf keinen Fall wollte er an den Kuss mit Meri denken, aber irgendwie schien er sich auf nichts anderes konzentrieren zu können. Denn dieser Kuss war anders gewesen als der erste. Das brennende Verlangen nach ihr hatte er ganz tief im Inneren gefühlt. Er begehrte sie, wie er noch keine Frau begehrt hatte, und das war ein äußerst beunruhigendes Gefühl.

Meri, das bedeutete Ärger, Probleme, Schwierigkeiten. Genau das war das Dilemma, in dem er steckte. Als sie noch ein Teenager gewesen war, war der Umgang mit ihr sehr viel einfacher gewesen.

Er ging in die Küche, um sich einen Kaffee zu holen, und stieß auf einen Kollegen aus Meris Team, der sich gerade eine Tasse einschenkte. Wie hieß er noch gleich?

„Morgen“, sagte der Mann und hielt Jack die Kaffeekanne hin.

„Guten Morgen ... Colin.“ Glücklicherweise war Jack der Name noch rechtzeitig eingefallen.

Colin schob sich die Brille ins Haar und grinste. „Tolles Haus.“

„Finde ich auch.“

„Es gehörte Ihrem Freund, was? Meris Bruder? Der gestorben ist?“

Einfache Worte. *Der gestorben ist.* Und dennoch trafen sie ihn wie Messerstiche. „Ja. Hunter hat das Haus bauen lassen.“

„Meri hat gesagt, dass das Haus später an die Stadt übergeben wird. Als Erholungsheim für Kranke. Finde ich super.“

Das war typisch für Hunter gewesen. Er wollte auch dann noch etwas für die Welt und die Menschen tun, wenn er nicht mehr da war.

„Wie kommen Sie mit Ihrer Arbeit voran?“, fragte Jack. Er konnte und wollte nicht länger über den verstorbenen Freund sprechen.

„Bisher nicht besonders gut. Theoretisch gibt es einen Weg, die Schubkraft mit einem umweltfreundlicheren sparsameren Treibstoff zu erhöhen, aber die Umsetzung in die Praxis macht große Schwierigkeiten. Doch Meri ist entschlossen, das zu ändern. Denn unsere natürlichen Ressourcen sind sehr begrenzt, und wenn wir unser Sonnensystem und möglicherweise auch die Milchstraße erforschen wollen, brauchen wir viel Energie, die wir nicht aus den bisherigen Quellen gewinnen können.“

Colin nahm schnell einen Schluck Kaffee und fuhr dann fort. „Tatsache ist, dass sich die nächsten Forschergenerationen wie die alten Wikinger fühlen werden, die einfach ins Unbekannte aufbrachen. Und wenn man bedenkt, wie wenig technische Hilfsmittel sie damals hatten, dann war das ein enormer Schritt. Und auch die Raumfahrt hat große Fortschritte gemacht. Aber wer weiß, wenn die Sowjets nicht den ersten Sputnik losgeschickt hätten, dann hätten die USA sich vielleicht nie für den Weltraum interessiert. All die Erfindungen, die seitdem gemacht worden sind ..."

Er hielt inne und sah sich etwas verwirrt um. „Wo waren wir gerade?"

„Ich fragte, wie Sie mit Ihrer Arbeit vorankommen."

„Ach so, ja. Entschuldigen Sie, ich kann mich bei dem Thema oft nicht bremsen." Er trat verlegen von einem Fuß auf den anderen. „Schönes Auto, das Sie da haben."

„Danke." Der schnittige Sportwagen war zwar nicht sehr praktisch, aber es machte großen Spaß, ihn zu fahren.

„Hat er einen hohen Verbrauch?"

„Oh ja."

„Habe ich mir gedacht. So einen Wagen hätte ich auch gern."

„Was hält Sie denn ab?"

Colin lächelte verlegen. „Ich bin kein besonders guter Fahrer, lasse mich zu leicht ablenken. Sobald ich an meine Arbeit denke, konzentriere ich mich nicht mehr auf die Straße, und schon ist es passiert. Ich hatte leider schon einige Unfälle und bleibe lieber bei meinem Volvo, das ist sicherer. Nicht nur für mich, sondern auch für den Rest der Welt."

„Verstehe." Zumindest kannte Colin seine Schwächen.

„Meri hat gesagt, dass Ihre Leute in den Krisengebieten der Welt arbeiten. Das hört sich aufregend an."

„Auf alle Fälle ist es sehr gefährlich. Man muss sehr genau wissen, was man tut."

Colin nickte nachdenklich, dabei blinzelte er mit seinen hellen blauen Augen. „Waren Sie beim Militär?"

„Ja. Bei einer Spezialeinheit."

„Als Kind wollte ich das auch immer. Aber mit dreizehn habe ich schon mit dem Studium angefangen. Außerdem hätte ich das harte Training sicher nicht durchgestanden."

„Das ist nur eine Frage der Disziplin."

Colin schüttelte lächelnd den Kopf. „Vielleicht für Leute wie Sie. Meri hat viel von Ihnen erzählt. Ich dachte immer, sie übertreibt. Aber offensichtlich nicht. Sie haben sicher auch viel Erfolg bei Frauen, oder?"

Jack wusste nicht, was er darauf antworten sollte. Dass Meri viel von ihm sprach, überraschte ihn. „Sind Sie in Meri verknallt?"

„Was?" Colin sah ihn beinahe erschrocken an. „Nein! Ich meine, sie ist eine tolle Frau, aber wir sind nur Freunde. Sie ist nicht unbedingt mein Typ."

Was? Dieser kleine farblose Mann hatte etwas an Meri auszusetzen? Jack wollte schon empört auffahren, aber dann beherrschte er sich. Denn ihm fiel ein, worum Meri ihn gebeten hatte. War ihre Freundin Betina nicht in Colin verliebt?

„Sie sind ja eigentlich zu beneiden", meinte er, „weil Sie mit so vielen schönen Frauen zusammenarbeiten können."

„Ja." Colin räusperte sich. „Betina ist schön."

„Stimmt. Meri sagte, sie sei keine Wissenschaftlerin."

„Nein, sie ist die Koordinatorin des Projekts. Sie achtet darauf, dass das Budget nicht überschritten wird, und kümmert sich um alles, was nicht unmittelbar mit der Forschung zu tun hat." Sein Blick schweifte ab, und die Stimme klang verträumt, als er sagte: „Und sie duftet so gut. Es ist nicht nur ihr Parfüm, sondern auch ihre Haut ..."

„Hört sich so an, als sollte man sie näher kennenlernen. Hat sie einen festen Freund?"

„Was?" Colin schrak zusammen. „Nein, ich glaube nicht. Aber sie hat viele Männerbekanntschaften und ist sehr beliebt. Allerdings bin ich ziemlich sicher, dass Sie beide nicht zusammenpassen."

Jack hatte Mühe, ernst zu bleiben. „Wahrscheinlich nicht. Sind Sie je mit ihr ..."

„Oh nein!“ Colin hob abwehrend die Hände. „Wir sind nie allein ausgegangen.“

„Warum nicht? Ist sie etwa auch nicht Ihr Typ?“

„Also ... ich weiß nicht ... wahrscheinlich nicht.“ Das klang nicht sehr überzeugend. Vielleicht hatte Colin längst die Hoffnung aufgegeben, dass eine Frau wie Betina sich für ihn interessieren könnte.

Als Jack den Shuttlebus kommen hörte, verabschiedete er sich von Colin und stieg die Treppe zum Büro hinauf. An dem Treppenabsatz, der zu den Schlafzimmern führte, blieb er stehen. Da Meri einfach bei ihm hereingeplatzt war, war es nur recht und billig, dass er das Gleiche tat. Der Kuss gestern hatte sie offenbar verwirrt. Vielleicht sollte er die Situation nutzen.

Ohne anzuklopfen, öffnete er ihre Schlafzimmertür.

Die Vorhänge waren offen, und das Sonnenlicht drang ungehindert in den Raum. Meri stand neben dem Bett und trug lediglich einen winzigen Slip. Das Haar fiel ihr in üppigen Wellen über den Rücken, und ihre Haut schimmerte golden.

Jack konnte den Blick nicht von ihr lösen, nicht von der schmalen Taille, nicht von den vollkommenen Brüsten. In jeder Hand hielt sie einen BH, so als überlege sie, welchen sie anziehen sollte.

Schließlich sah er ihr ins Gesicht. Sie wirkte verwirrt und verletzlich.

Der Atem stockte ihm, so sehr überfiel ihn das Verlangen, sie zu besitzen. Doch sofort meldete sich sein schlechtes Gewissen. Er hatte Hunter versprochen, sie zu schützen. Vor Männern wie ihm.

„Entschuldige“, sagte er leise und verließ den Raum.

Meri zog sich schnell an und blieb dann unschlüssig in der Mitte des Zimmers stehen. Was sollte sie tun? Der Kuss gestern hatte sie vollkommen verwirrt. Denn sie hatte mit einer

Leidenschaft reagiert, die sie nie für möglich gehalten hätte. Sie hatte Jack begehrt, und ein solches Gefühl sah ihr Racheplan nun wirklich nicht vor.

Sie hatte zwar versucht, sich einzureden, dass ihre Reaktion vollkommen normal war. Jack sah gut aus, und sie mochte ihn. Früher war sie sogar in ihn verknallt gewesen. Da war es kein Wunder, dass ihre Verführungsversuche sie selbst auch nicht kaltließen.

Und jetzt hatte sie auch noch deutlich gesehen, dass er sie begehrte. Irgendetwas musste geschehen, und zwar schnell.

Entschlossen stieg sie die Treppe zum Büro hoch. Jack saß vor seinem Laptop und starrte auf den Bildschirm.

„Wir müssen miteinander reden", sagte sie.

„Nein, müssen wir nicht."

„Ich bleibe so lange hier, bis du mit mir sprichst. Du begehrst mich. Das habe ich dir angesehen."

„Wenn ein Mann eine schöne nackte Frau sieht, reagiert er eben so, das ist vollkommen normal und von der Natur so eingerichtet. Mehr war es nicht."

Sagte er die Wahrheit? War das alles? „Das glaube ich nicht", behauptete sie. „Es ging hier nicht um irgendeine Frau. Du willst *mich*. Na los, Jack. Gib schon zu, dass du mich begehrst. Warum fällt dir das so schwer?"

Er holte tief Luft und wandte sich zu ihr um. Sie hielt den Atem an. Würde er endlich das eingestehen, wonach sie sich schon so lange sehnte?

Nein.

„Ich habe mit Colin über Betina gesprochen", sagte er stattdessen.

Sie setzte sich auf den Stuhl, der dem Schreibtisch gegenüberstand. „Tatsächlich? Und? Was hat er gesagt?"

„Nichts Eindeutiges. Aber du hast recht, er steht auf sie, glaubt allerdings, dass jemand wie er sie nicht interessieren kann."

„Das wundert mich nicht."

„Wieso denn?" Jack sah sie fragend an. „Es spricht doch viel für ihn. Er ist intelligent, hat einen guten Job und scheint nett zu sein."

„So einfach ist das nicht. Colin und ich sind uns da sehr ähnlich. Wir leben in unserem Elfenbeinturm und haben von der wirklichen Welt keine Ahnung. Betina dagegen gehört zu den Menschen, die mitten im Leben stehen. Sie steht mit beiden Beinen auf der Erde, ist witzig und überall beliebt. Colin weiß nicht, wie man normal mit anderen Menschen umgeht. Glaub mir, ich weiß, wovon ich spreche."

„Jetzt übertreibst du aber. Du warst nie so."

„Doch. Sogar schlimmer. Ich hatte mich in einen Mann verknallt, den ich nicht haben konnte. Er hat mir das Herz gebrochen."

Jack blickte aus dem Fenster. „Dafür habe ich mich entschuldigt. Ich kann es nicht ungeschehen machen."

„Ich weiß, und dennoch habe ich das Bedürfnis, dich dafür zu bestrafen. Superintelligent zu sein ist kein Segen. Mir war immer klar, dass ich eine Außenseiterin bin, und Colin geht es genauso. Wir erkennen das Problem, aber wir scheinen nicht in der Lage zu sein, es zu lösen."

„Willst du damit ausdrücken, Colin bringt es nicht fertig, Betina zu sagen, dass er an ihr interessiert ist?"

„Er hält sich selbst nicht für fähig."

„Vielleicht passen sie dann wirklich nicht zusammen."

„Das kann und will ich nicht akzeptieren. Colin ist ein wunderbarer Mensch, und Betina ist meine beste Freundin. Ich habe ihr viel zu verdanken und möchte, dass sie glücklich ist. Deshalb werde ich alles dafür tun, dass sie den Mann bekommt, den sie liebt."

6. KAPITEL

„Ich habe gute Nachrichten“, sagte Meri strahlend. Betina stand am Küchenfenster und blickte dem Rest der Gruppe hinterher, die zum See hinunterging.

„So? Gibst du endlich dein lächerliches Ziel auf, Jack ins Bett zu kriegen?“

„Nein, nie.“ Meri lachte. „Ich bin sogar dichter dran als jemals zuvor. Er ist schon ganz schwach vor Verlangen nach mir und kann sich kaum auf den Beinen halten. Ist dir das noch nicht aufgefallen?“

„Du bist ja verrückt.“

„Vielleicht. Aber immerhin habe ich tolle Neuigkeiten, was Colin betrifft. Er mag dich sehr.“

Betina war eigentlich nicht so leicht aus der Fassung zu bringen. Aber jetzt errötete sie und senkte verlegen den Kopf. „Das glaube ich nicht.“

„Oh doch. Er hat mit Jack über dich gesprochen. Er findet dich einfach toll. Aber er hat zu wenig Selbstvertrauen, um es dir zu sagen. Doch da dein Selbstbewusstsein groß genug ist für zwei, passt ihr fabelhaft zusammen.“

„Du hast Jack in die ganze Sache hineingezogen?“

„Das war nicht nötig. Er hat seine Hilfe angeboten. Aber darum geht es nicht. Ist das nicht toll?“

Doch Betina sah alles andere als begeistert aus. Sie ging langsam zum Küchentisch und ließ sich auf einen Stuhl fallen. „Ich glaube, ich will gar nicht, dass sich etwas ändert zwischen Colin und mir.“

Meri setzte sich ihr gegenüber. „Was? Warum denn nicht?“

„Wahrscheinlich gerade weil Colin mir sehr wichtig ist. Jetzt ist er mein Freund, und ich kann mich darauf verlassen, dass er auch mein Freund bleibt. Wenn wir eine Liebesbeziehung haben, gibt es keinen Weg zurück.“

„Na und? Ist das so schlimm?“

„Ein solcher Schritt hat Konsequenzen. Wenn Colin und ich nun nicht zusammenpassen? Wenn er nicht der Mann ist, für den ich ihn halte? Dann habe ich ihn auch als Freund verloren.“

„Ich dachte, du liebst ihn.“

„Das tu ich auch. Aber genau das ist die Schwierigkeit. Ich möchte ihn lieber als Freund behalten, als ganz auf ihn verzichten zu müssen.“

„Aber du könntest doch so viel mehr haben. Ich begreife dich nicht, sonst bist du doch so risikofreudig.“

„Nicht, wenn es um einen sehr wichtigen Menschen geht. Da bin ich eher feige.“

„Das verstehe ich nicht. Du liebst ihn, und die Wahrscheinlichkeit ist groß, dass er dich auch liebt. Und du willst das nicht herausfinden? Du bist mit einem winzigen Stück zufrieden, obwohl du den ganzen Kuchen haben könntest?“

„Das ist besser als gar nichts.“

„Aber wenn du es nicht versuchst, wirst du es später bereuen. Glaub mir, ich weiß, wovon ich rede.“

„Wieso?“

„Es gab so viele Sachen, die ich wollte als Kind, aber ich hatte immer Angst. Ich wusste, dass ich anders war als die anderen, und war sicher, dass sie mich nicht mögen. Also habe ich auch nie versucht, Freunde zu finden. Im Nachhinein habe ich zwar gemerkt, dass es durchaus Leute gab, die auf mich zugekommen sind, aber ich habe sie immer vergrault, obwohl ich gern Freunde gehabt hätte. Es war einfacher, die Intelligenzbestie raushängen zu lassen, als sich auf andere einzulassen. Doch ich habe es immer bereut. Wie du schon sagtest, alles hat seine Konsequenzen.“

„Welche Konsequenzen hat es, wenn du mit Jack schläfst?“

Meri sah die Freundin verblüfft an. „Sprechen wir jetzt plötzlich über mich?“

„Bei dem Thema fühle ich mich wohler."

„Hm, ich werde endlich keinen Gedanken mehr an Rache verschwenden müssen", antwortete Meri, nachdem sie kurz nachgedacht hatte. „Er war meine erste große Liebe und hat mir sehr wehgetan. Das habe ich zwar jetzt überwunden, aber irgendwie bin ich nie von ihm losgekommen. Seinetwegen habe ich mich nie verlieben können."

„Ich dachte, du seist in Andrew verliebt."

War sie das wirklich? Das hatte Meri sich schon manchmal gefragt. Sie wusste nicht, wie sich die Liebe anfühlte, wenn man eine erwachsene Frau war. Sie war gern mit Andrew zusammen. Vor einem halben Jahr noch hätte sie gesagt, ja, ich liebe ihn. Aber jetzt war sie sich nicht mehr sicher. „Er hat mir eigentlich nicht gefehlt", sagte sie leise. „In den letzten Monaten habe ich ihn nur selten gesehen. Sollte ich darüber nicht verzweifelt sein?"

„Vielleicht, vielleicht auch nicht. Andrew ist ein netter Mann. Ich bin sicher, das renkt sich alles wieder ein, wenn du zurück in Washington bist. Dann wirst du ja sehen, was du für ihn empfindest. Immer vorausgesetzt natürlich, dass du nicht in Jack verliebt bist."

„In Jack? Nie! Ich will ihn leiden sehen, will, dass er angekrochen kommt und mich anfleht, und ihn dann kalt abservieren."

Betina lächelte kurz. „Ich weiß. Das ist die Geschichte, die du dir immer wieder erzählst. Aber ist es auch die Wahrheit? Ich glaube eher, dass du die Wahrheit nicht ertragen kannst. Dass du ihn immer noch liebst. Aber sei vorsichtig. Du weißt, dass du nicht der Typ bist für oberflächliche Beziehungen. Wenn du nun mit ihm schläfst und ihn danach nicht verlassen kannst? Soll er dir ein zweites Mal das Herz brechen?"

„Das wird nicht geschehen. Er kann mich nicht mehr verletzen, denn er steht mehr oder weniger symbolhaft für all die Probleme, die ich in meiner Jugend hatte. Wenn ich mir beweise, dass ich ihn überwunden habe, kann ich endlich mit meiner Vergangenheit abschließen."

„Eine exzellente Theorie. Aber klappt das auch in der Praxis?"

Wieso hatte Betina so große Zweifel? Meri war irritiert. Normalerweise stimmten sie in allen wesentlichen Fragen überein. „Ich muss es versuchen. Ich habe lange auf die Gelegenheit gewartet und kann sie jetzt nicht einfach vorübergehen lassen. Und du solltest es auch nicht tun, sondern aktiv werden. Heute Nacht."

Betina lachte. „Du hast wirklich Mut. Mehr als ich."

„Das stimmt nicht."

„Doch. Wenn es um Herzensdinge geht, bist du bereit, alles zu riskieren. Ich nicht."

Als Jack am Abend nach vielen Stunden am Computer in sein Zimmer kam, war er ziemlich erschöpft. Er zog das Hemd aus der Hose und fing an, es aufzuknöpfen, als er plötzlich ein ungewohntes Geräusch hörte, das aus seinem Badezimmer kam.

Er drehte sich schnell um. Die Tür war zu, aber unter der Tür sah er Licht. Wer, zum Teufel …?

Das konnte doch nur Meri sein.

Was sollte er tun? Wenn er Pech hatte, war sie bereits nackt und saß wahrscheinlich in der Badewanne. Wartete auf ihn. Sie hatte es von Anfang an darauf angelegt, ihn zu verführen, mit viel Erfolg, wie er leider zugeben musste. Ihm wurde heiß vor Erregung, wenn er nur an sie dachte. Es fehlte nicht viel, und er würde sich bei der nächstbesten Gelegenheit auf sie stürzen.

Wollte er das?

Er hatte Hunter ein Versprechen gegeben, und er hatte nicht viel dafür getan. Sein Freund hatte ihn nur gebeten, auf seine Schwester zu achten und sie zu schützen. Und Jack hatte nichts Besseres zu tun gewusst, als so schnell wie möglich zu verschwinden. Sicher, er hatte sie quasi aus der Ferne überwachen lassen, aber das war eine einfache Lösung gewesen.

Also musste er jetzt alles tun, um das Versprechen zu halten. Er würde ins Bad gehen und verlangen, dass Meredith sich wieder anzog. Dabei würde er ihr ein für alle Mal klarmachen, dass sich zwischen ihnen nichts abspielen würde. Und den Rest der Zeit hier in der Lodge musste er sich eben zusammenreißen und Situationen vermeiden, die gefährlich für ihn sein könnten.

So war der Plan.

Er holte tief Luft und stieß die Badezimmertür auf.

Genauso hatte er es sich vorgestellt. Sie hatte den Kamin angemacht, hatte überall Rosenblätter verstreut und saß bei schimmerndem Kerzenlicht nackt in der Wanne. Das Haar hatte sie hochgesteckt, sodass ihre verführerische Nackenlinie besonders gut zur Geltung kam, und ihre perfekten Brüste wurden nicht von dem Badeschaum verdeckt.

Jack spürte die Erregung unaufhaltsam in sich aufsteigen.

Aber es war nicht ihre helle Haut oder die leise Musik im Hintergrund, die ihn schwachmachte. Auch nicht die geschickte Art und Weise, in der sie sich in Szene gesetzt hatte, oder die Tatsache, dass er wusste, sie war entschlossen, mit ihm zu schlafen. All dem hätte er widerstehen können, wenn auch nur mit äußerster Anstrengung.

Aber dass sie in dieser Situation in ein Buch vertieft war, das haute ihn um. Sie hatte alles vorbereitet, um ihn zu verführen. Und nun war sie so gefesselt von einem Buch über Kernspaltung, dass sie ihn noch nicht einmal hatte kommen hören. Das war typisch Meri. Ein Genie mit dem Körper einer *Playboy*-Schönheit.

Meri seufzte leise, während sie umblätterte. Wie konnte Jerry ein so fantastisches Thema nur so langweilig darstellen? Sie war sich nicht sicher gewesen, ob sie zusagen sollte, als einer ihrer Kollegen sie darum bat, sein neuestes Buch vor der Veröffentlichung zu lesen, doch schließlich hatte sie sich überreden lassen. Die Kernspaltung war eine der großen Entdeckungen des Zwanzigsten Jahrhunderts, und Jerry tat so als ...

Mit einem Ruck wurde ihr das Buch aus den Händen gerissen. Sie wandte sich hastig um und starrte Jack verblüfft an. Was wollte er hier? Erst dann begriff sie, wo sie sich befand. Sie saß in der Badewanne und, richtig, hatte geplant, Jack zu verführen. Sie sah sich um. Rosenblätter und Kerzen und ein Kaminfeuer, nicht schlecht.

„Hallo!" Sie strahlte Jack an. „Na, ist die Überraschung gelungen?"

„Das kann man wohl sagen."

Wahrscheinlich wird er mich gleich anschreien und mir zum hundertsten Mal erklären, dass es nicht geschehen wird, dachte sie und versuchte sich innerlich darauf einzustellen. Doch er zog sie wortlos hoch, hob sie aus der Wanne und drückte sie fest an sich.

Meri war vollkommen perplex, allerdings auf angenehme Art und Weise. Denn Jack sah sie an, als sei er am Verhungern und sie ein saftig gebratenes Steak. Außerdem streichelte er ihr über den Rücken und legte dann die Hände auf ihren kleinen runden Po.

„Aber ich bin ganz nass", flüsterte sie.

„Das will ich hoffen", gab er leise zurück, bevor er sich vorbeugte und sie küsste.

Meri legte den Kopf in den Nacken und öffnete bereitwillig die Lippen. Was für ein Kuss. Sie spürte seine Zunge, die sich langsam in ihren Mund schob und ihre sanft umspielte.

Sie spürte, wie eine glühende Hitze in ihr aufstieg und sie erschauern ließ.

Als er sie fest an sich presste, spürte sie seine Erregung deutlich. „Oh Jack, ich …“

Wieder küsste er sie tief und voller Verlangen, während er sie zärtlich mit den Händen liebkoste, erst die Schultern, die Hüften, den flachen Bauch … Meri glaubte, dass ihre Haut prickelte unter seiner Berührung.

Sie wollte ihn auch fühlen. Sehnsüchtig schob sie ihm die Hände ins Haar, strich ihm dann über die rauen Wangen, streichelte die breiten Schultern, die muskulösen Arme und die Brust.

Seufzend presste er sie an sich, und sie fühlte, wie stark er erregt war. Wohlige Schauer rieselten ihr über den Rücken, während sie daran dachte, was bald geschehen würde.

„Ist dir kalt?“, fragte er.

„Nein.“

Er sah ihr tief in die Augen, und sie hielt seinem Blick stand. Was ihm wohl in diesem Augenblick durch den Kopf ging? Lange hatte er ihren Verführungskünsten widerstanden. Bedauerte er, dass er schließlich doch nachgegeben hatte? Sie fragte ihn lieber nicht danach.

Eigentlich wirkte er auch nicht unbedingt so, als bedauerte er, was er tat. Wieder beugte er sich vor und glitt mit den Lippen über die empfindliche Stelle an ihrem Hals bis zu ihrem Schlüsselbein. Dann saugte er kurz an ihrem Ohrläppchen und liebkoste ihre Halsbeuge mit der Zunge, während er mit den Händen ihre Seiten streichelte, bis er ganz leicht ihre Brüste berührte.

Endlich!

Genussvoll gab sie sich seinen Zärtlichkeiten hin, den leichtesten Berührungen, den sinnlichen Küssen, und schloss die Augen, als sie Jacks warmen Atem auf der Haut spürte.

Während er die Hände auf ihre Brüste legte und dann mit den Daumen die harten Spitzen reizte, rang sie vor Erregung nach Atem.

Hingebungsvoll verwöhnte er ihre Brustspitzen mit Lippen und Zunge. Meri warf den Kopf in den Nacken und atmete schneller. Ihr Körper fühlte sich plötzlich weich und schwer an, beinah gaben die Knie unter ihr nach. Und als sie spürte, wie Jack mit der Hand über ihren Bauch und tiefer glitt, zitterte sie in freudiger Erwartung. Aber er ließ sich Zeit und strich ihr nur langsam über die Innenseiten der Schenkel.

Ungeduldig presste sie sich gegen seine Hand. Begriff er nicht, was sie wollte? Hier, hier sollte er sie berühren. Nach nichts sehnte sie sich mehr in diesem Moment. Sie war bereit für ihn.

Sie stöhnte frustriert auf, und gerade als sie seine Hand dahin führen wollte, wo sie sie so dringend brauchte, ließ er ganz los. Doch bevor Meri protestieren konnte, hob er sie hoch, trug sie ins Zimmer und legte sie auf das Bett. Dann kniete er sich zwischen ihre gespreizten Schenkel.

Jetzt. Endlich erfüllte er ihr die unausgesprochene Bitte. Er verwöhnte sie mit den Fingern und reizte sie mit Zunge und Lippen.

Sie keuchte und gab sich den unglaublichen Gefühlen hin, die er in ihr weckte. Ja, und er genoss es genauso, das fühlte sie.

Das heiße Begehren in ihr stieg und stieg, erst langsam und stetig, dann mit drängender Heftigkeit.

In einer Phase, in der sie Ärztin hatte werden wollen, hatte sie alles über diese Phase der Erregung gelesen, über den Blutfluss, der das Hitzegefühl auslöste, die Schwellung und die nervliche Reaktion. Aber keines der Medizinbücher hatte Meri darauf vorbereiten können, was sie empfand, als Jack jetzt mit der Zunge über ihren empfindsamsten Punkt strich. Jede Bewegung seiner Zunge sandte Wonneschauer durch ihren Körper.

Bald würde sie den Gipfel erreichen, doch immer wieder zögerte Jack es hinaus, indem er sich kurz zurückzog. Bis er den Rhythmus seiner Liebkosungen plötzlich verstärkte; sie seufzte keuchend auf und bäumte sich auf, als die Wellen der Lust über ihr zusammenschlugen. Erst als sie schließlich schwer atmend auf das Bett zurücksank, gab Jack sie frei.

Es war unglaublich.

Als sie die Augen aufschlug, sah sie, wie er sie betrachtete. In jeder anderen Situation hätte sie sich über sein überlegenes Lächeln geärgert. Aber wenn sie an das eben Erlebte dachte, dann musste sie es ihm zugestehen.

Sie richtete sich auf, griff nach seinem Hemdkragen und zog Jack kurzerhand neben sich. Sinnlich seufzend knöpfte sie ihm das Hemd auf und glitt mit den Lippen über seine nackte Brust. Hm, seine Haut fühlte sich so gut an.

Ohne zu zögern, half er ihr, ihm die Hose auszuziehen, und endlich lag er nackt vor ihr.

Was für ein aufregend schöner Mann. Sie kniete sich neben ihn und strich genussvoll über seine Brust, den flachen muskulösen Bauch und tastete sich weiter vor. Als sie ihn umfasste, hielt Jack ihre Hand fest. „Ich habe keine Kondome."

Sie zwinkerte ihm zu. „Keine Sorge, du kennst mich doch. Ich bin auf alles vorbereitet." Sie öffnete die Nachttischschublade, in der sie ein Päckchen Kondome deponiert hatte, bevor sie in die Badewanne gestiegen war.

Nachdem er sich den Schutz übergestreift hatte, setzte sie sich langsam auf ihn, sodass er tief in sie eindringen konnte.

Aufatmend warf sie den Kopf zurück, als sie ihn in sich spürte. Es fühlte sich wundervoll an. Doch als sie ihn leidenschaftlicher lieben wollte, hielt er sie an den Hüften fest.

„Glaubst du wirklich, ich lasse zu, dass du oben bist und ich unter dir bleiben muss?"

„Oh ja!"

Bewundernd streichelte er ihre Brüste. „Recht hast du."

Sie lachte kurz auf und rang nach Atem, als ihre Lust heiß aufwogte.

Erst langsam, um ihn tief in sich aufzunehmen, bewegte sie sich, dann schneller und schneller. Er reizte ihre Brustspitzen, massierte sie, küsste sie, bis sie tief aufstöhnte vor Begehren. Mit jeder Sekunde spürte sie, wie sie dem Höhepunkt unaufhaltsam entgegentrieb.

Und gerade als sie glaubte, sich nicht länger zurückhalten zu können, packte er sie bei den Hüften und glitt in sie, immer und immer wieder, bis sie von den Empfindungen überwältigt war und lustvoll aufschrie. Da erreichte auch er den Gipfel. „Oh Meri …"

Eng umschlungen blieben sie liegen, bis ihr Atem sich beruhigt hatte. Dann legte sich Meri neben Jack, sodass sie sich in die Augen sehen konnten. Lange sagte keiner von ihnen ein Wort. Als er ihr zärtlich über die Wange strich, lächelte sie ihn zufrieden an.

„Eigentlich wollte ich das gar nicht zulassen", sagte er leise.

„Ich weiß", entgegnete sie siegesbewusst. „Bist du nun wütend?"

„Nicht auf dich."

War er auf sich selbst wütend? Weil er sein Versprechen Hunter gegenüber nicht gehalten hatte? Meri wollte ihm gerne sagen, dass das nicht wichtig sei. Aber für ihn war es wahrscheinlich doch wichtig. Mit Hunters kleiner Schwester zu schlafen, war in Jacks Vorstellung wohl das Verwerflichste, was hätte passieren können. Damit hatte er nach seiner Vorstellung den Freund ein weiteres Mal enttäuscht.

„Jack …", begann sie zögernd.

Er schüttelte den Kopf. „Lass es. Sag lieber nichts. Es hat keinen Sinn."

Was ging nur in ihm vor? „Ich sollte gehen“, sagte sie schließlich.

„Du musst nicht gehen.“

Sie blickte ihm in die dunklen Augen. Es gab nur diese eine Nacht. Und sie wollte die restlichen Stunden bei ihm sein. „Ich war mal bei einer Wahrsagerin“, sagte sie und kuschelte sich wieder an ihn. „Die hat mir prophezeit, dass ich irgendwann einmal mit dem Teufel ins Bett gehen würde. Und mir war immer klar, dass du damit gemeint bist. Es ist also nicht deine Schuld, dass du nachgegeben hast. Es war Schicksal.“

Er lächelte kurz. „Glaubst du etwa an so etwas?“

„Ich halte vieles für möglich. Ich bin eben eine vielseitige und interessante Frau.“

„Das stimmt.“

Sie seufzte leise und schmiegte sich enger an ihn. „Meinst du, wir könnten es noch einmal tun?“

„Ja.“

„Du kannst diesmal gern oben sein, wenn du möchtest.“

Er lachte leise. „Das hast du nicht zu bestimmen.“

„Oh doch! Denn ich bin unwiderstehlich. Du überlegst doch sicher gerade, wie du mir so lange widerstehen konntest, oder?“

„Kannst du etwa Gedanken lesen?“, fragte er grinsend.

Sie schloss die Augen und atmete tief durch. Er roch so gut. Alles schien so richtig zu sein in diesem Moment. Als hätte sie darauf immer schon gewartet. Als hätte …

Halt. So war es nicht geplant. Sie sollte den Sex mit Jack nicht genießen. Sie wollte Rache nehmen und dann einfach in ihr normales Leben zurückkehren. Es sollte keine emotionale Bindung entstehen.

Das ist ja auch nicht der Fall, beruhigte sie sich schnell. Unmittelbar nach dem Sex war man immer etwas empfänglich für Gefühle. Das war eine rein körperliche Reaktion.

Der weibliche Körper fühlte sich zu dem Körper eines Mannes hingezogen, der eine gute genetische Ausstattung hatte. Am Morgen war sie sicher über all das hinweg und konnte so handeln, wie ihr Plan es vorsah.

„Ich bin endgültig geheilt", sagte Meri am nächsten Morgen zu Betina, während sie sich Milch über ihr Müsli goss. „Ernsthaft, ich bin frei und kann endlich mit meiner Vergangenheit abschließen."

Betina sah sie skeptisch an. „So wie du strahlst, kann ich nur vermuten, dass ihr gestern zur Sache gegangen seid, Jack und du."

„Allerdings. Es war super, sogar noch besser, als ich vermutet hatte. Ich fühle mich wie neugeboren."

Betina lachte. „Na wunderbar. Ich freue mich für dich."

„Und was ist mit dir und Colin?"

„Nichts. Ich sah einen Film, und er saß den ganzen Abend am Computer. Dann gingen wir ins Bett, allerdings jeder in seins."

Meri runzelte die Stirn. „Das ist ja zu blöd! Du musst unbedingt mit ihm sprechen."

„Ich weiß nicht, ob ich gerade von dir Ratschläge annehmen sollte."

„Wieso denn nicht? Mein Plan hat perfekt geklappt. Wir hatten Sex, und jetzt sehnt sich Jack nach mehr. Aber darauf kann er lange warten. Ich denke nicht daran nachzugeben."

„Tatsächlich?"

„Darauf kannst du Gift nehmen."

„Fühlst du denn gar nichts?"

Meri grinste. „Ich bin ein bisschen wund."

„Dann habe ich mich wohl wirklich geirrt. Wahrscheinlich empfindest du tatsächlich nichts ihm gegenüber. Wenn du nicht noch einmal mit ihm schlafen willst, dann bist du wirklich geheilt. Herzlichen Glückwunsch!"

Betina stand auf, goss sich noch einmal Kaffee ein und verließ die Küche. Meri blickte ihr nachdenklich hinterher. Sie fühlte wirklich nichts Besonderes für Jack. Sicher, er war ihr ältester Freund, und als solcher würde er ihr immer etwas bedeuten. Und vielleicht würde es auch nicht ganz einfach werden, nicht mehr mit ihm zu schlafen, einfach weil es so verdammt gut gewesen war. Aber ganz bestimmt nicht, weil sie irgendetwas für ihn empfand, was über Freundschaft hinausging.

Doch je länger sie darüber nachdachte, desto unsicherer wurde sie.

„Ich empfinde nichts Besonderes für ihn", sagte sie laut. „Er ist ein alter Freund, das ist alles."

Sie aß ihr Müsli auf und stellte die Schüssel in die Geschirrspülmaschine. Dann ging sie ins Esszimmer, wo sich das Team am Vormittag wieder versammeln wollte.

Es klingelte. Wer konnte das sein? Für die Kollegen war es noch zu früh. Also, wer in aller Welt …?

Sie lief durch die große Eingangshalle und öffnete die Tür. Ein Mann stand vor ihr, und sie starrte ihn an. Dann nahm dieser Mann sie in die Arme und küsste sie.

„Hallo, Babe", sagte er.

„Andrew! Das ist aber eine Überraschung …"

7. KAPITEL

Nachdem Jack geduscht und sich angezogen hatte, war er unschlüssig, ob er erst in die Küche gehen und sich einen Kaffee holen oder gleich nach oben ins Büro verschwinden sollte.

Der Kaffee gewann, vor allem, weil Jack in der letzten Nacht nicht viel zum Schlafen gekommen war. Mit Meri in einem Bett, da hatte man anderes zu tun …

Bevor er die Treppe zur Küche hinunterging, blieb er vor dem Foto stehen, das ihn und seine Freunde vom College zeigte. Damals war alles noch so unkompliziert gewesen für die *Sieben Samurai*, und sie waren neugierig auf das Leben, das vor ihnen lag.

Hunter lachte in die Kamera, ein vertrautes Bild. Was er auch tat, er hatte Freude daran. Die Zwillinge Matt und Luke, äußerlich sehr ähnlich, aber im Charakter grundverschieden, hatten Ryan im Schwitzkasten, während Devlin und Jack die Gruppe mit Bier begossen. Nicht mit auf dem Bild war Meri, die sicher in der Nähe saß, ein Buch vor der Nase. Jack erinnerte sich, dass sie meist dabei war, sich aber immer abseits gehalten hatte.

Hunter hatte sich Sorgen um sie gemacht, besonders seitdem er gewusst hatte, dass er nicht mehr lange leben würde. Damals hatte er Jack gebeten, sich um sie zu kümmern, ihr sozusagen den Bruder zu ersetzen, wenn der nicht mehr da wäre.

„Verdammt schwierige Aufgabe", murmelte Jack und wandte sich ab. Sicher, Meri war jetzt erwachsen und traf ihre eigenen Entscheidungen. Dazu gehörte auch die Entscheidung, mit Jack zu schlafen, wenn sie es wollte.

Aber für ihn war es nicht so einfach. Er fühlte sich verantwortlich für Hunters Schwester. Warum hatte er trotzdem mit ihr geschlafen?

Er hatte sie begehrt. Das war kein Wunder, denn sie war intelligent und witzig und verdammt hübsch. Noch keine Frau hatte ihn je so angezogen, und das nicht nur in sexueller Hinsicht. Denn sie war nicht nur sehr sexy, sondern direkt und offen und sprühte geradezu vor Ideen. Hunter wäre sicher sehr stolz auf sie gewesen. Und außerdem wäre er außer sich vor Wut und auch enttäuscht, dass der Freund sein Versprechen nicht gehalten hatte.

Und nun? Meri hatte von Anfang an sehr deutlich gemacht, dass sie ihn verführen wollte, und das hatte sie ja nun geschafft.

Konnten sie nun einfach so tun, als sei nichts passiert? Denn im Grunde hätte es nicht geschehen dürfen. Wenn er die Zeit zurückdrehen könnte …

Jack schüttelte unwillig den Kopf. Wenigstens zu sich selbst sollte er ehrlich sein. Denn wenn sich die Gelegenheit wieder ergeben würde, würde er nicht anders handeln.

Ein schöner Freund war er! Er sah noch einmal in Hunters lachendes Gesicht auf dem Foto, und das Herz wurde ihm schwer.

Dann hörte er Schritte auf der Treppe. Er drehte sich um und sah Betina auf sich zukommen.

„Guten Morgen“, sagte er.

Sie blieb auf dem Treppenabsatz stehen und musterte ihn ernst. Irgendetwas schien sie verärgert zu haben, denn sie runzelte streng die Stirn.

„Was ist?“, fragte er.

„Das sollte ich Sie fragen.“ Sie kam einen Schritt näher. „Ich weiß, es geht mich eigentlich nichts an, aber …“

„Genau“, unterbrach er sie. „Es geht Sie wirklich nichts an.“

Sie sah ihn wütend an. „Meredith ist meine Freundin. Sie ist mir sehr wichtig, und ich will nicht, dass ihr wehgetan wird.“

„Wie kommen Sie darauf?“

„Oh, ich kenne Männer wie Sie. Sie kriegen immer das, was sie wollen, und kümmern sich danach einen Dreck um das, was sie angerichtet haben.“

Da hat sie nicht ganz unrecht, dachte er. Ihm war allerdings nicht klar, was das mit ihm und Meri zu tun haben sollte. „Meri interessiert sich nicht wirklich für mich.“

„Das versucht sie auch mir einzureden, aber das glaube ich nicht. Ich fürchte, sie ist verletzlicher, als sie sich selbst eingestehen will, und könnte eine Enttäuschung nur schwer ertragen.“

„Kann sein. Aber was habe ich damit zu tun?“

Betina verdrehte genervt die Augen. „Sind Männer immer so schwer von Begriff, wenn es um Frauen geht? Oder nur die Männer in diesem Haus?"

„Sie erwarten darauf doch keine Antwort?"

„Nein. Aber ich erwarte, dass Sie jemanden respektvoll behandeln, dessen Wohl Ihnen anvertraut wurde. Sie kennen Meri doch schon lange. Sie ist anders als wir. Ihr Leben ist nicht wie das anderer Kinder verlaufen. Ihr jetziges Leben, alles was sie ausmacht, musste sie sich hart erkämpfen."

„Sie hat mir erzählt, dass Sie sie dabei unterstützt haben."

Betina zuckte mit den Schultern. „Vielleicht ein bisschen. Ich habe ihr ein paar Tipps gegeben. Aber sie hält sich für stärker, als sie ist. Und was Meri sich da mit Ihnen vorgenommen hatte, war totaler Blödsinn. Das habe ich ihr sehr deutlich gesagt, aber sie wollte nicht auf mich hören."

„Das ist typisch für Meri."

„Ich weiß. Dennoch, ich will nicht, dass ihr irgendetwas Schlimmes passiert. Wenn Sie ihr wehtun, dann können Sie was erleben!"

Er grinste kurz. „Wollen Sie jemanden engagieren, der mich zusammenschlägt?"

„Nein, schlimmer. Ich werde Ihnen haarklein schildern, wie sehr sie leidet, und dabei immer wieder betonen, dass Sie der beste Freund ihres Bruders waren. Er hat Sie lediglich um *eine* Sache gebeten, und noch nicht einmal diesen Wunsch konnten Sie ihm erfüllen. Damals nicht und heute nicht. Ihr Gewissen wird Ihnen keine Ruhe lassen, das kann ich Ihnen garantieren."

Er erwiderte ihren ernsten Blick. „Meri scheint Ihnen sehr wichtig zu sein."

„Ich habe Meri sehr, sehr gern. Sie ist für mich wie eine Schwester, manchmal auch wie eine Tochter. Sie verdient einen Mann, der sie liebt. Sind Sie dieser Mann?"

Darüber musste er nicht lange nachdenken. „Nein.“ Er hatte noch nie jemanden geliebt. Und er wollte auch niemanden lieben. Gefühle waren zu riskant, ließ man sie zu, lief man nur Gefahr, verletzt zu werden.

„Dann lassen Sie sie in Ruhe. Geben Sie ihr die Möglichkeit, mit jemand anderem glücklich zu sein.“

„Mit jemandem wie Andrew?“ Noch hatte Jack den Bericht über Andrew nicht erhalten, aber er hatte ein ungutes Gefühl.

„Seltsam, dass Sie gerade ihn erwähnen.“ Betina lächelte. „Aber wahrscheinlich wissen Sie es noch nicht.“

„Was denn?“

„Er ist hier.“

Meri machte sich von Andrew los und blieb dann wie versteinert in der offenen Tür stehen. Hoffentlich sah Andrew ihr das schlechte Gewissen nicht an. Obwohl er und sie übereingekommen waren, dass sie mal eine Pause brauchten, fühlte sie sich nicht wohl in ihrer Haut.

„Du bist tatsächlich hierhergekommen“, sagte sie und versuchte, möglichst unbefangen zu klingen.

„Du hast mir so gefehlt.“ Er schenkte ihr sein charmantes Lächeln, das ihr immer so gut gefallen hatte. „Und du? Hast du dich auch nach mir gesehnt?“

In den letzten fünf Monaten hatte sie sich im Wesentlichen mit dem Plan beschäftigt, Jack Howington zu verführen. Bis sie ihn endlich so weit gehabt hatte, war eine weitere Woche vergangen. Nebenbei hatte sie für eine Beraterfirma gearbeitet und war an der Entwicklung eines neuen Raketentreibstoffs beteiligt. Wo sollte sie da die Zeit hernehmen, sich nach Andrew zu sehnen?

„Natürlich“, sagte sie schnell.

„Sehr gut.“ Er nahm sie wieder in die Arme. „Hier also treibst du dich herum.“

„Eigentlich habe ich die meiste Zeit in Los Angeles gelebt. Da hatte ich doch diesen Job bei der Beratungsfirma."

„Ja, ich weiß. Und dein Team? Ist das auch hier?"

„Ja. Sie sind aber gerade unterwegs. Wahrscheinlich kommen sie in etwa einer Stunde zurück."

„Das ist ja sehr günstig." Andrew zog Meri fest an sich. „Dann haben wir Zeit, uns wieder … näherzukommen."

Oh nein …! Sie konnte Andrew nicht „näherkommen", nachdem sie gerade mit Jack im Bett gewesen war. Das war nun wirklich ganz unmöglich, in vielerlei Hinsicht.

Sie löste sich vorsichtig von ihm und trat einen Schritt zurück. Andrew war so groß wie Jack, aber nicht so schlank und auch nicht so muskulös. Er trug das braune Haar länger als Jack, seine blauen Augen waren heller. Jack war teuflisch sexy. Er war risikofreudig und eine Kämpfernatur, er war ein Zyniker und hatte Angst vor Gefühlen. Andrew dagegen war offen und freundlich. Er ging davon aus, dass man ihn mochte. Und die meisten Menschen fanden ihn auch wirklich sehr sympathisch.

Was eigentlich ganz unwichtig ist, sagte sie sich. Sie brauchte die beiden Männer nicht zu vergleichen. Andrew war ihr vertraut, mit ihm war sie fast verlobt. Mit Jack dagegen verband sie nichts. Früher waren sie Freunde gewesen, dann hatte sie ihn verführt, und nun sollte sie eigentlich keinen Gedanken mehr an ihn verschwenden. Sie sollte sich freuen, dass Andrew da war. Denn mit ihm wollte sie schließlich ihr Leben verbringen, oder?

Andrew runzelte die Stirn. „Was ist los, Meredith? Freust du dich nicht, mich zu sehen? Es ist doch schon Wochen her, dass wir uns bei dem Symposium in Chicago gesehen haben. Du hast mir so gefehlt. Ich weiß, dass du wolltest, dass wir uns eine Zeit lang nicht sehen, um uns über unsere Gefühle klar zu werden. Aber ich weiß, was ich will, nämlich dich. Wie ist es mit dir?"

Glücklicherweise kam Colin in diesem Augenblick in die Eingangshalle, und Meri atmete erleichtert auf. Colin stutzte. „Andrew? Du?" Das klang nicht sehr freundlich, aber Colin hatte Andrew auch nie besonders leiden können.

Das hatte einen ganz einfachen Grund. Andrew war groß und athletisch gebaut, Colin eher nicht. Meredith selbst hatte schon vor einigen Jahren mit gezieltem Muskeltraining angefangen und forderte auch ihre Leute dazu auf. Die murrten zwar, aber Meri ließ sich nicht davon abbringen, sondern ermunterte sie immer wieder.

„Colin!" Andrew strahlte Colin an und ignorierte seine verdrossene Miene. „Ich habe dich ja schon ewig nicht mehr gesehen. Wie geht's denn so?"

Colins Miene hellte sich nicht gerade auf, als er sagte: „Toll, ja, danke, mir geht's gut." Dann ging er um die Ecke in die Küche, goss sich einen Kaffee ein und verschwand.

„Hm, ich glaube, er fängt an, mich zu mögen", flüsterte Andrew und grinste. „Immerhin hatten wir ja schon so was wie eine Unterhaltung."

Obwohl Meri nicht danach zumute war, musste sie lachen. „Du bist wirklich ein unverbesserlicher Optimist."

„Wieso? Du magst Colin, und ich mag dich. Da ist es doch nur logisch, dass auch ich ihn mag. Das musst selbst du zugeben."

Sie schüttelte lächelnd den Kopf und ging in die Küche. Andrew folgte ihr. Er wirkte immer entspannt und gut gelaunt. Das empfand Meri als sehr angenehm. Außerdem gefiel ihr sein Humor, seine Spontaneität und seine gelassene Einstellung dem Leben gegenüber. Wenn es nach den Tests in den Frauenzeitschriften ging, die sie gemacht hatte, war er der ideale Mann für sie.

Und dennoch hatte sie die Trennung von ihm spielend verkraftet, hatte ihn sogar kaum vermisst. Da stimmte doch irgendetwas nicht.

Jemand kam die Treppe herunter. Sie nahm an, es sei Betina und drehte sich um.

Doch es war Jack.

Totenstille.

Meri fühlte, wie ihr das Blut in die Wangen stieg. Was sollte sie bloß sagen?

Dann trat Andrew einen Schritt vor und streckte Jack die Hand hin. „Hallo. Ich bin Andrew Layman, Merediths Freund."

Jack machte eine sehr knappe Verbeugung. „Jack Howington. Freund der Familie."

Die beiden Männer gaben sich die Hand. „Dann kennen Sie Merediths Vater?", fragte Andrew. „Ich meine, als Freund der Familie? Denn Meredith selbst hat bisher nie von Ihnen gesprochen."

„Ich kannte ihren Bruder. Meri und ich waren auf demselben College. Wir sind schon lange befreundet."

„So? Das ist interessant. Dann wohnen Sie nicht in Washington, oder? Denn ich kenne alle ihre Freunde, die dort leben."

„Hört sich so an, als überwachten Sie sie sehr genau."

Andrew nickte lächelnd. „Das würde ich nicht gerade sagen. Sie ist mir ganz einfach sehr wichtig."

„Und dennoch haben die sechs Monate Trennung Ihnen offenbar nichts ausgemacht", sagte Jack kühl. „Und Meris Freunde hier kennen Sie sicher nicht."

„Doch, von früher."

„Aber nicht mich." Das klang feindselig, und Meri zuckte zusammen.

„Sie gehören zu Meris Vergangenheit."

„Nicht ganz. Meri und mich verbindet eine lange Geschichte."

Meri verdrehte nur wieder die Augen. Waren das zwei erwachsene Männer? Sie hatte eher den Eindruck von zwei Hunden, die sich gegenseitig den Baum nicht gönnten, an den sie pinkeln wollten. Diesen Wettkampf würde Jack ganz sicher gewinnen, aber warum hatte er ihn überhaupt angefangen? Und Andrew, warum hatte er sich in ein solches Streitgespräch hineinziehen lassen? Normalerweise vermied er diese Situationen.

„Die Stimmung hier ist mir viel zu aggressiv“, sagte sie und trat zurück. „Macht das unter euch aus. Ich lass euch dann mal allein. Viel Vergnügen.“

Meri fand Betina in ihrem Zimmer mit ihrem Laptop auf dem Schoß.

„Ich brauche deine Hilfe“, sagte Meri hastig, zog die Tür hinter sich zu und setzte sich neben Betina auf das Bett. „Wieso taucht er plötzlich hier auf?“

„Andrew?“

„Ja. Ich hatte keine Ahnung, dass er kommen wollte. Wir haben uns E-Mails geschrieben und hin und wieder auch telefoniert. Aber ich bin nie auf die Idee gekommen, er könne hier vor der Tür stehen. Wie konnte er das tun?“

„Ganz einfach. Er hat sich ins Flugzeug gesetzt und ist hergeflogen. Er wollte dich überraschen. Findest du das nicht romantisch?“

„Ich weiß nicht. Wir haben uns doch schon so lange nicht gesehen. Ich habe immer angenommen, er würde mir einen Heiratsantrag machen, und habe durchaus mit dem Gedanken gespielt, ihn anzunehmen. Eigentlich sollte ich mich doch freuen, dass er hier ist, oder?“ Meri stiegen die Tränen in die Augen. „Ach, ich weiß auch nicht, was mit mir los ist. Ich bin vollkommen durcheinander.“

„Du hast mit Jack geschlafen. Dadurch sollte doch alles anders werden.“

„Ja, ich habe gehofft, dass sich dadurch alles klärt. Dass ich endlich geheilt bin.“

„Aber vielleicht war das etwas, was du einfach durchmachen musstest", meinte Betina und legte der Freundin den Arm um die Schultern.

Meri nickte langsam. Das könnte sein. Sie hatte immer geglaubt, dass ihre Unsicherheit und die Unfähigkeit zu lieben etwas mit Jacks Zurückweisung damals in ihren Teenagerjahren zu tun gehabt hätte. Aber vielleicht gehörte Zurückweisung einfach zum Erwachsenwerden dazu? Vielleicht hatte sie in diese ganze Sache viel zu viel hineininterpretiert.

„Du glaubst also nicht, dass ich mit Jack schlafen musste, damit ich endlich mit mir und meinem Leben ins Reine komme?"

„Ich weiß nur eins, negative Emotionen wie Rachegefühle führen nie zu etwas Gutem. Du konntest Menschen nur schwer Vertrauen entgegenbringen. Aber hatte das wirklich mit Jacks Verhalten zu tun, oder brauchtest du einfach mehr Zeit, um zu erkennen, wer du bist und was du willst? Sehr intelligente Menschen wie du haben damit häufiger Probleme."

„Das ist mir auch schon aufgefallen", sagte Meri leise. „Aber ich war einfach sicher, dass ich mich unbedingt an Jack rächen müsste. Aber wie du schon sagst, negative Gefühle und Verhaltensweisen führen zu nichts."

„Nun, die Sache ist gelaufen", erinnerte Betina sie. „Jetzt musst du dir überlegen, was du wirklich willst. Ist Andrew der Mann, mit dem du leben willst?"

„Ich weiß überhaupt nicht mehr, was ich will." Meri rieb sich die Schläfen. „Ich glaube, ich muss erst eine Runde joggen, um wieder einen klaren Kopf zu bekommen. Kannst du mit den anderen inzwischen schon mal anfangen?"

„Aber sicher!" Betina grinste. „Ich übernehme gern das Kommando."

Später am Vormittag suchte Jack Meri. Sie war nicht im Esszimmer, wo sich ihr Team versammelt hatte. Betina hatte ihm gesagt, sie müsse im Haus sein, aber bisher hatte er sie nicht gefunden. Er blickte in sein Bad, aber keine schöne nackte Frau erwartete ihn in der Wanne. Dann sah er aus dem Augenwinkel, dass sich etwas auf dem Balkon bewegte.

Es war Meri, die auf einem Balkonstuhl saß und in die Ferne blickte. Sie hob den Kopf, als Jack neben sie trat. „Ich wollte eigentlich das Teleskop benutzen, aber bei der hellen Sonne sind die Sterne so schlecht zu sehen."

Er blickte in den strahlend blauen Himmel. „Hm, ich glaube, ich weiß, was du meinst."

Sie sah traurig aus. Er betrachtete sie genau. „Was ist mit dir? Möchtest du dich aussprechen?"

„Ich bin irgendwie vollkommen durcheinander. Aber du brauchst mich gar nicht erst zu fragen, warum. Ich sage es dir sowieso nicht."

„Wie soll ich dir helfen, wenn ich nicht weiß, was los ist?"

„Vielleicht bist du ja das Problem."

„Ich?"

Sie seufzte leise. „Das ist übertrieben. Ein bisschen vielleicht, aber wahrscheinlich bin ich für mich selbst das größte Problem."

Als sie schwieg, nahm er sich einen Stuhl und setzte sich neben sie. Schweigend starrten beide auf den See, der sich endlos vor ihnen zu erstrecken schien.

„Wusstest du, dass der See fast eine Meile tief ist?", fing Jack schließlich an.

„Du hast wohl die Touristenbroschüre gelesen."

„Ja, aber sie war ziemlich langweilig."

Meri sah ihn forschend von der Seite an. „Warum hast du eigentlich nie geheiratet?"

„Mich hat nie jemand gefragt."

„Ach so, deshalb! Dabei wolltest du doch so gern."
„Wahrscheinlich nicht. Ich bin kein Typ für die Ehe."
Endlich lächelte sie. „Das sehen viele Frauen sicher anders. Du bist reich und Single. Der ideale Ehekandidat. Möchtest du denn nicht heiraten?"
„Ich habe nie genauer darüber nachgedacht. Hatte immer zu viel zu tun."
„Das heißt, wenn du zu viel Zeit zum Nachdenken hattest, hast du dir schnell noch etwas Neues aufgebürdet."
Wie hatte sie das erraten? „Manchmal."
Sein Beruf füllte ihn ganz aus. Außerdem trank er hin und wieder ein Bier mit ein paar Kumpels. Mehr brauchte er nicht.
„Du lässt keinen an dich ran, oder?", fragte sie.
„Nein."
„Wegen Hunter?"
„Nur weil wir miteinander geschlafen haben, erzähle ich dir noch lange nicht, was in mir vorgeht."
„Verstehe. Wegen Hunter?"
Er warf ihr einen verärgerten Blick zu. „Du nervst."
„Ich weiß. Soll ich die Frage noch einmal stellen?"
Jack seufzte resigniert. „Ja, es hat auch mit Hunters Tod zu tun."
„Menschen sterben nun einmal."
„Ich weiß. Mein Bruder starb, da war er noch ein Kind. Danach war für mich nichts mehr wie vorher."
Eigentlich hatte er das nicht sagen wollen. Aber es war die Wahrheit, und irgendwie machte es ihm auch nichts aus, dass Meri nun mehr von ihm wusste. „Es war wie bei Hunter", sagte er leise. „Er wurde krank und starb dann ziemlich schnell. Wir standen uns sehr nahe, und ich habe sehr darunter gelitten, dass er nicht mehr da war."
Der Unterschied war nur, dass er seinen Bruder im Gegensatz zu Hunter *nicht* abgehalten hatte, zum Arzt zu gehen.

Als Hunter ihm den dunklen Fleck auf der Schulter gezeigt hatte, hatte Jack sich über ihn lustig gemacht und gemeint, er sei überempfindlich, dass er deshalb gleich zum Arzt wolle. Also hatte Hunter noch gewartet. Was wohl passiert wäre, wenn er gleich behandelt worden wäre, noch bevor das Melanom sich ausbreitete?

„Es ist nicht deine Schuld, dass Hunter starb." Meri sah ihn eindringlich an.

Doch Jack wich ihrem Blick aus und stand auf. „Ich habe nichts mehr zu sagen."

Meri sprang schnell auf und stellte sich vor die Tür, um Jack am Gehen zu hindern. Er hätte sie leicht zur Seite schieben können, aber aus irgendeinem Grund tat er es nicht.

„Es ist nicht deine Schuld", fing sie wieder an. „Ich weiß, dass du glaubst, schuld an seinem Tod zu sein, und deshalb ein schlechtes Gewissen hast. Aber das ist Unsinn. Du kannst nicht ewig in der Vergangenheit leben. Hast du Angst, dich in jemanden zu verlieben, weil du fürchtest, auch diesen Menschen zu verlieren? Oder glaubst du, dass auf dir ein Fluch liegt oder so was Ähnliches?"

Beides, dachte er. Aber das war noch nicht alles. Er durfte keinen Menschen lieben. Das war der Preis für das, was er getan hatte. Oder besser, nicht getan hatte.

„Ich will nicht darüber reden", stieß er frustriert hervor.

„Nein?" Sie blieb in der Tür stehen und sah ihn herausfordernd an.

„Geh mir aus dem Weg."

„Ich denke nicht daran."

„Denkst du etwa, ich habe Angst vor dir?"

Sie ignorierte diese Bemerkung und sagte stattdessen lächelnd: „Eigentlich möchtest du mich doch küssen, oder?"

Sie war unmöglich. Und hatte leider recht. Denn er wollte sie küssen, und nicht nur das. Aber das sollten sie lieber nicht auf dem Balkon tun, wenn sie nicht verhaftet werden wollten.

Vorsichtshalber trat er einen Schritt zurück. „Dein Andrew scheint sehr nett zu sein."

„Tu doch nicht so. Du kannst ihn nicht ausstehen."

„Wie kommst du darauf? Ich kenne ihn doch gar nicht. Allerdings muss ich ihn auch nicht unbedingt näher kennenlernen."

„Typisch Macho. Warum hast du eigentlich behauptet, du kennst mich viel besser als er und all dieses Zeug?"

„Ich habe keine Ahnung, wovon du redest.", sagte er und sah sie unschuldig an.

„Männer! Und dann sagt man immer, Frauen seien kompliziert."

8. KAPITEL

Als Meri die Treppe herunterkam, saß Andrew im Wohnzimmer und wartete auf sie. Ihr Team hatte sich ins Esszimmer zurückgezogen und arbeitete. Was sollte sie tun? Sollte sie zu ihren Leuten gehen oder sich um den Mann kümmern, der extra hierhergekommen war, um sie zu sehen? Schnell ging sie in die Küche, nahm sich das Telefonbuch vor und führte ein paar kurze Gespräche.

Danach öffnete sie die Tür zum Esszimmer und rief: „Wir machen heute Nachmittag blau!"

„Wunderbar", meinte Andrew, der hinter ihr hergekommen war und ihr die Hand auf die Schulter legte. „Dann sind wir endlich allein."

„Nicht ganz", sagte sie halblaut zu ihm, dann hob sie wieder die Stimme. „Hört mal alle her. In Kürze kommt der Shuttlebus und bringt euch in euer Hotel. Ich möchte, dass ihr euch Badezeug anzieht und Strandsachen mitnehmt. Vergesst nicht die Sonnencreme."

Donny runzelte die Stirn. „Willst du uns etwa wieder nach draußen treiben?"

„Allerdings."

Alle murrten, fügten sich aber schließlich. Zu protestieren, hätte keinen Sinn gehabt.

„Okay, lasst es uns hinter uns bringen", sagte irgendjemand. „Dann können wir endlich wieder an die Arbeit gehen."

„Willst du tatsächlich mit ihnen zum See?", fragte Andrew, als alle gegangen waren. „Ist das nicht gefährlich?"

„Warum? Sie können alle schwimmen. Außerdem ist es sehr ungesund, immer nur drinnen zu sitzen und sich nicht zu bewegen. Die frische Luft wird ihnen guttun."

Er zog sie fest an sich. „Und du tust mir gut. Habe ich dir nicht gefehlt, Meredith?"

„Doch, aber vielleicht nicht so sehr, wie du hoffst", sagte sie ehrlich.

Er sah sie zärtlich an. „Ich weiß, ich hätte dich nie so lange allein lassen sollen. Als du sagtest, du wolltest eine Beziehungspause, hätte ich nicht darauf eingehen dürfen."

„Es gab ein paar wichtige Dinge, die ich unbedingt erledigen musste und bei denen ich dich nicht gebrauchen konnte."

Eigentlich hatte sie erwartet, dass er verärgert reagieren würde. Stattdessen strich er ihr nur über die Wange. „Dann werde ich dich wohl zurückgewinnen müssen."

Bei diesen sanft gesprochenen Worten hätte sie dahinschmelzen sollen. Aber nichts geschah. Sie blickte ihr Gegenüber kühl an. Was war nur los mit ihr? Warum ließen sie Andrews Worte so kalt?

Darauf musste sie unbedingt eine Antwort finden.

Eine Stunde später versammelten sich alle am Strand. Meri zählte kurz durch, um sicher zu sein, dass sich keiner gedrückt hatte. Überraschenderweise war Jack mitgekommen.

„Colin meinte, das würde mir sicher Spaß machen“, sagte er, als sie ihn erstaunt ansah.

„Da hat er sicher recht.“ Meris Stimme klang ein wenig gepresst. Jack sah aber auch zu sexy aus in der Badehose und dem engen T-Shirt, vor allem, weil sie wusste, was darunter war.

Das sollte ich mir lieber nicht vorstellen, sagte sie sich. Die letzte Nacht musste sie unbedingt vergessen. Stattdessen sollte sie lieber an Andrew denken und daran, wie lieb er war. Allerdings hatte der liebe Andrew es vorgezogen, in der Lodge zu bleiben.

„Also, was passiert jetzt?“ Betina sah zum Anbeißen aus in ihren knappen Shorts und dem Bikinioberteil.

„Ich dachte, das.“ Meri wies auf den See. Vier Männer auf Jetskis kamen auf sie zu.

„Was? Du willst uns auf diese Dinger verfrachten?“ Colin war entsetzt. „Was hast du dir denn dabei gedacht?“

„Dass es euch Spaß macht.“

„Das Einzige, was ich davon haben werde, ist ein Sonnenbrand“, maulte Colin.

„Ich finde, es ist eine sehr gute Idee. Die können uns sicher zeigen, wie man das macht“, mischte sich Jack ein.

„Genau. Außerdem haben sie Schwimmwesten für uns dabei. Es wird sicher toll.“

Jack schüttelte lächelnd den Kopf. „Zwingst du deine Leute immer dazu, etwas für ihren Körper zu tun?“

„Ja, ziemlich oft. Ich selbst bin auch nicht unbedingt sportlich, aber ich versuche, das zu ändern. Wir können nicht unser ganzes Leben in geschlossenen Räumen verbringen, und das auch noch sitzend. Davon wird man nur schlaff.“

„Letztes Jahr hat sie uns gezwungen, Ski zu laufen", beschwerte sich Colin und beäugte misstrauisch die Jetskis. „Dabei hat Norman sich das Bein gebrochen."

„Stimmt", sagte Betina. „Er humpelt noch heute."

Meri ließ sich von dieser Bemerkung nicht von ihrem Vorhaben abbringen. „Aber das Wochenende im Schnee hat ihm viel Spaß gemacht. Er redet immer noch davon. Also, keine Widerrede! Wir probieren die Jetskis aus. Ich lasse mich nicht umstimmen."

Jack war überrascht, wie energisch sie vor der Gruppe auftrat, vor allem aber, dass sich schließlich alle fügten. Auf den ersten Blick wirkte sie nicht wie eine Führungspersönlichkeit, aber sie hatte eine natürliche Autorität. „Und wo ist Allen?", fragte er.

„Andrew, meinst du wohl. Er ist nicht so wild auf Gruppenausflüge."

„Kein Teamgeist?"

„Das würde ich nicht sagen. Aber sein Lieblingssport ist Tennis."

„Ach so ..."

Sie blickte ihn aufmerksam an. „Was soll das denn wieder heißen?"

„Gar nichts." Jack hob abwehrend beide Hände. „Er hat sicher eine sehr gute Rückhand."

„Allerdings. Er spielt in einem Verein. Fast wäre er Profi geworden."

„Und warum nur fast? Hatte er Angst, seine Frisur würde dabei durcheinandergeraten?"

„Natürlich nicht! Er wollte etwas anderes mit seinem Leben anfangen."

„Dann hat es zum Profi nicht gereicht?"

„Aber fast."

„Das war sicher ein großer Trost für ihn."

„Halt dich zurück! Schließlich können wir nicht alle in Superform sein."

Er grinste kurz. „Du denkst also, dass ich in Superform bin."

„Du bist unmöglich und alles andere als perfekt."

„Oh doch, das bin ich."

„Quatsch!" Damit drehte sie sich um und ignorierte ihn.

Die Wortgefechte mit ihr machten ihm einen höllischen Spaß. Wenn nur nicht dieser unsympathische Andrew plötzlich aufgetaucht wäre ... Bobbi Sue hatte immer noch nicht den Bericht über ihn geschickt. Jack hatte das Gefühl, dass ihm der Inhalt nicht besonders gefallen würde. Ob Meri ihn anhören und ihm glauben würde? Irgendwie weigerte er sich zu glauben, dass mit Andrew alles in Ordnung war.

Die vier Jetskilehrer hatten inzwischen den Strand erreicht. „Wir suchen Meri", sagte der Größte, Blondeste und Braungebrannteste der vier.

„Ich bin Meri." Sie hob die Hand. „Und dies sind meine Leute. Sie sind alle lernfähig, aber nicht unbedingt sportlich. Auf mich trifft das auch zu."

Sie grinste. Der blonde Hüne erwiderte ihr Lächeln und musterte sie ausführlich von oben bis unten. Dann schob er die Sonnenbrille hoch und trat auf Meri zu.

Jack trat ihm in den Weg. „Immer langsam, mein Junge."

Der Blonde machte sofort einen Schritt zurück. „Tut mir leid, Mann."

„Schon okay."

Meri hob überrascht die Augenbrauen. „Du willst mich vor einem Jüngling mit einem Jetski schützen? Das ist ja beinahe romantisch."

„Ich bin auch sehr beeindruckt", fiel Betina ein. „Wer weiß, vielleicht hätte er dich bis an das andere Ende des Sees verschleppt, und wir hätten dich nie wiedergesehen."

Jack blickte misstrauisch von einer zur anderen. Offenbar

wusste er nicht, was er davon halten sollte.

„Sie haben ein bisschen überreagiert“, flüsterte Betina laut genug, dass er es hören konnte. „Meri hätte das auch allein regeln können.“

„Ich tu nur das, was ich tun muss.“

„Aber sicher.“ Betina zwinkerte ihm zu. „Und dabei sind Sie nicht gerade subtil.“

„Muss ich das denn sein? Das ist mir neu.“

„Nun hört schon auf“, mischte Meri sich ein. „Wir sollten lieber anfangen.“ Sie wandte sich an den blonden Surfertypen. „Ihr teilt euch die Leute auf und zeigt ihnen, wie sie mit diesem Teufelsding umzugehen haben.“

„Aber klar.“

Jack packte Meri bei der Hand und zog sie zu einem der Jetskis. „Du kommst mit mir.“

„Was soll das? Dieses Machogetue? Es kommt unerwartet, aber …“, sie grinste, „es gefällt mir.“

Ah, sie forderte ihn also mal wieder heraus. Warum nicht, dachte er, zog sich die Rettungsweste über, schob den Jetski ins Wasser und setzte sich darauf.

Meri machte einen Schritt ins Wasser und schrie auf. „Brrr, ist das kalt!“

„Der See ist tief und von schneebedeckten Bergen umgeben. Was hast du erwartet?“

„Mindestens 25 Grad. Ich werde mich totfrieren.“

Er ließ den Motor an. „Unsinn, du wirst es genießen. Los, komm her.“

Sie stieg hinter ihm auf, stellte die Füße auf das Trittbrett und legte Jack die Arme um die Taille. „Fertig.“

Jack gab Gas, und sie schossen über die Wasserfläche, überquerten schlingernd die Heckwellen eines Schiffs und kamen dann in ruhigeres Wasser. Meri schmiegte sich eng an Jack. Sofort stellte er sich vor, dass sie nackt hinter ihm saß. Am liebsten hätte er mit Meri jetzt am Strand einer flachen einsamen Bucht haltgemacht und die Fantasie Wirklichkeit werden lassen.

Aber er beherrschte sich, drehte um und kehrte an den Strand zurück, wo die anderen noch eingewiesen wurden. Andrew war dazugekommen. Er stand neben einem kleinen Beiboot und sah Meri entgegen.

„Wie wäre es mit einer kleinen Spritztour?“, sagte er, als sie abgestiegen war, und wies auf ein großes Motorboot, das 50 Meter weiter auf dem See verankert war.

Sie schüttelte den Kopf, während sie sich die Rettungsweste auszog. „Danke, Andrew, aber ich bleibe lieber hier. Das Ganze war schließlich meine Idee.“

Andrew sah sich kurz um. „Die kommen alle auch ganz gut ohne dich zurecht.“ Er griff nach ihrer Hand. „Los, komm. Das macht bestimmt Spaß.“

Jacks erster Impuls war dazwischenzugehen, wie er es auch bei dem blonden Hünen getan hatte. Doch dazu hatte er kein Recht, denn schließlich war Andrew der Mann, den Meri vielleicht heiraten würde. Und bevor er, Jack, nicht einen absolut sicheren Beweis hatte, dass Andrew hinter Meris Geld her war, konnte er nichts dagegen tun.

„Geh nur“, sagte er in möglichst gleichgültigem Tonfall. „Ich kümmere mich um die anderen.“

Meri sah Jack fragend an. „Macht es dir auch wirklich nichts aus?“

„Nein, nein, mach dir keine Gedanken.“

Sie warf ihm noch einmal einen langen Blick zu, dann kletterte sie in das Beiboot. Andrew ließ den kleinen Außenbordmotor an, und sie hielten auf das große Boot zu.

Colin blickte ihnen hinterher. „Mir passt es gar nicht, dass er sie einfach mitnimmt. Ohne sie ist es nur halb so schön.“

Obwohl er es sich nicht eingestehen wollte, Jack musste ihm in Gedanken zustimmen.

Meri kratzte die Essensreste von den Tellern und stellte sie dann in die Spülmaschine. Sie war angenehm gesättigt und leicht beschwipst. Das mexikanische Essen, das sie sich hatten kommen lassen, hatte gut geschmeckt, und sie hatte der Margarita nicht widerstehen können. Allerdings hatte sie diesmal nur ein Glas getrunken.

Als sie Schritte hinter sich hörte und sich dann zwei Arme um sie legten, hielt sie den Atem an. War das Jack? Den ganzen Nachmittag hatte er sie nicht beachtet. Doch dann atmete sie tief ein und spürte auch den Körper, der sich an sie presste. Nein, das war eindeutig nicht Jack.

„Andrew …“ Sie machte einen Schritt zur Seite und löste sich damit aus seiner Umarmung. „Willst du mir beim Aufräumen helfen?“

„Nein. Und du brauchst das auch nicht zu tun. Kann das nicht jemand anderes machen?“

„Mir macht es nichts aus. Außerdem war ich den ganzen Nachmittag nicht da.“

„Du sagst das so, als habe es dir nicht gefallen. Warst du nicht gern mit mir zusammen?“

„Doch, natürlich.“

Sie waren mit dem Boot auf den See hinausgefahren, hatten dort einen kleinen Snack zu sich genommen, den Andrew mitgebracht hatte, und sich dann in der Sonne geaalt. Dagegen war nichts zu sagen.

Zwar hatte sie immer wieder zum Strand hingesehen, aber nur, wie sie sich einzureden versuchte, weil sie wissen wollte, ob es ihren Leuten auch gut ging. Zwangsläufig war ihr Blick auch immer wieder auf Jack gefallen, der den ganzen Nachmittag bei den anderen geblieben war.

„Schade, dass die Kabine so winzig war“, meinte Andrew.

„Ja.“

Die Kabine war eng gewesen und hatte so muffig gerochen,

dass Meri fast schlecht geworden wäre, als Andrew sie nach unten gezogen hatte. Die Bewegung auf dem Wasser und der strenge Geruch, das war zu viel für Meris empfindlichen Magen gewesen.

„Komm, lass uns in mein Hotel fahren." Andrew griff nach ihrer Hand. „Da haben wir Platz und sind ganz für uns."

„Ich muss hierbleiben."

„Aber warum denn?"

„Ich war den ganzen Nachmittag nicht da."

„Na und? Sie haben deine Abwesenheit fabelhaft überlebt. Du bist doch nicht ihre Mutter, Meredith."

„Ich weiß. Aber ich bin trotzdem für sie verantwortlich."

„Warum? Sie sind alle erwachsen."

Das stimmte, aber es war nun mal ihr Team. „Tut mir leid, Andrew, aber ich möchte hierbleiben."

Er blickte ihr forschend in die Augen. „Wie soll ich dich denn wieder für mich gewinnen, wenn du dich weigerst, mit mir allein zu sein?"

Ein interessanter Punkt. Wollte sie denn, dass er sie zurückgewann?

Selbstverständlich. Dies war doch Andrew, der Mann, mit dem sie sich eine Ehe vorstellen konnte. Sie hatte mit Jack geschlafen, und damit war sie über ihn hinweg und konnte das tun, was sie sich vorgenommen hatte. Sie war gefühlsmäßig endlich frei, frei, jemanden zu lieben. Warum nicht Andrew?

„Meine Suite ist sehr groß", sagte er mit einschmeichelnder Stimme, „und man hat einen herrlichen Blick auf den See. Aber wenn du nicht ins Hotel mitkommen willst, können wir auch ins Kasino fahren und Blackjack spielen. Das hat dir doch immer so viel Spaß gemacht."

Stimmt. Sie zählte die Karten zwar nie, aber sie hatte ein sehr gutes Gedächtnis, und normalerweise wurden nur circa sechs Kartenspiele auf einmal benutzt. Dreihundertundzwölf

Karten, die konnte man sich doch leicht merken.

Jack kam in die Küche. Er lächelte Andrew freundlich an. „Sie sind immer noch da?"

„Wollen Sie mich loswerden?"

„Das überlasse ich lieber Meri." Jack wandte sich zu Meri um. „Wir wollen gleich ‚Wahrheit oder Pflicht' spielen. Willst du nicht mitmachen? Das ist doch dein Lieblingsspiel."

„Wir wollten gerade ins Kasino fahren", sagte Andrew schnell.

Meri sah zwischen den beiden Männern hin und her. Jeder von ihnen hatte seine guten Seiten. „Ich bin müde", sagte sie und sah Andrew an. „Ich glaube, ich möchte heute nicht mehr weggehen."

Seine Miene versteinerte sich. „Wie du willst. Aber ich werde hier nicht den ganzen Abend herumhängen. Dann fahre ich eben allein."

Sie legte ihm die Hand auf den Arm. „Bleib doch."

Er warf einen Blick auf das Esszimmer, in dem die anderen zusammensaßen und offenbar über irgendwelche theoretischen Probleme diskutierten. Colins Stimme war herauszuhören. „Nein, danke", sagte Andrew knapp und ging in Richtung Tür.

„Das ist nur deine Schuld", zischte Meri Jack zu und stürzte hinter Andrew her, der bereits die Eingangstür aufgerissen hatte.

„Sei doch nicht so", versuchte sie ihn umzustimmen.

„Wie soll ich nicht sein? Wundert es dich, dass ich mit dir allein sein will? Ich habe dich wochenlang nicht gesehen. Als wir das letzte Mal telefonierten, hast du gemeint, alles sei in Ordnung. Aber nun muss ich feststellen, dass das nicht stimmt. War das nur eine Trennung auf Zeit, oder wolltest du dich eigentlich endgültig von mir trennen? Wenn es so ist, sei ehrlich, und sag es mir."

Sie wusste nicht, was sie sagen sollte. In vielerlei Hinsicht war Andrew ideal für sie. Er war der Mann, nach dem sie immer gesucht hatte. Außerdem hatten ihre Nachforschungen nichts Negatives ergeben. Er schien an ihrem Geld überhaupt nicht interessiert zu sein. Solche Männer waren nicht leicht zu finden.

Vor sechs Monaten war sie so gut wie sicher gewesen, dass sie ihn heiraten wollte. Warum jetzt nicht mehr?

Wegen Jack. Jack war anders. Sie hatte gehofft, die Dinge klarer zu sehen, wenn sie mit Jack geschlafen hätte. Aber da hatte sie sich geirrt.

„Ich will mich nicht von dir trennen", sagte sie leise. „Ich freue mich, dass du da bist. Ich brauche nur etwas Zeit, um mich an den Gedanken zu gewöhnen, dass wir ein Paar sind."

„Wenn wir fast überhaupt keine Zeit miteinander verbringen, erleichtert das die Sache nicht gerade."

„Dann bleib."

„Komm mit mir in mein Hotel, Meredith."

„Ich kann nicht."

„Du willst nicht."

Er hatte recht. Sie wollte nicht. „Andrew ..."

Er ging zu seinem Auto, wandte sich aber noch einmal kurz um, bevor er einstieg. „Ich komme wieder. Denn ich glaube, dass es sich lohnt, um dich zu kämpfen. Du musst dir nur endlich überlegen, ob du das auch willst."

Damit stieg er ein und fuhr davon. Meri sah ihm hinterher. Als sie Betina hinter sich hörte, wandte sie sich um.

„Probleme?"

Meri zuckte kurz mit den Schultern. „Wann hat es in meinem Liebesleben mal keine Probleme gegeben?"

„Eigentlich nie. Was für eine Laus ist dem denn über die Leber gelaufen?"

Meri sah die Freundin aufmerksam an. „Ich weiß, dass du ihn nie mochtest. Warum eigentlich nicht?"

„Eigentlich habe ich nichts gegen ihn, ich finde aber, dass er von sich selbst etwas zu sehr beeindruckt ist. Aber er ist nett zu dir, und bei deinen Nachforschungen ist nichts Negatives herausgekommen. Mehr brauche ich nicht zu wissen."

„Aber du magst ihn nicht."

„Muss ich das denn?"

„Vielleicht nicht. Wie findest du denn Jack?"

Betina runzelte die Stirn. „Warum fragst du das? Vergleichst du die beiden etwa?"

„Nein. Ich bin nur neugierig."

„Hm ... ja, ich glaube, ich mag Jack."

„Ich auch. Und untersteh dich, mir zu sagen, du hättest es ja gleich gewusst, dass ich mich in ihn verliebe. Das ist nämlich nicht der Fall. Es ist jetzt nur irgendwie anders."

„Und? Was wirst du nun tun?"

„Nichts. Jack und ich sind Freunde. Aber was ist Andrew für mich? Was bedeutet er mir?"

„Wie willst du das herausfinden?"

„Ich habe keine Ahnung."

Meri folgte Betina nach drinnen ins Esszimmer, wo es sich alle auf den großen Sofas bequem gemacht hatten. Eine Schale mit zusammengefalteten Zetteln stand auf dem Couchtisch.

Jack zog als Erster eine Frage. Er las: „Bist du jemals bei einem Trekkie-Treffen gewesen?" Er wandte sich an Meri. „Das ist alles?"

Sie lachte. „Ich weiß, für dich ist das keine große Sache, aber glaub mir, da ist der eine oder andere in diesem Raum, der etwas dazu sagen könnte."

Jack legte den Zettel auf den Tisch. „Nein, bin ich nicht."

„Du solltest die Frage auch gar nicht kriegen", brummelte Colin.

„Vielleicht ist auch die Frage drin, ob du es schon mal mit Zwillingen gemacht hast. Die passt sicher besser zu dir", sagte

Meri mit unschuldiger Stimme und griff selbst in die Schale. „Bist du jemals versetzt worden?“, las sie laut.

Sofort war die Erinnerung da. Sie war achtzehn und trug ihr schönstes Kleid, wenn auch bei Größe 48 nie etwas wirklich hübsch aussah. Sie hatte sich sorgfältig frisiert, hatte sich sogar geschminkt und wartete in einem Restaurant auf einen Kollegen vom Physiklabor, mit dem sie verabredet war. Zwei Stunden hatte sie wie auf Kohlen gesessen, der Mann war nicht gekommen.

Am nächsten Tag hatte er so getan, als sei nichts gewesen. Und sie hatte nicht den Mut gehabt, ihn zu fragen, ob er die Verabredung vergessen oder sie mit Absicht versetzt hatte.

Jack lehnte sich vor und nahm Meri schnell den Zettel aus der Hand. „Sie wird die Frage nicht beantworten. Das ist ein albernes Spiel.“

„Ich habe nichts dagegen, sie zu beantworten“, meinte Meri und sah ihn erstaunt an.

„Aber ich. Dann erzähl ich euch lieber die Geschichte mit den Zwillingen.“

Alle Männer beugten sich erwartungsvoll vor. „Tatsächlich?“, fragte Robert. „Du hast es mit Zwillingen gemacht?“

„Jack“, sagte Meri. „Lass doch. Ich kann die Frage beantworten.“

„Nein. Was damals passiert ist, geht keinen etwas an.“

Was damals passiert ist? Wusste er denn von der Geschichte? Aber wie? Er war doch schon seit Monaten weg gewesen. Immerhin hatte sie der Vorfall damals dazu gebracht, sich bei einem Fitnesscenter anzumelden und eine Diät anzufangen.

Doch als sie Jack das erzählen wollte, kriegte sie plötzlich keinen Ton heraus. Der Hals war ihr wie zugeschnürt, als wolle sie gleich in Tränen ausbrechen.

Schnell stand sie auf und lief aus dem Raum. In der Küche goss sie sich ein Glas Wasser ein. Sicher war es nur der Stress.

Die Auseinandersetzungen mit Jack, mit Andrew …

Als sie hinter sich Schritte hörte, wandte sie sich um. Colin kam in die Küche.

„Alles in Ordnung?“, fragte er besorgt. „Tut mir leid, dass du diese Frage erwischt hast. Die war eigentlich für Betina gedacht.“

Meri sah ihn an, und plötzlich wurde sie wütend. „Nun hör mir mal gut zu, Colin. Du bist ein erwachsener alleinstehender Mann, der sich für eine Frau interessiert, die offensichtlich auch nicht abgeneigt ist. Verdammt noch mal, dann tu doch endlich etwas!“

„Ich kann nicht …“

„Dann hast du sie auch nicht verdient.“

9. KAPITEL

Meri brauchte dringend einen Kaffee. Sie hatte wieder eine lange Nacht hinter sich, in der sie kaum geschlafen hatte, diesmal hatte es allerdings nichts mit Sex zu tun gehabt. Sie war nicht zur Ruhe gekommen und hatte sich im Bett hin und her gewälzt. Was sollte sie tun? Was sollte sie mit ihrem Leben anfangen?

In ihrem Alter sollte man wissen, was man wollte. Sie sollte ihr Herz ebenso gut kennen wie ihren Verstand.

Als sie gerade die Kaffeemaschine angestellt hatte, klingelte es an der Tür. Da die anderen offenbar noch in ihren Zimmern waren, ging Meri zur Tür und öffnete.

Andrew stand vor ihr. Er hatte eine einzelne Rose in der einen und einen knallgrünen Stoffaffen in der anderen Hand. „Ich fürchte, ich habe mich gestern saudumm benommen“, sagte er und sah Meri zerknirscht an. „Entschuldige. Ich möchte so sehr, dass alles zwischen uns wieder gut wird.“

Sie wusste nicht, was sie darauf antworten sollte. Einerseits war sie erleichtert, dass er nicht in feindseliger Stimmung gekommen war, andererseits war sie nicht bereit, sich ihm in die Arme zu werfen.

„Andrew, dies alles ist für mich sehr verwirrend“, sagte sie leise. „Du hast recht, wir waren zu lange getrennt. Irgendwie ist jetzt alles anders.“

„Gibt es einen anderen Mann?“

„Nein“, sagte sie automatisch. Wirklich nicht? Jack ganz sicher nicht, sagte sie sich schnell. Sicher, sie hatten die Nacht miteinander verbracht, aber nur einmal. Danach war nichts mehr passiert. Jack war Vergangenheit. Und Andrew? War er ihre Zukunft?

Er gab ihr den Affen. „Den habe ich für dich gekauft. Vielleicht heitert er dich auf.“

Sie nahm das alberne Stofftier. „Er ist süß. Und für wen ist die Rose?“

„Für mich. Damit ich sie zwischen die Zähne nehmen kann, wenn wir Tango tanzen.“

Sie musste lachen, als er sich die Rose tatsächlich zwischen die Zähne schob. Andrew brachte sie immer zum Lachen. War das nicht etwas sehr Positives? Das sollte sie doch für ihn einnehmen.

„Möchtest du Kaffee?“, fragte sie. „Ich habe gerade welchen aufgesetzt.“

„Sehr gern.“ Lächelnd folgte er ihr in die große Eingangshalle. „Entschuldige, das ist sicher mein Büro“, sagte er, als sein Handy klingelte. „Wir sind da gerade an einer wichtigen Sache dran. Bin in zehn Minuten bei dir.“

„Lass dir Zeit.“ Sie ging in die Küche. Zu ihrer Überraschung war Colin bereits auf und goss sich einen Kaffee ein. Er war barfuß, trug Jeans und hatte sein Hemd nicht zugeknöpft. Aber nicht wegen seines ungewöhnlichen Aufzugs musterte

Meri ihn genauer. Etwas an seiner Körperhaltung hatte sich verändert, er schien irgendwie aufrechter zu stehen.

„Colin?"

Er drehte sich um und lächelte. „Guten Morgen."

Auch seine Stimme war vollkommen anders. Sie klang tief und selbstbewusst. Colin machte den Eindruck, als sei er mit sich und der Welt vollkommen im Reinen.

Meri starrte ihn an. „Du hast mit Betina geschlafen."

Colin wurde noch nicht einmal rot. „Nein, wir haben uns geliebt. Betina ist wunderbar. Sie ist die Frau, auf die ich mein ganzes Leben gewartet habe. Bis später." Er nickte Meri zu und verschwand mit zwei Tassen Kaffee.

Meri sah ihm fassungslos hinterher, dann lächelte sie zufrieden in sich hinein. Wie wunderbar! Das musste sie sofort jemandem erzählen. Aber wem?

Ohne lange nachzudenken, lief sie die Treppe bis zum Büro hoch, und stieß atemlos die Tür auf. Jack war am Telefon, aber er legte sofort auf, als er Meri sah. „Was ist los?", fragte er. „Du strahlst ja über das ganze Gesicht."

„Ich habe auch allen Grund dazu. Eben war Colin in der Küche. Er ist wie ausgewechselt. Betina und er haben endlich miteinander geschlafen, und ich habe den Eindruck, sie lieben sich wirklich. Ist das nicht wunderbar?"

„Freut mich für Colin. Ich hätte nicht gedacht, dass er es bringt."

„Ich wusste immer, dass er anders ist, als er nach außen wirkt. Freust du dich nicht? Schließlich haben wir die beiden zusammengebracht."

„Moment mal. Wir haben damit nichts zu tun. Sie haben selbst zueinandergefunden."

„Unsinn. *Wir* haben sie gedrängt. Du warst doch auch daran beteiligt."

„Zieh mich da nicht mit rein", brummte er.

Sie ging zum Fenster und drehte sich dann wieder zu Jack um. „Es ist fantastisch. Vielleicht werden sie ja heiraten. Dann werden wir dabei sein und können uns gegenseitig auf die Schulter klopfen! Ohne uns wäre das nicht passiert."

„Der Meinung bin ich nicht."

Sie runzelte die Stirn. „Ach, sei nicht so ein Spielverderber! Das ist eine wunderbare Nachricht." Sie streckte die Arme aus und drehte sich um die eigene Achse. „Ich bin so glücklich!" Schneller und schneller drehte sie sich, bis sie das Gleichgewicht verlor und gefallen wäre, wenn Jack sie nicht aufgefangen hätte.

Sie fiel gegen ihn, hielt sich fest und strahlte ihn an. Er hat die schönsten Augen, die ich je gesehen habe, ging es ihr durch den Kopf. Und erst der Mund …

„Immer mit der Ruhe", sagte er leise.

„Nein, ich kann nicht stillstehen. Ich fühle mich so leicht und möchte die ganze Welt umarmen …"

„Vorsicht, sonst passiert noch etwas."

Was meinte er damit? Was sollte ihr passieren, wenn er sie hielt? „Jack …", flüsterte sie und schmiegte sich an ihn.

Er ließ sie abrupt los und trat ein paar Schritte zurück. „Meri, lass das. Das ist keine gute Idee."

Dann erst wurde ihr bewusst, was sie getan hatte. Sie war zu Jack gelaufen, um ihm die gute Nachricht zu überbringen, und nicht zu Andrew. Das war kein gutes Zeichen. Hatte Betina von Anfang an recht gehabt? Hatte sie wirklich nur unbedingt mit Jack schlafen wollen, um sich an ihm zu rächen? Oder hatte sie sich aus ganz anderen Gründen danach gesehnt? Himmel, was hatte sie getan?

„Ich muss gehen", stieß sie leise hervor und stürzte aus dem Raum. In ihrem Zimmer schlug sie schnell die Tür hinter sich zu und lehnte sich schwer atmend dagegen. Wie sollte es weitergehen?

Jack goss sich gerade einen Kaffee ein, als Colin in die Küche kam. Meri hatte recht, er wirkte ganz anders, männlich und selbstbewusst, wie ein neuer Mensch.

Jack lächelte. Die Liebe einer Frau hatte das bewirkt. Tja, eine Frau kann einen Mann eben vollkommen verändern, dachte er.

„Wie geht's?", fragte Colin.

„Gut. Und dir?"

„Fantastisch."

„Wieso seid ihr noch nicht im Esszimmer und versucht die Rätsel der Welt zu lösen?", fragte Jack.

Colin lachte. „Nein, Meri hat uns heute freigegeben."

Wahrscheinlich, damit Colin und Betina mehr Zeit füreinander haben, dachte Jack. Typisch Meri.

„Andrew war hier."

„So? Und warum ist er schon wieder weg?"

„Es hatte irgendwas mit seinem Büro zu tun. Er musste los."

„Du scheinst nicht gerade traurig darüber zu sein."

„Er ist mir nicht übermäßig sympathisch", meinte Colin.

„Mir auch nicht." Diese Wissenschaftler sind doch interessante Typen, dachte Jack. Genial und bescheiden, komisch und absolut überzeugt von ihrer Sache, gleichzeitig aber bereit, sich auf Jetskis lächerlich zu machen.

Und sie bewunderten Meri und würden wahrscheinlich für sie durchs Feuer gehen. Hunter hätten sie sehr gut gefallen.

„Was ist?", fragte Colin plötzlich. „Was ist dir gerade durch den Kopf gegangen?"

„Ich musste an Meris Bruder denken. Er hätte euch gemocht, sehr sogar."

„Meri spricht oft von ihm. Muss ein toller Mann gewesen sein."

„Das war er. Er gehörte zu unserer Freundesclique im College. Wir nannten uns die *Sieben Samurai*, etwas albern, aber uns bedeutete das damals viel. Hunter war derjenige, der uns zusammenhielt."

Und als er starb, haben wir uns alle aus den Augen verloren.

Jack musste an die Freunde denken, was er bisher möglichst vermieden hatte. Wie es ihnen wohl hier in diesem Haus ergangen war? Ob sich durch den Aufenthalt etwas Wesentliches in ihrem Leben geändert hatte? Oder hatten sie einfach ein paar ruhige Wochen verlebt? Wenn er nach der rätselhaften Nachricht ging, die Matt ihm hinterlassen hatte, hatte er hier wohl eine interessante Frau kennengelernt.

„Freunde wie Hunter sind wichtig", sagte Colin nachdenklich. „Meri ist ihrem Bruder sehr ähnlich. Auch sie bringt Menschen zusammen und bringt sie dazu, sich zu engagieren. Unser Team hat sie sehr sorgfältig zusammengestellt. Man hat ihr da freie Hand gelassen, weil man ihr vertraut. Sie ist einfach genial."

Jack nickte. Meris überragende intellektuelle Fähigkeiten hatte er nie angezweifelt. „Sie scheint mir offener und kontaktfreudiger zu sein als früher."

„Sie ist erwachsen geworden, und das ist für uns, die Freaks, wie sie uns nennt, nicht immer ganz einfach. Irgendwie kommen wir mit der Welt außerhalb unseres Elfenbeinturms nicht so gut zurecht, und Meri möchte das ändern. Sie will, dass wir das Leben so annehmen, wie es ist, und es auch genießen."

Colin hing sehr an Meri, das war deutlich herauszuhören. Jack wurde klar, dass die Berichte, die er in den letzten Jahren über Meri hatte zusammenstellen lassen, nur die halbe Wahrheit enthielten. Er wusste zwar, wann und wo Meri gearbeitet und gewohnt hatte und mit wem sie befreundet gewesen war. Aber über die Frau, zu der sich die kleine Meredith entwickelt hatte, verrieten sie nichts.

„Übrigens habe ich mal über dein Unternehmen nachgedacht", unterbrach Colin seine Gedanken. „Es gibt eine neue Software für das Militär, die für euch sehr nützlich sein könnte."

„Aber ist die nicht streng geheim?"

Colin grinste. „Das schon, aber ich kenne den Mann, der sie geschrieben hat. Ich könnte eine Kopie beschaffen, damit du das Programm mal austesten kannst. Nur so, als kleines Dankeschön für das, was du für mich getan hast."

„Mann, du bist ja sehr viel gefährlicher, als du aussiehst!"

„Ich weiß."

Das Team hatte sich im Wohnzimmer versammelt und überlegte gerade, was mit diesem schönen Nachmittag anzufangen war, als Jack hereinkam.

„Hallo, Jack." Irgendetwas schien ihn zu beunruhigen, denn er hatte die Lippen zusammengepresst, als er auf Meri zukam. „Was ist?", fragte sie beunruhigt. „Ist etwas passiert?"

„Nein, aber wir müssen unbedingt miteinander reden." Er packte sie beim Arm, zog sie hoch und schob sie in die Küche.

„He, was soll das? Lass mich!" Meri war wütend und riss sich los. „Was ist denn? Nun sag schon!"

Seine dunklen Augen schienen sie zu durchbohren, als er sagte: „Andrew ist nicht der, für den du ihn hältst."

„Wieso? Hat er sich plötzlich als Frau entpuppt?"

„Ich meine es ernst, Meri. Ich weiß etwas über ihn, was du nicht weißt. Er ist nicht derjenige, der er vorgibt zu sein. Er ist hinter deinem Geld her."

Tausend Gedanken schossen ihr durch den Kopf, aber sie hatte keine Zeit, sie zu sortieren. Sie wusste nur eins, sie hätte Jack am liebsten die Faust in den Magen gerammt. Doch sie beherrschte sich. „Wie kommst du darauf?", fragte sie mit gefährlich leiser Stimme. „Du kennst ihn doch gar nicht."

„Ich habe Nachforschungen anstellen lassen."

„Was hast du getan?“ Sie wurde rot vor Wut. „Du hast kein Recht, dich in mein Privatleben einzumischen! Für wen hältst du dich eigentlich?“

„Ich weiß, du bist verärgert …“

„Ärgerlich? Von wegen. Wütend bin ich, stinkwütend. Verdammt, Jack, wie konntest du das tun?“ Sie warf schnell einen Blick auf die Wohnzimmertür, um sich zu überzeugen, dass sie geschlossen war. „Dass wir zusammen im Bett waren, gibt dir doch nicht das Recht, mir zu sagen, was ich zu tun habe. Dieses Recht hast du lange verspielt, nämlich schon an dem Tag kurz nach Hunters Tod, als du mich allein gelassen hast. Du hättest für mich da sein sollen, aber du warst es nicht. Deshalb ist mir auch vollkommen egal, was du denkst oder nicht denkst.“

Sie drehte sich um und wollte gehen, aber er hielt sie am Arm fest. „Du musst mir zuhören“, sagte er beschwörend.

„Nein, ich denke nicht daran. Und, falls es dich interessiert, auch ich habe Andrew überprüfen lassen. Sehr genau. Es ist alles in Ordnung mit ihm. Er kommt aus einer guten Familie. Er besitzt zwar nicht so viel wie ich, aber er kommt gut zurecht. Er ist ein guter Mann und nicht hinter meinem Geld her.“

„Er ist verheiratet.“

Bei seinen Worten wurde ihr eiskalt. „Das kann nicht sein“, stieß sie schließlich kaum hörbar hervor. „Meine Nachforschungen …“

„Haben genau das ergeben, was ich anfangs auch herausfand. Normalerweise kann man sich damit auch zufriedengeben. Aber als mir klar wurde, dass du Andrew heiraten willst, habe ich etwas tiefer graben lassen. Und da kam heraus, dass er vor acht Jahren einmal und vor drei Jahren das zweite Mal geheiratet hat, immer Frauen, die Geld hatten. Du solltest wohl das dritte Opfer sein.“

Das war doch nicht möglich! Meri konnte es nicht fassen, und weil sie irgendetwas tun musste, richtete sie ihre Wut auf Jack. „Du hast tiefer graben lassen? Wer gibt dir das Recht dazu?“

„Irgendjemand muss doch auf dich aufpassen. Dein Vater fällt in diesem Punkt aus, und da Hunter nicht mehr lebt, musste ich es tun.“ Er sah sie weiter unverwandt an, als er hinzufügte: „Ich konnte nicht tun, was Hunter von mir verlangte. Ich konnte nicht in deiner Nähe bleiben. Hunters Tod hat mich zu tief getroffen. Aber da ich versprochen hatte, für dich da zu sein, ließ ich dich beobachten, um jederzeit eingreifen zu können, wenn es notwendig war.“

„Du hast mich bespitzeln lassen?“ Er hatte Fremden Geld gezahlt, damit sie sie überwachten? In ihrem Privatleben herumschnüffelten? Offenbar war sie ihm nie so wichtig gewesen, dass er sich selbst um sie gekümmert hätte. „Schuft!“, zischte sie und hob die Hand.

Schnell packte er sie beim Handgelenk. „Es geschah nur zu deinem Besten.“

„Quatsch! Du hast damit nur dein Gewissen beruhigen wollen. Du warst *kein* guter Freund für meinen Bruder und für mich schon gar nicht. Lass mich in Ruhe, Jack. Ich kann selbst die Verantwortung für mein Leben übernehmen. Und das bedeutet, dass ich Andrew heirate, wenn ich das will. Daran kannst du mich nicht hindern!“

„Bigamie ist verboten.“

War Andrew wirklich verheiratet? Sie konnte es nicht glauben. Möglicherweise war er nicht das Unschuldslamm, für das sie ihn anfangs gehalten hatte. Aber verheiratet? „Er betrügt mich nicht. Das glaube ich einfach nicht.“ Oder doch?

„Woher willst du das wissen? Bitte, sieh dir wenigstens den Bericht an. Dann kannst du dich immer noch entscheiden.“

Doch das war nicht nötig. Traurig entzog Meri Jack die Hand. Denn es gab nichts zu überlegen und nichts zu entscheiden. Tatsache war, dass sie Andrew nicht liebte. Im Grunde hatte sie das bereits gewusst, als er hier auftauchte, aber sie hatte es nicht wahrhaben wollen. Die lange Trennung hatte es gezeigt. Er hatte ihr nicht gefehlt, und sie hatte kaum an ihn gedacht.

Hatte sie ihn überhaupt jemals geliebt? Aber das spielte jetzt keine Rolle mehr. Wenn er wirklich verheiratet war und ihr die ganze Zeit etwas vorgemacht hatte, dann war er nur eine miese Ratte.

„Männer sind zum Kotzen“, sagte sie leise.

„Finde ich auch.“

„Und du besonders. Ich werde dir nie verzeihen, dass du mich hast bespitzeln lassen. Und dass du nach Hunters Tod wie vom Erdboden verschwunden warst.“

„Aber mir war immer wichtig zu wissen, wie es dir geht.“

„So nennst du das? Du hast das doch nur getan, um dein Gewissen zu beruhigen. Feigling! Aber ich kenne meinen Bruder. Der Gedanke an ihn wird dich bis an dein Lebensende verfolgen. Denn er hat mehr von dir erwartet, Jack. Und ich auch.“

10. KAPITEL

Meri lag auf ihrem Bett und kämpfte mit den Tränen. Betina saß neben ihr und strich ihr beruhigend über den Rücken.

„Ich kann es einfach nicht glauben“, stöhnte Meri in ihr Kissen. „Ich kann nicht glauben, dass er dazu fähig war.“

„Reden wir über Andrew oder Jack?“

„Über beide.“ Meri drehte sich auf den Rücken und wischte sich mit dem Handrücken über die nassen Wangen. „Das ist meine augenblickliche Lebenssituation. Ich habe sogar zwei Männer, die mich hintergangen haben." Etwas in ihr weigerte sich, das zu akzeptieren. Es konnte nicht wahr sein. Wie war es überhaupt so weit gekommen?

Betina strich der Freundin das feuchte Haar aus der Stirn. „Meinst du, was Jack über Andrew herausgefunden hat, stimmt?"

„Ja. Er würde es nicht sagen, wenn er Zweifel hätte. Allerdings verstehe ich nicht, was Andrew sich davon versprochen hat. Er hat doch gewusst, dass ich in diesem Punkt noch mal genau hätte nachforschen lassen, bevor es zur Hochzeit kommt. Und ich hätte ihm nie Geld gegeben."

Doch dann erinnerte sie sich an ein Gespräch mit ihm, bevor sie nach Kalifornien ging. Hatte er da nicht einige sehr günstige Aktienoptionen erwähnt, in die sie unbedingt investieren sollte?

„Ich habe durchaus daran gedacht, ihn zu heiraten", sagte sie nachdenklich. „Wenn er mir einen Antrag gemacht hätte, hätte ich wohl auch Ja gesagt."

„Aber du hast es nicht getan."

„Weil er mich nicht gefragt hat. Wahrscheinlich wusste er genau, dass dann alles herauskäme." Wieder traten ihr die Tränen in die Augen. Wütend wischte sie sie weg. „Ach, Betina, es ist einfach schrecklich. Ich habe mit ihm geschlafen, mit einem verheirateten Mann. So etwas ist vollkommen gegen meine Prinzipien."

„Du hast es doch nicht gewusst. Er hat dich hereingelegt. Dich trifft keine Schuld."

Meri fühlte sich schmutzig und hintergangen. „Ich habe ihn wirklich gern gehabt", sagte sie schluchzend. „Ich weiß nicht, ob ich ihn geliebt habe, aber ich mochte ihn sehr. Hätte ich da nicht merken sollen, dass irgendetwas nicht in Ordnung ist?"

Betina schüttelte entschieden den Kopf. „Wie denn? Er hatte es doch darauf angelegt, dich zu täuschen. Du bist ehrlich und anständig und vertraust darauf, dass die anderen Menschen auch so sind, wie sie sich geben. Außerdem haben deine Nachforschungen nichts Negatives ergeben. Wie solltest du da Verdacht schöpfen?"

„Eins steht fest: Das war das letzte Mal, dass ich diese Privatdetektei benutzt habe. Sieht ja beinahe so aus, als hätte Andrew die bestochen. Sonst hätten sie doch herausfinden müssen, dass er verheiratet ist."

„Gut möglich."

„Ich hasse ihn!"

„Nein, das tust du nicht."

Meri zog ein Taschentuch unter dem Kopfkissen hervor und schnäuzte sich laut. „Nein, du hast recht", sagte sie dann. „Er ist zu unwichtig für mich, als dass ich ihn hassen könnte. Ich ärgere mich einfach, dass ich so blöd war. Dass ich mich habe hereinlegen lassen und nicht gemerkt habe, was Sache ist. Dummheit kann ich mir nur schlecht verzeihen."

„Keiner ist vollkommen, Meri. Ich kann mir vorstellen, wie dir zumute ist. Aber du musst dir immer wieder sagen, dass du mit einem blauen Auge davongekommen bist. Im Grunde ist nichts wirklich Schlimmes passiert. Du bist nur in deinem Stolz verletzt, und das solltest du ganz schnell vergessen können."

Die Freundin hatte recht. Und dennoch konnte Meri sich nur schwer von den Bildern lösen, die ihr durch den Kopf gingen. „Ich habe ihn all meinen Freunden vorgestellt, und keiner hat ihn gemocht. Warum habe ich nicht auf euch gehört?"

„Tja, wenn es um einen selbst geht, ist man oft ein wenig borniert ..."

„Jack hat mich bespitzeln lassen. Er hat mich aus sicherer Entfernung beobachtet. Er hat es noch nicht einmal für nötig befunden, mich mal zum Lunch einzuladen. So gleichgültig war ich ihm." Dass er andere dafür bezahlte, nur damit er sein Gewissen beruhigen konnte, kränkte sie am meisten.

„Ja, das war vielleicht nicht besonders nett von ihm", sagte Betina besänftigend.

„Vielleicht nicht besonders nett? Willst du ihn etwa verteidigen? Ich hoffe, du erzählst mir jetzt nicht, dass es das Einzige war, was er tun konnte. Weil er auch in einer schwierigen Situation war. Immerhin gab er sich die Schuld an Hunters Tod. Wusstest du das? Das muss ihn sehr belastet haben. Denn als Hunter das erste Melanom entdeckte, zeigte er es seinem besten Freund Jack. Und der meinte nur, er sei hysterisch und überempfindlich, weil er gleich damit zu einem Arzt wollte. Daraufhin ist Hunter nicht gegangen."

„Es muss schwer sein für Jack, mit diesem Wissen zu leben."

„Ja. Statistisch gesehen hätte es keinen großen Unterschied gemacht, wenn Hunter ein paar Wochen früher zum Arzt gegangen wäre. Man hätte ihn nicht retten können. Aber das würde Jack sicher nicht trösten. Er würde sich trotzdem Vorwürfe machen. So ist er nun mal."

„Offenbar brauche ich ihn gar nicht zu verteidigen", meinte Betina mit einem feinen Lächeln. „Das besorgst du schon selbst."

„Tu ich nicht!", empörte sich Meri. „Er kümmert sich nur um sein eigenes Wohlergehen. Wie es mir ging, war ihm vollkommen gleichgültig. Meine Mutter war tot, mein Vater hatte kein Interesse an mir, mein Bruder war gestorben, ich war allein, ohne Freunde, ohne Familie. Er hat mich im Stich gelassen."

„Das war nicht richtig", gab Betina zu. „Aber ich frage mich, warum er so gehandelt hat. Er muss doch einen Grund gehabt haben."

„Hatte er auch. Er hatte ein schlechtes Gewissen mir und

Hunter gegenüber. Weil er es nicht fertigbrachte, das zu tun, was er versprochen hatte. Und weil er sich mir gegenüber schäbig und brutal benommen hatte."

Betina wusste, Meri spielte auf die Szene von vor vielen Jahren an, als der unerfahrene Teenager versucht hatte, Jack zu verführen.

„Und deshalb haute er ab", fuhr Meri fort. „Und ich war ganz auf mich gestellt und musste selbst sehen, wie ich zurechtkam."

„Das hast du fantastisch gemeistert. Hunter wäre stolz auf dich."

„Ja, wahrscheinlich ..." Meri wurde nachdenklich. „Aber wahrscheinlich wäre er mit meinem Racheplan nicht einverstanden gewesen."

„Brüder haben immer Schwierigkeiten, sich ihre Schwestern als sexuelle Wesen vorzustellen."

Meri lächelte kurz. „Stimmt. Aber du hast es ja auch nicht für eine gute Idee gehalten."

„Was ich davon halte, ist unwichtig. Ich mache mir Sorgen um dich, Meri. Ich glaube, es gibt eine Menge Gründe, weshalb du mit Jack schlafen wolltest. Aber keiner dieser Gründe hat etwas mit Rache oder Strafe zu tun."

„Du denkst, ich bin immer noch verliebt in ihn."

„Das würde zumindest so einiges erklären."

Meri starrte an die Decke. In Jack verliebt? War das möglich? War das der wahre Grund, warum sie nie innerlich frei gewesen war, sich in jemand anderen zu verlieben?

Jack saß im Büro vor dem Computer, als Colin hereinkam. Überrascht blickte er hoch. „Was gibt's?"

„Du hast Meri sehr wehgetan", fuhr Colin ihn an. „Das ist gemein. Du musstest doch wissen, wie sehr sie das, was du über Andrew herausgefunden hast, belasten würde. Und wie sehr es sie kränkt, dass du sie hast bespitzeln lassen. Gerade du, den sie für ihren Freund hielt."

„Du erzählst mir nichts Neues. Das weiß ich doch alles." Jack war leicht genervt.

„Und? Ist das alles, was du dazu zu sagen hast?" Colin trat dichter an den Schreibtisch heran.

Wollte er ihn etwa einschüchtern? Das passte nicht zu Colin. Andererseits hatte der junge Wissenschaftler sich seit der Nacht mit Betina sehr verändert.

„Irgendwann musste sie doch die Wahrheit über Andrew erfahren. Ich wusste, dass sie ihn eventuell heiraten wollte. Da musste ich die Notbremse ziehen. Wer weiß, um wie viel Geld Andrew sie erleichtert hätte."

„Du kannst auch immer nur an Geld denken", sagte Colin verärgert. „Ihr geht es nicht um Geld, sondern um Vertrauen und Zuneigung und darum, für jemanden da zu sein. Sie hat sich mehr von dir versprochen, und du hast sie bitter enttäuscht."

Was weiß er denn schon, dachte Jack. „Ich wollte sie schützen, sie vor Männern wie Andrew bewahren."

„Selbst wenn das stimmt, gibt es nicht sanftere Methoden, das zu tun? Musstest du so brutal sein?"

„Aber wie sollte ich ihr die Wahrheit über Andrew sagen, ohne ihr wehzutun?"

„Es geht hier gar nicht um Andrew."

Jack wurde nachdenklich. „Du hast recht", sagte er schließlich. „Ich hätte ihr nicht sagen sollen, dass ich sie überwachen ließ. Was nur zu ihrem Besten geschah."

„Das möchtest du wohl gern glauben. Du hast getan, was am einfachsten für dich war. Aber das ist zu billig. Denn Meri hat nun unter den Folgen zu leiden. Und das kann ich nicht akzeptieren. Denn Meri ist mir sehr wichtig." Colin hob drohend die Fäuste.

Jack richtete sich langsam zu seiner vollen Größe auf. Er war einen Kopf größer als Colin und brachte bestimmt einiges an Muskelmasse mehr auf die Waage. Colins Drohgebärden waren lächerlich. Und dennoch beeindruckten sie Jack. Denn sie zeigten, dass dieser Mann bereit war, für seine Freunde jedes Risiko einzugehen.

„Ich wollte und will Meri wirklich nicht verletzen", sagte Jack leise. „Aber ich fürchte, ich muss es noch einmal tun."

„So? Inwiefern?"

„Ich muss Andrew zwingen, aus ihrem Leben zu verschwinden."

„Ich verstehe." Colin nickte langsam. „Kann ich dabei sein?"

Von Andrews Hotelzimmer aus hatte man einen fantastischen Blick über den See. Andrew selbst hatte zusätzlich noch einiges angeschafft, was ihn glaubwürdig erscheinen ließ. Einen teuren Laptop, entsprechende Fachzeitschriften, die in Washington speziell für Lobbyisten herausgegeben wurden. Alles wirkte sehr echt, und er spielte seine Rolle perfekt. Auf diese Weise hatte er schon viele Menschen getäuscht.

„Was für eine Überraschung!", sagte er und öffnete die Tür weit, um Jack und Colin eintreten zu lassen. „Was verschafft mir die Ehre?"

„Ich will, dass Sie die Stadt verlassen", sagte Jack freundlich. „Colin ist hier zur moralischen Unterstützung."

Andrew verzog keine Miene. „Was soll das? Ich habe keine Ahnung, wovon Sie sprechen."

„Das wissen Sie ganz genau. Ich weiß zwar nicht, wie Sie es geschafft haben, dass die ersten Auskünfte, die ich über Sie eingezogen habe, nur positiv waren. Sie scheinen besonders geschickt darin zu sein, Ihre Spuren zu verwischen. Vielleicht haben Sie auch Meris Privatdetektiv bestochen, was Ihnen bei meinem allerdings nicht gelingen dürfte."

Andrew setzte sich auf das Sofa, das vor dem Kamin stand, und wies auf zwei Stühle. „Wollen Sie nicht Platz nehmen?“

„Ich stehe lieber“, meinte Jack.

„Ich auch“, fügte Colin schnell hinzu.

„Wie Sie wollen. Ich muss Ihnen sagen, dass ich von Ihrem Auftritt hier sehr beeindruckt bin. Was genau meinen Sie denn nun über mich herausgefunden zu haben?“

„Dass Sie verheiratet sind, zweimal sogar. Dass Sie die Frauen um ihr Geld erleichtern. Sie wissen genau, dass Meri fast eine Milliarde Dollar hat. Das muss eine große Versuchung für Sie sein.“

Andrew schüttelte lächelnd den Kopf. „Ich verstehe immer noch nicht, was Sie von mir wollen. Ich war noch nie verheiratet.“

„Ich habe Kopien der Heiratsurkunden in meinem Auto. Soll ich Colin bitten, sie zu holen? Außerdem gibt es polizeilich beglaubigte Aussagen von Leuten, die auf Sie hereingefallen sind.“

„Sie müssen mich mit jemandem verwechseln“, sagte Andrew empört, ganz der zu Unrecht verdächtigte Unschuldige. „Ich liebe Meredith. Wir sind schon eine ganze Zeit zusammen und nehmen unsere Beziehung ernst. Ihre Anschuldigungen sind einfach lächerlich. Fragen Sie Meredith doch selbst. Geld war zwischen uns nie ein Thema.“

Sehr geschickt, dachte Jack. Der Mann ist wirklich ein Profi. Trotzdem ist und bleibt er eine miese Ratte.

„Ihre Aussage steht gegen meine“, sagte Andrew gelassen. „Ich nehme an, Sie haben auch Meredith Ihre Märchen aufgetischt?“

Jack nickte.

„Und sie hat Ihnen nicht geglaubt.“

„Da würde ich an Ihrer Stelle nicht so sicher sein“, sagte Jack ruhig. „Immerhin hat sie Sie noch nicht angerufen.“

„Das kommt schon noch.“

Könnte er recht haben? fragte sich Jack. Vielleicht war Meri wirklich so wütend auf ihn, dass sie schon aus lauter Trotz bei Andrew blieb. Wie weit würde sie in ihrem Zorn gehen?

Jack wusste es nicht. Also griff er nach dem einzigen Mittel, das ihm jetzt noch einfiel, um sie zu schützen. „Wie viel?“, fragte er. „Nennen Sie mir eine Zahl.“

Andrew lächelte süffisant. „Sie wollen mich bestechen?“

„Ja, wenn es keinen anderen Weg gibt. Wie viel?“

Andrew zögerte, und in diesem Augenblick wusste Jack, dass sein Verdacht begründet war. Denn wenn Andrew der Ehrenmann wäre, der er vorgab zu sein, hätte er dieses Ansinnen sofort empört zurückgewiesen.

„Zehn Millionen“, sagte Andrew. „Zehn Millionen, und ich unterschreibe Ihnen alles, was Sie wollen.“

„Fünf Millionen, und Sie unterschreiben mir alles, was ich will.“

„Okay.“

Zwanzig Minuten später saßen Colin und Jack wieder im Auto.

„Du hast ihn bestochen“, sagte Colin, „mit fünf Millionen. Und ich dachte, du schlägst ihn einfach zusammen, und damit ist die Sache erledigt.“

„Das hätte ich auch am liebsten getan. Aber der Mann ist ein exzellenter Schauspieler. Ich konnte nicht riskieren, dass er zu Meri geht und sie wieder auf seine Seite zieht. Aber wenn sie von dieser Transaktion hört, ist der Mann für sie gestorben.“

Andrew hatte ihm schriftlich gegeben, dass er gegen die Zahlung von fünf Millionen Meri nie wiedersehen würde. Außerdem besaß Jack die Kopie des Schecks.

„Dann ist Meri also in Sicherheit, und die Sache ist erledigt“, sagte Colin aufatmend.

„Nicht ganz. Ich muss ihr noch erzählen, was hier gelaufen ist.“

Als Jack und Colin zur Lodge kamen, war es im Haus totenstill. Colin ging sofort zu Betina, um ihr zu erzählen, was geschehen war. Da Meri ihrem Team freigegeben hatte, waren sie die Einzigen im Haus.

Jack stieg die Treppe hinauf und blieb vor Meris Schlafzimmertür stehen. Kurz klopfte er, und ohne ihre Antwort abzuwarten, öffnete er die Tür und trat ein.

Meri hatte sich den kleinen Sessel ans Fenster geschoben, hatte sich darin zusammengerollt und starrte auf den See. „Geh weg!“, sagte sie, ohne sich umzusehen.

„Woher weißt du, dass ich es bin und nicht Betina oder Colin?“

„Ich erkenne dich am Klang deiner Schritte.“

Schon aus den wenigen Worten konnte er heraushören, dass sie tief verletzt war.

„Wir müssen unbedingt miteinander reden“, sagte er leise.

„Kein Interesse. Ich habe dir nichts zu sagen.“

„Das ist auch nicht nötig. Ich werde reden. Du brauchst nichts anderes zu tun, als zuzuhören.“

Sie zuckte nur mit den Schultern und starrte weiter geradeaus. Vielleicht weinte sie auch? Bei dieser Vorstellung fühlte Jack sich wie der letzte Dreck.

„Andrew hat die Stadt verlassen“, sagte er.

„Hast du ihn dafür bezahlt, dass er verschwindet?“ Sie lachte kurz und bitter auf.

„Es gab nun mal keinen anderen Weg. Ich traue ihm einfach nicht.“

„Und mir traust du auch nicht zu, dass ich fähig sein könnte, ihm zu widerstehen? Hältst du ihn für so charmant oder mich für so schwach?“

„Du bist sauer auf mich. Ich weiß nicht, wie weit du gegangen wärst, nur um mich zu strafen.“

„Ich würde nie zu einem Mann zurückgehen, der mich belogen hat und versuchte, mich auszunutzen. So wichtig bist du mir dann auch wieder nicht."

„Ich war mir nicht sicher."

„Wie viel?"

Er hätte sie belügen können, hätte behaupten können, es sei nur um wenig Geld gegangen. Aber er wollte ehrlich ihr gegenüber sein. „Fünf Millionen."

Sie wandte sich um und sah ihn mit unbewegtem Gesicht an. „Ich werde meinen Finanzberater bitten, dir einen Scheck zu schicken."

„Du brauchst mir das Geld nicht zurückzuzahlen. Ich wollte, dass du in Sicherheit bist. Das habe ich immer schon gewollt."

„Weil du es Hunter versprochen hast?"

„Ja."

„Aber nicht meinetwegen."

Da er nicht wusste, was er darauf erwidern sollte, schwieg er lieber.

„Wie vielen Männern davor hast du schon Geld gegeben, damit sie mich verlassen?", fragte sie leise. „Wie oft hast du dich in mein Leben eingemischt?"

„Zweimal in den letzten Jahren."

Sie riss die Augen auf. „Deshalb haben die damals nichts mehr von sich hören lassen und sind von heute auf morgen aus meinem Leben verschwunden?"

„Ich vermute. Um die Einzelheiten habe ich mich nie gekümmert."

Sie stand auf und stellte sich dicht vor ihn hin. „Natürlich nicht! Warum solltest du dich auch darum kümmern, wo du doch deine Leute hattest, die das für dich besorgen. Immer hübsch Abstand halten, das ist doch deine Devise, dann braucht man sich gefühlsmäßig nicht zu engagieren. Abstand macht alles einfacher."

Sie legte ihm die Hände flach gegen die Brust und versuchte ihn wegzuschieben.

Er rührte sich nicht.

Sie stieß fester zu. „Verdammt, Jack, weißt du überhaupt, was du mir damit angetan hast? Was das für mich bedeutete und immer noch bedeutet? Dass ich für dich kein menschliches Wesen war, um das man sich kümmern sollte, sondern nur ein Objekt, das *verwaltet* werden musste?"

„Nein, so war es nicht. Ich habe mich immer um dich gesorgt. Ich wollte, dass du in Sicherheit bist und nicht auf den falschen Mann hereinfällst."

„Und du weißt genau, wer falsch für mich ist?"

„Ja."

Sie ließ die Hände wieder sinken und sah Jack an. Tränen standen ihr in den Augen. „Dann weißt du wohl auch, wer der Richtige für mich ist? Gibt es ihn überhaupt?"

„Ich weiß es nicht."

„Du bist es nicht."

„Nein, ich bin es nicht."

„Wer bist du dann? Der Teufel in Menschengestalt?"

„Nein, so schlimm bin ich nicht."

„Für mich schon." Sie wandte sich ab. „Das hättest du nicht tun sollen, Jack", sagte sie, ohne ihn anzusehen. „Dabei ging es um alles oder nichts. Verpflichtungen wie diese kann man nicht halb erfüllen. Hunter wäre sehr enttäuscht von dir. Und ich bin es auch. Es wäre besser gewesen, du wärst ganz aus meinem Leben verschwunden, als mich aus der Entfernung überwachen zu lassen. Das wäre wenigstens ehrlich gewesen, und ich hätte es akzeptieren können."

„Es spielt keine Rolle für mich, ob du meine Entscheidungen akzeptierst", sagte er, ging in Richtung Tür und blieb noch einmal stehen. Plötzlich wurde ihm klar, dass ihm keineswegs gleichgültig war, was Meri von ihm dachte. Ihre Meinung war ihm so wichtig wie die Hunters. „Ich habe damals nicht gewusst, wie ich mit der Verantwortung umgehen sollte, die Hunter mir auferlegt hatte. Ich war verzweifelt über seinen Tod und hatte keine Ahnung, wie ich die Lücke für dich füllen sollte. Deshalb bin ich weggegangen. Aber du warst nie allein. Ich habe dich immer aus der Ferne begleitet."

„Das hat mir nicht viel gebracht, als ich Weihnachten allein im Studentenheim saß, weil ich niemanden hatte, zu dem ich über die Feiertage fahren konnte. Du hast dich nur deshalb nie gemeldet, weil du ein schlechtes Gewissen hattest. Außerdem war es dir peinlich, dass ich in dich verknallt war."

„Ich wusste nicht, wie ich darauf reagieren sollte. Ich war nicht der Mann, den du in mir sahst."

Sie presste kurz die Lippen zusammen. „Sag mir die Wahrheit, Jack. Ich war dir damals zuwider, weil ich dick und hässlich war."

Er spürte, wie wichtig ihr die Antwort war. Sollte er seine eiserne Regel verletzen und ihr sagen, wie es wirklich in ihm aussah? Die Regel, nie jemanden gefühlsmäßig an sich herankommen zu lassen, damit die düstere Wahrheit über ihn verborgen blieb, sein leeres Herz und seine schwarze Seele?

Er trat wieder auf sie zu, nahm ihre Arme und zwang sie, ihn anzusehen. „Ist es dir jemals in den Sinn gekommen, dass ich dich sehr gern hatte? Dass ich die Frau sah, zu der du dich entwickeln würdest, und dass mir gleichzeitig klar war, ich würde dir nie das Wasser reichen können? Kannst du dir nicht denken, dass ich genau wusste, ich hatte auch dich verloren, als ich Hunter im Stich ließ?"

Ihre Augen füllten sich mit Tränen. „Tu nicht so, als sei ich dir damals wichtig gewesen. Das ist grausam und gemein."

„Und ob du mir wichtig warst. Wir waren Freunde. Ich hatte immer gehofft, dass daraus später mehr werden könnte.

Bis ich mein Versprechen nicht halten konnte, als Hunter starb. Da wusste ich, dass ich auch dich verloren hatte. Und da konnte ich es einfach nicht ertragen, dich wiederzusehen."

Er wandte sich mit gesenktem Kopf zur Tür. „Ich habe dich übrigens auch noch in einem anderen Punkt belogen. Was Hunter betrifft. Ich denke oft an ihn. Sehr oft sogar."

Er streckte die Hand aus, um die Tür zu öffnen, doch plötzlich stand Meri direkt vor ihm. Sie streichelte seine Wangen, die Schultern und strich ihm zärtlich über den Brustkorb.

„Jack, du musst endlich mit diesen Selbstvorwürfen aufhören. Du hast nichts falsch gemacht. Hunter hätte nie gewollt, dass du so leidest."

„Aber ich weiß nicht, wie ich sonst damit leben soll", stieß er verzweifelt hervor.

„Du meinst, du musst dich dein Leben lang für das strafen, was du an Hunter und mir versäumt hast?"

Er nickte.

„Dann hast du wahrscheinlich doch recht", flüsterte sie. „Ich bin die Klügere von uns beiden." Sie stellte sich auf die Zehenspitzen und küsste ihn.

Er versuchte, dem Verlangen nicht nachzugeben. Er hatte kein Recht, hier zu sein, und verdiente ihre Küsse nicht. Aber ihr Mund war so weich und verlockend, und ihr Körper schmiegte sich so fest an ihn, dass er nicht widerstehen konnte. Sie war schön, sexy, intelligent und zärtlich, wie konnte er sie da zurückstoßen?

Als sie mit der Zungenspitze über seine Unterlippe strich, wurde ihm siedend heiß. Das Verlangen wurde übermächtig. Vielleicht konnte er wenigstens für ein paar leidenschaftliche Minuten die Vergangenheit vergessen und nur in der Gegenwart leben.

„Es ist wirklich hart, dich zu überzeugen", sagte sie leise, griff nach seiner Hand und legte sie sich auf die Brüste.

Er liebkoste die verlockenden Kurven und grinste dann. „Ich kann dir gleich noch etwas an mir zeigen, das wirklich hart ist.“

11. KAPITEL

Meri lachte leise, als Jack sie hochhob und zu ihrem Bett trug. Vorsichtig ließ er sie herunter, beugte sich über sie und küsste sie mit einer Leidenschaft, die sie alles vergessen ließ. Es zählten nur noch der Augenblick und der Mann, der sie so deutlich fühlen ließ, was für eine begehrenswerte Frau sie war.

Während er sie langsam auszog, hörte er nicht auf, sie mit seinen warmen verführerischen Lippen zu küssen … Als sie endlich nackt vor ihm lag, legte er sich neben sie und strich ihr über die erhitzte Haut. Seine Hände schienen überall gleichzeitig zu sein, auf ihren Brüsten, den Hüften, auf Nacken und Schultern. Plötzlich spürte sie ihn zwischen den Schenkeln, wo die Haut zart und empfindsam war …

Leise stöhnte sie auf.

Schließlich hielt sie es nicht mehr aus und legte ihm die Beine um die Hüften. Verlangend drückte sie ihn an sich, sodass er sich nicht mehr bewegen konnte. Er sah ihr in die Augen, und sein glühender Blick sagte ihr, wie sehr er sie begehrte.

„Du spielst mit mir“, flüsterte sie.

„Magst du das nicht?“

„Oh doch …“

„Meredith.“ Er sprach so leise und betonte ihren Namen so sanft, dass in ihr etwas anderes aufflammte als reine Lust. Eine tiefe Sehnsucht.

Er legte sich neben sie und ließ eine Hand über ihren Bauch nach unten gleiten. Unwillkürlich spreizte sie die Beine, und er begann ihre empfindsamste Stelle zu streicheln. Sobald er sie berührte, loderte ihr Verlangen heiß auf. Keuchend warf sie den Kopf zurück und richtete sich auf. Sofort griff sie nach seinem Hemd und knöpfte es auf.

Jeans und Boxershorts folgten schnell; Sekunden später lag er nackt neben ihr. Aus der Nachttischschublade nahm er ein Kondom und legte es neben die kleine Lampe.

Fragend sah sie ihn an. Warum zögerte er? Sie sehnte sich so sehr nach ihm, hielt es kaum mehr aus ... Schon im nächsten Moment spürte sie wieder seine Hand zwischen den Beinen. Gleichzeitig reizte er ihre harten Brustspitzen mit Lippen und Zunge.

Oh, das war so gut ...

Unwillkürlich drängte sie sich ihm entgegen, und er streichelte sie noch intensiver. ... Mit kreisenden Hüften presste sie sich lustvoll gegen diese Hand, die sie dem Höhepunkt immer näher brachte. Dann schlugen die Wellen der Lust über ihr zusammen. Ihren Aufschrei erstickte er in einem wilden Kuss.

Nur ein Gedanke war da, klar und deutlich. Sie liebte Jack.

Wie hatte sie nur jemals etwas anderes glauben können? Selbstverständlich liebte sie ihn, seit dem Tag, als sie ihn zum ersten Mal getroffen hatte, bis heute. In den elf vergangenen Jahren hatte sie nie jemand anderen geliebt.

Während ihr Körper langsam zur Ruhe kam, arbeitete ihr Kopf fieberhaft. Wie konnte es sein, dass sie sich so erfolgreich hatte belügen können, und was sollte sie jetzt nur tun?

Erst als Jack das Kondom überzog und in sie eindrang, vergaß sie die quälenden Gedanken.

Er fühlte sich so gut an. Und während er sie erst langsam, dann in immer wilderem Rhythmus nahm, überließ sie sich ganz ihren Empfindungen und genoss die unbeschreiblich starke Lust, die sie zu überschwemmen schien. Und doch blitzten die Sorgen immer wieder in ihrem Bewusstsein auf, auch nach dem gemeinsamen erlösenden Höhepunkt.

Dennoch, Jacks Haut an ihrer zu spüren, sein Keuchen und das Dröhnen seines Herzschlags wahrzunehmen, das alles war wundervoll. Sie klammerte sich an ihn, solange es ging, und wünschte, die Zeit würde stehen bleiben. Aber sie wusste, dieser Moment würde vorbeigehen. Nichts blieb so, wie es war, alles veränderte sich ständig.

Das bedeutete, dass sie Jack verlieren würde, aber auch, dass die Verzweiflung und die Trauer darum, ihn nicht gewinnen zu können, irgendwann nachlassen mussten.

Denn eins wusste sie mit absoluter Klarheit. Jack würde ihre Liebe nie erwidern.

Jack atmete tief ein, um Meris betörenden Duft tief in sich aufzunehmen. Zärtlich strich er ihr über die Wangen. Sie war so schön. Sie war immer schön gewesen.

Vorsichtig legte er sich neben sie und betrachtete sie nachdenklich. Was sollte er sagen? Was würde wohl jetzt passieren?

Plötzlich setzte sie sich auf und griff nach ihren Sachen.

„Wo willst du hin?“, fragte er lächelnd. „Hast du was vor?“

Sie blickte ihn an, und sein Lächeln verschwand. Er runzelte die Stirn. Irgendetwas war los, irgendetwas bekümmerte sie.

„Was ist?“, fragte er wieder, diesmal etwas unsicherer.

„Ich muss gehen.“

„Wohin?“

„Weg. Wir wissen beide, dass eine feste Beziehung nicht das ist, was du willst. Du bist kein Mann, der heiratet und irgendwo mit Frau und Kind zur Ruhe kommt. Allerdings weiß ich nicht, ob du es nicht kannst oder nur nicht willst. Irgendwie hat das mit deinem schlechten Gewissen Hunter gegenüber zu tun, aber wahrscheinlich auch noch mit irgendetwas anderem, was ich bisher nicht herausgefunden habe.“

Sie spürte, dass ihr die Tränen kamen, und fuhr schnell fort: „Ich kann nicht hier bei dir bleiben, Jack."

Er war wie vor den Kopf geschlagen. „Geh nicht."

Sie stand auf und zog sich schnell an. „Ich muss. Ich weiß auch nicht, was ich mir dabei gedacht habe, nur, dass ich einen tollen Plan hatte. Betina hat recht gehabt, als sie mir sagte, er würde nicht funktionieren. Aber ich habe nicht auf sie gehört. Dabei hätte ich es besser wissen sollen."

„Was meinst du damit? Ich verstehe kein Wort."

Sie strich sich das Haar zurück und sah ihn an. „Hör auf, mich weiter zu bespitzeln, Jack. Ich weiß, du behauptest, es sei nur zu meinem Besten. Aber ich will es nicht. Ich bin eine erwachsene Frau und kann selbst auf mich aufpassen. Und wenn ich Fehler mache, muss ich selbst dafür geradestehen. Hör auf, mich zu beschützen."

„Aber ich will nicht."

„Hier geht es nicht um dich."

Jack fühlte sich wie gelähmt. Er verstand überhaupt nichts mehr. Sie hatten sich gerade geliebt. Es war fantastisch gewesen. Warum wollte sie ihn verlassen? Plötzlich fröstelte er.

„Und das ist alles, was du mir zu sagen hast?" Allmählich wurde er zornig. Das war wenigstens ein Gefühl, das ihm vertraut war.

Sie schlüpfte in ihre Sandalen. „Das ist alles."

Und mit diesen Worten verließ sie sein Schlafzimmer.

Jack starrte auf die Tür. Was sollte das alles? Sie konnte doch nicht einfach verschwinden, nicht so.

Er fluchte leise, während er seine Sachen vom Boden aufhob und sich anzog. Was wollte sie von ihm? Er hatte keine Ahnung, was los war. Sie konnte doch nicht ernsthaft immer noch verärgert sein, weil er Erkundigungen über Andrew eingezogen hatte.

Eigentlich müsste sie mir dankbar sein, dachte er, während

er die Treppe zum Büro hochging. Er hatte sich um sie gekümmert. Er hatte dafür gesorgt, dass ihr nichts passierte, und sie vor einem Riesenfehler bewahrt. Das war doch schließlich auch etwas wert. Sie war nur zu stur, um es zuzugeben.

Immer noch wütend, ließ er sich in den Schreibtischsessel vor den Computer fallen. Die Arbeit würde ihn ablenken. Arbeit war sowieso der einzige stabile Faktor im Leben.

Ohne anzuklopfen, stürzte Meri in Betinas Zimmer. Tränen verschleierten ihren Blick. Erst als sie ein hastiges Rascheln und halblautes Flüstern hörte, begriff sie, dass die Freundin nicht allein war.

„Oh, Entschuldigung“, sagte sie und wandte sich ab. „Ich gehe gleich wieder.“

„Nein.“ Betina nahm sie beim Arm und zog sie an sich. „Bleib. Du brauchst nicht zu gehen.“

Meri war erleichtert. Es tat gut, willkommen zu sein. Betina trug lediglich einen Bademantel, und Meri sah schemenhaft die Umrisse eines Mannes, der hastig im Bad verschwand.

„Was ist denn los?“, fragte Betina und strich der Freundin sanft über den Rücken. „Was hat Jack gesagt?“

„Nichts. Er brauchte auch nichts zu sagen, ich habe es so begriffen. Ach, Betina, ich bin so dumm gewesen. Du hast in jeder Beziehung recht gehabt. Ich wollte mich gar nicht rächen. Ich wollte mit ihm schlafen, weil ich ihn liebe. Ich habe ihn immer schon geliebt. Deshalb konnte ich mich auch nie in jemand anderen verlieben. Ich wollte es mir nie eingestehen, aber insgeheim habe ich wohl gehofft, er würde sich auch in mich verlieben, wenn er mich jetzt als erwachsene Frau sieht.“

Sie sank zu Boden, saß da wie ein Häufchen Elend, und die Tränen liefen ihr über die Wangen. Es tat so weh, so, als habe ihr jemand das Herz aus dem Leib gerissen. „Wie kann man nur so klug und gleichzeitig so dumm sein?“, schluchzte sie.

„Weil du glücklicherweise auch nur ein Mensch bist und der Kopf sich eben oft verabschiedet, wenn es um Herzensdinge geht."

Meri nickte langsam. Wenn doch nur schon ein Jahr vergangen wäre, damit der Schmerz etwas nachgelassen hätte. Ganz würde er nie verschwinden, denn sie wusste, sie würde Jack immer lieben.

„Er liebt mich nicht", flüsterte sie. „Er hat mich nie geliebt. Erst dachte ich, es sei der Altersunterschied oder mein Aussehen, aber das glaube ich jetzt nicht mehr. Es ist wahrscheinlich einfach meine Person, für die er nichts empfinden kann."

Und das war besonders schlimm. Denn sie konnte sich nicht mehr ändern, sie war so, wie sie war. Aber so gefiel sie ihm eben nicht.

„Er ist ein Idiot", murmelte Betina.

„Nein. Er ist nur ein Mann, der nicht so tun kann, als sei er in mich verliebt." Meri stand auf. „Ich muss weg. Ich kann hier nicht bleiben. Wir müssen unsere Teambesprechungen woanders machen. Vielleicht weiter im Süden, in San Francisco, Pasadena oder so."

„Mir recht. Soll ich gleich mitkommen?"

Meri lächelte traurig und sah die Freundin liebevoll an. „Nein, ich möchte, dass wenigstens du hierbleibst und deine Liebe genießt."

Jack arbeitete, bis es dunkel wurde. Als ihm schließlich die Buchstaben vor den Augen verschwammen, stand er auf und streckte sich.

Aber was war das? Es war verdächtig still im Haus. Kein Laut war zu hören.

Schnell lief er die Treppe hinunter und stieß die Tür zu Meris Zimmer auf. Alles schien wie immer, nur das Bett nicht. Jemand hatte das Laken und den Bettbezug abgezogen und ordentlich zusammengefaltet auf das Fußende gelegt. Der Schrank und die Kommode waren leer. Meri war gegangen.

Er rannte die Treppe zum Erdgeschoss hinunter und stürzte ins Esszimmer. Betina schob gerade die Papiere von der letzten Arbeitssitzung zusammen.

„Was soll das?“, herrschte er sie an. „Was machst du denn da?“

Sie sah ihn nicht an. „Das siehst du doch. Ich sammle die Unterlagen zusammen und werde dann gehen.“

„Nur du?“

„Nein, alle anderen auch. Wir setzen unsere Arbeit woanders fort.“

Arbeit? Die Arbeit war ihm vollkommen egal. Ihm ging es um Meri. „Wo ist sie? Sie kann nicht so einfach abhauen. Sie muss den ganzen Monat hier verbringen.“ Auch sie musste hierbleiben. Sie konnten einander nicht entkommen. War das nicht der Sinn der Sache gewesen?

Jetzt hob Betina den Kopf. „Sie muss nicht hierbleiben. Das hat sie nur so gesagt. Hunters Schenkung und seine testamentarische Verfügung hat mit ihr nichts zu tun. Da ging es nur um seine Freunde.“

Meri hatte ihn angelogen. Warum? Damit er sie nicht zwingen konnte, das Haus zu verlassen?

„Wo ist sie?“

„Das sage ich dir nicht. Wenn sie es dich wissen lassen will, wird sie sich selbst mit dir in Verbindung setzen.“

Er verstand überhaupt nichts mehr. Warum hatte Meri sich überhaupt in der Lodge einquartiert? Was wollte sie damit bezwecken? Und warum hatte sie jetzt Hals über Kopf das Haus verlassen?

„Ist es wegen Andrew?“, fragte er. „Ist sie wütend, dass ich ihr die Augen über ihn geöffnet habe?“

Betina schüttelte nur mitleidig den Kopf. „Was ist bloß mit

euch Männern los? Könnt ihr die einfachsten menschlichen Gefühle nicht begreifen? Das muss etwas mit dem Y-Chromosom zu tun haben. Denn ich kann mir nicht vorstellen, dass du wirklich so schwer von Begriff bist. Intelligent und dumm, wie nah das beieinanderliegt."

„Was redest du da?"

„Meri kam hierher, weil sie mit einer Sache abschließen wollte. In gewisser Weise ist ihr das auch gelungen. Sie hat dich immer geliebt, aber dabei hat sie sich in ihrer Fantasie einen Mann ausgemalt, der sehr viel besser ist als du. Sie hatte wohl immer gehofft, dass du dich mal dahin entwickeln würdest. Meri liebt das Leben. Menschen sind ihr wichtig. Sie nimmt Gefühle ernst. Und sie hat geglaubt, dass du genauso bist. Doch da hat sie sich leider geirrt. Und nun ist sie weg."

Meri liebte ihn? Das konnte nicht sein, nicht nach all dem, was er ihr angetan hatte. „Sie kann mich nicht lieben", stieß er leise hervor.

„Das habe ich ihr immer wieder gepredigt, aber sie hat nicht auf mich hören wollen." Betina klappte die Schachtel zu. „Ich bin hier fertig. Colin und ich werden in der nächsten Stunde das Haus verlassen. Dann hast du es wieder ganz für dich."

Er packte sie beim Arm. „Du kannst doch nicht so einfach gehen. Das kann es doch nicht gewesen sein."

„Warum nicht? Du wolltest doch nicht mehr. Im Grunde hast du dir doch nie viel aus ihr gemacht. Für dich ist sie noch immer nur Hunters kleine Schwester, für die du eine Verantwortung fühlst, die dich belastet." Sie entzog ihm den Arm. „Leider weiß man ja immer erst, was man hatte, wenn man es verloren hat. Bis dann, Jack."

Gut, dann war er eben wieder allein. Die Zeit würde er auch noch überstehen. Und dann ging er nach Texas zurück und vergrub sich wieder in die Arbeit. Dabei würde er alles vergessen. Das war ihm bisher noch nie schwergefallen.

Drei Tage später war Jack kurz vor einem Nervenzusammenbruch. Das Haus war so verdammt leer. Die Stille machte ihn ganz verrückt. Selbst Meris abgedrehte Freunde fehlten ihm. Er vermisste ihre hitzigen Diskussionen und die vielen Papiere mit Notizen, die sich auf allen Tischen häuften.

Ihre Kameradschaft und die Art und Weise, wie Meri mit ihren Kollegen umgegangen war, hatten ihm sehr imponiert. Ihm fehlte ihre Stimme, ihr Lachen und ihre Art, sich zu bewegen. Wenn er an ihren ganz besonderen Humor dachte oder an ihr Lächeln, das einen ganzen Raum erhellen konnte, dann wurde ihm das Herz schwer.

Sie fehlte ihm so.

Sie war nicht mehr der Teenager, den er von früher kannte. Das Mädchen, das ihn einerseits gereizt, ihn andererseits aber auch verwirrt hatte. Nicht nur, weil sie Hunters Schwester war, sondern weil er spürte, dass sie viel erwartete, nicht nur von sich selbst, sondern auch von denjenigen, die ihr nahestanden.

Anfangs hatte er noch gehofft, er könne später vielleicht ihre Erwartungen erfüllen, aber dann wurde Hunter krank, und alles war plötzlich anders. Damals hatte er gedacht, es wäre besser, sie zu vergessen, sich keine gemeinsame Zukunft mit ihr auszumalen. Gründe dafür hatte er viele gefunden: Sie würde im Leben nicht das erreichen, was sie sich vorgenommen hatte. Und er würde sich später ewige Vorwürfe machen, dass sie ihr Potenzial nicht ausgeschöpft hatte.

Damals hatte er wirklich daran geglaubt, dass seine Entscheidung richtig war. Sie brauchte ihn nicht. Sie war besser dran ohne ihn. Deshalb hatte er sie verlassen und nur aus der Ferne über sie gewacht. Heute war ihm klar, dass er feige gewesen war.

Er hatte nicht damit gerechnet, sie jemals wiederzusehen. Dann war sie plötzlich hier aufgetaucht, und das hatte ihn vollkommen umgehauen. Sie wollte ihn verführen, aber das durfte er einfach nicht zulassen. Denn das war er ihr und Hunter schuldig.

Er ging ins Wohnzimmer und starrte auf die perfekte Einrichtung. Alles war so sauber und geordnet und sah so behaglich aus. Am liebsten hätte er alles durcheinandergebracht, hätte die Sessel umgeworfen und die Vasen an die Wand geworfen. Denn das Leben war nicht geordnet und behaglich. Es war mühsam und oft qualvoll.

Als er sich zum Gehen wandte, bemerkte er eine DVD, die auf dem Boden vor dem Sofa lag. Hatte die jemand verloren? Oder absichtlich hiergelassen? Aber wer? Meri? Betina?

Er hob sie auf. Auf der schwarzen Hülle klebte ein Zettel mit einem einzigen Wort.

Hunter.

Gegen besseres Wissen ging er zum Fernseher und legte die DVD ein. Dann ließ er sich davor auf dem Boden nieder.

Offenbar hatte jemand Hunters Videos auf eine DVD übertragen lassen, denn dies waren alles Szenen aus ihrem Collegeleben in Harvard. Alle Freunde waren zu sehen. Und Meri, denn sie war oft dabei gewesen. Man sah die *Sieben Samurai* bei Schnellballschlachten und bei feuchtfröhlichen Partys, beim Feuerwerk am 4. Juli und während der Ferien auf dem Land.

Jack schloss kurz die Augen und verlor sich in Erinnerungen. Sieben Freunde, die sich nahestanden wie Brüder. Brüder, mit denen er in den letzten Jahren weder gesprochen noch sie gesehen hatte.

Er seufzte und öffnete wieder die Augen. Gerade waren sie alle auf einem Segelboot. Jack erinnerte sich, das war während der Frühlingsferien gewesen. Sie lagen ausgestreckt auf dem Deck, wahrscheinlich nach einer langen Nacht. Meri ging zwischen ihnen umher, dann blieb sie kurz vor ihm, Jack, stehen und sah ihn an. Da er die Augen geschlossen hatte, hatte er ihren Blick nicht sehen können. Ein Blick, der ihm gezeigt hätte, dass sie ihn liebte.

Er fuhr zusammen, als hätte ihm ein glühendes Messer das Herz durchbohrt. Der Schmerz nahm ihm den Atem. Er hatte etwas verloren, was er nie ersetzen konnte.

Schnell zog er sein Handy aus der Tasche und wählte die Nummer seines Büros.

„Ich weiß nichts Neues!“, fuhr Bobbi Sue ihn an, ohne sich zu melden. „Wenn Sie endlich aufhören würden, mich dauernd anzurufen, wäre ich mit meinen Nachforschungen wahrscheinlich schon viel weiter.“

„Aber sie muss doch irgendwo sein.“

„Das weiß ich. Sie hat den Mietwagen am Flughafen von Los Angeles wieder abgegeben, hat aber nicht eingecheckt. Falls sie irgendwo in einem Hotel abgestiegen ist, zahlt sie bar und benutzt einen falschen Namen. Ich versuche gerade herauszufinden, ob vielleicht einer ihrer Freunde unter dem eigenen Namen ein Zimmer für Meredith gebucht hat. Das dauert seine Zeit.“

Aber er hatte keine Zeit. Er musste sie sofort finden, jetzt. In den letzten Tagen hatte er immer wieder daran gedacht, sich selbst auf die Suche nach ihr zu machen. Aber wenn er die Lodge verließ, verstieß er gegen die testamentarische Bestimmung, und die Schenkung war in Gefahr. Das konnte er nicht riskieren, und auch Meri hätte es ihm nie verziehen.

„Okay, melden Sie sich, sobald Sie etwas haben.“ Er legte auf. Es hatte keinen Sinn, Bobbi Sue unter Druck zu setzen.

Ruhelos ging er im Wohnzimmer auf und ab. Wenn er doch nur selbst etwas tun könnte. Aber er war hier in diesem verdammten Haus gefangen und seinen Erinnerungen ausgeliefert.

Er liebte Meri, und das schon seit Langem. Im College hatte er noch gehofft, sie seien füreinander bestimmt. Und dann starb Hunter ... Hätte er ihr doch nur gesagt, was er für sie empfand.

Sein Handy klingelte. Hastig griff er danach.

„Haben Sie sie gefunden?"

„Ich habe nicht nach ihr gesucht." Das war nicht Bobbi Sue.

„Colin?"

„Ja. Dann suchst du also nach Meri?"

„Allerdings. Ich habe alle meine Leute auf sie angesetzt."

„Du wirst sie nicht finden. Aber das ist ja auch egal."

„Nein, das ist nicht egal. Ich muss sie finden!"

„Ich wünschte, ich könnte dir glauben."

Colin musste wissen, wo sie war. Meri hatte sich bestimmt Betina anvertraut, und die hatte es Colin gesagt.

„Ich muss sie finden", wiederholte Jack leise. „Ich liebe sie."

„Und wenn es nun zu spät dafür ist?"

„Es darf nicht zu spät sein. Ich werde sie von meiner Liebe überzeugen."

Schweigen.

„Ich glaube dir", sagte Colin dann. „Okay, wenn dein Monat um ist, sage ich dir, wo sie ist."

„Was?", schrie Jack. „Du musst es mir jetzt sagen!"

„Tut mir leid. Du musst in der Lodge bleiben. Das ist wichtig. Schließlich steht eine Menge Geld auf dem Spiel."

„Ich komme gern dafür auf."

„Und damit zerstörst du alles, was Hunter bezweckt hat. Kommt nicht infrage. Meinst du wirklich, dass Meri darüber glücklich wäre?"

„Glaubst du denn, sie ist glücklich, wenn sie denkt, ich liebe sie nicht?"

„Nein, da hast du recht. Aber ich sage dir trotzdem nicht, wo sie ist. Erst wenn deine Zeit um ist."

Klick. Colin hatte aufgelegt.

Voller Wut schleuderte Jack das Handy gegen die Wand. „Verdammter Mist!“

Aber keiner antwortete.

12. KAPITEL

Vielleicht sollte ich mir einen Hund anschaffen, dachte Meri. Einen kleinen, den man auch auf Reisen mitnehmen konnte. Vom Fenster ihres Hotelzimmers in Pasadena aus konnte sie auf die weiten Rasenflächen sehen, die das Hotel umgaben. Auf den kleinen Wegen rundherum führten die Gäste ihre Hunde spazieren. Wenn sie einen Hund hätte, gäbe es wenigstens jemanden, der sich freute, wenn sie abends nach Hause kam.

Sie blickte auf die Uhr und seufzte leise. Frühestens in einer halben Stunde würde ihr Team kommen. Aber irgendwie würde sie diese Zeit auch noch totschlagen. Es kam ihr vor, als würden sich die Tage endlos dahinziehen, seit sie aus Hunter's Landing zurück war. Nichts machte ihr mehr Spaß, sie lachte kaum noch, schlief schlecht, und selbst über die Verlobungsanzeige von Betina und Colin konnte sie sich nicht richtig freuen.

Dabei hatte sie sich nichts so sehr gewünscht wie das Glück der beiden. Es war nur …

Jack fehlte ihr so. Es war verrückt und sinnlos und absolut hoffnungslos. Aber sie sehnte sich nach ihm, nach seiner Stimme, seiner Berührung, seinem Lachen. Sie vermisste die Art und Weise, in der er einfach über sie bestimmte, ohne im Geringsten von ihr eingeschüchtert zu sein. Sie hatte ihn fast ihr ganzes Leben geliebt. Wie sollte sie jemals damit aufhören können?

„Ich brauche eine Therapie“, murmelte sie und trat ans

Fenster. Sie hatte schon einmal eine Therapie gemacht, die ihr geholfen hatte zu erkennen, wer sie wirklich war. Vielleicht würde ihr eine Gesprächstherapie helfen, über Jack hinwegzukommen. Vielleicht sollte sie sich einen besonders gut aussehenden Therapeuten suchen ...

Unsinn. Sie schloss die Augen. Sie würde nie von Jack loskommen. Wo er jetzt wohl war? Gestern war sein Monat in der Lodge zu Ende gegangen. Ob er schon wieder in Texas war? Vielleicht machte er sich auch gerade erst auf den Weg. Ob er wohl ab und zu an sie dachte? Sie wusste, er würde zu dem abschließenden Treffen mit den Freunden wieder nach Hunter's Landing zurückkehren, aber bis dahin würde er sicher zurück nach Hause fahren.

Jemand klopfte. Wahrscheinlich das Zimmermädchen. Gut, während hier sauber gemacht würde, könnte sie sich draußen mit den kleinen Hunden anfreunden. Vielleicht konnte ihr auch einer der Besitzer einen Rat geben, für welche Rasse sie sich entscheiden sollte.

Jack würde sicher einen großen Hund haben wollen, dachte sie unwillkürlich. Wenn sie mit Jack zusammen wäre, brauchte sie gar keinen Hund als Gesellschaft. Denn dann hätte sie einen Mann und Familie. Obwohl ein Hund immer etwas nettes ...

Sie öffnete die Tür und blieb wie angewurzelt stehen. „Du bist ... du bist nicht das Zimmermädchen“, brachte sie schließlich heraus.

Jack ging einfach an ihr vorbei in ihr Hotelzimmer und grinste. „Nein. Aber ich kann dafür sorgen, dass du mehr Handtücher bekommst, wenn du das willst.“

„Ich brauche keine Handtücher.“ Sie starrte ihn an. Träumte sie? War er es wirklich? Er sah gut aus, ein bisschen erschöpft vielleicht, ein bisschen dünner, aber immer noch wahnsinnig sexy. „Ich dachte, du seist auf dem Weg nach Hause. Deine vier Wochen sind doch um.“

„Hast du das wirklich geglaubt? Dass ich meine Zeit ableiste und dann verschwinde?"

„Ja."

„Das habe ich bisher immer so gemacht, oder? Ich habe nur getan, was nötig war, ich war immer auf Abstand bedacht, weil ich Angst hatte, mich zu sehr auf etwas einzulassen."

Sie nickte. Vor Aufregung brachte sie kein Wort heraus. Wie sehr sehnte sie sich danach, sich an ihn zu schmiegen, seine Arme um sich zu spüren. Sie wollte, dass er sie hielt und ihr sagte, dass alles gut würde. Aber das wäre zu einfach, und in ihrem Leben war nie etwas leicht gewesen. Warum war er überhaupt gekommen? Sie würde sich anhören, was er zu sagen hatte, höflich lächeln, ihn dann möglichst bald wieder aus der Tür schieben, sich aufs Bett werfen und ihren Tränen freien Lauf lassen. Letzteres beherrschte sie mittlerweile bis zur Perfektion.

„Wie hast du mich gefunden?", fragte sie und war froh, ihre Stimme einigermaßen in der Gewalt zu haben.

„Colin hat mir gesagt, wo du bist."

„Wirklich? Das glaube ich nicht."

„Stimmt aber. Allerdings hat er es auf eine sehr spezielle Art und Weise gemacht. Denn er hat mich erst Folterqualen ausgesetzt. Wenige Tage nachdem du weg warst, rief er mich an und sagte, er wisse, wo du seist. Aber er würde es mir erst sagen, wenn mein Monat in der Lodge um sei."

Colin hatte Jack angerufen? Sollte sie ihm dafür dankbar sein, oder sollte sie lieber das Verlobungsgeschenk zurückgeben, das sie bereits gekauft hatte?

„Du hast nach mir gesucht?", fragte sie vorsichtig.

Jack berührte zärtlich ihre Wange. „Was denkst du denn?"

„Ich weiß nicht, was ich denken soll."

„Wirklich nicht? Immerhin hast du dir doch große Mühe gegeben, damit ich dich nicht so schnell finden konnte."

„Ja. Und zwar, weil ich auf keinen Fall möchte, dass du hinter mir herspionierst. Ich brauche deinen Schutz nicht, und dein Mitleid brauche ich auch nicht. Ich bin nicht mehr Hunters kleine Schwester."

„Hättest du denn etwas dagegen, die Frau zu sein, die ich liebe?"

Für einen Moment war Meri sprachlos. Dann sagte sie unsicher: „Was …?"

„Ich liebe dich, Meri. Schon lange. Ich dachte immer …" Er hob verlegen die Schultern. „Ich dachte immer, dass da etwas Besonderes zwischen uns ist. Aber wir waren beide jung. Und dann wurde Hunter krank. Ich konnte damit nicht umgehen und bin geflohen. Das weißt du alles, aber ich konnte dich nicht vergessen. Deshalb habe ich dich beobachten lassen, dich bespitzelt, wie du es zu Recht nennst. So brauchte ich die Gefühle nicht an mich ranzulassen, die mich verwundbar machten."

Meris Beine trugen sie nicht mehr, und alles drehte sich um sie. Sie streckte die Arme aus, und schon zog Jack sie an sich und hielt sie fest, so fest, als wolle er sie nie wieder gehen lassen.

„Du hast mir so schrecklich gefehlt", flüsterte er. „Nicht nur in den letzten Wochen, obwohl es die reine Hölle war, in dem leeren Haus allein zu sein. Nein, die ganzen letzten elf Jahre habe ich mich nach dir gesehnt, und es tut mir so leid, dass ich das erst jetzt begriffen habe. Ich liebe dich, Meri. Ich möchte immer bei dir sein. Ich möchte alles wiedergutmachen."

Er fasste sie bei den Oberarmen und hielt sie leicht von sich ab. „Kannst du mir verzeihen? Kannst du mir sagen, wie ich es wiedergutmachen kann? Meinst du, du kannst mich auch ein bisschen gernhaben?"

Sie fing an zu lachen, und gleichzeitig liefen ihr die Tränen über die Wangen. Lachend und schluchzend schmiegte sie sich an seine Brust, und er drückte sie so fest an sich, dass sie kaum atmen konnte. „Natürlich liebe ich dich! Was meinst du denn, worum es bei der ganzen Geschichte gegangen ist?"

„Du bist eine sehr komplizierte Frau. Du bist einfach gegangen, und ich wusste wirklich nicht, was ich davon halten sollte. Ich war total verwirrt."

„Ich wollte dich verlassen, bevor du mich fallen lässt wie eine heiße Kartoffel. Ich hätte es nicht ertragen, wieder von dir im Stich gelassen zu werden."

„Ich werde immer bei dir bleiben", beteuerte er. „Ich liebe dich so sehr, Meri. Ich kann nicht ohne dich sein. Willst du mich heiraten?"

Plötzlich fühlte sie sich leicht und übermütig vor Glück. Sie würden heiraten. Er liebte sie. Ihre schönsten Träume waren in Erfüllung gegangen.

Sie schmiegte sich an ihn und sah lächelnd zu ihm hoch. „Was für Hunde magst du am liebsten?"

„Mir ist jeder Hund recht, der dich glücklich macht."

Sie stellte sich auf die Zehenspitzen und drückte ihm einen Kuss auf die Wange. „Genau die Antwort, die ich wollte."

Zwei Wochen später fanden sich die Freunde und ihre Frauen, die sie alle während ihres Aufenthaltes am Lake Tahoe kennen und lieben gelernt hatten, in der Lodge ein. Auf dem Fest, das gegeben wurde, um die Übergabe des Hauses und des Treuhandfonds an die Stadt zu feiern, waren sie alle zusammengekommen. Obwohl sie jetzt nur noch Sechs Samurai waren, spürten sie alle, dass auch Hunter unter ihnen war.

Noch vor sechs Monaten hatte Nathan Barrister noch nie etwas von Hunter's Landing gehört. Und nun war er mit der Bürgermeisterin des Ortes verheiratet. Er selbst hatte ein Haus in London, das er auch nicht aufgegeben hatte, war aber doch die meiste Zeit hier in Keiras Haus in den Bergen.

Sein Leben war jetzt so schön, wie er es sich nie erhofft hatte, und ihm war klar, dass er das dem verstorbenen Freund zu verdanken hatte, denn ohne ihn wäre er nie in diesen kleinen Ort gekommen. „Danke, Hunter", flüsterte er, so als könne der Freund ihn hören.

„Warum lächelst du?", fragte Keira und lehnte sich zärtlich gegen ihn.

„Deinetwegen." Er legte ihr den Arm um die Schultern. „Weil ich so glücklich mit dir bin."

Sie schmunzelte. „Genau das wollte ich hören." Dann warf sie einen Blick auf die anderen Samurai und die Frauen, die die Männer durch ihre Liebe erlöst hatten. „Was für ein wunderschöner Tag. Deinem Freund Hunter würde er sicher auch gefallen."

„Allerdings. Das wäre genau nach seinem Geschmack. Alle Samurai haben sich endlich wiedergefunden." Es war so gut, die Freunde wiederzusehen. Sie alle hatten sich verändert, dank der Frauen, die Wärme und Liebe in ihr Leben gebracht hatten. Er küsste Keira zärtlich auf die Schläfe. „Das ist der glücklichste Augenblick meines Lebens."

„So? Da wäre ich vorsichtig." Sie schmiegte sich an ihn. „Ich habe dir nämlich etwas zu sagen und glaube, dass heute der ideale Tag dafür ist."

„Da bin ich aber neugierig."

„Wir bekommen ein Kind."

„Was?"

„Ich bin schwanger. Du wirst Vater."

„Keira!" Er strahlte sie an. Noch nie war sie ihm so schön vorgekommen. „Ich liebe dich so sehr. Und ich bin so dankbar, dass du mich auch liebst."

„Mit dem größten Vergnügen, das kannst du mir glauben."

Er glaubte ihr. Und wieder schloss er kurz die Augen und flüsterte unhörbar: „Danke, Hunter …"

Das ist genau die Party, die Hunter gefallen hätte, dachte Luke in diesem Augenblick. Kaltes Bier, gutes Essen und jede

Menge hübsche Mädchen. Das heißt, hübsche Frauen. Während des Aufenthalts in Hunters Landhaus hatte jeder der Samurai die Liebe seines Lebens gefunden. Das hatte Hunter doch nicht wissen können, als er das Testament aufgesetzt hatte, oder?

Er blickte Lauren an, die neben ihm saß. Nie hätte er geglaubt, dass eine Frau wie sie ihn lieben könnte. Aber das Wunder war geschehen. Er legte ihr zärtlich den Arm um die Schultern und zog sie an sich. „Was wohl aus mir geworden wäre, wenn ich dich nicht gefunden hätte. Und deine Liebe."

Sie lächelte. „Und die von Matt."

„Ja, und die von Matt." Luke warf seinem Zwillingsbruder einen warmen Blick zu, der ihn lächelnd erwiderte. Neben ihm stand Kendra, seine hübsche Verlobte, und Luke wusste, er brauchte sich um Matt keine Sorgen mehr zu machen. Die beiden Brüder, die von ihrem hartherzigen Vater als Rivalen erzogen worden waren, hatten sich erst in der Lodge aussprechen und wieder zueinanderfinden können.

Jetzt prostete Matt dem Bruder zu, als wisse er, was Luke eben durch den Kopf gegangen war. Wie viele Zwillinge schienen sie sich wortlos miteinander verständigen zu können. Auch Luke hob sein Glas und richtete dann den Blick nach oben. *Danke, Hunter, für dieses neue, wunderbare Leben.*

Devlin Campbell schien als Einziger der Samurai nicht glücklich zu sein. Denn sosehr er sich auch freute, die alten Freunde wiederzusehen, er wäre viel lieber zu Hause gewesen.

Seine Frau Nicole war hochschwanger. Deshalb hatte ihr Frauenarzt ihr verboten zu fliegen, und Devlin war allein zu dem Treffen gekommen.

Ryan, sein Trauzeuge und bester Freund, schlenderte auf ihn zu. Auch Ryan, der eigentlich vorgehabt hatte, den Monat in der Lodge nur seiner Arbeit zu widmen, hatte in dieser Zeit seine wahre Liebe gefunden.

Sehr erstaunlich, dachte Devlin und blickte dem Freund entgegen. „Na, was sagst du zu diesem Treffen?"

Ryan lächelte. „Es ist toll. Ich hätte ja nie geglaubt, dass es dazu noch mal kommen würde. Aber dir fehlt deine Nicole, was?"

Devlin nickte. „Ja. So gern ich auch mit euch allen zusammen bin, ich wäre jetzt lieber zu Hause."

„Das kann ich verstehen. Aber das muss ja nicht das letzte Treffen gewesen sein. Vielleicht können wir uns mal zum Golfspielen am Wochenende treffen. Sofern sich alle unsere Termine entsprechend einrichten lassen."

„Weißt du, Ryan, eine Sache habe ich bei der ganzen Geschichte gelernt. Man muss Prioritäten setzen in Bezug auf die Dinge, die einem wirklich wichtig sind. Und dazu gehören unsere Frauen und unsere Freunde."

„Stimmt. Am besten, wir besprechen das heute noch mit unseren besseren Hälften. Frauen lieben solche regelmäßigen Treffen."

Devlins Handy klingelte. Er schrak zusammen, als er auf dem Display sah, dass es Nicole war. Ob sie schon im Krankenhaus war? Vielleicht hatten die Wehen bereits eingesetzt. „Ja, Liebste? Ist alles in Ordnung?"

„Alles ist wunderbar. Du fehlst mir nur, und ich wollte dir sagen, dass ich dich liebe."

Er atmete auf. Sie liebte ihn, und sie vermisste ihn. *Das war alles.* Und doch war das jetzt ein so wichtiger Teil in seinem Leben. Seine schöne Frau und ihre Liebe. Vielleicht war das das Geheimnis seiner Zufriedenheit. Die besten Dinge im Leben waren eben unkompliziert und einfach.

Ryan ging wieder zurück zu seiner Frau. Er legte ihr den Arm um die Taille und blickte sich um. Endlich waren die Sieben Samurai wieder zusammengekommen. In seiner Vorstellung waren sie noch sieben, denn er war sicher, dass Hunter im Geiste bei ihnen war. Denn er war schließlich derjenige, der sie alle wieder zusammengebracht hatte.

Ryan blickte liebevoll auf seine Frau Kelly herunter. Sie waren erst wenige Wochen verheiratet, aber diese Wochen waren die besten seines Lebens gewesen. Er beugte sich zu ihr hinunter und flüsterte ihr etwas ins Ohr.

Sie lachte, wurde dann rot und gab ihm einen spielerischen Klaps auf den Arm. „Benimm dich, Ryan."

„Das kann ich nicht, wenn du bei mir bist, Liebste."

Auch Matthew Barton, Lukes Zwillingsbruder, dachte an Hunter. Seltsam, dass wir alle sechs nach so vielen Jahren wieder zusammen sind, dachte er. Noch seltsamer war, dass Hunter nicht dabei war, denn er war immer der Mittelpunkt der *Sieben Samurai* gewesen. Aber wer weiß, vielleicht war er ja bei ihnen, jetzt in dieser Minute. Hoffentlich. Denn sechs Samurai, das passte irgendwie nicht.

Aber eigentlich waren sie ja nicht mehr nur zu sechst. Sie waren jetzt zwölf. Und sie waren auch keine Samurai mehr, keine Krieger, die jederzeit bereit waren, alles zu riskieren. Matt, Luke, Ryan, Jack, Nathan und Devlin waren jetzt nicht mehr allein, sondern hatten alle die Frau ihres Lebens gefunden, die die Leere an ihrer Seite ausfüllte.

Das zumindest hatte Kendra für ihn getan. Als spüre sie, dass er an sie dachte, hob Kendra den Kopf und sah ihn an. „Woran denkst du gerade?", fragte sie lächelnd. „Du siehst so … glücklich aus."

„Genau daran denke ich."

„Nicht an den Vertrag mit Perkins?"

„Nein."

„Nicht an den Zusammenschluss mit Endicott?"

„Nein, ich denke an unser gemeinsames Leben. Zusammen werden wir die Welt erobern."

Alles war so gekommen, wie Hunter es sich in den Wochen vor seinem Tod gewünscht hatte. Seine Freunde hatten die Chancen ergriffen, die er ihnen geboten hatte.

Das galt auch für Jack, endlich. Neben ihm saß Meri, Hunters geliebte Schwester. Sie hatte sich zu einer wunderbaren Frau entwickelt, auf die er hätte stolz sein können. Endlich hatte auch sie ihr Glück mit Jack gefunden, auch wenn es lange gedauert hatte.

„Irgendetwas ist seltsam an diesem Haus", sagte Meri leise zu Jack. „Alle die hier gewohnt haben, haben sich verliebt. Das ist beinahe etwas gruselig."

„Findest du es gruselig, mich zu lieben?"

Sie schüttelte lächelnd den Kopf. „Oh nein. Ich habe mich schon daran gewöhnt. Schließlich liebe ich dich schon viel länger als du mich."

„Das stimmt nicht!"

„Doch."

Jack grinste. „Darüber werden wir uns wohl in fünfzig Jahren noch streiten."

„Vielleicht. Aber wenn es nichts Schlimmeres gibt ..." Sie sah ihn strahlend lächelnd an. „Ich glaube, Hunter wäre sehr glücklich, wenn er wüsste, dass wir zusammen sind."

„Ja. Vor allem, da ich glaube, dass er sich das eigentlich immer schon gewünscht hat."

Hunter und die Lodge hatten den Freunden Liebe und Glück gebracht. Alles, was er mit seinem Vermächtnis bezweckt hatte, war in Erfüllung gegangen.

– ENDE –